문학을
부수는
문학들

페미니스트 시각으로 읽는
한국 현대문학사

문학을 부수는 문학들

권보드래
심진경
장영은
류진희
이혜령
허윤
강지윤
정미지
김미정
조서연
이진경
김은하
오혜진 기획

민음사

차례

2부

3부

문학을 부수는 문학들

— 서문을 대신하여

2015년과 2016년은 한국문학(장)에 지각변동이 일어난(혹은 일어날 뻔한) 해로 기록될 만하다. 2015년 신경숙 표절 사건에서 시작해 문학권력론으로 비화된 일련의 사태들은 문학출판 시장의 유통 질서, 주요 문예지의 상품 카탈로그화, 명망 있는 소설가들이 획득한 문학성 등을 모조리 심문에 부치며 기존 한국문학(장)의 질서와 위계에 대한 전면적인 개변을 요구했다. 여기에 더해 2016년 온라인상에서 전개된 '#문단_내_성폭력' 해시태그 운동은 등단과 지면 등을 볼모로 원로·중견 남성문인들이 여성 신인 작가나 습작생들에게 저지른 숱한 성폭력 사건들을 폭로했다. 그리고 이 글을 쓰는 지금, 전 세계적으로 부상한 '#MeToo' 운동에 힘입어 한국문학(장)은 또 한 번 뜨거워지는 중이다. 이제 우리는 한국문학사의 '명예'로 간주되던 작가들의 이름이 행여 '문학적 권위'라는 명분으로 정당화돼 온 가부장적 지배질서의 지표들은 아닌지 의심해 보게 됐다.

2017년 2월, 열흘 동안 열린 '페미니스트 시각으로 읽는 한국 현대문학사' 강좌는 그간 독자들이 가까스로 지켜 온 '한국문학'에 대한 애정과 신뢰가 거의 바스라지려던 어느 추운 계절에 진행됐다. 매회 100여 명이 넘는 청중이 모였지만, 모인 이들의 속마음은 다 달랐을 것이다. 한국문학의 성실한 독자로서 한 줌 남은 애정을 끝내 지켜야 할 이유를 찾으러 온 이도 있었겠고, 버릴 것은 과감히 버리겠다는 결연한 의지에 차 자리를 지킨 이도 있었을 테다. 이미 한국문학에 대한 모든 미련을 거둔 채, '문학' 아닌 새로운 미적 쾌락을 찾는 모험에 함께할 젊은 동지를 찾기 위해 온 사람도 분명 있었다.

매 강의가 끝나면, '우리는 왜 가부장적 멘탈리티의 재생산 장치로 기능해 온 한국문학을 여전히 읽고 공부해야 하는가'라는 성토, '남성 중심주의와 무관한, 새 세대 독자들이 읽고 음미할 만한 페미니즘 문학작품을 알려 달라'라는 요청이 빗발쳤다. 두말할 것 없이, 이 책은 바로 그 절박한 질문들에 답해 보기 위한 우리의 첫 번째 시도다.

*

애초 강좌의 목표는 명료했다. 2015년 '메갈리아' 현상과 2016년 '강남역 여성혐오 살인 사건'을 계기로 촉발된 여성대중의 광범위한 봉기에서 명백하게 드러났듯, 젊은 독자들이 새롭게 장착한 문제의식과 감수성을 중심으로 한국문학사를 다시 읽어 보자는 것. 이를 통해 '87년 체제' 이후 이미 달성됐다고 믿어졌던 한국사회와 한국문학(장)의 민주주의를 심문에 부쳐 보고자 했다. 특히 한국문학(사)의 '문학성'을 논할 때 깊이 고려되지 않던 '성정치'의 문제를 유력한 '인식의 기준'으로 제시해 보려 했다. 이 책은 바로 그런 문제의식에서 제출된 열 편의 강의 원고, 그리고 추가로 의뢰해 받은 세 편의 원고를 다듬어 묶은 것이다.

우선 이 기획이 처음부터 내세웠던 것이 '페미니즘 문학사'가 아니라 '페미니스트 시각'이라는 점을 강조해 두고 싶다. 우리는 가부장적 질서에 침윤된 기존의 '부정의한' 문학이 있고, 그와 명백히 구분되는 (아마도 여성작가의 작품들로 구성되리라 상상되는) '완전무결한' '페미니즘 문학'이 따로 존재한다고 생각하지 않았다. 우리가 탐구하고 싶었던 것은 기존 한국문학(사)에서 '문학적인 것'과 '비문학적인 것', '남성적인 것'과 '여성적인 것', '정치적인 것'과 '비정치적인 것' 등을 가르는 기율들이 구성되는 원리였다. 그 원리가 여성과 성소수자를 비롯한 타자(성)에 대한 모종의 배제와 위계화를 경유·승인함으로써 성립해 온 것이라면, 새 세대 문학주체들에 의해 도래할 새로운 '문학(성)'은 그런 낡고 비민주적인 상상력을 반복하지 않기를 바랐다. 그 때문에 우리는 한국 근대문학이 형성되던 원초적 장면들과 특정 작품들이 정전화되던 한국문학사의 핵심적인 순간들에 주목했고, 그 과정에서 어떤 주체와 가치, 양식들이 '비문학적인 것'으로 간주되며 '문학(사)' 바깥에 배치되는지를 설득력 있게 기록·해석해 보려 했다.

또 한 가지 확인해 두고 싶었던 것은 기존 한국문학(사)의 지배적 문법을 상대화하고 탈구축하는 일에 끊임없이 도전해 온 페미니스트 연구자들의 시도와 그 스펙트럼이다. '페미니즘'이라는 신대륙이 이제야 비로소 '발견'된 것처럼 세상이 떠들썩하고, 이전까지의 한국문학은 한 치도 의심할 바 없이 남성의 전유물이었던 것처럼 이야기되는 최근의 경향은 조금 놀랍다. 이는 사실과 다르며, 우리는 그런 패배적인 진단에 격렬히 저항하고 싶다.

한국문학(사)을 구성해 온 원리와 질서가 남성 중심적이었다는 사실과는 별도로, 한국문학을 창작하고 향유하고 해석하고 비평하는 일은 세대와 성별을 막론해 우리 모두가 해 온 일이며 해야 할 일이다. 특히 "페미니스트 호기심"(신시아 인로)을 가지고 세계의 질서를 꾸준히 질문해 온 이들의 문학적 도전은 기존 한국문학(사)에서 '이물적인 것' 혹은 '불순한 것', '비문학적인 것'으로 분류되면서도 기어이 '존재'함으로써 한국문학(사)의 전복적 가능성을 확보해 왔다. 한국문학이 소수의 이성애자 남성지식인의 내면에 대한 자폐적 기록에 그쳤다면, 대중독자와 사회에 대한 유력한 담론 양식으로서의 위상을 점할 수 있었을까? 매체 질서의 급격한 변동에도 불구하고 문학이 특정 개인의 사적 기록이 아니라 '사회적인 것'으로 상상될 수 있었던 것은 여성의 읽기와 쓰기를 터부시하거나 폄하해 온 오랜 규율에 승복하지 않은 여성들의 무람없는 지성과 실천 덕분이다. 그러므로 우리는 한국문학(사)을 남성의 전유물이 아니라 우리가 함께 형성하고 향유해 온 공동의 자산으로 간주하며, 그 자산의 가치를 탐구하고 갱신할 권리 또한 우리 모두에게 있다고 믿는다.

이 책에 실린 열세 편의 글들이 처음부터 '페미니즘 문학 연구·비평사'라는 계보에 안정적으로 기입돼 있었던 것은 아니다. 여기 모은 글들은 근대문학, 신여성, 사회주의, 해방, '위안부', 교양, 전쟁, 남성성, 진보, 독재, 민주화 등 그간 학계에서 각기 다른 시기와 주제를 중심으로 진행돼 온 다양한 연구의 일환으로 제출된 것이다. 그러나 서로 다른 영역에 흩어져 있던 이 연구들을 묶어 '페미니스트 시각'을 가시화해 볼 수 있겠다고 생각한 이유는 이 연구들에게서 발견되는 모종의 공통성과 연속성 때문이다.

지금 선보이는 열세 편의 글들은 성정치를 중심으로 한국문학(사)에서 관철돼 온 주류 질서를 상대화하는, "문학을 심문하는 문학"

(심진경)으로서 존재해 왔다는 점에서 공통적이다. 이 글들을 '페미니스트 시각'이라는 틀로 묶음으로써 드러나는 페미니스트 연구(자)들의 지적 네트워크와 스펙트럼이 새 세대 문학주체들이 참조할 만한 공동의 자원으로 여겨진다면, 그것이야말로 우리가 희망한 일이다.

*

1부에서는 근대문학 형성기, 특히 '식민지'라는 정체(政體)를 결정적인 서사적 조건으로 삼아야 했던 근대 초기의 문학적 상황을 다룬다. 권보드래는 근대문학이 본격화되기 전, 여성을 주인공으로 내세움으로써 근대국가의 지배 질서로 채 수렴되지 않는 독특한 성정치를 구사한 '신소설'이라는 서사 양식에 주목한다. 어떤 '남성(성)'에의 가장(假裝)도 없이 '평민의 딸'이 비로소 공적 영역에 진출해 서사를 주도했다는 점에서 신소설의 정치적 기획은 자못 획기적인 데가 있다. 신소설이 가시화한 당대의 성적·계급적 욕망에 집중할 때, 우리는 '과도기적'이고 '보수적'인 양식으로 간주되던 신소설의 전복성을 포착할 수 있을 것이다.

심진경은 이광수, 김동인, 염상섭 등과 같은 지식인 남성의 내면이 가시화되는 순간과 동일시되면서 짐짓 신화적으로 묘사돼 온 근대문학사의 '원초적 장면'을 재조명한다. 이 남성작가들의 문학적 주제와 방법론이 당대 여성에 대한 소문을 서사화한 일명 '모델소설' 쓰기를 통해 성립했다는 사실은 중요하다. 근대 초기 모델소설은 근대문학의 미학적 기율과 여성(성)을 규정하는 사회적 기율이 동시적으로 탄생했음을 말해 주는 단적인 예다. 그리고 바로 이 딜레마를 태생적 조건으로 삼으면서 끊임없이 그에 도전하는 것이야말로 '여성문학'의 존재 근거이자 존재 방식 그 자체였다.

장영은은 남성작가들의 소설에 '모델'로만 등장하던 당대 신여성들의 자기서사에 착목한다. 나혜석, 김원주, 김명순, 강경애, 박화성, 주세죽…… 그녀들의 글쓰기는 남성들이 만들고 유포한 '소문'에 맞서 스스로 자기 자신을 이야기하기 위해 시도됐다. 자신의 삶을 글로 쓰는 일은 그녀들로 하여금 끊임없이 자신이 '여성'이라는 사실을 자각하게 만들었다. 그럼에도 글 쓰는 행위는 당대 '배운 여성'이 사회와 소통할 수 있는 유일한 방식이었기에 그녀들은 필사적으로 자신에 대해 썼다. 오직 그녀들이 남긴 자기서사만이 당대 '2등시민'으로 간주됐던 그녀들의 역사적·정치적 몫을 되찾게 한 유일한 자원이었음은 의미심장하다.

류진희는 해방 이후 다기하게 펼쳐진 여성작가들의 정치적 비전 및 문학적 전략의 스펙트럼과 그 함의를 검토한다. 해방 후 작가들은 친일이나 전향과 같은 식민의 유산을 '청산'하거나 '정당화'하기 위한 문학적 전략이 필요했다. 특히 이선희, 지하련, 최정희, 장덕조 등의 여성작가들이 선택한 전략은 남성작가들의 그것과 같을 수 없었다. 여성작가들은 식민지 문단에서 자신들이 확보해 온 문학적 자원들을 일신·재배치함으로써 '월북'을 감행하거나 '국민 작가'라는 새로운 입지를 도모하려 했다. 좌우 남북의 분열로 혼란한 해방 정국에서 여성작가들이 치열하게 선보인 문학적·정치적 상상의 역동과 그 임계를 살펴보는 일은 오늘날 여성의 주체화 전략을 사유하는 데에도 시사하는 바 크다.

이혜령은 '할머니들이 살아 계실 때 문제를 해결해야 한다'라는 발상에 기댄 최근의 일본군 '위안부' 재현과 역사화 방식에 대해 탐구한다. 이 명제는 일본군 '위안부' 피해생존자를 '신고 및 등록' 절차를 경유함으로써만 인지 가능한 존재로 간주한다는 점에서 문제적이다. 이 글은 이 같은 인식론적 조건을 서사적 기반으로 택한 일본군 '위안부' 관련 일련의 대중 서사를 '증언/커밍아웃' 이야기로 독해할 것을 제안한다. 특정 상황에서 특정 대상을 청자로 삼아 시도되는 그녀들의 커밍아웃은 '여성의' 혹은 '여성에 대한' 서사화를 가능하게 하는 역사적·정치적 조건이 무엇인지를 진지하게 생각해 보게 한다.

2부는 한국문학사의 '황금기'라 불리는 1950~1970년대의 정전화 작업과 그 성정치를 다룬다. 이 시기는 손창섭, 김동리, 김승옥, 최인훈, 황순원, 이어령 등 현재 문학 교과서에 실려 있는 '정전'들이 마구 쏟아진 시기이자, '건국', '불온', '교양', '혁명' 등 한국문학사가 가장 중요시하는 정의와 이상들이 활발하게 논의된 때다. 그러나 이 가치들이 획득한 강고한 문학적 시민권에 반해, 그것을 매개로 한 성정치의 문제는 그간 좀처럼 주목되지 않았다.

허윤은 한국전쟁 직후 염상섭과 손창섭이 쓴 것은 당대 '건실한 남성 가부장'으로 상상되는 '건전한' 국민의 서사가 아니었음을 강조한다. 이 남성작가들이 재현한 것은 육체적·정신적 결손 때문에 이성애 관계에 실패하거나 그것을 거부하는 '퀴어한' 남성(성)이다. 실제로 1950년대는 남장여자·여장남자 이야기가 유행하고, 여성배우가 남성 역할을 연기하는 여성국극이 대중적 지지를 얻는 등 기존 젠더 규범을 교란하는 수행성이 광범위하게 시도된 '퀴어한' 시대였다. 이성애 규범으로 수렴되지 않는 당대의 '기이한' 소설들을 '헤게모니적 남성성'이라는 지배적 허구에 관한 텍스트로 읽을 수 있는 것은 이 때문이다.

강지윤은 1960년대에 한국문단에 혜성같이 나타나 '감수성의 혁명'을 일으켰다는 김승옥의 소설 「무진기행」을 다시 읽는다. 김승옥 소설에서 남성주인공에게 줄곧 배반당하기만 하는 '누이들'에 대한 서술자의 태도는 미묘하고도 수상쩍다. 김승옥의 남성인물들은 타자의 고통에 민감하지만 그것에 대한 자신의 죄의식을 토로하는 방식으로 자기동일성을 확보한다. 이 글은 '고백', '자기세계'와 같은 김승옥 특유의 미적 장치들이 지닌 윤리적 한계를 검토함으로써 그것들이 정말 '혁명적인 것'이었는지 신중하게 따져 묻는다.

정미지는 문학을 욕망하는 여성에 대한 멸칭으로 통용돼 온 '문학소녀' 표상의 역사적 내력을 검토한다. 1960년대 한국 지성계에서 '문학소녀'는 여성의 독서를 남성의 그것과 분리하는 데 동원되는 규범이자, 여성 문학주체를 '현모양처' 같은 규율화된 여성으로 길들이기 위한 호명이었다. '문학소녀'는 결코 '진정한' 문학적 지성에 이르지 못할 여성지성의 '근본적' 한계를 가리키는 '미달'의 기호이며, 여성에게 할당된 규범적 성역할에서 벗어나려는 '위험한' 여성의 표상이기도 했다. 어린 시절 품었던 자신의 문학적 욕망을 '문학소녀의 꿈'이라는 겸손하고도 씁쓸한 말로 일컬어 본 적 있는 독자에게 이 글이 가닿기를 바란다.

김미정은 1960~1970년대 한국에서 불었던 '루이제 린저 붐'을 섬세하게 살피면서, 그간 한국문학계가 구축해 온 '교양'의 젠더를 탐문한다. 루이제 린저의 문학이 독일의 '정통' 교양소설로 이야기되기 위해서는 '여성(성)'에 대한 루이제 린저와 여성독자들의 관심은 지워져야 했다. '교양', '성장', '휴머니즘' 같은 가치들이 여성(성)과 무관한 것으로 상상된 것도 바로 이때다. 하지만 이에 개의치 않고 여성들은 여성의 성장과 번민에 대해 꾸준히 읽고 썼으며, 기어이 '여성교양'의 계보라 할 만한 것을 만들어 냈다. 물론 여성들의 그 같은 지적·문화적 실천은 더 이상 '교양'이라는 '남성적' 술어로 설명되지 않아도

된다.

3부는 1970년대부터 오늘날까지 포스트 냉전 시대에 전개된 한국문학의 성격과 '민주주의'라는 이상의 (불)가능성을 질문한다. 조서연은 한국전쟁부터 베트남전쟁에 이르기까지, 전쟁을 남성들만의 배타적이고도 특권적인 경험으로 서사화하는 1950~1970년대 희곡과 영화들을 분석한다. '돌아온 군인들'의 전쟁 트라우마를 재현한 이 작품들은 '정상성'에 대한 강력한 희구를 드러내지만, 동시에 그것은 '대한민국의 자랑스러운 진짜 사나이'란 존재한 적 없는 허구의 표상임을 폭로하기도 한다. 민주주의에 대한 열망이 고조되면서도 신군사주의가 횡행하는 오늘날의 역설적인 상황을 사유할 때, 이 글은 좋은 참조가 될 것이다.

이진경은 여성의 성적 프롤레타리아화에 대한 대중적 재현 양상을 검토하기 위해 한국문학사에서 '진보문학의 빛나는 성좌'라고 불리는 1970년대의 정전들을 소환한다. 조세희·최인호·황석영·조선작의 작품들은 개발독재 정권의 폭압에 항거하며 도시 하층민의 삶에 관심 가졌다는 점에서는 진보적이지만, 이들 서사가 여성의 성을 재현하는 방식과 그 효과는 다의적이다. 남성젠더화된 민족·계급·국가의 부흥을 위해 젊은 하층 여성의 섹슈얼리티 동원을 승인한다는 점에서 이 소설들은 종종 국가주의적이고 보수주의적인 기획과 만난다. 성에 대한 가부장적 관념과 연계한 국내 성산업의 일면을 무심코 또는 악명 높게 재현한 이 소설들은 1970년대 좌파 민족주의의 윤리적·정치적 임계가 어딘지를 명백하게 지시하고 있다.

김은하는 공지영과 김인숙의 1990년대 여성후일담을 재독해함으로써 1980년대 운동권 문화의 가부장성과 '진보적' 대의명분의 몰성성을 드러낸다. 이 글은 '소재주의, 청산주의, 상업주의' 등의 오명을 무릅써야 했던 여성후일담 소설을 '페미니스트 정체화'와 관련된 글쓰기 양식으로서 전복적이고 급진적으로 재의미화해야 한다고 주장한다. 여성후일담을 1980년대에 대한 의미 있는 사후적 기록이자, 혁명을 남성의 전유물로 독점하려는 시도에 대한 강력한 문학적 대응으로 읽을 때, 우리는 "형제들의 공화국"(린 헌트)을 짓는 것으로 귀결된 '1987년판 민주주의'에 대한 성찰과 갱신을 도모할 수 있을 것이다.

오혜진은 2000년대 이후 전개된 '장편대망론' 같은 비평적 화두들을 검토함으로써 한국문학계가 남성 중심적으로 재편된 순간에 주목한다. 물론 이에 대한 새 세대 문학주체들의 냉담한 반응은 그 가치들이 더 이상 한국문학(사)의 '문학(성)'을 결정하는 데 유효하지 않다는 강력한 증빙이다. 특히 최근 '비주류적인 것', '비문학적인 것'으로 치부돼 온 '여성서사'를 전면에 내세우고 이에 대한 급진적 해석을 시도하는 젊은 작가/독자들의 문학적 경향은 타자(성)에 대한 갱신된 교양과 감수성을 바탕으로 한국문학계가 '새로운' 민주주의를 상상해야 한다는 점을 웅변적으로 보여 준다.

이상 소개한 열세 편의 글들은 서로 다른 지적·세대적·문화적 배경과 문제의식, 관심사를 바탕으로 작성됐다. 이 글들의 정치적·미학적 견해는 단일한 입장으로 수렴되기 어려우며, 때로는 충돌하기조차 한다. 그럼에도 이 글들이 공통적으로 전하고자 한 메시지는 분명 있다. 더 이상 주류 문학사의 남성 중심적 질서가 규정한 '문학(성)'을 의심 없이 받아들이지는 않겠다는 것. 한국문학(사)에서 유일하게 문학적 시민권이 부여된 주체인 이성애자 남성, 그의 관점에 동일시해야만 '문학'이라는 세계에 겨우 접속할 수 있었던 그 지긋지긋한 "해석노동"(김미정)을 이제는 과감히 멈추겠다는 것이다. 무엇이 '좋은 문학'이고 '문학적인 것'인지, 어떤 작품이 한국사회의 새로운 민주주의를 상상하는 데 필요한 자원인지는 다른 누구도 아닌, 바로 우리가 결정하겠다는 것이다. 그것이 바로 이 책의 제목이 "문학을 부수는 문학들"인 이유다.

*

이 책이 나오기까지 많은 분들의 지혜와 성실함, 선량함에 빚졌다. 우선 추운 계절에 기획된 대형 강의 요청을 흔쾌히 수락해 주시고 단행본 원고까지 작성해 주신 심진경, 장영은, 류진희, 이혜령, 허윤, 강지윤, 김미정, 조서연, 김은하, 오혜진 선생님 열 분께 감사드린다. 강좌가 끝난 후 더욱 내실 있는 책을 묶으려는 욕심에 느닷없이 드린 원고 제안을 기꺼이 받아 주신 권보드래, 정미지, 이진경 선생님 세 분께도 감사의 말씀을 전한다. 강좌 기획부터 단행본 발간에 이르는 모든 과정은 성균관대 국어국문학과의 천정환 선생님과 성균관대 코어사업단의 이경돈 선생님께서 살뜰히 지켜봐 주셨다. 성균관대 국어국문학과 대학원의 전고운, 정고은, 홍지혜 선생님은 약 1년 반에 걸친 대공정의 주요 실무를 함께해 주셨다. 예상보다 훨씬 지연된 작업 시간을 관대하게 견디며 열세 편의 개성 강한 원고들을 아름답게 매만져 주신 김화진 편집자와 민음사 덕분에 이 책이 나올 수 있었다. 이 모든 지난했던 협업의 과정을 '페미니스트 연대와 함께한 값진 시간'으로 기억할 수 있다는 점이야말로 이 책을 만든 보람이다. 우리의 '페미니스트 모먼트'를 만든 그 시간들을, 이제 독자와 나누고 싶다.

필자들을 대신하여 오혜진 씀

일러두기

— 본문에서 단행본이 아닌 개별 소설 작품은 「 」, 장편소설 및 단행본은 『 』, 신문이나 잡지 등 매체명은 《 》, 영화나 연극 등 기타 장르의 작품명은 〈 〉로 표기한다.
— 개념화를 시도한 합성명사는 붙여 쓴다.

1부

평민의 딸, 길 위에 서다

— 신소설의 성(性)·계층·민족

권보드래

'여성소설'로서의 신소설

신소설은 '여성적인' 장르이다. 『혈의누』(1907)와 『귀의성』(1906), 『빈상설』(1907)과 『홍도화』(1908), 『추월색』(1912)과 『금강문』(1914) 등 대중적인 인기에서나 문학사에서의 영향에서나 주목할 만한 신소설이 모두 여성주인공을 내세웠고 여성의 생애를 서사의 초점으로 했기 때문이다. 최초의 신소설이라 해야 할 『혈의누』에서부터 이런 면모는 뚜렷하다. 『혈의누』의 서사를 점화한 사건, 청일전쟁 당시의 평양 전투 이후 서사적 행로를 시작하는 사람은 기실 두 명이다. 한창 장년으로 이름난 한량인 '김관일'과, 일곱 살 된 딸 '옥련'. 출발점에서의 자의식으로 말하자면 김관일이 여러 급 위이건만 『혈의누』는 김관일을 외면한 채 철저하게 옥련에게 초점을 맞춘다. 옥련이 중도에 만난 청년 '구완서'에 대해서도 『혈의누』의 관심은 인색하다.

김관일은 10년간 미국 유학을 경험한 후에도 "영문에 서툴러서

보기를 잘 못"[1]할 정도로 더딘 성장을 보이며, 구완서의 변화 역시 옥련과 비교하면 지지부진하다. 옥련이 "고등소학교에서 졸업 우등생"(69쪽)으로 명예를 빛내는 반면 구완서는 "계집의 재주가 사나이보다 나은 것이로구나."(70쪽)라며 축하의 말을 던지는 데 만족해야 할 조연의 역할에 머무른다. 김관일은 "내 나라 사업을 하리."(14쪽)라는 각성과정을 거쳤고 구완서는 나아가 "일본과 만주를 한데 합하여 문명한 강국을 만들고자 하는"(86쪽) 강렬한 사회의식을 내비치지만, 『혈의누』의 주인공은 주체적으로는 한 번도 그런 거대 담론에의 지향을 보인 적 없는 옥련이며, 앞날이 가장 촉망되는 것 또한 옥련이다.

이후 옥련의 후예들은 위축되고 보수화되면서나마 신소설의 중심에 자리 잡는다. 대부분의 신소설에서 중심인물은 명백히 여성으로서, 남성은 주변적이고 방계적인 존재에 지나지 않는다. 이는 한국소설사 특유의 현상이다. 일본이나 중국에서 남성주인공을 내세워 '정치'나 '견책(譴責)' 소설의 단계를 통과한 후에야 비로소 여성주인공을 초점으로 '가정'과 '원앙호접(鴛鴦胡蝶)'이란 주제를 다루었다면, 근대 초기 한반도에서는 처음부터 여성주인공의 수난과 모험담을 애호했다. 아마 일본의 '정치'나 중국의 '견책'에 가까운 서사 전통으로는 신소설과 비슷한 시기에 출현했던 (「소경과 앉은뱅이 문답」(1905) 같은) 단형 서사체나 (『을지문덕전』(1908) 같은) 역사·전기물을 들어야 할 터인데, 1909년 출판법 공포와 1910년의 일제 강점 후 그 서사적 가능성은 사실상 폐색된다.

더욱이 이들 양식은 신소설에 비해 독자의 호응이 현저히 뒤떨어진 양식이었다. '소설'은 민족어를 사용한 글쓰기로서 급부상했으며, 량치차오(梁啓超)의 지적마따나 다른 세계에의 동경과 감정의 대리표현 욕구를 만족시킴으로써 널리 호응을 얻었다.[2] 역사·전기물은 신소설에 비해 이 두 가지 측면에 모두 취약했다. 한자 빽빽한 국한문체를 선택한 대부분의 역사·전기물은 여성이나 노동자로선 접근하기 어려웠고, 민족의식과 역사 서사로 충만한 내용 역시 그들의 일상적 생활 감각과는 거리가 멀었다. 지식인·학생층을 넘어 집 안의 여성이나 장터 나무꾼 사이에서 읽혔다는 기록이 남아 있는 역사·전기물은 여성영웅을 내세워 국문으로 출간한 『애국부인전』(1907), 『라란부인전』(1907) 류가 주종이다.

근대 초기 독서 시장에서 여성주인공의 부상은 자못 흥미롭다. 대체 여성주인공, 나아가 여성의 서사가 대중적인 관심의 핵심에 위치할 수 있었던 까닭은 무엇이었을까? 여성독자층의 확대 때문인가, 여성의 사회적 지위가 향상된 때문인가, 아니면 당대 인식과 표상 체계에서 여성이 독특한 위치를 가졌던 때문인가? 근대 초기 현실과 상상의 세계에서 여성과 남성, 그리고 여성성과 남성성 사이의 연관은 어떠했는가? 이 글에서는 위의 여러 가지 질문 중 '여성을 둘러싼 담론과 표상 체계의 변화'라는 측면을 추적해 보려 한다.

여성의 모험과 여성 신체의 현실성

가정(家庭), 그 이상의 신소설

비슷한 시기에 유행한 일본의 가정소설이나 중국의 원앙호접파 문학의 경우 여성주인공의 생명은 가정에서 비롯되어 가정에서 끝난다. 일본의 가정소설과 그 주변의 『금색야차』(1897), 『불여귀』(1898), 『젖자매』 등에서 여성주인공은 모험이나 기적의 세계와 어떤 연관도 없으며, 남성이 집 밖에서 모험을 감행하는 동안 가정에서 음해당하고 수난에 처한 채 기다려야 하는 인물들이다. 중국 원앙호접파의 여성주인공들[3] 역시 신문기자와 사랑을 나누고 국무총리의 며느리가 되는 등 남성주인공을 매개로 정치·사회와의 접점을 확보함에도 불구하고 집안의 존재로 시종한다. 『파멜라』(1740), 『클라리사』(1749)를 쓴 영국 소설가 새뮤얼 리처드슨에 대해 제기되었던 평을 빌자면, "가정이라는 테두리 안에서 가사에만 몰두하여 살아가는 새로운 중산계급의 인간"[4]이 그 주인공인 셈이다.

반면 신소설의 여성주인공들은 결혼으로 낙착되는 서사 구조에 지배되고 있으면서도 집 안의 세계보다는 집 밖의 세계에서 더 자주 살아간다. 『혈의누』, 『빈상설』, 『목단화』(1911), 『추월색』에서 여성주인공은 결국 집으로 돌아오지만, 서사의 핵심을 차지하는 것은 자의 혹은 타의로 집 밖에 나선 후 주인공이 겪는 사건이요, 그 일환으로서의 연속적인 수난이다. 지금까지 주목된 것은 주인공의 수난, 특히 '성적' 수난이라는 측면이었으나, (따라서 '여성=성적 존재'로 각인되어 있고, 그것이 신소설의 보수성을 증명한다는 해석 또한 피하기 어려웠으나) 거꾸로 보자면, 성적 수난이라는 형식 속에서나마 여성이 계속 집 밖으로의 탈출을 시도하고 있다는 점은 의미심장하다. 한국 신소설의 여성은 일본의 가정소설이나 중국의 원앙호접파 소설에서 남성에 할당되어 있는 역할, 즉 '집 밖의 존재'로서의 역할을 부분적으로 이양받는다. 그 실질적 성과를 차치하고라도 이양의 양상은 그 자체로 주목될 필요가 있다.

물론 '여성의 모험'이라는 모티프가 초유의 것은 아니었다. 19세기 이래 한국소설사는 여성영웅의 형상을 다채롭게 보여 준 바 있다. 근래 10여 년 사이 '여성영웅소설'이라는 명칭을 부여받고 활발하게 연구되고 있는 이들 서사는 실상 신소설과 거의 겹치는 시기의 서사이다. 19세기 중후반 인기리에 읽혔던 『이대봉전』, 『홍계월전』, 『이학사전』 등의 여성영웅소설은 주인공의 '여화위남(女化爲男)'과 전장에서의 무용담을 특색으로 한다. 『이대봉전』의 '장애황', 『홍계월전』의 '홍계월', 『이학사전』의 '이현경' 등은 일찍이 남복(男服)한 채 자라났거나 전란에 즈음해 남성으로 가장, 난(亂)을 평정하고 군주의 인정을 받는다. 이후 가정으로의 복귀 여부나 그 양상에 있어 다소의 차이가 있기는 하지만, 결혼을 결말 삼는 경우조차 이들은 남편보다 뛰어난 존재이며 한결 시선을 끄는 존재이다.[5]

이런 인물 및 서사에 조선 후기의 여성 현실이 어떻게 굴절된 것인지는 아직 논란거리다. 현실적 진보가 서사에 투영된 것인지, 아니면 현실의 보수화를 상상이 보충한 것인지. 다만 이들 예외적 여성조차 '남성'의 기호로 위장해야만 집 밖에 나설 수 있었다는 점만은 분명해 보인다. 홍계월은 여성임이 밝혀진 후에도 관직에 머무를 수 있었으나 "여복을 입고 그 위에 조복을 입"은 괴이한 차림새로 군무(軍務)에 임해야 했고, "낙루하고 남자 못 됨을 한탄하"는 자기부정의 세계에서 살아야 했다.[6] 이들은 남성성이라는 기호를 걸침으로써 비로소 허용될 수 있는 존재들이며, 그런 의미에서 육체를 가진 현실적 존재라기보다 기호에 대한 욕망 그 자체이다.[7]

'남장 여인'의 서사 전통과 신소설

신소설에서도 남장 모티프는 광범위하게 등장한다. 아마 『목단화』의 '정숙'이 가장 유명하겠지만 『강상기우』(1912)에서 은인을 찾는 아가씨나 『소양정』(1911)과 『금옥연』(1914)에서 정혼자를 찾아 가

이인직 소설 『혈의 누』(1906)
(재)아단문고 소장

김교제 소설 『목단화』(1911)
(재)아단문고 소장

출한 처녀, 『빈상설』에서 첩에 내몰리고 『신출귀몰』(1912)에서 계시모에 의해 유기된 후 유학 간 남편을 찾아 나서는 부인 등 적잖은 소설에서 여성주인공은 '여화위남=남복개착(男服改着)' 후 거리에 나선다. 『비파성』(1912)의 '연희'는 정혼자 '영록'을 두고 다른 데 출가할 것을 강요당하자 남복한 채 영록과 동반 가출하고, 『미인도』의 '춘영' 역시 강제 결혼당할 위기에 처하자 남복 가출하며, 『단산봉황』(1913)의 '명하' 역시 비슷한 위기 상황에서 몸종과 함께 남성으로 위장한다. 『절처봉생』(1914)에서는 진사의 딸 '봉희'가 난릿길에 부모를 잃은 후 평민 집안에서 자라나면서 남복으로 글을 배우러 다니고, 『추천명월』(1917)에서는 기생 '송련'과 여종 '김순'이 주인공 '진사'를 따라 남복한 채 유람에 나선다. 신소설로서 드물게 추리 형식을 취하고 있는 『구의산』(1911)에서는 주인공 '애중'이 첫날밤 신랑이 살해당한 후 남성으로 가장해 범인을 탐지하는 일에 착수한다.

이들 주인공은 한결같이 미모가 빼어나 "남복을 하셨으나 얼굴이 너무"[8] 곱다는 우려에도 불구하고 결코 성 정체성을 의심받지 않는다. 하필 부근에 남장한 범죄자가 등장한 까닭에 혐의를 받은 『단산봉황』의 명하가 예외가 되고 있을 뿐이다. 이들은 『이대봉전』, 『홍계월전』, 『이학사전』 등의 여성영웅과 마찬가지로 현실적 육체가 아니라 기호로서의 육체를 둘러쓴 존재들인 것이다. 후일 『무정』(1914)에서 가출한 10대 초반의 '영채'는 남장에도 불구하고 쉬 정체를 들키고 봉변을 당하지만, 신소설의 남장 여성들은 조선 후기의 남장 여성들과 마찬가지로 '현실적 육체'가 아니라 '기호'일 따름이며, 그들의 성 정체성은 남장 속에 오롯이 봉인돼 있다.[9]

그러나 더 많은 경우 신소설 여성주인공의 육체는 훨씬 현실적이다. '여화위남' 모티프를 한 켠에 두고 대부분의 신소설에서 여성주인공들은 여성인 채 집 밖에 나선다. 이들은 끊임없이 성적 위협에 직면하고, 과업을 추진하는 능동적 주체가 되는 대신 수난에 쫓겨 다니는 수동적 신체로 살지만, '집 밖'이라는 공간에서 '여성'으로서의 현실적 육체를 간직할 수 있다는 것은 신소설의 획기적인 특징이다. 신소설의 주인공은 집에서 강제 축출당하기도 하지만 자주 자기 의지에 의해 집을 나서며, 흔히 이 두 가지 계기가 혼재된 양상을 보인다. 『화세계』(1910)와 『비파성』, 『소양정』, 『추월색』과 『금강문』, 『금옥연』, 『미인도』 등의 주인공들은 강제 결혼에 저항하면서 정혼자와의 인연을 이루기 위해 스스로 가출을 감행하고, 『홍도화』의 '태희'는 시가에서 축출당한 후 개가(改嫁)로 이어지는 새로운 삶을 찾으며, 『설중매화』(1913)의 '옥희'나 『능라도』(1918)의 '도영'은 위기를 피해 가출한 후 타처로 떠나고, 『신출귀몰』의 '이씨 부인'은 계시모의 계략에 빠져 유인, 납치당할 위기를 넘기고는 아예 남편을 찾아 일본에 갈 것을

작정한다.[10]

비교의 시각을 끌어들이자면, 조선 후기 소설사에 있어 국가나 가문의 와해 없이 여성이 자의로 집을 나서는 일이란 있을 수 없었다. 여성이 집 밖에 던져지는 것은 『최척전』(1621), 『숙향전』, 『홍계월전』에서처럼 전란의 와중이거나, 『사씨남정기』처럼 흉계에 빠져 강제 축출을 당하는 경우이며, 보다 일반적으로는 『이대봉전』, 『여중호걸(김희경전)』, 『여장군전(정수정전)』 등에서 그러하듯 가문이 위기에 직면했을 때이다. 이 시기 소설에서 여성의 서사에 강제 결혼, 즉 늑혼(勒婚) 문제가 얽힌 경우는 많지만, 부모의 결혼 강요에 맞서 여성주인공이 독립변수로서 가출을 결행하는 서사는 등장하지 않는다. 다른 남자와 결혼할 것을 강요당할 때 주인공이 택할 수 있는 방법이란 『최척전』에서처럼 자결을 기도하거나 『김진옥전』에서처럼 앓아누운 채 기껏해야 우연히 날아든 청조(靑鳥)의 다리에 편지를 묶어 띄우는 정도다. 남녀 사이의 만남에 있어서도 18~19세기의 소설에서 전형적인 플롯은 '집 안의 존재'인 여성에게 남성주인공이 '침범'의 형식으로 접근하는 것으로, '절단지기(折檀之譏)'라 불리는 이런 사건 이후 여성에게 주어진 몫은 남성주인공의 귀환을 기다리는 것일 따름이다.

집 밖에서 성적 위협에 처하는 주인공이 아예 없는 것은 아니다. 그러나 『사씨남정기』에서 보듯 그 위협의 정도는 미약하다. 그것도 미혼인 여성주인공에게 주어진 현안이라기보다 『유충렬전』의 모친 같은 기혼의 조역에게 넘겨지는 문제이다. 조선 후기 소설에서 여성주인공의 현실적 육체는 어디까지나 남성주인공에 의해 독점되어 있다. 신소설에 와서 비로소 여성주인공은 개방된 현실적 육체를 갖고 스스로의 독립적 의사로 가출을 감행하며, 끝내 침해당하지 않고 '순결'로써 자신을 증명할 서사적 역할을 할당받는다. 남성성의 기호에 대한 여성의 욕망이 약화되는 반면 여성에 대한 성적 욕망과 투쟁은 눈에 띄게 격화되어, 여성을 둘러싼 욕망(따라서 여성주인공의 수난)이 서사를 이끌어 가는 동력으로까지 조정되는 것 또한 신소설에 와서이다.

서리(胥吏)의 딸, 개체성의 감각

신소설, '평민의 딸'의 처소

여성이 집 안의 존재로 간주되던 시절, 신소설의 주인공은 집 밖에 나서 당연히 성적 위협에 처하지만[11] 그러기 위해서는 한 가지 조건이 충족되어야 한다. 주인공이 홀몸이어야 한다는 것, 즉 동반자 없는 존재여야 한다는 것이다. 가출이라는 사건에는 남성주인공과의 분리가 당연히 전제되어 있지만, 그렇더라도 여성주인공이 홀로 거리에 나서야 한다는 조건을 충족시키기는 쉽지 않다. 갑오개혁으로 계급 철폐가 선언되었음에도 반상(班常)의 구별이 엄연하던 1900년대, 양반가 부녀라면 어디 가나 시비(侍婢)를 동반하는 것이 당연한 관습이었기 때문이다. 설혹 주인공을 유인해 내는 경우라 해도 시비의 동행을 막을 수는 없다.

참판의 딸인 『목단화』의 정숙의 경우처럼 주인공을 처치하기 위해서는 충성스러운 시비를 미리 제거하는 과정이 필수적이다. 역시 참판의 딸이자 참의의 며느리인 『치악산』(1908)의 이씨 부인을 몰아내려면 충비 '검홍'을 박살하는 절차를 먼저 치러야 하고, 첩이라 해도 '김 승지'의 실내(室內)인 '길순'을 살해하려면 침모부터 떼어 놓아야 한다. 이렇듯 번거로운 과정을 거치지 않는다면 충성스러운 여종은 주인의 곁을 놓치지 않고 따르게 되어 있다. 『빈상설』의 '난옥', 즉 승지의 딸이자 판서의 며느리인 이씨 부인은 상노 '또복'과 그 누이를 동행한 채 길을 나서고, 누대 명문거족의 외동딸인 『미인도』의 '춘영'은 강제 결혼당할 위기에 처하자 몸종 '계향'과 더불어 가출한다. 『단산봉황』에서 참서의 딸 '명하'는 시비 '춘성'과 함께 방랑을 시작하고, 『행락도』(1912)에서 전 병마절도사의 후처 '임씨'는 늘 충직한 할멈과 함께한다. 이들에게 있어 시중드는 몸종의 존재란 분리를 상상할 수 없을 정도로 자연스러운 것이며, 몸종들 역시 대리 희생을 당연하게 여길 정도로 주인에게 철저하게 종속되어 있다. 『단산봉황』에서 또 다른 몸종 '화영'은 주인공인 양 가장하고 대신 초례청에 나섰다가 며칠 후 자살함으로써 주인공의 가출을 완벽하게 은폐해 주기까지 한다.

평민의 딸은 사정이 다르다. 『현미경』(1912)에서 종9품 감역의 딸인 '빙주'는 말 그대로 혈혈단신이며, 『모란병』(1911)에서 전 선혜청 고지기의 딸 '금선'은 혼자 몸으로 우연한 구원에나 의지해야 하고, 『화세계』에서 이방의 딸 '수정' 역시 홀로 길을 나설 수밖에 없다. 신소설의 주인공들은 대체로 명문대가의 후손이기보다 말단 관료, 흔히는 겨우 9품 직함을 받아 낸 중인 계층의 자손이다. 『광악산』(1912)의 태희는 유명무실한 동지(同知)의 딸이고, 후일 감리(監吏)의 며느리가 되는 『옥호기연』(1912)의 '금주' 역시 장옷 대신 "치마를 쓰고" 외출하는 것으로 보아 중인 집 여식일 것이며, 『세검정』(1913)의 '보옥'은 차함(借啣) 없는 생원의 딸로, 이방(吏房)의 양자와 정혼한다. 그런가 하면 『비파성』의 '연희'는 일본인 변호사의 사무원으로 일하는 서주사의 딸이고, 『화의혈』(1911)의 기생 '선초'와 '모란' 자매는 호방(戶

房)인 아버지가 첩에게서 낳은 딸들이다. 돌이켜 보면 『혈의누』의 옥련 역시 부유한 장사꾼인 최 주사의 외손녀이자 다만 한량인 김관일의 딸이었고, 『귀의성』의 길순은 '상사람'을 자처하는 강 동지의 딸이었다.

최찬식에 이르면 『안의성』(1912)의 '정애'는 비록 "대대 남행으로 유명하던", 즉 음관(蔭官) 벼슬 내력이 있는 집안 후손이지만 일찍이 부모를 잃은 후 영락하여 생선 장수 오빠에 의지하여 살아가고 있는 처지요, 『해안』(1914)의 '경자'는 "한미한 농민"의 딸로서 그나마 부친이 세상을 뜬 후 삯바느질 품을 파는 홀어머니의 뒷바라지를 받고 있으며, 『능라도』의 '도영'은 "평양 이속(吏屬)"이었던 부친이 별세한 후 오라비가 "노동도 하여 보고 혹 장사도 하여 보며, 심지어 평양 진위대 병정까지 다"니면서 생계를 꾸려 나가는 상황에 처해 있다. 최찬식의 출세작이었던 『추월색』의 '정임'의 경우 시종관(侍從官) 출신 부친에게서 났고 정혼자의 아버지는 승지로서 군수에 임명됐다지만, 하인배라곤 찾아볼 수 없는 소설 속 풍경이란 서울 양반가의 것은 아니다. 『추월색』 속 가정의 풍경은 오히려 오늘날 핵가족의 그것에 가까우며, 이런 감각에 기반해 주인공은 몸종 없이 살고 홀로 가출을 감행한다.[12]

이렇게 보자면 여성주인공을 홀로 길 위에 던져 놓았던 신소설의 감각은 곧 비(非)양반의 속성을 드러내는 감각이었다고 말할 수 있다. 이는 최초의 여학생들이 양반의 딸이 아니라 고아나 별실(別室) 출신이었다는 실증적 사실과도 통한다.[13] '상사람'의 딸 길순이 요조(窈窕)한 범절을 보여 주고, 반면 김 승지의 정실부인이 투기와 음란이라는 면모를 내비침으로써 "이년, 이 개잡년아/ 네가, 숙부인 (……) 빵대 부인이라도 너 같은 잡년은 없겠다."[14]라는 단죄를 받고 '처형'된 이래,

신소설은 언제나 평민의 딸들이 거처하기 편한 처소였다.[15]

신분 교차로서의 결연담(結緣談)

이런 계층적 감각이 확장되면 『재봉춘』(1912)에서처럼 백정의 딸과 참서 아들의 결연(結緣)이 합법화되기도 하고, 『화의혈』에서처럼 기생이 '의기(意氣) 남자'와 결연하기도 하며, 심지어 『추천명월』에서 보듯 몸종이 주인공 역할로 승격되기까지 한다. 『빈상설』에서 뚜쟁이 '화순집'의 조카딸 '옥희'가 명문 이 승지 집 며느리가 되고, 『설중매화』에서 시비 '난향'이 양반 출신 남성 조연과 맺어지는가 하면, 『금의 쟁성』(1913)에서 "시골 상한배 집" 딸이 완고(頑固) 양반의 며느리가 되는 등 신소설의 남녀 결연에는 계층 사이 교차가 풍성하다.

스스로 운명을 개척하는 대신 남녀 간 결연을 통해 신분 상승을 바라는 욕망이란 물론 보수적인 욕망이다. 충돌하는 두 계층 사이에서 타협을 모색하는 감각이기도 하다. 참서의 부인이 된 백정의 딸(『재봉춘』), 판서 아들과 결혼한 생선 장수의 여동생(『안의성』), 서울 계동 황 참서 가의 며느리가 된 농민의 딸(『해안』), 평양 군수를 역임한 승지의 아들과 결혼한 이속의 딸(『능라도』) — 이들은 일찍이 김 승지의 첩이 되었다가 비참하게 죽은 길순의 운명을 망각해 버린 주인공들이다. 이들 소설에 조금 앞서 발표된 김교제의 『현미경』에서 주인공 '빙주'는 부당하게 죽은 아비의 원수를 갚기 위해 승지를 살해한 후 그 '의기'를 인정받아 감역(監役)의 딸에서 협판(協辦)의 양녀로 승격하지만, 즉 신분 차별에 굴하지 않는 의지로 신분 상승을 이루는 역설을 실현하지만, 『재봉춘』, 『안의성』, 『해안』, 『능라도』 등에서 여성주인공들은 순응적 태도로 일관함으로써 신분 상승을 이룬다.

한편에는 『모란병』, 『광악산』, 『금강문』, 『세검정』, 『옥호기연』, 『비파성』처럼 중인 계층 자녀들끼리 맺어지는 소설 또한 풍성하고, 또 한편에는 양반 출신의 정숙한 주인공과 평민 출신 간휼한 (시)계모나 첩이 맞서는 『빈상설』, 『치악산』, 『목단화』, 『구의산』, 『봉선화』, 『화상설』(1912), 『신출귀몰』, 『추천명월』, 『금국화』(1914) 등의 텍스트가 활발하게 생산되는 가운데, 그러나 신소설의 두드러진 특징은 '여성주인공의 수난'과 그 귀결로서의 '부부 중심성의 확인'이다. 그것은 비(非)양반의 사회적 감각을, 또한 진보적이었다가 점차 보수화된 그 감각의 변이를 잘 보여 주고 있다.

대개 신소설의 여성주인공들은 순결성이라는 유교적 윤리를 실천하는 데 골몰함으로써 만족스러운 결말을 맞이하는 데 그친다. 그들은 여성의 현실적 신체를 드러내고 집 밖으로의 모험을 감행하는 변화를 보여 줌에도 그 너머 한 발짝을 더 디디지는 않는다. 『혈의누』나 『홍도화』 같은 초기작을 통해 다소 다른 양상이 목격되기는 하나 일반적으로 여성주인공의 모험은 결코 확장을 위한 모험이 아니다. 영국으로 치면 흡사 『로빈슨 크루소』(1719)와 『파멜라』의 서사를 결합한 양 신소설은 길 위에서 떠돌면서, 그러나 개발과 정복을 목표 삼는 대신 성적 위협 속에서 육체의 순결성을 지켜 내기에 몰두한다. 집 밖에서 보낸 시간 동안 신식 교육을 받는 주인공이 종종 등장하기는 하지만 교육의 실제가 구체적으로 묘사되지는 않으며, 직업을 찾아 사회적 삶을 개척하는 경우는 더욱 드물다. 『목단화』의 정숙이 남장한 채 교사가 되고, 『안의성』에서 악역이었던 '봉자'와 '영자'가 출옥 후 간호부가 되고, 『능라도』에서 '도영'이 부인 다과점 주인과 친교를 맺으면서 간호부가 되어 "월 15원"[16]의 급여를 받으며, 『부벽루』의 '김씨 부인'이 '최이바'라는 새로운 이름을 얻고 전도 부인처럼 사는 것이 그나마 직업과 생활이 제시되어 있는 경우이다. 주인공 두 명이 모두 교사가 되어 남자와 교섭 없는 자립적인 생활을 할 것을 표명한 『경중화』(1923)는 1920년대의 소작(所作)이다.

여성주인공이 이른 지점, 그리고 그 너머

'동부인(同夫人)'으로의 낙착

『천중가절』(1913)이라는 연설체 소설에 잘 드러나 있듯 1900년대 당시 여성이 가질 수 있는 직업이란 교사와 전도 부인을 제외한다면 조산부라든가 은행·철도·우편국의 사무 보조원, 그리고 방물장수, 밥장수, 술장수 혹은 삯바느질꾼 등에 국한되어 있다. 『절처봉생』의 '이 진사'가 성균관 교수가 되고 『월하가인』(1905)의 '심 진사'가 서기를 거쳐 외부(外部) 협판이 되는 등 남성주인공에게는 고급 관료로 출세할 길이 열려 있지만[17] 여성에게 그 같은 가능성은 당연히 봉쇄되어 있다. 결국 상승을 꿈꾸는 여성주인공이 실제로 손에 쥘 수 있는 사회 진출의 경로란 '동부인(同夫人)'의 자리, 성공한 남성 곁에 서 있음으로써 '여자계'의 대표 인물로 자처할 수 있는 그런 자리이다.

일찍이 조선에 이주한 외국인들의 모습을 통해 목격된 바 있던 부부 중심 가정의 면면은, 특히 '동부인'이라는 단어를 통해 인상적으로 각인된다. 수교(修交)가 개시된 이래 조선에 온 외국인들은 "러시아(俄羅斯) 공사와 공사 부인이 (……) 예수(耶蘇) 탄신날 경축회를" 열고 "영국 총영사 조단 씨와 부인이 영국 여황 폐하 등극하신 지 육십 년 경축회를 영국 공사관에서" 거행하며 "미국 공사와 공사 부인이

(……) 손님들을 공관에서 맞을 터"라는 등 각양의 사교 활동을 통해 부부가 함께하는 생활의 관습을 빈번하게 드러냈다. "일본 공사 가토(加藤) 씨와 공사 부인" 역시 예외가 아니었으며 오래잖아 기념식이나 운동회 같은 공식 행사에서도 "대청에 (……) 각국 공영사들과 기외 부인네들"이 자리를 잡고 "내외국 대소(大小) 관인(官人)과 신사와 외국 부인들이 다 좌석에 참례"하는 모습은 익숙한 것이 되었다.[18] '동부인'의 관습은 남녀 동등권의 생생한 지표로 받아들여졌고, 아마 여성의 존재와 목소리를 만들어 나가는 과정에서도 중요한 자극이 된 듯하다.

1894년 이후 일련의 정치적 실천을 통해서, 특히 1898년의 만민공동회와 1905년의 대규모 집회·시위 경험, 그리고 1907년의 국채보상운동을 통해서 평민층의 사회의식은 비약적으로 발전했으며, 여성과 어린이들 또한 그러했다. 만민공동회가 개최된 1898년 하반기, 9월에는 여학교 설립을 위한 찬양회(贊襄會)가 발기된다. 11월에는 백정이 연단에 올랐으며, 12월에는 10대 초반 소년들의 '자동의사회(子童義士會)'가 모습을 드러냈다. 황제의 생일인 만수성절을 맞아 지방 아낙네가 충군애국(忠君愛國)의 뜻으로 연설을 했다는 기사가 게재되는가 하면, 만민공동회 때는 집 판 돈을 희사한 과부에서부터 은 귀이개를 내놓은 아낙네에 이르기까지 여성들의 다양한 원조가 이어졌고, 집회 도중 사망한 김덕구의 장례 때는 찬양회 부인들이 묘지까지의 동행을 감행했다. 비록 이런 여성 참여가 "각색 금은보패들이며 비단 두루마기에 사인교 장독교를" 탄 사치한 부인네 사이의 여기(餘技)일 뿐이며 "구차한 회원들은 돌아도 아니" 본다는 여론이 있었으나, 또한 '충군애국'이라는 단성적 명분이 지배하는 와중이기는 했으나, 여성은 이 시기부터 사회적 욕망을 학습하게 되었다.[19] 여자라면 일체

집 밖 일에 참견하지 말고 가내사(家內事)에만 힘써야 한다는 규범[20]이 동요하면서 집 안과 집 밖의 분리 또한 교란되기 시작한다.

그럼에도 여성에게 요구된 것은 개인으로서의 성취가 아니라 '가정-사회-국가'라는 새로운 체계 내에서의 재생산자로서의 역할이었다. 당연히 과잉의 여성성은 경계된다. 1900년대 끝자락에도 "되지 못하게 주릿대 치마에 포도청 걸음 걷는 여편네들"[21]은 비판의 대상이었으며, 만민공동회 당시라면 보수적인 논객들은 불온 분자의 망명이나 효 윤리의 해이와 더불어 여성의 사회 진출을 공적(公敵)으로 꼽았다.[22] 신소설에서도 여성주인공들은 대체로 '동부인'의 새로운 관습에 안주하는 듯 보인다. "자기가 여자는 되었을지라도 을지문덕 합소문의 사업하기를 자부하"는 『목단화』의 정숙 같은 독특한 개성이 있긴 하지만, 남편과의 재결합에 일체 신경 쓰지 않고 같은 여성들을 '자매'라 칭하면서 가부장적 형제애(patriarchal fraternity)[23]를 넘어선 연대를 시험하는 이런 인물은 다른 텍스트에선 거의 등장하지 않는다.

『능라도』의 도영처럼 간호부로 자립을 이룬 주인공마저 정혼자가 등을 돌리자 발광을 하고 말았을 정도이니 여느 여성주인공의 의존성이란 더 말할 나위도 없다. 현실적인 육체성을 지니고 집 밖에 나서기 시작한 주인공들은, 그러나 가정이라는 단위를 통과함으로써만 사회·국가와 연결될 수 있었고, '동부인'이란 새로운 관습과 타협해야 했다. 평민 또는 중인 계층의 딸들에게 봉건의 영광과 근대적 출세의 가능성을 동시에 거머쥐고 있는 존재, 즉 명문가의 개명(開明)한 아들이 최선의 짝으로 추구되었다는 사실은 일견 당연해 보인다. 다만 이런 보수적 감각이 뒤로 갈수록, 특히 최찬식이라는 작가에 있어 강화된다는 사실은 기억해 둘 필요가 있다. 『혈의누』나 『화의혈』이나 『현미경』에 있어 부수적인 데 불과했던 신분 상승의 욕망이 전면화되는 과정은, 주인공이 사회·국가와 지녔던 연계성이 희박해지면서 오직 가정 내의 개별적 존재로 소비되기 시작하는 과정이기도 하다.

신소설의 남성주인공 — 선각자와 그 아들

집 밖으로 나선 여성의 길이 봉쇄되어 있는 반면, 신소설에서 남성의 행로는 비교적 자유롭다. 이 사실은 공간적 도약을 이룬 경험의 차이에서부터 드러난다. 『혈의누』나 『추월색』 같은 인상적인 사례가 있기는 하지만 그 밖에 여성주인공의 외국 경험이란 『설중매화』와 『춘몽』(1924), 단기간 체류를 포함해도 『능라도』 정도를 포함하는 데 그칠 따름이다. 『은세계』(1908)에는 남동생 '옥남'과 함께 10년 넘게 미국 유학을 하는 '옥희'라는 주인공이 있지만, 옥남이 "목적 범위가 한층 더 커져서 천하를 한 집같이 알고 사해를 형제같이 여겨서 (……) 구구한 생각이 없고 활발한 마음이 생기"는 일취월장의 성장을 보여 주는 반면, 옥희는 "여자의 편성으로 처음에 먹었던 마음이 조금도 변치 아니"한 까닭에 "생각하는 것은 그 어머니라 공부도 그만두고 하루바삐 고국에 가고 싶"어 하는 향수(鄕愁)에 집착한다.[24] 남성이 즐겨 세계를 편력하는 데 비해 여성주인공에게 집 밖에서의 세계 경험은 위협과 수난으로 점철되어 있다.

남성의 경우 『혈의누』의 구완서처럼 주도(周到)한 계획하에 유학을 떠나거나 『추월색』의 영창처럼 외국인 구원자의 손에 이끌려 해외로 이주하는 것은 물론, 『모란병』, 『옥호기연』, 『안의성』, 『해안』처럼 충동적으로 외국행을 결정하는 경우도 드물지 않다. 『모란병』의 '수복'은 여주인공 '금선'의 자취를 좇다가 낙담한 후 유학길에 오르고, 『옥호기연』의 '막동'은 일시 '금주'를 납치했다가 후환을 우려해 세계

일주에 나서며, 『안의성』의 '상현'은 아내와 어머니 사이 갈등이 심각해지자 도피성 세계 일주를 떠나는가 하면, 『해안』의 '대성'은 아내가 가출했다는 거짓 전보를 받고 홧김에 세계 일주에 나섰다가 워싱턴에 정착한다.

이처럼 출발이 충동적이었음에도 불구하고 이들이 보내는 시간은 생산적이다. 『안의성』의 상현은 각국의 "유명한 정치가 재산가"에게 환영을 받으며 "다수한 기부금을 보조"받는 가운데 일본과 중국을 거쳐 유럽과 아프리카 및 오세아니아의 산업과 풍물을 시찰하고,[25] 『해안』의 대성은 비슷한 경험을 한 후 워싱턴에 정착해 의학 공부에 몰두하며, 『옥호기연』의 막동은 유럽 여행의 경험을 통해 완악한 성품을 스스로 교정하기까지 한다. 이렇듯 서사가 진행되면서 더 넓은 세계를 경험하고 갱생하는 남성주인공은 도처에서 목격된다. 상해로 떠난 『빈상설』의 '정길', 군대 해산 후 전국을 유랑하는 『화세계』의 '구정위', 학교 통학을 고집하는 아내와 헤어진 후 뒤늦게 유학길에 나선 『경중화』의 '범칠' 등은 소설의 시간이 흘러감과 더불어 현저하게 변화와 성숙을 보여 주는 인물들이다. 악역을 맡은 여성들의 변화가 서사가 사실상 종결된 후에야, 그것도 응징과 용서에 의해 나타난다면 남성의 변화는 서사 한복판에서, 그것도 자발적으로 일어난다.[26]

'여성성'의 정치적 함의와 신소설

역사·전기물과 신소설 사이, 그리고 신소설 내부에서도 여성주인공과 남성주인공 사이에서 남성성과 여성성의 분절을 가상해 보기는 어렵지 않다. 역사·전기물은 『애국부인전』 『라란부인전』 같은 예외에도 불구하고 대개 남성영웅(hero)을 내세워 민족사를 기술하는 서사물이었고, 반면 신소설은 여성주인공(heroine)을 내세워 당대 사회를 보여 주는 서사였다. 역사와 당대성 사이의 거리, 그리고 남성영웅과 여성주인공 사이의 거리가 역사·전기물과 신소설 사이의 분절을 구성하고 있는 셈이다. 당연히 이 분절은 공적 영역과 사적 영역 사이의 분절처럼 비치기도 한다. 남성은 가정에서 벗어나 우애와 공동체 의식을, 나아가 인류에 대한 관심을 지향하는 존재요, 반면 여성은 가정과 성생활에 집착하는 존재라는 관념은 역사·전기물과 신소설이라는 양식 자체를 설명하는 데도 성공적으로 대입되는 듯하다. 신소설이 '개혁기의 정치성'을 핵심으로 하는 양식[27]이면서도 결국 '정치소설의 결여 형태'로서의 파탄을 드러냈다는[28] 평가가 일반화되어 있는 것 또한 이 같은 남성성과 여성성의 대립 구도 속에서 이해될 수 있다.

이런 사실을 전적으로 부정할 수는 없겠지만, 그러나 신소설이라는 양식 일반의 문법을 두고도 풍성한 정치·사회적 독해는 여전히 가능하고 또 필요하다. 신소설에서 여성주인공의 서사는 여성의 사회 진출과 그에 따르는 육체의 현실화라는 상황을 표현하고 있으며, 중간 계층의 사회적 감각과 그에 수반하는 계층 간 충돌과 타협의 정황을 포착해 내고 있고, '이주-모험'과 '망명-복귀'로 구분할 수 있는 국가 기획[29] 중에서 후자의 서사를 상징화해 보여 주고 있다.

1900년대 당시 사적 영역과 공적 영역의 구분이 오늘날처럼 확정적이지 않았다는 사실 또한 부기해 둘 만하다. 1900년대 후반, 특히 1907년의 평민적이고 친일적인 '신내각' 구성 후 공공의 내각 대신들은 공적 영역에서의 반민족적 태도에 의해서보다 사적 영역에서의 비도덕성에 의해 더욱 가차 없는 공격 대상이 되었다. 부인의 태도, 첩과의 관계, 성도덕에 있어서의 문란 등 사적인 약점이 여지없이 폭로되었고, 그것이 곧 공적인 '악'의 증거로 채택되었던 것이다.[30] 이런 상황에서라면 신소설에서 여성주인공이 겪는 성적 수난과 순결성의 유지 또한 순전히 사적인 의미로만 소비되지는 않았으리라 짐작해 볼 수 있다. 여성의 순결성이 여성은 물론 남성의 공적인 삶에도 관여하던 시기, 순결성이란 증명해야 할 도덕적 기반이었기 때문이다.

민족이라는 단일 주체로의 열렬한 호명이 1900년대의 특징이었다면, 국가라는 경계 내부에서 성과 계층과 국가 기획의 차이를 보여 준 신소설은 당시의 일반적인 특성을 공유하면서도 다른 면모를 보여 주는 창(窓)이라고 할 수 있겠다. 신소설 내부에서 목격할 수 있는, 여성주인공 사이의 뜻밖에 두드러지는 개성 또한 그 연장선상에서 기록해 둘 수 있다. "이십이 훨씬 넘은 듯한 노처녀"로 "키도 훌씬 크고 몸도 굵직하고 (……) 여중영걸로 난" 주인공이나(『운외운』(1913)) 시비에게 "인두판을 집어던지"고 "자를 집어치"는가 하면 아비에게까지 "포달을 피"지만 정혼의 의리를 지키는 데는 결연했던 주인공(『단산봉황』), 초례청에서 스스로 신랑을 선택할 정도로 '완패'한 신부인 주인공(『검중화』(1912)) 등은 아리땁고 정숙한 신소설의 전형적 주인공에 비할 때 이채를 발하는 여성들이며, "우리는 (……) 애정의 속박을 받지 말며 남자의 노예가 되지" 않은 채 살아가겠다며 깔깔대고 웃는 『경중화』의 두 여성은 동성 결혼이라는 급진적 결론을 사양치 않았던 조선 시대 『방한림전』을 연상시키는 흥미로운 예외이기도 하다.

18~19세기 유럽 소설의 전형적 서사는 남성주인공이 사회적 모험과 연애의 풍파를 동시에 헤쳐 나가는 서사였다. '보바리 부인'과 '나나', '안나 카레니나' 같은 쟁쟁한 여성주인공의 계보 또한 존재하지만, 발자크·스탕달·졸라와 실러나 괴테, 톨스토이와 도스토옙스키 등을 통해 서사의 핵심에 자리한 것은 '젊은 부르주아 남성'이란 정체

성이다. 그런 서사에는 개인의 성공이 곧 사회·국가적 성취라는 전제 및 그 전제에의 회의가 함께 얽혀 있다. 반면 근대 전환기 한반도에서는 성과 신분과 지역의 욕망을 민족국가 건설의 구심력이 다 수렴하지 못하는 상황을 겪었다. 자기해방과 민족국가의 건설을 어떻게 연결시키느냐에 따라 주체들의 향방은 달라지곤 했다.

여성주인공을 앞세운 신소설이라는 양식은 이렇듯 민족국가를 둘러싼 구심적·원심적 운동이 교차하는 가운데 번성했다. 부국강병을 명분으로 하면서도 성과 신분의 자유를 추구했던 신소설의 주인공들은, 그러나 자주 그러한 명분을 골똘히 성찰하기보다 눈앞의 이익동기에 쉬 유혹되는 길로 나아간다. 한일 강제 병합 후 그런 경향은 일층 짙어진다. 1900년대 신소설에서 『홍도화』의 '태희'나 『목단화』의 정숙과 『현미경』의 빙주 등 개성적 주인공이 종종 눈에 띄는 반면, 1910년대 신소설에서 그 같은 성취는 두드러지게 퇴행한다. 그럼에도 위에 든 『운외운』, 『단산봉황』, 『검중화』 등 여성-중인이나 여성-평민이 자기 개성을 다 포기하지는 않는 모습 또한 간간이 이어지고 있다. 천편일률 가정으로의 귀환으로 종결되고 흔히 권력 지향의 색채를 띠었음에도 신소설의 서사가 '여성의 서사'로서 기억될 수 있는 것은 이런 면면 때문이다.

주

* 이 글은 필자의 책 『신소설, 언어와 정치』(소명출판, 2014)에 수록된 「서리(胥吏)의 딸, 길 위에 서다 — 신소설에 있어 성(性)과 계급의 문제들」을 일부 수정, 보완한 것이다.

1 이인직, 『혈의누』, 김상만 서포, 1907, 69쪽. 이하 인용 시 본문에 쪽수만 표기.

2 량치차오(梁啓超), 「소설과 대중사회와의 관계를 논함」, 최완식·이병한 편역, 『중국사상대계 9: 강유위·양계초』, 신화사, 1983, 313~314면.

3 원앙호접파 문학은 《토요일》, 《소설총보》 등 잡지를 주 무대로 등장한 저널리즘 문예이며, 연애를 모티프로 하고 있지만 장헌수이(張恨水)의 『춘명외사(春明外史)』처럼 남성주인공을 두드러지게 내세우고 사회비판적인 '견책적' 요소를 짙게 도입한 사례도 없지 않다. 한국 신소설과 비교하기에 더 적절한 것은 차라리 전래(傳來) 재자가인(才子佳人) 소설의 전통을 계승하면서 창작된 비슷한 시기의 언정(言情) 소설이라 볼 수도 있겠는데, 그 대표작 중 하나인 『한해(恨海)』가 보여 주듯 언정소설은 정치·사회적 사건을 도입하면서 여성주인공을 유랑의 길에 오르게 하기도 한다(장징(張競), 임수빈 옮김, 『근대 중국과 연애의 발견』, 소나무, 2007, 120~140쪽 참조). 신소설과의 유사성이 발견되는 대목이므로 숙고를 요한다. 여기서 원앙호접파를 비교 대상으로 삼는 선택을 한 것은 근대 초기 소설사에서 남성/여성, 공적 영역/사적 영역의 대립을 '가상'할 때 견책 소설에 어울릴 만한 짝패로서 두드러지는 흐름이라고 판단했기 때문이다.

4 아르놀트 하우저, 염무웅·심성완 옮김, 『문학과 예술의 사회사』 3, 창작과비평사, 1989, 80쪽.

5 전반적인 논의는 장시광, 「여성소설의 여주인공과 여화위남」(『한국 고전소설과 여성인물』(보고사, 2006)을 참조했다.

6 「홍계월전」, 정병헌·이유경 엮음, 『한국의 여성 영웅 소설』, 태학사, 2000, 180~181쪽.

7 이 점에서, 동일하게 성적 교차의 양상임에도 불구하고 '드랙(drag)'과 '여화위남'은 판연히 구별된다. 남성이 여성을 흉내 내는 '드랙'은 육체의 현실성을 전제한 위에 기호를 도입하는 것, 즉 유희이자 일종의 교란이지만, '여화위남'은 기호가 육체를

압살하는 기제이다. '드랙'에 대해서는 주디스 버틀러(J. Butler), 김윤상 옮김, 『의미를 체현하는 육체 — '성'의 담론적 한계들에 대하여』(인간사랑, 2003) 참조.

8 김교제, 『목단화』, 광학서포, 1911, 92쪽. 이하 인용 시 본문에 쪽수만 명기.

9 소설의 모티프로 즐겨 사용된 '남장 여자'가 현실에서 얼마나 존재했는지는 미지수다. 후일 '신여성'의 대표적 인사 중 한 명으로 꼽힌 박인덕은 어린 시절 남복한 채 동네 서당에 다녔다는 일화를 회고한 바 있다. Induk Pahk, *September Monkey*, New York: Harper Brothers, 1954, pp.24~25.

10 이영아, 『육체의 탄생 — 몸, 그 안에 새겨진 근대의 자국』(민음사, 2008)에서는 신소설에 있어 가출의 유형을 ① 가족 구성원의 미움을 사 축출당하는 경우, ② 남성에 의해 유혹되거나 납치당하는 경우, ③ 두 계기가 중첩된 경우, ④ 자의에 의해 가출한 경우로 나누고 있다. 이중 ②와 ④는 신소설에 와서야 목격되는 현상이다.

11 집 밖에 나선 '거리의 여성'은 누구나 소유할 수 있는 대상이라는 이런 생각은 종종 신소설 텍스트 내부에서도 표현된다. 예컨대 『빈상설』에서 악비 '금분'이 "만일 혼자 나섰을 말이면 몇 걸음 안 나아가서 발길에 툭툭 차이는 홀아비에게 붙들려서 내외국 신문에 뒤떠들었을 터인데"라고 말하는 대목이나 『행락도』의 납치 장면에서 "설혹 보는 사람이 있더라도 홀아비가 도망꾼을 잡아 사는 데는 도리어 찬성"한다며 마을 사람들의 여론을 환기시키는 대목 등이 그렇다.

12 여기서 작가 최찬식이 중인 출신이라는 사실을 환기하지 않을 수 없다. '최후의 서리(胥吏) 시인'이라 불린 아버지 최영년은 서울 아전 출신으로 전형적인 친일 부르주아였다.(최원식, 『한국계몽주의문학사론』(소명출판, 2002), 24~31쪽 참조) 아울러, 왕족 출신이며 조부가 대원군의 측근이었던 이해조의 경우(최원식, 『한국근대소설사론』, 창작사, 1986, 16~23쪽), 특히 1900년대에 창작한 대부분의 소설에서 양반 가문 출신 주인공을 등장시키고 있다는 사실은 주목할 만하다. 텍스트의 계급의식이 작가의 계급에 직결될 수는 없지만, 적어도 신소설에 있어 계급의식이 민족의식 못지않게 중요하게 작용했을 가능성, 또한 그것이 작가의 배경 및 정치의식과 연관되어 있을 가능성은 제기해 두고자 한다. 서자 출신인 이인직 또한 이 문제와 관련해 흥미로운 사례이고, 양반가 출신이라는 것 외에 생애가 충분히 밝혀져 있지 않으나 김교제 역시 상업학교에서 수학한 것으로 보아 주변-신흥계급의 정체성을 공유하지 않았나 생각해 볼 수 있다.(김교제의 생애에 대해서는 최원식, 『한국계몽주의문학사론』, 111~113쪽 참조.)

13 이화여대 백년사 편찬위원회 엮음,『이화백년사』, 이화여대 출판부, 1994 참조.

14 이인직,『귀의성』 하, 중앙서관, 1908, 119쪽.

15 조선 시대 소설에서도 '이속(吏屬)-평민의 딸' 모티프가 적잖이 있다는 사실을 상기해 두고자 한다. '춘향'이 가장 유명한 주인공일 텐데, 그 밖에『운영전』이나『심생전』 등에서는 궁녀나 서리의 딸이 명문가 아들과 결연 직전까지 이른다. 그러나『춘향전』 외『운영전』이나『심생전』의 결말은 비극적이며, 여성주인공은 그 사실을 당연시한다. 민사(悶死) 직전『심생전』의 여성주인공은 유서에서 "여라(女蘿)가 외람되게 높은 소나무에 붙"었다며 자신을 주제넘은 담쟁이덩굴에 비유한다.

16 최찬식,「능라도」,『한국신소설선집』 5, 을유문화사, 1968, 92쪽.

17 물론 이런 출세의 길은 1905년 이후 보호국 체제하에서 줄어들기 시작해 1910년대에는 실질적으로 봉쇄된다.『추월색』의 '영창'이 관료가 되는 대신 '문학가'가 되었다는 사실을 이 맥락에서 기억해 볼 만하다.

18 이상의 기사는 차례대로《독립신문》(1897. 1. 9; 6. 24; 7. 1; 4. 1; 6. 19, 그리고 1898. 5. 31)의 기사에서 인용한 것이다.《독립신문》 기사, 특히 초기 잡보 기사는 제목 없이 내용만 실리는 일이 많았기에 기사 여러 편을 소개할 경우 부득이 날짜만으로 출처를 표시한다.

19 차례대로《독립신문》(1898. 9. 29와 11. 11 및 11. 19, 그리고 12. 7)의 기사 참조.

20 예컨대 어린이들이 가장 먼저 학습했던『동몽선습』의「부부유별」장에는 "남자(男子)는 거외이불언내(居外而不言內)하고 부인(婦人)은 거내이불언외(居內而不言外)"해야 한다는 구절이 나온다.

21 「허튼수작」,《대한매일신보》, 1910. 6. 15.

22 「조약소 여당」,《독립신문》, 1898. 11. 4.

23 '가부장적 형제애'의 개념 및 사회 구성에 있어 그 개념이 차지하는 위치에 대해서는 C. Pateman, *Sexual Contract*, Standford Univ. Press, 1988, pp.78~79 참조.

24 이인직,『은세계』, 동문사, 1908, 111~112쪽.

25 최찬식,『안의성』, 박문서관, 1914, 138~139쪽.

26 신소설의 남성주인공과 당대성의 연관에 대해서는 권보드래,『신소설, 언어와 정치』(소명출판, 2014)에 실린「전쟁, 국가의 기원」 참조.

27 이재선,「신소설에 있어서의 갑오개혁」,『새국어생활』 4권 4호, 1994, 4쪽.

28 김윤식,『한국근대소설사연구』, 을유문화사, 1986.

29 상세한 논의는 권보드래, 앞의 글 참조.

30 이완용이 며느리와의 관계를 의심받았고 송병준이 친구 부인과의 간통 소문에 시달렸다는 등의 정황을 참조할 수 있겠다. 이런 추문은 신문기사의 단골 소재이기도 했다.

여성문학의 탄생, 그 원초적 장면

— 여성·스캔들·소설의 삼각관계

심진경

'소문난 여성'과 스캔들이 된 문학

우리는 끊임없이 소문에 둘러싸여 산다. 신문의 추측성 기사로 인해 소송은 끊이지 않으며, 인터넷을 떠도는 괴소문은 연예인들을 공포에 몰아넣기도 한다. 소문은 그 진원지가 불확실하기 때문에 남에 대한 비방으로 쉽게 비화된다. 그래서 소문의 진위와는 상관없이 소문의 대상이 된다는 것은 매우 불리한 위치에 놓이게 됨을 의미한다. 그리고 그 불리한 위치에 놓이게 되는 인물은 대개 여성, 특히 성적·육체적 존재로서의 여성인 경우가 많다.

'여성의 스캔들화'란 무엇인가? 그것은 현실에서 여성과 그 여성을 둘러싼 사건들을 서사화하는 하나의 방식이다. 이를 이해하기 위해서는 몇 년 전 한국사회를 떠들썩하게 했던 일명 '신정아 사건'을 예로 들 수 있을 것이다. 당시 그 사건은 표면적으로는 학력 위조 사건과 그를 통해 촉발된 우리 사회의 학력 중시 풍토에 대한 비판적 담론을 통해 조명된 바 있다. 그러나 다른 한편 그것은 심층 심리적 차원에서는 '신정아'라는 세련되고 매력적인 여성기호를 둘러싸고 생산·유통된 통속적인 이야기로서 대중적인 흥미를 불러일으키면서 향유되었다. 그 이야기들의 중심에는 자신의 매력을 활용해서 사회적 성공을 거머쥐려는 커리어우먼의 '소파승진' 이야기, 유부남과의 불륜담, 뒤늦게 만난 솔메이트와의 애절한 러브스토리 등이 있다. 좀 더 최근에 일어난 '박시후 사건'은 또 어떤가. 이 사건이 대중에게 소비되는 이야기 패턴은 두 가지다. 심리적·육체적으로 나약한 여성을 강간한 파렴치범의 이야기와 유명인을 성적으로 유혹한 뒤 협박하는 '꽃뱀'의 이야기가 그것이다. 여기에는 지금까지 신문 사회면에 무수히 보도되어 알려진 여성 강간범 관련 기사와 꽃뱀 관련 기사가 결합돼 있다. 이 두 가지 사건의 예에서 알 수 있듯, 성적·육체적 존재로서의 여성이 개입된 사회적 사건은 대중에게 익숙한 몇 가지 이야기 틀과 결합되면서 애초 사건의 본질과는 무관하게 다른 형태로 변형되어 서사적으로 소비되는 경향이 있다. 이 사건들이 스캔들이 되는 것은 그러한 메커니즘을 통해서다.

소문은 '~카더라'와 '아님 말고' 식의 수사학과 간접화법을 통해 유통되기 때문에 그 내용의 사실 여부를 확인하는 것이 어렵다. 그럼에도 소문은 떠도는 이야기에만 머물지 않는다. 오히려 우리가 주목해야 하는 것은 서로 다른 종류의 사건임에도 그것이 소문이라는 필터를 거치게 되면 익숙한 이야기로 재구성되어 좀 더 광범위하게 집단적으로 소비된다는 사실이다. 거꾸로, 이미 집단적으로 공유된 고정관념과, 은폐되었지만 뿌리 깊은 사회적 관습에 의해 어떤 사건이 소문이 되기도 한다. 그럴 때 소문은 아주 오랫동안 지속되어온 심층 심리와 집단적 무의식을 드러내는 역할을 하기도 한다. 특히 성적·육체적으로 매력적인 여성에 관한 소문은 여성에 대한 고정관념 — 정숙하거나 타락하거나 — 을 생산하고, 반대로 관습화된 여성이미지가 그러한 소문에 의해 더욱 공고해지기도 한다. 특히 소설은 지속적으로 여성 관련 소문을 흥미로운 소재로 활용하면서 특정한 여성이미지를 소비하고 구축하는 역할을 해 왔다. 아이러니컬하게도 시중에 떠돌던 여성에 관한 루머는 남성작가에 의해 소설로 쓰여지는 순간 하나의 '팩트'로 굳어지게 된다. 허구적 장르인 소설은 이런 방식으로 현실-사실과 접속한다.

이렇듯 여성이 떠도는 이야기의 주인공이 되고 그렇게 만들어진 소문이 소설의 소재로 활용되는, 여성-소문-소설 간의 순환 관계는 이미 한국 근대 초기의 소설들에서 발견된다. 신여성으로 각광받던 여성활동가들의 연애·결혼·이혼을 둘러싼 소문들, 신문 사회면을 장식하던 치정 사건, 윤심덕과 김우진의 현해탄 투신에서 시작된 수많은 정사(情死) 사건 등 한국의 근대는 여성 관련 스캔들로 시작되었다고 말할 수 있다. 아직 소설이라는 장르가 확고히 정착되지 않았던 근대 초기 신문지상에 보도된 사건·사고, 특히 스캔들 기사는 소설의 소재로 활용되기에 충분했다. 더욱이 스캔들 기사는 인물, 사건, 배경 등 소설을 구성할 만한 요건을 충분히 갖추었기에 그 자체로 소설과 친연성을 가졌다. 그런 점에서 근대문학은 스캔들, 특히 여성이 연관된 스캔들을 자양분 삼아 형성되었다고도 할 수 있다. 예컨대 윤심덕과 김우진의 정사 사건에 관한 다음 기사 내용을 보자.

> 도쿠주마루에 몸을 실은 수백 명의 승객들은 제각기 그리운 고향을 꿈꾸며 깊은 잠에 빠져 있었다. 갑판 위에는 다만 두 사람의 젊은 남녀가 서 있었다. 남자는 고개를 깊이 숙이고 사납게 출렁거리는 물결을

굽어보며 가끔 길게 한숨을 내쉬어 무엇인지 비상히 한탄하는 것 같았다. 여자는 멀리 남실거리는 수평선 저쪽을 바라보며 애조(哀調)에 넘치는 애련(哀戀)한 목소리로 「사의 찬미」를 불렀으니 그의 오장에서 끓어 나오는 처량한 노랫소리는 다만 으르렁거리는 모진 파도소리와 함께 수평선 저쪽으로 멀리멀리 사라져 버릴 뿐이었다. 그 순간 그들은 푸른 바닷물 속에 몸을 날렸다.[1]

이것은 소설인가, 기사인가. 허구인가, 사실인가. 가라타니 고진은 "신문의 3면 기사와 소설은 쌍둥이"[2]라고 말한다. 이는 일차적으로 실제와 허구 사이의 모호한 경계를 드러내는 것이지만, 다른 한편으로는 신문기사나 소설이 똑같이 인구에 회자되는 서사적 텍스트라는 사실을 확인해 주는 것이다. 윤심덕과 김우진의 현해탄 투신자살 사건은 그 자체로 대중에게 익숙한 정사 사건의 프레임과 결합되어 스캔들화된다. 그럴 때 사건은 더 이상 객관적 사실이 아닌, 대중의 고정관념과 이데올로기, 도덕적 판단 등이 투영된 이야기가 된다. 이렇듯 기사화된 스캔들은 소문의 주인공을 실제와 허구의 경계에 위치시킨다. 그리고 그 경계에 놓인 인물들은 대개 여성이다. 흥미로운 점은 한국 근대문학이 '소문의 대상이었던 여성'에 관한 남성들의 수다(數多)한 수다에서 비롯되었다는 사실이다. 그 과정에서 '가정의 천사/사회의 악마'라는 이분화된 여성표상은 지겹게도 지금까지 계속 반복·재생산되어 왔다.

성별에 따른 공사 영역의 분리가 무너지기 시작하던 근대 초기부터 사회활동을 하는 여성에 관한 스캔들(특히 문단의 여성작가들)은 끊이지 않았다. 이는 공적 영역에 등장한 신여성에 대한 남성의 태도가 그리 호의적이지 않았다는 사실을 짐작하게 한다. 그러나 어쩌면 진짜 문제는 여성작가들에 대한 동료 남성작가들의 악의적인 태도가 아닐지도 모른다. 오히려 심각한 문제는 여성을 소문 속에 가둔 채 박제화하고 고정된 몇 가지 이미지로만 한정 지었던 한국문학의 궁핍한 상상력과 창조력이다. 근대문학 초창기에 남성작가는 동료 여성작가를 스캔들화함으로써만 간신히 자기 존재를 성찰하고 현실을 진단하는 문학적 동력을 얻을 수 있었다. 한국 근대소설의 형성과 문학적 규범의 형성이 '여성'이라는 개념을 구축하는 과정과 긴밀하게 연관될 수밖에 없었던 것은 그 때문이다.

공적 소문, 사적 소설

전통적으로 창조력은 남성적 특성으로 간주되었다. 그 때문에 저자의 권위는 대개 부권적 위계질서를 중심으로 이미지화되었다. 그런 맥락에서 산드라 길버트와 수전 구바가 던진 "펜은 음경인가?(Pen is penis?)"라는 도발적인 질문은 그동안 창조적인 능력을 남성적 영역으로 배타적으로 특징지어 온 오랜 문학사적 관행을 고발한다. 그것은 동시에, 그렇게 해서 이루어진 문학성이라는 것이 결국에는 'pen is=penis'로 순환되는 자기 동일적이면서 폐쇄적인 자위(masturbation)에 불과한 것이라는 폭로에 다름 아니다. 따라서 "견고한 아버지 신을 유일한 창조자로 규정하는 가부장적 인과론과 그러한 인과론에 의존하는 문학적 창조에 대한 남성적 비유는 오랫동안 문학적 여성인 작가와 독자를 혼란"[3]시켰다. 간혹 문학작품에서 재현되는 여성의 창조적 능력은 그래서 대개는 변덕스럽거나 기괴한 것으로 제시되었다. 혹은 의심받았다. '여성에게는 조작 혹은 창조의 능력이 없다'는 남성작가들의 오랜 주장은 여성을 문학적 창조자가 아닌 창조의 대상으로만 제한해 왔다. 한국문학의 경우도 예외가 아니다. 1917년에 단편소설 「의심의 소녀」(《청춘》, 1917. 11)로 등단한 뒤, 《창조》 동인으로도 활동한 바 있는 김명순의 시 「기도」에 대한 해석과 《삼천리》 1936년 6월호에 실린 최정희의 수필 「애달픈 가을 화초」에 대한 남성평론가의 평가는 여성작가와 여성문학에 대한 당시의 판단 기준을 잘 보여 준다.

> 연령에 비하여 말하면 어디로 보든지 17, 8 내지 20 전후의 여자가 아니라 30 내외의 중년의 여자라고 하는 것이 가(可)하고 피부에 비하여 말하면 남자를 그다지 많이 알지 못하는 기름기 있고 윤택하고 보드랍고 폭신폭신한 피부라고 하느니보다도 오히려 육욕에 거친, 윤택하지 못한, 지방질은 거의 다 말라 없어진 피폐하고 황량한 피부가 겨우 화장분의 마술에 가려 나머지 생명을 북돋워 가는 그러한 피부라고 말하는 것이 적당할 듯하다. 거친 피부를 가려 주고 있는 한 겹의 얇은 분을 벗겨 버리면 그 아래에는 주름살 진 열없는 살가죽이 드러난다. 그와 마찬가지로 그의 시도 한 겹의 가냘픈 화장이 있다. 또한 그와 마찬가지로 그의 시에 볼 만한 것이 있다면 그것은 이 화장한 피부와 같이 퇴폐의 미가 있는 까닭이겠고 황량의 미가 있는 까닭이겠다.[4]

> 소녀 문단에서 최근 나는 별외적(別外的)인 글 하나를 발견했다. 그는 소설도 시도 희곡도 아닌 불과 반 페이지의 수필이다. 《삼천리》 6월호에서 본 최정희의 글이다. 청춘을 작별하는 이내 얼굴을 응시하는 여인의 심경을 고백한 글이다. 이것만은 여류 국제 문단에서도 상당한 친구가 아니고는 못 쓸 글이다. (……) 남성작가는 감쪽같이 자기를 은폐하고도 걸작을 내놓을 두력(頭力)을 가졌지만, 그를 못 가진 여성작가

에 있어서는 반대로 있는 대로의 자기를 표박(漂迫)할 때에 한해서 볼 만한 글을 내놓는다는 불문율을 새로이 인식하였다.[5]

김명순의 시 「기도」와 최정희의 수필 「애달픈 가을 화초」에는 모두 거울을 들여다보는 여성화자가 등장한다. 그런데 김명순의 시에서 거울을 들여다보는 행위는 자기 치장과 위장으로 해석되는 반면, 최정희의 수필에서 '거울에 비치는 얼굴'은 곱지 못한 자기 마음을 발견하는 계기가 된다. 이때 여성의 거울은 자기은폐의 도구인 동시에 자기폭로의 도구이기도 하다. 특히 "한 겹의 가냘픈 화장"으로 상징되는 김명순의 위장술에 대한 평가는 지극히 냉정하다. 저명한 남성평론가 김기진은 불행한 가정사와 '나쁜 피'의 유전적 결함 등에 의해 김명순이 '히스테리컬'한 정서적 충동과 감상을 갖게 됐다고 그 경위를 밝힌 뒤, 이를 근거로 김명순의 문학적 성향을 퇴폐적이고 히스테릭한 것으로 규정한다.

반면에 김문집은 남성작가와 같은 창조력을 갖추지 못한 미숙한 여성작가는 자기 자신을 솔직하게 표박할(드러낼) 때라야 비로소 '볼 만한 글'을 내놓을 수 있으며, 그러한 자기표박은 여성문학의 불문율이 되었다고 말한다. 이 글에 나타난 "소녀 문단"이라는 표현이야말로 미성숙한 여성작가들에게 '성숙한 남성의 장르'(루카치)인 소설은 어울리지 않는다는 비평가의 시각을 대변한 것이다. 이때 김문집이 극찬한 최정희의 글이 수필이라는 사실은 중요하다. 이는 여성작가의 작품을 주변화된 장르인 수필과 동일시함으로써 주변화하는 방식인 동시에 사생활과 동일시하는 방식이기도 하다. 창조력이 없는 여성은 본래 문학과 같은 창조적 활동을 할 수 없는데, 그럼에도 여성이 문학을 한다면 위장술이나 은폐술이 아닌 자기폭로의 형태로만 가능하다는 주장이다. 다시 말해서 이상(李箱)과 같은 남성작가에게 위장술과 은폐술은 개성적인 문학적 방법론이 될 수 있지만, 여성작가에게 위장술은 자기기만에 불과한 것이므로 금지해야 한다는 것이다. 이렇듯 근대문학의 형성기부터 여성작가와 여성문학은 화장하지 않은 '맨얼굴' 드러내기를 요구받아 왔다.

이러한 맨얼굴 드러내기에 대한 요구는 사실상 여성을 허구의 창조자가 아닌, 고정된 허구적 대상물(혹은 드러나야 할 진리)로 보는 오랜 관습적 시각의 또 다른 표현이다. 창조력이 부재한 여성이 작가가 되기 위해서는 자신의 삶, 내면을 드러내야 한다는 비평적 요구는 여성문학을 사적인 것과 공적인 것, 사실과 허구, 은폐와 폭로가 뒤섞여 전개되는 가십과 유사한 것으로 만든다. 식민지 시대 여성문학의 전개 과정을 소문의 서사화 과정이라고 볼 수 있는 것은 이 때문이다. 1세대 여성작가인 김일엽·김명순·나혜석에 대한 논의가 주로 그들의 사생활에 관한 근거 없는(혹은 있는) 소문을 중심으로 전개되었다는 점, 그런 그들을 '작품 없는 벙어리 작가'로 명명했다는 사실은 전형적으로 소문의 생산과 유통의 메커니즘을 닮아 있다. 그래서 여성작가들은 작품 없이도 그들의 사생활에 대해 떠도는 서사적 지식, 즉 소문만으로도 충분히 여성작가로 명명될 수 있었던 것이다.

이러한 사생활 폭로는 특히 1920년대에 작품 활동을 한 김명순에게 집중되었는데, 이는 김명순이 작품 활동을 전혀 하지 않던 1930년대 중반까지 이어진다. 예컨대 「호콩 행상을 하는 김명순」(《삼천리》, 1939. 9)은 '누가 ~했대'라는 식의 소문의 수사학('카더라 통신'과 같은)이 전형적으로 나타나는 기사문이다. 이 기사문 도입부에는 "김명순이 매를 맞았대!", "김명순이라니?", "탄실이 말이야. 동경에 가 있는데 호콩을 팔러 다니다가 매를 죽도록 맞았대!"라는 대화 내용이 전개된다. 이는 정확한 사실에 근거한 기사라기보다 풍문으로 떠다니는 이야기를 각색한 것에 불과하다. 그럼에도 김명순의 불우한 생활에 대한 가십성 기사는 이후에도 계속된다.[6] 그 과정에서 김명순의 작가로서의 정체성과 문학적 결과물은 철저하게 배제된다. 그렇게 소문 속에서 창조력을 거세당한 채 문단에서 배제된 김명순은 염상섭, 김동인, 전영택 등과 같은 남성작가들에 의해 창작의 대상으로 다뤄지게 된다. 그렇게 여성은 스캔들화되면서 그 자체로 소설이 된다.

보통 공적인 영역은 '남성적인 것'으로 구성된다고 인식된다. 그러나 반대로, 스캔들의 공적 특성은 대개 '여성적인 것'으로 구성된다. 공적 스캔들은 소설과 결합되면서 성(性)에 관한 은밀하고도 정교한 담론을 제공한 뒤 비밀스럽게 유포된다. 그 결과 사생활을 폭로당한 공적인 여성들은 말 그대로 '스캔들화(scandalize)'됨으로써 사적으로 소비되는 스캔들의 대상이 되고 만다. 미셸 푸코가 지적하는 것처럼, 성은 언어로 구조화된다. 그러나 '이야기될 수 없음'이라는 성의 특성상, 성은 침묵하면서 그 침묵을 통해 의미를 생산해 낸다. 그리하여 이제 문제는 섹슈얼리티가 어떻게 스캔들화되었는지가 아니라, 스캔들이 어떻게 섹슈얼리티를 생산해 내는 데 일조했는지, 나아가 이러한 일련의 과정이 역설적이게도 여성의 섹슈얼리티를 어떻게 '말할 수 없음'의 대상으로 만들었는지가 된다.[7] 이제 여성의 섹슈얼리티는 공공연한 비밀이 되고 만다. 여성의 성과 육체에 관한 공공연한 소문은 은밀한 욕망과 설명하기 어려운 감정이 펼쳐지는 '사적' 소설과 만나 흔히 '모델소설'이라고 명명되는 소설의 하위 장르를 생산하기에 이른다.

신여성은 어떻게 '모델'이 되었나

'모델소설'은 식민지기에 자신들의 가까이에서 문인으로 활동했던 여성작가들(나혜석, 김일엽, 김명순)에 관한 소문('섹스와 돈에 환장한 허영 덩어리'라는 소문)을 근거로 남성작가에 의해 창작된 일련의 소설이다. 물론 모든 모델소설이 실존했던 신여성을 대상으로 쓰인 것은 아니다. 하지만 적어도 근대문학 형성기에 집중된 모델소설과 이후 1세대 여성작가 이야기를 소재로 한 모델소설은 세간에 화제가 되었던 신여성의 연애와 결혼, 이혼 등과 관련된 스캔들을 집중적으로 다룬다. 흥미로운 것은 그 과정에서 여성에 관한 전형은 물론, '문학'의 전범이 만들어졌다는 사실이다. 한국 근대문학의 성립 과정이 '여성' 혹은 '여성문학'의 성립과 모종의 연관 관계를 가지고 있다는 가정이 가능한 것은 그 때문이다.[8] 이때 전제되어야 할 것은 여성 혹은 여성문학은 그 자체로 변경 불가능하고 탈역사적인 보편 개념이 아니라는 사실이다. 권력의 사법적 체계가 주체를 생산하고 결국에는 그 주체를 재현하게 된다는 미셸 푸코의 지적, 그리고 '남성'과 '여성'이라는 용어의 사용법을 이해하기 위해서는 그것을 역사화하려는 구체적인 노력을 이해하지 않으면 안 된다는 낸시 암스트롱의 지적에 따르면, 문학작품에 재현된 여성은 그 자체로 이미 일련의 선택과 배제를 통해 만들어진 담론적 구성물이자 재현의 정치학의 결과물이다. 그런 점에서 남성작가들이 실존했던 여성작가들에 관한 소문(특히 연애 관계에 관한 소문)을 소설적 소재로 다룬 모델소설은, 이후 전개될 한국문학의 어떤 운명, 즉 '남성 중심적·가부장제적·여성 비하적'이라고 요약되는 상투화된 문학의 운명을 예견케 한다. 그렇게 본다면 근대소설의 내적·외적 규범은 '여성'이라는 개념을 구축하는 과정에서 만들어졌다고도 말할 수 있다. 그렇다면 한국 근대소설은 모델소설을 통해 어떤 '여성'을 만들었나? 김동인이 쓴 중편소설 「김연실전」(1939)의 다음 대목을 보자.

> 연실이는 선생이 요구하는 것이 무엇인지를 순간에 직각하였다. 끄는 대로 끌리었다. 그날 당한 일이 연실이에게는 정신상으로는 아무런 충동도 주지 못하였다. 그것은 연실이가 막연히 아는바, 사내와 여인이 하는 노릇으로, 선생은 사내요 자기는 여인이니 당하게 되면 당하는 것이 당연한 일쯤으로 여겼다. 그때 연실이가 좀 발버둥이를 치며 반항을 한 것은 오로지, 육체적으로 고통을 느끼기 때문이었다. 이런 고통을 받으면서 그 노릇을 하는 것이 여인의 의무라 하는 점이 괴로웠다.[9]

김동인의 「김연실전」 연작[10]은 김명순을 모델로 하여 그녀의 불우한 성장 과정과 불행한 결말을 신여성 일반의 공통적인 운명인 것처럼 왜곡해서 서술하는 소설이다. 앞에 인용한 문단은 열다섯 살이 된 '김연실'이 동경 유학을 위해 일본어를 배우다가 일본어 선생에게 강간당하는 장면이다. 그러나 놀랍게도 연실은 어떤 충격도 받지 않을 뿐만 아니라 강간을 "사내와 여인이 하는 노릇" 정도로 가볍게 치부한다. 소설 내내 연실은 자신이 처한 불행한 상황에도 불구하고 그에 대한 어떠한 고민도, 아무런 내적 갈등도 하지 않는다. 그녀는 단지 외부에서 오는 자극에만 반응하는 '파블로프의 개'일 뿐이다. 소설에서 김연실을 설명하기 위해 가장 많이 동원되는 표현은 '아무런 감흥을 느낄 수 없었다'는 것이다. 김동인의 인형 조종술이 극단적으로 드러난 이 연작소설에서 여성인물은 어떤 공감이나 이해가 불가능한 타자 혹은 비인격적 사물로 재현될 뿐이다. 그럴 때 김연실은 개별성과 고유성을 상실한 채, 해소되지 못한 남성 욕망이 부당하게 담기는 텅 빈 그릇이나 스크린에 불과한 존재로만 다뤄진다. 그 결과 「김연실전」은 신여성에 관한 뻔한 고정관념들이 에피소드 식으로 나열된 신여성 스캔들의 전시장이 되고 말았다.

김동인은 「김연실전」 연작을 통해 동료 작가(김명순은 1세대 여성작가 중에서 유일하게 현상 문예 공모에 당선되면서 작품 활동을 시작한 전업 작가였으며, 《창조》 동인으로 활동한 유일한 여성작가이기도 했다.)였던 김명순을 일탈적이고 부도덕한 사건의 주인공으로 재구성하고 서사화하는데, 아이러니컬하게도 그 과정에서 작가가 지어낸 소설의 허구적인 내용조차 사후적으로 사실이라고 확정된다. 특히 김동인의 문단 회고록[11]은 김일엽(김원주)과 임노월의 연애 사건과 김명순의 연애 경력 등, 당시 1세대 여성작가를 둘러싼 가십성 내용들을 "~라 하는 것이다."와 같은 소문의 수사학을 사용해 마치 사실인 것처럼 진술한다. 문제는 이러한 회고가 '한국 문단의 역사'라는 제목 아래 사실로 받아들여지고 있을 뿐만 아니라, 이후에도 다양한 형식으로 반복·재생산되면서[12] 허구적인 소설의 내용을 사실로 확정한다는 것이다.

모델소설을 통해 이루어진 소문의 허구화, 허구의 사실화 방식은 여성에 대해 떠도는 이야기들, 즉 성적으로 타락한 신여성에 관한 풍문과 결합함으로써 여성에 관한 규범적·공공적 해석을 만들어 내고, 이는 다시 실제 여성의 삶을 규율하기 위한 부정적 사례로 활용된다. 즉 '몹쓸 것들'로 재단된 소설 속 여성인물들은 현실의 여성에 관한 기존의 가치관을 더욱 견고하게 만들기 위한 반면교사인 것이다. 남성작가의 모델소설을 거치면서 여성은 '정숙하거나 타락한' 여성 형상에서 벗어나지 못한 채 허구적으로나 실제적으로나 일종의 오브제가 된다. 어쩌면 신여성을 대상으로 한 모델소설의 문제는 동료 여성작가의 사생활을 폭로한 것이 아닐지도 모른다. 진짜 문제는 이러한 방법론이 기존의 가치와 도덕률에서 한 치도 벗어나지 못한, 문학적 갱생이 불가능한 저질 문학을 양산했으며, 더 많은 문학적 가능성을 원천적으로 봉쇄했다는 점이다.

김명순을 모델로 한 또 다른 소설인 염상섭의 「제야」(《개벽》, 1922. 2~6)도 마찬가지다. 「제야」는 '최정인'이라는 신여성이 제야(除夜)에 자살을 결심한 뒤 그러한 결심에 이르기까지의 과정과 자신의 타락상을 고백하고 속죄하는 1인칭 고백체 소설이다. 이 소설은 지금까지 유일한 내면 고백의 주체라고 여겨진 남성이 아니라, 신여성을 새로운 고백의 주체로 내세워 여성 스스로 자기의 내면을 고백하도록 했다는 점에서 「표본실의 청개구리」(《개벽》, 1921. 8~10), 「암야」(《개벽》, 1922. 1), 「제야」를 비롯한 염상섭 초기 3부작 중 가장 특별하다는 평가를 받는다. 김동인의 「김연실전」에서 김연실은 주인공임에도 자기 목소리가 실종된, 내면 없는 존재로 그려지는 데 반해, 염상섭의 「제야」에서 최정인은 자신의 부도덕함과 위선, 뻔뻔함 등을 고발하면서도 신여성만을 비난하는 세계의 타락상을 꼬집는 등 신여성과 신여성이 처한 사회 현실에 대해 자각적이고 자의식적인 인물이다. 이렇듯 염상섭의 「제야」는 신여성의 분열적이면서도 복합적인 내면을 적나라하게 드러냄으로써 신여성을 좀 더 입체적이고 생동감 있는 존재로 그려 냈다는 점에서 분명 김동인의 모델소설과는 다르다. 그러나 「제야」는 신여성 스스로 자신에 대해 말하게 하려는 애초의 의도와는 달리, 당시 대중 담론에서 정형화된 신여성의 이미지를 반복적으로 재생산한 뒤, 그러한 신여성을 희생자 메커니즘 속으로 밀어 넣어 자발적으로 서사 바깥으로 사라지게 한다. 「제야」에서 자기 죄를 고백하는 주체는 여성이지만, 그 죄를 용서하는 전지전능한 존재는 남성(최정인의 남편)이라는 사실은 초기 염상섭 소설의 신여성 재현의 한계를 암시한다.

물론 염상섭의 모든 모델소설이 그런 것은 아니다. 특히 『해바라기』(《동아일보》, 1923. 7. 18~8. 26), 『너희들은 무엇을 얻었느냐』(《동아일보》, 1923. 8. 27~1924. 2. 5) 등 1세대 여성작가들 전반을 모델로 한 일련의 소설들은 실존 인물을 대상으로 하면서도 그들의 내면 풍경을 손에 잡힐 듯 생생하고 박진감 있게 그려 낸다. 염상섭의 소설에서 실존했던 여성인물은 그렇게 사실적이면서도 객관적인 형상을 얻는다. 중요한 것은 염상섭이 이런 모델소설을 거치면서 비로소 작가 특유의 소설적 방법론이라 할 법한 '심리 묘사'를 확립했다는 사실이다. 이는 스캔들화된 여성이 어떻게 근대소설의 확립을 위한 자양분으로 활용되었는가를 상징적으로 보여 주는 예가 될 것이다. 그리하여 이제 소문의 발화자이자 해석자인 남성작가는 여성의 외양은 물론 내면까지도 사실적으로 재현할 수 있는 전지적 작가의 위치를 차지함으로써 여성에 관한 담론을 생산하는 주체가 된다. 물론 그 과정에서 모델소설의 대상이 된 김명순, 김일엽, 나혜석의 문학은 여성에 대해 떠도는 풍문에 갇힌 채 증발해 버리고 만다.

소문/소설은 어떻게 여성을 통치하는가

스캔들 기사는 스캔들로 표출되고 가시화되는 성적 욕망들을 새롭게 분류하거나 언어적으로 재현하고자 하는 근대적 욕망의 표현이다. 물론 기본적으로 스캔들은 사실(fact)의 바깥에서 사생활에 관한 이야기를 뉴스로 만들어 이익을 챙기는 대중매체에 의존한다. 그러

나혜석(1896~1948)

나 스캔들은 그 자체로 나름의 성격과 구조를 지닌 플롯화된 서사라는 점에서 단순히 흥미로운 실제 사건의 재현이라기보다 소설과 마찬가지로 '언어에 의해 구성된 현실'이라고 할 수 있다. 소문 또한 소설과 마찬가지로 현실을, 나아가 그 현실을 구성하는 이데올로기를 재각인하는 언어적 구성물이자 문화적 실천이다. 다시 말해 소문은 단순히 구전되고 왜곡되는 정보의 총체가 아니라, 그 자체로 사회적 효과와 영향력을 가지는 사회적 통치(social police)의 기제다.

앞에서 이야기한 것처럼, 여성작가는 스캔들화됨으로써 그 자체로 하나의 문학작품 혹은 문학적 상황이 된다. 그리하여 점차 소설 속 여성인물(특히 방종하고 무절제한 신여성)에 대한 비난은 실제 여성에 대한 비난으로 확장되는 사태가 재연된다. 그리고 이는 근대문학 초기에 실제로 벌어졌던 상황이기도 하다. 여성작가와 그들을 모델로 한 소설 속 여성인물은 이제 거의 구분되지 않은 채, 허구와 사실의 경계에 모호하게 존재하게 된다.

이렇게 여성은 소문화, 허구화, 서사화 과정을 거치면서 '악마'와

'천사'로 상징되는 이분법적인 신화적 도상으로 재현된다. 게다가 특정 대상에 대한 잠재적 선입견과 뿌리 깊은 고정관념을 드러내는 데 효과적인 소문의 속성상, 스캔들화된 서사 혹은 서사화된 스캔들은 여성에 대한 고정관념 혹은 석화(石化)된 이미지가 집결하는 장이 된다. 특히 여성 섹슈얼리티가 스캔들화된 서사는 여성에 관한 그 사회의 지배적이고 보수적인 가치를 반영하는 경우가 많다. 아니 거꾸로, 그러한 서사는 사회가 주장하는 보수적인 가치를 뒷받침하는 근거를 제공해 준다. 물론 이때 여성 섹슈얼리티를 통해 드러나는 지배적인 가치는 대개 가부장적인 가치다. 그 과정에서 소설은 여성을 둘러싸고 만들어지는 비밀과 거짓말을 관음증적으로 소비하는 동시에, 특정한 여성이미지의 재현을 통해 여성에 대한 고정관념을 강화하는 역할을 한다. 앞서 다룬 1세대 여성작가들은 소문의 서사화 혹은 서사의 소문화 방식에 의해 대중에게 익히 알려진 신여성(성적·도덕적으로 타락했을 뿐만 아니라 속물적이고 이기적인)의 이미지를 덮어쓰게 된다. 그 과정에서 여성작가의 작품이 문학이라는 제도 바깥으로 밀려난 것은 어쩌면 당연한 일이었는지도 모른다.

그렇다면 2세대 여성작가들의 작품은 과연 이러한 소문의 서사화 방식에서 자유로웠을까? 분명한 것은 1930년대 여성작가들이 전(前) 세대 선배 여성작가들로부터의 '영향에 대한 불안'에서 자유롭지 못했으며, 따라서 선배 여성작가들과의 거리 두기를 통해 자신들의 문학적 정체성을 확보하고자 했다는 사실이다. "과거의 조선에는 완성된 여류작가가 없음에 따라 문단에서 우리들의 문학을 작성하지 못하였던 것은 사실이었다. 다만 단명(短命)의 무수한 잡지가 나옴에 따라서 저널리스트가 만들어 준 소위 여류 평가(評家)와 작가들이 대두할 뿐이었다."[13]라는 최정희의 지적은 이러한 사정을 방증한다. 다소 가혹하다 싶을 정도로 선배 여성작가들을 부정하는 최정희의 태도는 1920년대 김명순, 김일엽 등을 중심으로 집중적으로 이루어진 사생활 폭로가 1930년대까지도 계속되고 있었을 뿐만 아니라 그것이 서사화 과정을 거치면서 더욱 흥미로운 이야깃거리로 전락하는 상황을 지켜보았기 때문일 수도 있다. 실제로 김명순과 김일엽, 송계월 등의 작가들이 실종되거나 죽은 뒤에도, 그들의 삶은 일정한 서사적 형식을 부여받으면서 끊임없이 이야기되고 다종다기한 방식으로 재구성되었다. 이들 여성작가들을 둘러싼 소문의 유통과 그 서사화가 식민지 시대 후반까지 끊이지 않고 현재 진행형으로 일어나고 있었던 상황을 고려해 볼 때, 지속적으로 스캔들의 소재로 동원되고 서사화되고 있었던 선배 여성작가들의 정황은 후배 여성작가들에게는 그 자체로 공포였을 것으로 짐작된다.

따라서 2세대 여성작가들의 입장에서는 이전의 여성작가들과 다른 입지와 경향을 확보해야 할 필요성이 더욱 긴박한 숙제로 다가왔을 것이다. 그것은 여성작가의 생존이 걸린 절박한 문제였던 것이다. 그 결과 1930년대 프로문학적 경향을 띠던 여성작가(강경애, 박화성, 송계월)의 작품들이 카프(KAPF)의 해산으로 문단에 안착하지 못하고 사라진 뒤, 최정희를 포함하여 모윤숙, 노천명, 이선희, 장덕조 등이 문단의 전면에 등장하던 1930년대 중반 무렵부터 여성문학은 새로운 국면을 맞이하게 된다. 그리고 그것은 임순득이 지적한 것처럼 여성적·가정적·모성적·정신적 토픽에의 집중으로 나타난다.[14] '여성성'이라는 자질로 포괄할 수 있는 이러한 2세대 여성문학의 특성은, 한편으로는 "이쁘고 싸근싸근하며 고요하고 깨끗한 모든 여성적인 좋은 점을 소설에서 좀 더 잘 표현하고 보다 옳게 탐구해 나가는 것"[15]에 대한 남성비평가들의 요구에 부응한 것이다. 그리고 다른 한편으로,

그것은 소문의 희생양이 되어 문단 밖으로 퇴출되었던 전 세대 여성작가들을 반면교사로 보아 오면서 얻은 교훈을 내면화한 결과라고도 볼 수 있다.

이들은 그렇게 가정적이고 모성적인 성격을 자기 정체성의 내용으로 받아들임으로써 합법적으로 '여류문단'이라는 타이틀을 얻게 된다. 따라서 1930년대 후반 이들의 여성작가로서의 자기 정체성은 남성 중심적인 사회와 문단이 요구하는 가치 체계를 내면화함으로써 형성된 것이다. 그렇게 본다면, 이 시기 여성작가들의 작품에서 드러나는 여성성의 원리란, 가부장제적 사회 현실 속에서 작가가 문학적으로 생존하기 위해 어쩔 수 없이 전략적으로 채택한 창작 원리라고도 할 수 있다.[16] 그리고 이때부터 한국 문단은 '여성성'을 여성문학을 평가하는 비평적 용어로 할당하기 시작한다.

이런 문학사적 맥락을 고려할 때, 1세대 여성작가들의 서사화된 스캔들 혹은 스캔들화된 서사는 단지 근대문학의 형성 과정에서 소설적 소재와 형식의 확립이라는 문제와 관련되는 것만은 아니다. 그것은 오히려 소설에 (여성성의 원리를 가부장제적 질서와 이데올로기 속에 분배하고 배치하는) 일종의 문화적 통치 장치를 장착하는 문제와도 밀접하게 관련되는 것이라고 할 수 있다. '여성성'은 그렇게 한 집단의 권력을 고양시키는 사회적 드라마로서의 스캔들이 어떻게 다른 한 성(性)의 권력을 박탈하고 통치함으로써 생산되고 유통되는가 하는 문제와 연관되는, 문학적 통치의 결과로서 만들어진다.

그와 함께 여기에서 지적되어야 하는 또 다른 문제는, 이전 세대 여성작가들과의 거리 두기를 통해 자신들의 문학적 정체성을 확보하고자 했던 2세대 여성작가들의 '여성적인' 문학적 성향이라는 것도 실상은 전 세대 여성작가들과 마찬가지로 '소문의 서사화'로부터 자유롭지 않았다는 사실이다. 물론 이때 문제의 초점이 되는 것은 그녀들의 사생활이 아니라 글쓰기 그 자체이긴 하지만 말이다. 앞서 최정희의 수필에 대한 김문집의 평가에서도 볼 수 있었듯, 그것은 창조력이 부족한(부족하다고 평가되는) 여성작가들에게 남성비평가가 요구하는 것이기도 하다. 그간 체험적 에피소드나 솔직한 심정 고백이 주가 되는 수필 장르가 여성적인 장르로 젠더화되어 온 것 또한 이런 맥락에서 이해할 수 있다.

실제로 당시 2세대 여성작가들은 잡지사 등이 주최한 '여성작가 좌담회'를 통해 자신들의 연애와 결혼, 가정생활 등과 관련된 사담을 나누는 경우가 많았는데, 이러한 좌담회를 통해 여성작가들은 자신의 사적인 생활을 공공연하게 노출했다. 그 결과 가정을 중심으로 벌어지는 소소한 사건들과 자전적인 색채가 농후한 이야기가 주가 되는 이들의 문학작품 또한 허구라기보다는 사실에 가까운, 자전적인 것으로 이해되기도 했다. 나아가 이들의 소설이 갖는 자전적 경향은 여성문학의 미학적 성과로 해석되기까지 했다. 이후 1990년대 여성문학을 설명할 때 자주 거론되었던 '자전적 글쓰기', '고백의 서사', '자기발견의 서사'와 같은 미학적·양식적 개념들의 한국적 기원은 바로 거기에 있다. 1990년대 여성문학의 캐치프레이즈였던 저 개념들은 여성들의 글쓰기를 사생활과 결부시켜 스캔들화하고 그것을 여성작가 고유의 것으로 할당했던 식민지 시대의 오랜 문학적 통치의 연장선상에 있는 것이다.

문학을 심문하는 여성문학

한국 근대문학은 여성의 성과 육체에 관한 스캔들을 가부장제적 규율 권력을 고양시키는 사회적 드라마로 변형시킴으로써 여성(작가)을 주변화하고 탈세력화하는 데 기여했다. 그리고 그에 불복종한 여성작가들에게 내려진 사회적 경고와 위협은 그러한 격정적 드라마를 거치면서 자폭과 순응의 여성서사를 생산하기에 이른다. 애초 여성문학은 그렇게 자발적으로 가학적인 자기폭로의 희생양 역할을 떠맡으면서 형성되었다. 여성문학에서 흔히 나타나는 '맨얼굴 드러내기' 혹은 '자기 사생활의 서사화'는 일정 정도 남성 중심적이고 가부장적인 요구를 내면화한 것이다. 그렇게 보면, 여성문학은 결국 남성 중심적인 문학적 규율 권력에 의해 타율적으로 '만들어진' 것이기도 하다. 그 과정에서 '여성' 또한 그러한 규율 담론에 적합한 이름으로 재단장된다. 이런 과정을 거쳐, 여성문학은 '문학적 전통'의 영역 안으로 들어가게 된다. 그렇게 여성문학은 제도적 합법성을 획득하게 된다.

분명한 것은 한국 근대문학의 역사에서 여성문학이 형성되고 본격적으로 세력화되는 과정이 곧 여성문학이 주류 문학의 가부장제 논리에 적응하고 그것을 내면화하는 과정과 일치한다는 사실이다. 최정희를 비롯한 2세대 여성작가들이 문단에서 일정한 역할과 지분을 할당받은 것은 그런 과정을 거치면서 가능해진 것이었다. 그리고 여성문학은 그때서야 비로소 이른바 '문학적' 평가의 대상이 될 수 있었다. 한국 근대문학사에서 여성문학의 전통이 형성되는 과정은 이처럼 신산과 굴곡으로 가득 찬 것이었다. 스캔들의 여주인공이 되어 끊임없이 공공연한 비난과 폄하의 대상이 되면서 제거되었던 여성은 자기를 향했던 바로 그 '소문'의 방법론을 거꾸로 자기 자신의 문학적 전략으로 채택함으로써 비로소 제한적이나마 문학적 창조의 주체가 될 수 있었다.

그 과정에서 여성작가들에게 소문은 일차적으로는 자신들의 작품을 문학으로 인정받기 위한 네거티브한 서사 전략이었다. 그러나 그것이 전부는 아니다. 본래 소문이란 서로 다른 가치판단과 관점의 쟁투가 벌어지는 장이다. 그런데 이러한 쟁투는 대개 낯익은 것과 낯선 것, 혹은 전통적인 것과 새로운 것 사이의 갈등과 충돌의 양상을 띤다. 그렇기 때문에 소문의 대상을 둘러싸고 벌어지는 가치관과 관점의 충돌은 그 자체로 당대의 사회가 당면한 갈등과 문제를 반영한다. 여성작가와 작품을 둘러싼 소문 또한 마찬가지다. 즉 '신'여성이라는 타이틀로 무장한 여성작가의 스캔들화에는 사실은 새롭고 낯선 가치와 관점을 둘러싼 당대 사회의 반응이 투영되어 있다. 여성문학은 소문의 서사 전략을 통해 당대의 지배적인 사회 가치에 대항하는 새로운 가치의 부상을 문제화하고 그것을 뜨거운 담론의 장으로 진입시킨다. 그런 이유로 여성문학은 언제나 당대의 지배적인 가치에 대한 문제 제기의 장이 되어 왔다. 그것은 '문학' 자체에 대해서도 마찬가지다. 여성문학은 매번 '문학'의 최전선에서 '문학' 그 자체를 심문해 왔다. 즉 여성과 여성문학은 원하건 원치 않건 간에 사적인 것과 공적인 것, 문학과 비문학, 주류와 비주류, 배제와 포섭 사이의 경계의 문제를 불러일으킨다. 그리고 그것은 결국 제도적이고 미학적인 차원에서 '문학이란 무엇인가'라는 질문을 유발한다. 여성문학이 '문학을 심문하는 문학'이라고 할 수 있는 것은 그 때문이다.

한국문학사에서 여성문학의 제도적 합법화가 순응과 굴곡의 여정에서 출발했다고 해서 그것이 곧바로 여성문학의 본질과 성격 자체를 결정하는 것은 아니다. 여성문학은 매 시기 당대의 조건 속에서 언제나 그런 한계와 억압을 여성해방에 대한 나름의 문제의식과 방법론을 통해 조금씩 돌파하며 진전을 이루어 왔다. 여성문학은 당대의 지배적 가치와 자기 자신을 구성하는 토대로서의 '문학'까지도 심문하면서, 그렇게 여기까지 왔다.

주

* 이 글은 필자의 책 『여성과 문학의 탄생』(자음과모음, 2015)에 수록된 「여성문학은 어떻게 만들어졌는가? — 한국 여성문학의 기원」의 일부를 재구성한 것이다.

1 「윤심덕 김우진 정사 사건 전말」, 《신민》, 1926. 9.

2 가라타니 고진, 김경원 옮김, 「계급에 대하여 — 나츠메 소세키론 1」, 『마르크스 그 가능성의 중심』, 이산, 1999, 153쪽.

3 산드라 길버트·수전 구바, 박오복 옮김, 『다락방의 미친 여자 — 19세기 여성작가의 문학적 상상력』, 이후, 2009, 68쪽.

4 김기진, 「김명순 씨에 대한 공개장」, 《신여성》, 1924. 9.

5 이하관, 「문학의 인상 — 조선문학현상론」, 《중앙》, 1936. 9, 146~147쪽. '이하관'은 식민지기 문학평론가 김문집의 다른 이름이다.

6 이후에도 소문으로만 떠돌던 김명순의 불우한 어린 시절, 연애 사건, 경제적 곤란 등의 내용은, 조선의 선각자가 되고 싶었지만 '사치와 허영, 방종과 탐욕으로 실패하게 된 신여성'이라는 내용의 전형적인 통속극을 구성한다. 「여류작가의 비참상 — 동경서 김명순 양 조난」(《삼천리》, 1933. 9), 「세 번 실연한 유전(流轉)의 여류시인 김명순」(《삼천리》, 1935. 9) 등의 기사는 김명순이 스캔들화되는 방식을 전형적으로 보여 주고 있다.

7 William Cohen, *Sex Scandal : The Private Parts of Victorian Fiction*, Duke University Press, Durham and London, 1996, p.13 참조.

8 근대문학의 형성이 여성의 재현 및 여성 개념의 형성과 밀접한 관련이 있다는 통찰은 이미 몇몇 연구자에 의해 이루어졌다. 신수정은 오늘날 바람직한 '여성' 개념의 탄생 과정이 '노블' 개념의 성립 과정과 모종의 친연성을 갖는다는 전제 하에, 여성과 소설 장르의 동시적인 출현 과정을 추적한 바 있다. 이혜령 또한 우회적이기는 하지만, 근대 남성작가의 자기 정체성 확인 및 현실 탐구가 '여성'을 선택적으로 배제하거나 연루시키는 방식을 통해 이루어졌음을 밝히고 있다. 신수정, 「한국 근대소설의 형성과 여성 재현 양상 연구」, 서울대 박사 논문, 2003; 이혜령, 『한국 근대소설과 섹슈얼리티의 서사학』, 소명출판, 2007 참조.

9 김동인, 「김연실전」(《문장》, 1939. 3), 『김동인 전집 — 김연실전 외』 4, 동아일보사, 1988, 26쪽.

10 김동인의 「김연실전」, 「선구녀」(《문장》, 1939. 5), 「진주름」(《문장》, 1941. 2)을 말한다.

11 김동인, 「문단 삼십 년의 발자취」, 『한국문단의 역사와 측면사』, 국학자료원, 1996 참고.

12 김명순은 사후에도 가십성 글에 단골 소재로 끊임없이 등장하면서 비극적인 신여성의 전형을 획득하게 된다. 이명온, 「김명순 편」, 『흘러간 여인상』, 인간사, 1963; 전영택, 「내가 아는 김명순」, 《현대문학》, 1963. 3; 임종국·박노준, 「김명순 편」, 『흘러간 성좌』, 국제문화사, 1966.

13 최정희, 「1933년도 여류문단 총평」, 《신가정》, 1933. 12, 45쪽.

14 임순득, 「불효기에 처한 조선여성작가론」, 《여성》, 1940. 9 참조.

15 안회남, 「소설가 박화성론」, 《여성》, 1938. 2, 31쪽.

16 박정애, 「최정희 소설에 나타난 여성적 글쓰기의 특성 연구」, 서울대 석사 논문, 1998, 3쪽 참조.

‘배운 여자’의 탄생과 존재 증명의 글쓰기

— 근대 여성지식인의 자기서사와 그 정치적 가능성

장영은

여성이 스스로를 말한다는 것

1886년 한국 최초의 근대식 여성 교육기관인 이화학당이 건립되었다. 출발 당시 학생 수는 단 한 명뿐이었다. 학생 모집에 우여곡절을 겪어야 했던 이화학당은 1908년 다섯 명의 제1회 중등과 졸업생을 배출했다. 1910년에는 4년제 대학과를 설치하여 1914년 4월 한국 최초의 대졸 여성들이 등장했다. 관립 교육기관의 설립까지는 좀 더 시간이 걸렸다. 선교사 스크랜튼이 세운 한국 최초의 여학교인 이화학당이 설립되고 22년 후인 1908년에 고등여학교령이 공포되었다. 여성들의 교육을 위한 법적·제도적 기반이 마련된 그해에 한성고등여학교가 설립되었다. 한국 최초의 관립 여학교였다. 오늘날 경기여고의 전신인 한성고등여학교 또한 입학생 유치에 어려움을 겪었다. 1908년 6월 초대 교장 어윤적이 집집마다 방문하여 입학 지원을 독려하고 호소해야 할 정도로 학생 모집은 쉽지 않았다. 한성고등여학교의 권학(勸學) 선언문은 간결하고 분명했다. "귀한 따님을 학교에 보내십시오. 무식하면 짐승이나 같습니다." 그리고 3년 뒤인 1911년 한성고등여학교는 제1회 졸업생 31명을 배출했다.

한국에서 여성이 학교에 다닌 역사는 매우 짧다. 이화학당 설립 연도를 기준으로 삼더라도 '학교'를 다닌 여성들, 즉 배운 여성들의 역사는 이제 겨우 130년을 넘겼다. 한국의 1세대 여성지식인으로 분류될 수 있는 이들의 삶은 어떠했을까? 배운 여성들의 삶에 관심을 가지고 추적하다가 나는 몇몇 여성지식인들에게서 한 가지 공통점을 발견하게 되었다. 바로 그녀들이 자신들의 삶을 다양한 형태로 기록했다는 사실이다. 근대 여성지식인들은 식민지 시기부터 현재까지 자서전을 비롯하여 수필, 편지, 일기, 대담 및 자전적 소설 등의 자기서사를 남겼다.

물론 근대 여성지식인들의 삶은 저마다 달랐다. 특히나 여성해방, 농촌계몽, 민족해방, 계급혁명, 종교운동 등의 계몽적 성격의 이념을 공적 영역에서 실천하고자 했던 여성지식인들은 자신들이 가지고 있었던 이념적 차이 이상의 격차를 각각의 삶에서 드러냈다. 하지만 공적 영역에서 어떤 지향점을 가지고 저마다의 사회적 성취를 이루었느냐와 상관없이 근대 여성지식인들은 모두 여성으로서의 주체적인 자기 인식을 공유했다. 근대 여성지식인들이 남긴 자기서사의 공통점은 자신이 '여성'임을 직접적으로나 우회적으로 자인할 수밖에 없는 사회구조 안에서 스스로의 삶을 이야기하고 있다는 것이다.

이 글에서는 여성지식인들이 글을 쓰는 행위, 더 구체적으로는 자기 삶을 스스로 이야기하고 글로 남기는 행위 그 자체가 페미니즘의 출발이라는 주장을 펼쳐 보고자 한다. 여성들의 글쓰기는 사회적 발언권을 확보하기 위한 행위이면서 동시에 자신의 생애를 재구성하는 행위였다. 그들의 재구성된 삶은 그녀들이 사회에서 직면해야 했던 난관들을 어떻게 돌파해 나갔는가를 검토할 수 있게 해 준다. 동시에 그들은 왜 그러한 선택을 할 수밖에 없었는가를 설명해 주기도 한다.

또한 근대 여성작가들의 작품들이 지나치게 고백적 서사의 차원에 머물렀다는 평가를 이제 다음과 같은 질문으로 전환시켜 보고 싶다. 근대 여성작가들은 왜 작품을 통해, 혹은 글쓰기를 통해 자기 삶을 이야기할 수밖에 없었을까? 식민지 조선의 여성지식인들에게는 자기 삶을 대신 이야기해 줄 사람도, 사회적 규제의 문제를 논의하며 해결을 모색할 공간도 존재하지 않았다. 즉 자신이 직접 말하지 않고 글을 발표하지 않으면 여성지식인은 공적 영역에서 자신의 존재를 확인하고 증명할 수 있는 방법이 없었다. 역설적이게도 너무 많은 사람들이 '그녀들'의 생애를 스캔들로 소비하면서 여성의 삶을 아무렇지도 않게 함부로 말하는 현실 또한 여성지식인들의 자기서사를 촉발시킨 측면이 있다. 근대 여성지식인들은 자신에 대한 잘못된 소문을 바로잡기 위해 자기 자신에 대해 직접 이야기해야 했다.

자기서사는 모든 글쓰기의 양식이 그러하듯 다양한 층위의 성격을 가지고 있다. 사람은 언제 자기 자신에 대해 이야기하는가? 스스로에 대해 설명하는 순간은 언제 다가오는가? 이 질문에 대한 답을 니체는 법정 안에서의 상황으로 설명한 바 있다. 누군가에게 상해를 입혀 법정에 서게 된 사람은 자신에게 죄가 없음을 밝히기 위해 스스로에 대해 이야기하게 된다는 것이다.[1] 물론 이러한 이유로 자기서사가 가지고 있는 변명과 왜곡의 성격이 비판받기도 한다. 실제로, 자신이 저지른 범죄를 변호하거나 합리화하기 위해 자서전을 발간하는 사람들을 우리는 여전히 만나게 된다.

그러나 이 글에서 주목하고자 하는 자기서사의 특징과 가능성은 니체보다는 버틀러의 견해와 상당 부분 일치한다. 버틀러는 '나의 책임', '나의 실천'과 같은 표현의 의미에는 반드시 '너'와의 관계가 상정되어 있다고 주장했다. 그렇다면 자기 자신을 설명하는 행위 속에서 설명되는 '자기 자신'은 어떤 존재일까?

버틀러는 '자기 자신'이라는 존재는 고정된 것이 아니라고 말한다. 자기 자신을 설명하는 과정에서 비로소 '자기 자신'은 만들어지고, 화자는 그 과정 중에 형성된 '자기 자신'을 설명하게 된다는 점을 버틀러는 강조한다.[2] 따라서 자기 자신을 설명하는 행위는 단순히 자기 자신을 타인에게 보여 주는 것에 그 목적이 있는 것이 아니라, 자기 자신의 가능성을 끊임없이 만들어 가는 과정으로 이어진다는 점에 의미를 둔다. 이 글에서 근대 여성지식인들의 자기서사가 가지고 있는 다양한 층위를 변별하고 그 의미를 해석하는 데 있어서도 버틀러의 관점이 유용한 분석틀이 될 것이다.

이제 근대 여성지식인의 자기서사가 내포하고 있는 의미와 그 가능성에 의의를 두며, 근대 여성지식인 세 명의 삶과 그녀들의 자기서사를 소개하고자 한다. 첫 번째 주인공은 소설가 강경애(1906~1943)다.

'말한 것'과 '말하지 않은 것' — 강경애의 경우

1923년 양주동의 문학 강연을 들었던 강경애는 그를 찾아가 영어와 문학을 배우고 싶다는 뜻을 전한다. 그리고 이때부터 두 사람의 연애는 시작된다. 평양 숭의여학교에서 동맹휴학에 가담해 퇴학 처분을 받은 강경애는 서울로 와서 양주동과 함께 살며 동덕여학교 3학년에 편입하여 1년간 학교를 다녔다. 이 기간 동안 강경애는 독서와 습작의 시간을 갖는다. 1924년 양주동과 헤어진 강경애는 신간회 등에서 활동하다 1931년 《조선일보》 '부인문예란'에 「파금(破琴)」이라는 단편 소설을 독자 투고로 발표하며 작가로서의 길을 개척했다.

같은 해인 1931년 강경애는 《조선일보》에 「양주동 군의 신춘 평론 — 반박을 위한 반박」이라는 글을 발표해 양주동을 공개적으로 비판하기도 했다. 프로문학과 민족문학 사이에서 절충주의를 선택한 양주동과 분명히 선을 그으며 강경애는 프로문학의 방향을 선택했다. 이 시기 강경애는 장하일을 만나 결혼하고 그와 함께 1931년 6월 경 간도로 이주했다. 강경애는 장하일의 지인이었던 김경재를 비롯한 사회주의자들과 네트워크를 구축하게 되었고, 간도로 문학의 배경을 확장시킬 수 있었다. 사회주의자들에 대한 탄압과 검열 그리고 전향과 친일이라는 역사적 굴레로부터 거리를 유지할 수 있었던 것도 간도에서 작품 활동을 했기에 가능했다.

1930년대 근대 한국 리얼리즘 문학의 눈부신 성취로 평가받는 강경애의 『인간문제』(1934), 「소금」(1934), 「지하촌」(1936), 「어둠」(1937) 등의 작품들은 모두 간도에서 집필되었다. 하지만 내가 이 글에서 주목하고자 하는 작품은 강경애의 자전적 소설 「그 여자」(1932), 자전적 수필 「원고 첫 낭독」(1933), 자전적 소설 「원고료 이백 원」(1935), 그리고 마지막 자서(自敍) 「자서소전(自叙小傳)」(1939)이다.

강경애는 「그 여자」에서 "조선의 최고 학부를 마치었으며 더구나 조선에서 드문 여류작가이고 게다가 어여쁜 미모의 주인공"인 '마리아'를 신랄하게 비판했다. 또한 "돈 많은 계집의 특성"을 가진, "자기들의 살과 피를 빨아먹는 흡혈귀같이 보였다. 아니 흡혈귀였다."라고 당시 신여성으로 표상되었던 여성지식인들을 재현했다. 이는 사회주의 이념에 충실한 여성작가인 강경애 자신을 당시의 신여성들과 비교하고 그들과 자신을 다른 존재로 차별화하려는 전략으로 해석된다. 또한 강경애는 이 작품에서 "마리아의 뒤에 둘러앉은 목사와 장로까지도" "자기들의 살과 피를 빨아먹는 흡혈귀"로 규정했다. 기독교와 신여성, 부르주아 문화를 군중의 폭력 속으로 노출시키는 결말을 제시한 강경애는 "마지막 비명을 토하는 종 옆에 갈가리 옷을 찢긴 마리아는 쓰러져서도 자기의 미모만을 상할까 두려워서 두 손으로 얼굴을 꼭 싸쥐고 풀풀 떨고 있었다."라는 말로 기독교 계열의 여성지식인들을 정면으로 비난했다. 물론 "자기의 미모만을" 생각하는 신여성에 대한 강경애의 공격은 여성혐오적 시선을 내면화한 채 기독교 계열 여성지식인들을 비난하고 폄하했다는 점에서 부당하다.

이처럼 강경애는 당대의 여성지식인들과 자신을 차별화하면서 리얼리즘 여성문학의 기수로서 자신의 입지를 넓혀 갔다. 나는 강경애의 문학적 성취와는 별도로, 그녀가 여성작가로서의 자기실현 과정에서 사회주의 문학에 충실함으로써 작품의 안전성과 작가의 생존권을 일정 정도 확보했다고 평가하고 싶다. 그녀의 여성주인공들이 민족해방과 계급해방 사상에 가까워지는 과정에서 일상의 행복, 연인, 가족, 생명 등을 상실하게 되는 것은 과연 우연일까? 상실과 희생이 커질수록 작품의 계몽성은 강화되었다. 이광수를 위시한 근대 남성작가들이 "조선을 위하여 몸을 바친다는 것"[3]으로 계몽의 이념을 재현했다면, 강경애가 추구했던 사회주의 문학에서의 계몽성 역시 무엇인가를 희생하는 것으로 증명되었다. 「원고료 이백 원」에서 원고료가 생긴 여주인공은 평소에 사고 싶었던 물건을 사려다 남편에게 당장 집을 나가라는 폭언을 듣고 뺨을 맞는다. 하지만 이내 남편의 견해가 옳다고 판단하고는 원고료를 항일 무장 단체의 자금으로 내놓는다.

실제 강경애는 「원고 첫 낭독」에서 "나는 언제나 글을 쓰게 되면

맨 먼저 남편에게 보입니다. 그는 한참이나 말없이 묵묵히 읽어 본 후에 나에게도 돌리며 다시 한번 크게 읽어 보기를 청합니다. 나는 웬일인지 그 순간만은 가슴이 떨떨해지며 남편이 몹시도 어려워집니다. 그래서 울울한 가슴으로 읽어 내려가다가는 남편이 어느 구(句)에 불만을 품게 되었는지를 곧 발견하고 즉석에서 다시 펜을 잡아 고치는 것입니다. 다 고친 후에 나는 크게 읽으면서 그의 눈치를 살피면 그는 만족한 웃음을 입가에 띠며, '이번에는 좀 나아진 듯하오!' 이 말을 듣는 나는 어찌나 기쁜지 그만 가슴이 뛰어 어쩔 줄을 모르는 것이 거의 늘 당하는 일입니다."라고 고백한 바 있다. 남편 장하일은 강경애의 첫 독자이자 강경애가 가장 먼저 통과해야 할 검열이었다.

강경애의 자전적 소설과 수필에서는 사회주의자인 남편의 영향력이 크게 반영되었지만, 동시에 그녀는 「원고료 이백 원」과 같은 작품을 통해 여성지식인의 결핍과 욕망을 드러내기도 했다. 원고료를 받아 사고 싶었던 물건을 사려고 했던 여성지식인의 욕망, 또한 여성지식인이 교사라는 직업과 더불어 돈을 벌 수 있었던 거의 유일한 통로였던 문인(文人) 세계로의 진입. '문학'이라는 공적 영역은 일정 정도의 여성지식인들을 허용했지만, 그 세계에서 글쓰기 노동을 통해 획득한 여성들의 수입 및 지출 경위는 '남편'에게 '빰'을 맞아 가면서 관리돼야 했다. 항일 무장 단체의 후원금으로 지출하는 것이 모범답안이었고, 강경애도 그 답을 비켜 가지 않았다.

"초목과 금수가 제각기 독특한 빛을 발하고 음성을 내는데, 나도 나의 독특한 개성을 발휘하여 나의 존재를 빛내야겠다 하고 거듭거듭 결심했지요. 그래서 나는 소설로……."[4]라는 강경애의 고백에서는 문학을 통해 자신의 존재를 증명하고자 했던 여성작가의 고뇌가 전달된다. 그러나 정작 자신의 생애를 짧은 전기(傳記)의 형태로 담아 낸 글에서 그녀는 작가가 아닌 "한 가정의 주부"로 스스로를 규정했다.

> 소학교에 들어가면서부터 공부에 전심하고 특히 작문 짓는 데 우수하였으니 언제나 선생님으로부터 칭찬을 받았고 동무들의 부러움을 한 몸에 받고 있었다. 중학교에 올라가면서부터는 심심하면 나는 붓장난을 하여 동무들에게 읽어 주곤 하였다.
>
> 기숙사 생활에서 다소 나의 기분이 명랑하여졌으나 그러나 여전히 풀이 죽어 한 편 옆에 섰기를 잘하였다. 먼저 무엇이든지 주장해 본 적이 없고, 동무들의 의견을 꺾어 본 적이 없이, 아주 유약한 채 동무들의 뒤만 따랐다.
>
> 동무들에게 학비가 오면 좋아서 참새처럼 뛰고 저들의 친한 동무들을 모아 놓고 무엇을 사다 먹으며 기뻐하는데, 형부에게서 오는 학비를 받아 쥔 나는 기쁘면서도 어깨가 무거워지고, 반가우면서 어인 일인가 눈물이 나서 그날 밤을 자지 못하고 달빛만이 흰 비단처럼 깔린 교정에서 왔다 갔다 하였다.
>
> 지금은 한 가정의 주부가 되어 살림을 도맡아 하지만 아직도 약한 그 성격을 스스로 미우리만큼 지니고 있다.
>
> —「자서소전」, 『강경애 전집』, 789쪽

1939년 조광사에서 발행한 『여류단편걸작집』에는 강경애의 「지하촌」과 함께 「자서소전」이 실려 있다. 1939년부터 강경애의 건강은 악화되었고, 1943년 세상을 떠날 때까지 더 이상의 작품 활동을 펼치지 못했다. 따라서 「자서소전」은 그녀 스스로 예상하지 못했다 하더라도 죽음을 앞두고 써 내려간 자기 생애의 역사이다.

1931년부터 1938년까지 매해 거의 두세 작품 이상을 발표하며 여성작가로서의 위상을 높여 갔던 강경애는 자신의 소설에서 가난과 계급 갈등의 문제를 집요하고도 일관되게 다루었다. 하지만 강경애의 자기서사에서는 그녀가 작가로서 어떻게 살아왔는지에 대한 언급을 찾아볼 수 없다. 대신 그녀는 이 글에서 불우했던 어린 시절을 이야기한다. 아버지를 어린 나이에 잃고, 자신이 다섯 살 때 재혼한 어머니를 따라 의붓아버지에게 핍박받으면서 자란 강경애에게 유일한 해방은 『춘향전』, 『삼국지』, 『옥루몽』 등의 소설이었다. 강경애는 구할 수 있는 소설들을 "거의 다 독파"하고, 소학교 시절부터 "특히 작문 짓는데 우수하였으니 언제나 선생님으로부터 칭찬을 받았고 동무들의 부러움을 한 몸에" 받는 학생으로 성장한다. 하지만 1939년 현재의 삶에 대해서는 "한 가정의 주부가 되어 살림을 도맡아" 한다고만 밝혔다. 등단 이후 작가로서 걸어온 여정에 대해서는 단 한 줄도 남기지 않았다. 소설을 쓴다는 행위가 자신에게 어떠한 의미를 가지는가에 대해서도 침묵했다. 그녀는 왜 자기 자신을 작가가 아닌 "한 가정의 주부"로만 호명했을까?

1930년대 여성작가로 입지가 확고하던 강경애가 스스로 자신의 정체성을 주부로 한정시켰던 상황은 사상운동의 남성적 젠더화 과정과 여성지식인의 글쓰기 과정이 연동되어 있었음을 알려 준다. 강경애가 「자서소전」에서 작가로서의 삶에 대해 어떠한 언급도 하지 않은 것, 자신의 글쓰기에 어떠한 의미가 있는지에 대해서 단 한 줄도 남기지 않은 것 역시 같은 이유라고 판단된다. 무엇을 말하는가에 책임이 있는 것이 아니라, 무엇을 말하지 않으며 어떻게 말하고 있는가에 대해 책임이 있다는 알루아레즈와 비달[5]의 말처럼, 강경애의 자기서사에서 생략되어 있는 '사회주의', '여성작가'라는 키워드가 그녀의 소설들에서 충실하게 재현되었다는 사실은 1930년대 여성지식인들이

처해 있던 식민지 조선의 상황을 암시한다.

물론 해방 후 강경애가 여성작가로서 살아 있었다면 그녀는 또 다른 자기서사를 남겼을지도 모른다. 하지만 "한 가정의 주부가 되어 살림을 도맡아" 한다는 그녀의 자기서사는 1930년대 대표적인 사회주의 여성작가가 가지고 있었던 정체성이기도 했다. 식민지 조선에서 여성 사회주의자의 입지는 전혀 다양하지 않았다. 그녀들의 삶은 남성지식인 혹은 남성 사회주의자들이 상상 가능한 여성 범주 안에 구획되어야 했다. 이러한 면모는 박화성(1903~1988)의 자전적 소설과 자서전을 통해서도 확인할 수 있다.

'훌륭한 어머니'와 '여성작가' 사이 — 박화성의 경우

1964년 회갑을 맞은 박화성은 여원사에서 자서(自敍) 전기 『눈보라의 운하』를 출간했다. 하지만 엄밀하게 이야기하자면, 박화성은 이미 약 30년 전인 1935년에 자전소설 『북국의 여명』을 발표한 바 있다. 당시 박화성은 사회주의자 김국진과의 이혼을 겪으면서 구설수에 휘말렸다. 게다가 1937년 목포의 사업가 천독근과 재혼하면서 다시 한번 사회주의자 남편을 버리고 돈을 택했다는 비난에 시달려야 했다.[6] 이러한 문단 안팎의 시달림과 냉대 속에서 박화성은 재혼한 남편의 근거지인 목포로 내려가 가정주부로 생활하며 작가로서의 공백기를 가지기도 했다.

1903년생인 박화성은 1915년 목포 정명여학교를 졸업한 후, "정신여학교로 가는 척 상경하여 곧장 숙명여학교로 갔다." 1918년 숙명여고보를 졸업한 뒤에는 "아버지의 첩살림"으로 가세가 기울어진 탓

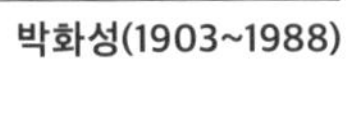

박화성(1903~1988)

박화성의 자서 전기 『눈보라의 운하』(1964)(좌)와
장편소설 『백화』(1932)(우) 목포문학관 소장

에 일본 유학의 꿈을 접고 대신 천안의 공립 보통학교 교사가 되었다. 15세부터 교사 생활을 한 박화성은 1925년 3월 다시 서울로 올라와 상급학교 진학을 준비한다. 그리고 1926년 3월 "평생의 소원이던 유학의 길"을 떠나게 되었다. 1928년 근우회 동경지회 창립 대회에서 초대 의장에 선출되었고, 오빠의 친구이자 사회주의 운동가였던 김국진을 만나 비밀리에 결혼을 감행했다. 하지만 김국진은 1931년 9월 검거되고, 박화성은 1932년 6월 8일부터 11월 22일까지 《동아일보》에 『백화(白花)』를 연재하며 수감 중인 남편을 헌신적으로 뒷바라지하는 한편, 혼자서 자녀들을 키웠다. 생활비 부담은 모두 박화성의 몫이었다. "쌀 한 가마니에 10원 내외"의 물가였던 시절 "신문의 연재 고료"는 하루에 2원씩, 한 달에 60원이 지급되었고, 박화성은 글쓰기로 생계를 이어 나갔다.

박화성은 "내가 의식적으로 사상을 침투한 것"이라고 이야기할 만큼 뚜렷한 자신만의 문학 성향을 나타냈다. 1930년대 초반부터 박화성은 민족과 계급 모순을 날카롭게 그려 내는 여성작가로 인정받았다. 1935년에는 "여운형 씨가 사장인 《조선중앙일보》사의 장편 청탁이 와서 『북국의 여명』이라는 제목으로 연재를 시작"했다.

한편, 1934년 복역을 마친 김국진은 용정 동흥중학교의 교원으로 가게 되었다. 그런데 이때 남편으로부터 "1전의 송금도" 없자 박화성은 남편이 있는 용정으로 향했다. 박화성의 남편은 당당하게 이혼을 요구한다. "동지가 더 중하지."라고 서슴없이 말하는 남편과의 이혼을 결심한 박화성은 "이 치명적인 상처를 입은 나는 그래도 이해에 「온천장의 봄」과 「호박」의 두 단편 소설과 여러 편의 수필을 발표"했다고 자부하며 작가로서의 삶을 지속했다. 또한 박화성은 자전적 소설 『북국의 여명』의 주인공 '효순'을 통해 전향자들을 비판하고 사랑과 사상을 일치시키는 여성지식인을 재현하며, 사회주의의 전망을 여성지식인에게 맡겼다. 박화성은 '동지'와 '사상'이 더욱 중요하다는 이유로 이혼을 요구하는 남편과의 갈등을 자전소설에서 해결하고자 했다. 자기 삶의 결정권을 가진 주체로 여성지식인을 재현한 것도 이런 맥락이다. 그리고 이는 박화성 자신의 모습이기도 했다.[7]

하지만 이혼보다 더욱 복잡한 상황이 박화성 앞에 펼쳐지고 있었다. 남편의 동창인 천독근이 이혼 과정에 있는 박화성에게 끈질기게 청혼한 것이다. 청혼을 거절당한 천독근은 박화성 앞에서 자살 소동을 벌인다. 이때 박화성이 두려웠던 것은 천독근의 죽음이 아니라 "내일 아침 신문에 여류 소설가 아무개가 무슨 여관에서 아무개와 치정극을 펼쳤다구 특종기사"가 난 후 펼쳐지게 될, 상상을 초월하는 '소문'이었다. 박화성은 여성작가가 추문에 휩싸이게 될 때 작가로서의 생명에 큰 위협을 받게 된다는 점도 잘 알고 있었다.[8]

천독근은 자살 소동을 벌이는 한편 박화성에게 "세계적인 작가로 만들고 싶다.", "원대한 포부를 성공시키기 위해서도 반드시 자기의 반려자가 되어야만 하겠다."라고 말하며 결혼 의지를 꺾지 않았다. 그러나 천독근의 호언장담과는 달리 박화성은 재혼 이후 이전처럼 활발하게 작품을 발표하지 못했다. 남편이 된 천독근은 "여편네가 건방지게 소설이 다 뭐야."라고 호통을 치며 "원고지를 빼어서 동댕이"치는 한편, 박화성의 미발표 소설들을 불에 "모조리 태웠"다.

> "여편네가 건방지게 소설이 다 뭐야"
>
> 그는 눈을 부릅뜨며 호통을 쳤다.
>
> 이유인즉 아까 자기가 넘어졌을 때 자식만을 붙들고 병원에 들어갔다는 트집이었다.

그를 운전수가 일으키기에 재삼 부탁하며 비틀대는 아이를 안고 간 것이 어째서 잘못이란 말인가? 그는 전에 늘상 이와 비슷한 억담을 잘 해서 나를 괴롭혔던 것이다.

"좋아요. 오늘이라도 그만두지. 그래서 내 소설을 모조리 태웠군요?"

나는 가슴에 맺혔던 한마디를 쏘았다.

작년에 내가 서울에서 집에 돌아가니까 책장(書架)을 뜯어서 옮겼다는데 몇 해를 두고 천신만고로 구해 둔 소설 뭉치가 없어졌다.

눈이 벌컥 뒤집힌 내가 아무리 물어도 아빠는 모른다고 할 뿐이오 계집애들도 처음엔 딱 잡아떼다가 하도 끈덕지게 내가 유도심문을 하니까 "아버지가 주시면서 불 때라고 하시길래 때면서 보니께 모두 책장이 두만요." 했다.

—『눈보라의 운하』, 304쪽

박화성은 남편의 사망 이후에야 다시 작품 활동에 전념할 수 있었다. 남편과의 사별 후 자녀들을 독립시킨 박화성은 새 집으로 이사를 가는 내용으로 자서전을 마무리한다. 그리고 자신의 정체성을 '어머니'로 귀결시킨다. 박화성은 이렇게 적었다. "나의 일생은 나 혼자만의 것이 아니다. 나는 내 자신과 내 자녀들을 위하여 이까지의 삶을 이어 왔고, 또한 그 삶의 보람을 찾으려고 노력했던 만큼 나의 역사는 곧 그들의 성장의 기록일 수도 있는 것이다." 등단 40년이자 환갑을 맞아 2대에 걸쳐 작가가 탄생하게 된 소식을 기록하며 박화성은 '어머니'로서의 자기서사를 귀결한 것이다.

하지만 박화성의 자기서사에 나타나는 가정의 비중은 여성지식인의 자서전에서 공통적이다. 독신을 선택하지 않은 이상, 여성지식인들의 자서전에는 결혼과 이혼 그리고 자녀들의 이야기가 자신의 생애를 구성하는 데 반드시 포함된다. 가정이라는 공간은 여성들에게 삶을 구성하는 요소로 빠질 수 없는 것이었기 때문이다. 이는 남성지식인들의 자서전과 여성지식인들의 자서전의 특징이 확연하게 나뉘는 지점이기도 하다. 남성지식인들에게 자서전이란 개인이 이룬 공적인 성취의 기록이고, 따라서 자서전에서 다루는 개인적 소회는 사적인 생활이 아니라 공적인 사건의 이면에 있었던 이야기들을 풀어내는 것을 특징으로 한다. 그러나 박화성의 자기서사에서 확인할 수 있듯, 자녀들의 입학이나 진로 문제 등을 여성들의 자기서사에 구체적으로 재현한 것은 곧 여성들에게 가정이라는 사적 영역에서 일어나는 일들이 생애의 중요한 사건으로 자리 잡기 때문이다.

사상과 연애의 굴곡을 '여성작가'라는 직업으로 안착시킨 박화성의 생애는 '어머니'라는 존재가 여성지식인에게 어떠한 정체성으로 작용했는가를 생각하게 한다. "이 세상에서 제일 잘나고 위대하고 훌륭한 여자가 되리라."라는 박화성의 결의와 선언은 자녀들을 잘 키운 어머니라는 정체성으로 귀결되었다. "근대 여성들의 소설에서 가장 못된 악역은 이기적으로 억압적인 남성이 아니라 나쁜 엄마인 것이다."[9]라는 주디스 키건 가디너의 분석은 박화성에게도 예외 없이 해당되었다. 회갑을 맞은 박화성이 자신의 생애를 '훌륭한 어머니'가 되는 과정으로 구축했다는 점을 어떻게 해석할 것인가? 여성으로서 처한 현실의 질곡과 유토피아적인 미래를 만들겠다는 전망의 낙차, 즉 경험과 기대 사이의 간극에서 여성지식인들은 '훌륭한 어머니'라는 역할을 일정 정도 받아들이고 또 선택했지만, 정작 어머니라는 역할이 시대와 무관하게 부여된다는 사실에 대해서는 새로운 문제를 제기하지 않았다. 오히려 때때로 어머니와 아내라는 신분을 강조하며 그 역할에 충실할 것을 '맹세'함으로써 생존과 재기를 모색해야 하는 국면들과 부딪치기도 했다. 주세죽(1901~1953)이 스탈린에게 남긴 단 한 장의 청원서에서 이야기는 계속된다.

기각된 청원, 혹은 최후의 자기변호 — 주세죽의 경우

스탈린 동지에게 — 청원서

저는 조선공산당 중앙위원회 총비서 박헌영 동지의 처입니다. 본인 한베라(주세죽)는 1910년 조선의 한 가난한 농가에서 출생했습니다. 1922년 저는 박헌영 동지에게 시집가서 딸 박비비안나를 낳았는데, 그녀는 현재 17세로 모스크바에서 발레 학교에 다니고 있습니다. 1922년에서 1934년까지 저는 남편 박헌영 및 김단야와 함께 조선에서 비합법 활동에 종사했습니다. 그러던 중 1934년 제 남편 박헌영은 인제 경찰에 체포되었습니다. 남편이 체포된 후 저는 김단야와 함께 일제 경찰의 야수와 같은 추적을 피해 소련으로 망명하지 않을 수 없게 되었습니다. 모스크바에서 저는 김단야와 함께 외국인노동자출판부에서 책임 교정원으로 일했습니다. 1937년 11월 5일 김단야가 체포되었고, 그 뒤를 이어 저는 카자흐스탄으로 5년간 추방되었습니다. 저는 이곳에서 1943년에 유배 형기를 마쳤습니다. 한편 저는 12년 동안 제 남편 박헌영이 어디에 있는지 전혀 알 수가 없었습니다. 주변 상황은 저로 하여금 김단야와 함께 살지 않을 수 없게 했습니다. 그런데 저는 올해 1월에《프라우다》신문을 통해 제 남편 박헌영이 살아 있으며 감옥에서 석방되어 다시 혁명 활동에 종사하고 있다는 사실을 알게 되었습니다.

친애하는 스탈린 동지! 제 남편 박헌영을 통해 저에 대해 확인하셔서 제가 조선에서 다시 혁명 활동에 종사하게끔 저를 조선으로 파견해 주실 것을 간청하는 바입니다. 저는 진정 충실하게 일할 것이며 제 남편을 이전과 같이 보필할 것입니다. 제 요청을 받아들여 주시기를 간곡히 빕니다. 만일 제가 조선으로 가는 것이 불가능하다면, 제가 모스크바에서 살며 제 딸을 양육할 수 있도록 허락해 주실 것을 빕니다. 제 딸 박비비안나는 지금 136학교에서 제9학년 과정을 밟고 있습니다. 다시 한번 제 요청을 거절하시지 말 것을 간절히 빕니다.

1946년 5월 5일 한베라(주세죽)
주소: 크질오르다 보스따니냐가 48번지, 한베라
딸의 주소: 모스크바, 모이시예프 발레연구소,
차이코프스키 발레과 박비비안나[10]

1946년 5월 5일 주세죽은 「스탈린 동지에게 — 청원서」라는 제목으로 자기서사를 남긴다. 1927년 10월 잡지 《별건곤》의 '제일 미운 일 제일 보기 싫은 일' 코너에 「남자의 자기만 사람인 척하는 것」이라는 제목으로 "이 세상에 보기 싫고 가증한 일이 한두 가지가 아니지마는 나는 여자가 되어 그러한지 남자들이 자기만 사람인 척하고 여자는 아주 멸시하는 것이 제일 가증스럽습디다."[11] 라고 기고한 주세죽에게 약 20년이라는 시간 동안 도대체 어떠한 일들이 벌어졌던 것일까?[12] 주세죽의 청원서에 그녀가 직접 쓴 자신의 이야기가 있다.

주세죽은 무엇을 요청하기 위해서 자신의 삶을 써 내려가야 했을까? 카자흐스탄으로 강제 이주당한 주세죽은 그곳에서 벗어나야만 했다. 망명지에서 숙청과 추방 그리고 유배의 과정을 겪으면서 형기와 상관없이 연장되는 유배 생활이 죽음과 맞닿아 있다는 사실을 주세죽은 직감했다. 생존을 위해서는 무엇보다 크질오르다에서 벗어나야 했다.

주세죽은 살아남기 위해서 청원서를 작성했다. 여성 사회주의자로서 자신의 입지를 되찾기 위해 주세죽은 조선으로 돌아가 다시 박헌영의 아내가 되어야 했지만, 주세죽 스스로도 그것의 실현 가능성을 높게 보지 않았다. 주세죽은 여성 사회주의자로서의 복권이 불가능하다면, 대신 어머니로서의 삶을 회복할 수 있기를 원했다.

주세죽의 청원서는 수신인이 분명하게 설정되어 있는 편지였다. 편지는 남성들에 비해 공적인 글쓰기에 참여할 기회가 없었던 여성들이 자신을 표현하고 타인과 소통하기 위해 시도한 사적 글쓰기의 대표적인 형식이기도 했다. 그렇다면 주세죽의 자기서사는 그녀의 삶을 어떻게 바꾸어 놓았을까?

결론부터 말하자면 주세죽의 우려대로 그녀의 청원은 어느 것도 받아들여지지 않았다. 주세죽은 청원서를 작성한 카자흐스탄 크질오르다에서 방적공 생활을 이어 나갔다. 1953년 말, 국가 기밀 누설 및 간첩 혐의로 체포된 박헌영의 소식을 접한 주세죽은 딸의 신변이 위험하다고 판단해 무작정 모스크바로 향했다. 시베리아 횡단 열차로 이동하던 주세죽은 폐렴에 걸려 모스크바 도착 직후 사망한다.

한편, 1947년 7월 김일성과 함께 모스크바를 방문한 박헌영은 주세죽을 찾지 않았다. 주세죽의 청원서는 1946년 5월 5일에 작성되었고, 1947년 11월 소련 국가보안성에 의해 기각되었다. 결정서에는 어떠한 기각 사유도 적혀 있지 않았다. '보필'과 '양육'이라는 청원 내용 모두를 거절당한 주세죽의 청원서는 끝내 재기에 성공하지 못한 여성 사회주의자가 남긴 마지막 자기서사였다. 그녀는 생애 최후의 순간까지 자신의 삶을 여성 사회주의자로서 복원하고자 했다. 그러기 위해서는 박헌영의 아내로 돌아가는 것 외에 다른 대안이 없다는 사실이 절망적이었지만, 주세죽은 그러한 현실조차도 감내했다.

나는 주세죽이 겪어야 했던 좌절과 고통을 강조하고 싶지는 않다. '주세죽의 고통을 얼마만큼 공감할 수 있을까' 혹은 '그녀의 자기서사에는 그녀의 고통이 얼마나 잘 재현되었는가'에 대한 논의는 생략하고 싶다. 주세죽을 고통스럽고 원한 맺힌 존재로 규정하고 싶지 않기 때문이다. 물론 원한이 삶의 동력이 될 때도 있고, 원한에서 어떤 가능성을 찾아낼 수도 있다. 하지만 원한을 가진 사람이 최종적으로 할 수 있는 일이란 무엇일까? 맺힌 원한을 풀거나 원한의 깊이를 설명하는 일이 아닐까? 그러한 서사 구조 안에서 여성들은 영영 원한에 갇혀 버리는 악순환에 빠지게 된다. 원한에 갇힌 사람은 피해자로 남거나 순교자가 될 뿐이다. 달리 말하면, 원한에 매몰된 사람은 세상으로부터 스스로를 고립시키고 또 그렇게 세상에서 고립된다. 주세죽은 고립을 두려워했을 뿐, 원한으로 자신의 생애를 설명하지 않았다.

고통이나 원한에 사무친 삶을 이야기하는 대신, 주세죽은 어떻게든 유배지에서 살아남아 무엇이든 다시 시작하려고 했다. 세상과의 소통이 차단된 자신에게 주어진 현실을 변화시키려고 했다. 그 결과가 단 한 장의 기각된 청원서로 남았을지라도 그 속에 담겨진 이야기는 소중하다. 주세죽의 자기서사에서 내가 발견하는 감동은 그녀가 처한 상황의 절박함이나 극한의 고통에 있지 않다. 모든 희망이 사라졌다고 판단되는 그 순간에도 포기하지 않고 자신의 삶을 스스로 이야기하는 행위. 그것은 고통이나 원한만으로는 해낼 수 없는 일이다. 아무것도 할 수 없는 상황임에도 청원서를 쓰는 시도에서, 돌아갈 수 없을지도 모르지만 돌아가야겠다고 요청하는 글을 쓰는 행위에서,

주세죽(1901~1953)

거절당할지도 모르지만 포기할 수 없다고 생각되는 자신의 삶을 되찾기 위해 자기의 생애를 스스로 이야기하는 과정에서 나는 역설적인 희망을 발견하게 된다. 누가 들어주지 않고 읽어 주지 않는다고 해도, 자기 자신에 대해 말하고 싶은 것을 말하고 써야 할 것을 써 내려가는 데에서 찾게 되는 희망이다. 자기 삶을 스스로 이야기하는 여성들은 그녀들이 결코 자기 삶을 포기하지 않았음을 스스로 선언하고 있는 것이다.

여성은 여성 자신을 글로 써야 한다는 엘렌 식수[13]의 주장은 전적으로 옳다. 여성이 자기 자신을 이야기하는 것이야말로 페미니즘의 출발이다. 식민지 조선의 여성지식인들은 시대의 한계와 자신들의 모순을 드러내면서도 새로운 삶의 가능성을 자기서사를 통해 끊임없이 시도했고 증명했다. 그리하여 여성의 자기서사는 결국 여성들을 그녀들이 응당 있어야 할 역사의 자리로 언젠가는 온전히 되돌려 놓는다. 주지하다시피, 1989년 주세죽은 러시아에서 복권되었다. 그리고 2007년 8월 15일 한국 정부는 항일 여성 단체인 근우회를 이끌며 독립운동과 여성의 지위 향상에 앞장선 공로를 인정해 그녀에게 건국 훈장을 수여했다.

주

* 이 글은 필자의 박사 논문 「근대 여성지식인의 자기서사 연구」(성균관대 박사 논문, 2017)의 일부를 재구성한 것이다.

1 프리드리히 니체, 김정현 옮김, 『도덕의 계보 — 니체 전집』 14, 책세상, 2002, 395~448쪽 참조.

2 주디스 버틀러, 양효실 옮김, 『윤리적 폭력 비판 — 자기 자신을 설명하기』, 인간사랑, 2013, 22~73쪽 참조.

3 이광수, 『재생 — 이광수 전집』 2(《동아일보》, 1924. 11. 9~1925. 9. 28), 삼중당, 1962, 260쪽.

4 강경애, 「자서소전」(1939), 이상경 엮음, 『강경애 전집』, 소명출판, 1999, 817쪽. 이하 인용 시 본문에 쪽수만 표기.

5 로만 알루아레즈·카르멘 아프리카 비달 엮음, 윤일환 옮김, 『번역, 권력, 전복』, 동인, 2008, 21쪽.

6 이상경, 「근대 여성문학사와 신여성」, 서울대학교 여성연구소 옮김, 『경계의 여성들 — 한국 근대여성사』, 한울아카데미, 2013, 316~317쪽.

7 박화성, 『북국의 여명』(1935), 푸른사상, 2003.

8 박화성, 『눈보라의 운하 — 박화성 문학전집』 14(1964), 푸른사상, 2004, 198~200쪽. 이하 인용 시 본문에 쪽수만 표기.

9 주디스 키건 가디너, 「여성의 정체성과 여성의 글」, 김열규 외 공역, 『페미니즘과 문학』, 문예출판사, 1988, 223쪽.

10 이정 박헌영 전집 편집위원회, 『이정 박헌영 전집』 8, 역사비평사, 2004, 922~923쪽.

11 주세죽, 「남자의 자기만 사람인 척하는 것」, 《별건곤》, 1927. 10.

12 안재성, 『박헌영 평전』, 실천문학사, 2009; 박종성, 『평전 박헌영』, 인간사랑, 2017 참조.

13 엘렌 식수, 박혜영 옮김, 『메두사의 웃음/출구』, 동문선, 2004, 9쪽.

해방기 여성작가들의 문학적 선택

— 지하련·이선희·최정희·장덕조를 중심으로

류진희

해방된 여성과 여성의 서사

"나오라! 여성들아! 민족 해방의 문이 열리어, 천오백만 우리 여성들의 맥박 속에서 피는 끓어올라 여성들이 나아갈 길의 앞잡이가 되지 않으면 안 된다."[1] 1945년 8월 15일, 이 순간은 세계적으로는 2차 세계대전의 종결이었고, 일본과 중국에서는 각기 패전의 인정과 혁명의 시작이었다. 그러나 식민지 조선에서는 무엇보다 해방의 원점이었다. 그리하여 조선의 여성도 마찬가지로 새로운 시대를 열었다. 하루가 채 지나기 전에 건국부녀동맹(1945.8.16, 이후 '조선부녀총동맹'으로 개칭.) 결성이 천명됐고, 잇따라 여자국민당(1945.8.18.)과 한국애국부인회(1945.9.10, 이후 '독립촉성중앙부인단'과 '독립촉성애국부인회'로 연합.) 등 수많은 단체가 우후죽순 생겨났다.

얼마 지나지 않아 신탁통치 정국에서 좌우 대립이 극렬해졌다. 한반도 남북에서 자기 체제의 우월성을 드러내기 위해 여성을 향한 해방적 조치들을 경쟁적으로 제기했다. 북한에서는 적극적 의미의 남녀평등법(1946.7)을 발표했고, 한 달 뒤 남한에서도 여성정책을 전담하는 부녀국(1946.8)을 신설했다. 그리고 1948년 8월 15일, 대한민국(ROK)이 선포되자, 약 한 달 후 조선민주주의인민공화국(DPRK)도 성립했다. 이 해방 3년간, 양쪽의 여성들도 숨 가쁘게 변신해야 했다. 제국 일본의 '신민'에서 벗어나 민족국가의 '국민'으로, 또 국제 세계의 일원으로 스스로의 자리를 마련해야 했던 것이다. 이 과정에서 여성들 사이에도 돌이킬 수 없는 균열이 감지됐다.[2]

한편에서는 "서구화도 좋지만, 전통미도 지키자.(Westernization is O. K. But, let's keep the beauty of old Korea.)"라는 주장이 들려왔다.[3] 남북한 각각에 진주한 미·소 군정과 그 사이 그어진 삼팔선으로 냉전의 징후들이 가시화되자, 우선 여성부터 풍기 단속의 대상으로 지목됐다. 식민지 남성들은 자신은 기술적 진보의 주체로 거듭나고자 하면서도, '여성'은 제국의 물질문명에 대항하는 최후의 보루로서 지켜야 할 민족의 정신문화라고 주장했다. 여성은 남성과 다르지 않은 국민이 되어야 하는 동시에 민족을 상징하는 전통의 담지자로도 환기됐던 것이다. 그렇기 때문에 해방기 여성들은 정치 활동의 주체이면서 동시에 풍기 단속의 대상으로서 민족국가와의 모순적 관계에 응전해 나갈 수밖에 없었다.

냉전의 전야(前夜), 서로 다른 두 세계가 맞붙은 한반도 남북에서 독립에 이어 건국을 어떻게 제대로 이룰지 논의가 분분했다. 그리고 이 과정에서 여성과 그를 둘러싼 서사가 폭발적으로 생성됐다. 탈식민과 건국을 위한 문화적 실천에서 여성은 가시적이면서도 효과적인 참조의 대상으로 소환됐다. 신분과 성별, 지위 고하를 막론하고 누구든 열렬히 정치를 말할 수 있고, 유일하게 체제와 이념을 선택할 수 있었던 순간이었다. 고정된 공사(公私) 영역을 훌쩍 넘어 기존의 성별화된 규범에 도전하고 새 시대에 여성이 담당해야 할 역할을 제시하는 다종다양한 언설들이 나타났다. "인형의 집"을 박차고 나가 정치적 활약을 시작하는 여성, 아예 연애보다 혁명을 택하는 여성들이 간단없이 등장했다.[4]

마침내 식민지 검열이 폐기되고 출판 및 언론의 자유가 천명됐다. 《여성문화》, 《여성공론》, 《여학원》, 《신소녀》, 《부인》 등 여성 잡지 수종에 이어, 전무후무하게 여성 일간지 《부녀신문》, 《가정신문》, 《부녀일보》, 《여성신문》, 《부인신보》도 차례로 발간됐다. 그리고 1945년 10월, 노벨 문학상이 칠레의 여성 시인 가브리엘라 미스트랄(Gabriela Mistral)에게 돌아갔다는 보도가 전해진다. 비유럽권 라틴아메리카 여성이 발신하는 목소리가 당대의 새 기운을 대변하는 듯했다. 그런데 사슬이 풀린 뒤 해방 조선의 문단에서 여성작가들은 어디에 있었을까. 급속히 재편되는 문단 질서 속에서 '여성문학은 어떠해야 한다'라는 식의 당위적 비평은 활기를 띠었지만, 정작 창작의 주체라 할 수 있는 여성작가들은 아직 의욕적으로 새 작품을 내놓지 못했다.[5]

이 글은 1946년과 1947년을 기점으로, 여성작가들이 어떠한 문학적 선택을 통해 등장하게 되는지 짚고자 한다. 근대적 개인이 되고자 했던 조선의 '신여성'이 해방기 좌우 남북 사이에서 민족국가의 '부녀(婦女)'로서 어떠한 서사적 입지를 가지고자 했는지, 이제 그 결정적 장면들로 들어가 보자.

월북 여성작가들의 만가(輓歌) — 지하련과 이선희의 경우

탈식민의 노력은 즉각적이었는데, 문단 역시 그러했다. '천황의 성단(聖斷)' 운운하는 '옥음방송'이 있던 다음 날, 조선문인보국회 건물에 조선문학건설본부 간판이 내걸렸다. 곧이어 좌파 계열은 조선문학가동맹(1945)으로, 우파 계열은 전조선문필가협회(1946)로 집결했다. '문학자의 자기반성'과 '건설기의 조선문학'이라는 의제를 놓고 문단의 논쟁은 격렬해졌다.

식민지에서 각종 언론 및 출판은 '신문지법'과 '출판법'에 의거하여 허가를 받아야 했고, 일제 당국의 정책에 반대하는 목소리는 아예 삭제되거나 금지됐다. 이렇듯 정치가 소거된 자리에 문화·풍속·정보가 상대적으로 폭발했고, 조선의 작가들은 바로 이러한 식민지 매체장에서 생존을 도모할 수밖에 없었다. 특히 '도시 경성의 배운 여자'라는 자기서사를 특장으로 했던 여성작가들은 식민지 모더니티의 표징으로 더욱 노골적인 활약을 요구받기도 했다. 어쨌든 상시 가동되는 검열 체제, 그리고 그 속에서 형성됐던 식민지 '여류문단'의 여성작가들 역시 탈정치의 구속과 '협력'의 혐의에서 완전히 자유롭지는 못했다.[6]

이를 염두에 두고 해방기에 활동한 여성작가들을 일별해 보자. 식민지기 여성작가 1세대라고 할 수 있는 동년배 나혜석(1896년생)과 김명순(1896년생), 그리고 김일엽(1896년생)은 아직 행적이 묘연했다. 2세대로 분류될 만한 백신애(1906년생)와 강경애(1907년생)는 이미 몇 년 전 유명을 달리했다. 40대로 접어든 김말봉(1904년생)은 폐업공창구제연맹의 회장으로 관련한 일에 우선 몰두했고, 박화성(1904년생)도 이전 작품을 재발간하는 정도에 머물러 있었다. 상황이 이렇기에 실질적인 작품 활동은 20~30대 여성작가들에 의해 이루어졌다고 볼 수 있다.[7] 그러나 아직 20대였던 조경희(1918년생)와 전숙희(1919년생)는 몇몇 소품이나 단편 외에 영향력 있는 작품을 쓸 정도의 역량은 아니었다. 그리고 한무숙(1918년생)과 강신재(1924년생)는 1948년이 되어서야 정식으로 데뷔했다.

따라서 이념의 공세와 운동의 압박 속에서 자신의 자리를 고심했던 작가는 30대 여성작가들이었다. 주로 시를 썼던 모윤숙(1910년생)과 노천명(1912년생)을 제외하고, 서사를 본령으로 삼은 이선희(1911년생)와 지하련(1912년생), 최정희(1912년생)와 장덕조(1914년생)가 그들이다. 강조컨대 해방기에 이들은 식민지기에 쓴 작품들과는 전혀 다른 이야기를 하려고 노력했다. 한두 살 아래였던 손소희(1917년생)와 임옥인(1915년생)은 1946년과 1947년부터 활동하기는 했으나, 해방 전후 작품들의 이념이나 작법 면에서 눈에 띄는 반전이 감지되지는 않는다. 또한 임순득(1915년생)은 해방 후 북한 문단에 정착했고, 윤금숙(1918년생)은 만주에서 돌아와 1949년이 되어서야 작품을 내놨기에 본격적인 논의 대상에서 제외했다.

그리하여 1946년 여름, 가장 빨리 작가로서 활동을 재개했던 이는 이선희와 지하련이다. 애초 식민시기의 남성평론가 박영희는 이선희의 데뷔작 「오후 열한시」(1936)에 대해 "여성적 치밀한 세공과 일면적 천착성"이라고 특징지었다. 백철 역시 지하련의 「결별」(1940)을 "섬세막비(纖細莫比)한 감각미와 장면마다 나타난 여성다운 치밀한 관찰"로 추천했다.[8] 그런데 '여성적' 필치를 특장으로 삼던 이들의 작품 경향은 이제 과거와 달라졌다. 이선희의 「창」(1946)과 지하련의 「도정 — 소시민」(1946)은 '북한의 토지개혁'과 '남한의 공산당 재건'이라는 당대의 정치적 현안을 다룬 작품이다.

이들은 이미 작품 발표에 앞서 좌파 쪽에서 활동하고 있었다. 지하련은 1946년 4월, 조선문학가동맹 소설부에서 주최한 좌담회에 여성으로서는 유일하게 참여했다. 이선희는 프롤레타리아문학동맹 작가들과 계몽잡지《우리집》발간을 준비했다.[9] 이제 이 여성작가들은 식민지 엑조티시즘(exoticism)을 선보이거나, 소비적인 혹은 이지적인 성향을 가진 여성인물을 내세우지 않는다. 오히려 시대의 모순과 비극을 대변하는 식민지 남성지식인 '사백'과 '석재'가 공들여 형상화되는 것이다. 이는 "있는 대로의 자기를 표박(漂迫)할 때에 한해서 볼만한 글을 내놓는다."라는 식민지기 남성작가들이 여성작가들에게 내린 부정적 비평을 정확히 배반하고 있다.[10]

먼저 이선희의「창」을 보자. 이 소설은 소련이 북한으로 들어오고 토지개혁을 단행했던 1946년 6월 무렵을 다룬다. 여기서 주인공 '김사백'은 원산으로부터 100리 정도 떨어진 동네에서 사립 명성학원의 교원으로 24년간 일하고 있었다. 학교 창설 이래 열세 번 폐쇄 명령을 받은 이곳에서 그 역시 제국 일본의 국민학교를 적대시한다며 세 번이나 투옥을 당했다. 애초 그는 이 마을에서 누구보다 먼저 사회주의자니 공산주의자니 하는 명칭을 얻었고, 그렇기에 해방이 되자 누구보다 감격했다.

그러나 곧 공산주의가 실행되면 나라에서 개인의 땅을 다 빼앗을 것이라는 소식이 들려오자, 이제 그는 공산주의가 싫다고 소리를 지르고 싶다. 지난 10여 년 동안 부인과 둘이서 단 하루도 쉬지 않고 바닥에 까는 갈대 자리를 만들고 팔아서, 마침내 기름진 닷 마지기 일등 답(畓)을 매입했던 것이다. 이제 막 소지주가 된 그는 불행히도 북한의 토지 무상몰수 정책이 시행되자, 다시 가난해질지도 모른다는 두려움과 돈을 벌어야 한다는 불안을 견디지 못해 자신의 논에서 자살하고 만다.

다음으로는 지하련의 「도정」이다. 이 이야기는 1945년 8월 15일 패전을 자인하는, 소위 천황의 '옥음방송'이 들려오기 직전에 시작한다. 주인공 석재는 비밀 출판물을 운반했다는 혐의로 투옥됐다가 풀려난 후, 근 6년간 신병을 핑계로 죽은 듯 잠잠히 살아왔다. 그러다 사라진 정열을 다시 한번 바쳐 보고 싶다고 회심하여, 무슨 일이든 도모해 보고자 예전 투옥 때 만난 한 청년을 찾으러 나선다. 그러나 막상 역전(驛前)에서 "텐노우 헤이까(천왕폐하)가 고-상(항복)"을 했다는 소식을 듣자, 그는 기쁨과 더불어 착잡한 기분을 느낀다.

총독부에 잡힐 염려가 없어져서야 공산당에 들어가려는 자신을 누구보다도 들여다보는 양심의 눈이 마음 한구석에 도사리고 있는 것이다. 왕년에 사업가였던 친구가 이제는 공산당 최고 간부가 되어 자신을 동무라고 부른다. 이에 석재는 불신을 느끼면서, 그가 제안한 그럴듯한 당내 한 자리를 뿌리친다. 그러고선 우선 자기 안의 소시민과 싸우자고 결심한다. 석재는 입당 원서의 신분을 기재하는 곳에 그저 '소부르주아'라고 쓰고, 노동쟁의로 아수라장이 됐다는 영등포 공장 지대를 향해 서둘러 발길을 돌린다.

앞서 말했듯, 이선희와 지하련은 정치가 금지됐던 식민지기에 문화의 영역에서 식민지 모더니티를 체현하는 여성주인공들을 중심으로 여성의 자기서사를 세밀하게 펼쳐 냈다. 그런데 이제 해방기에는 프롤레타리아 혁명에 대한 개인의 절망과 당대 진보적 민주주의에서 생략된 양심의 문제를 남성주인공들을 통해 재현한다. 해방이 도래해 합법적인 매체장에서 좌파가 가시화될 수 있었던 그 짧은 순간, 여성작가 이선희와 지하련이 전략적으로 선택한 주인공은 다름 아닌 남성 소지주와 소시민이었다.

물론 이 서사들은 과거 그들의 분신(persona)이었던 섬세하고 치밀한 여성인물들과 단박에 결별하기 위한 장치이기도 했다. 그러나 시대와 불화하는 남성인물들을 새롭게 내세운 이 서사들도 당시 좌파문학에서 주창했던 진보적 리얼리즘과 혁명적 로맨티시즘에 꼭 들어맞지는 않았다. 당대의 정치적 격동을 그려 내기 위해 선택됐던 남성 페르소나 사백과 석재조차 혁명을 고취하거나 당을 찬양하지는 않은 것이다. 다음 인용을 보자.

> 사연은 형의 죽음이 육체에 배어서 눈과 코가 모두가 다 죽음의 냄새뿐이다. 이승과 저승의 갈래길에 선 것처럼 아득하고 미묘한 검은 길이 보이는 것 같다. (……) 그대로 걸었다. 문득 보니 학원 창문에 불빛이 환히 비쳐 있다. 그 네모진 유리 창문에 불빛이 비쳤다. '누가 불을 켰을까.' 그러나 달빛과 어둠으로 짜진 이 밤이 고풍스런 학원에 귀신도 올 것 같은데. 사연은 불빛이 비치는 유리창을 유심히 바라보았다. 형 김 교사의 희고 가는 손이 이 불을 켠 것같이만 생각된다. 그는 잠시 형의 흰 손이 이 불을 켰다고 생각했다. 사연의 어둡던 마음이 웬일인지 평안해진다. 그는 오던 길을 되돌아서 걸었다. 우리들의 앞날도 누가 켠지도 모르는 그 창문에 빛처럼 밝아지는 것을 느꼈다.[11]

> 이 괴물은, 하늘에, 땅에, 강물에, 그대로 맴을 도는가 하더니, 원간 찰거머리처럼 뇌리에 엉겨 붙어 도시 떨어지질 않는 것이었다. 생각하면 긴 — 동안을 그는 이 괴물로 하여 괴로웠고, 노여웠는지도 모른다. 괴물은 무서운 것이었다. 때로 억척같고 잔인하여, 어느 곳에 따뜻한 피가 흘러 숨을 쉬고 살고 있는 것인지 알 수가 없었다. 그러나 귀 막고 눈 감고 그대로 절망하면 그뿐이라고, 결심할 때에도 결코 이 괴물로부터

해방될 수는 없었다. 괴물은 칠흑같이 어두운 밤에서도 결코 환히 밝은 단 하나의 "옳은 것"을 지니고 있다 그는 믿었다. 옳다는 — 이 어디까지 정확한 보편적 "진리"는 나쁘다는 — 어디까지 애매한 윤리적인 가책과 더불어 오랫동안 그에겐 커다란 한 개 고민이었던 것이다.[12]

이처럼 사백은 땅을 몰수당하는 공포에 자살을 선택하고, 석재는 대의를 강요하는 공산당을 괴물이라 부르며 거리를 두려고 한다. 만약 혁명의 중요성을 강조하는 게 목적이었다면, 농민조합에서 주야를 가리지 않고 몸이 으스러지도록 일하는 사백의 동생인 '사연'에 초점을 맞춰야 했다. 또한 석재는 노동자를 우상화한다는 염려는 제쳐 두고, 공산당의 핵심으로 들어가 새 시대를 맞는 활기찬 모습으로 그려져야 했다. 그러나 오히려 이선희와 지하련의 해방기 남성 페르소나들은 차라리 다음 세대가 걸어갈 길을 비춰 주거나, '단 하나의 진리'로부터 비켜나는 결심을 하는 것이다.

소설을 연재한 지 몇 달 후, 이미 이선희는 남편 박영호와 함께 북조선문학예술총동맹 함남위원회에서 일한다고 전해졌다.[13] 그러나 이즈음 북한 문단은 원산문학가동맹에서 내놓은 시집 『응향』(1946)이 문제가 되어 검열 사태로 시끄러웠다. 여기에 수록된 일부 시들이 착취 계급에 대한 향수를 애상적으로 묘사했기에 반인민적이므로 삭제돼야 한다는 것이었다. 이런 주장에 따르자면, 소지주 사백의 죽음에 심심한 애도를 표하는 「창」이야말로 북한에서는 결코 환영받지 못할 서사였다.

이러한 곤란은 지하련도 마찬가지였다. 그는 남편 임화를 먼저 월북시키고, 자신은 삼팔선 이남에 끝까지 남아서 처음이자 마지막 소설집인 『도정』(1948)을 출간했다. 그런데 의미심장한 것은 표지에 「도정」

의 부제였던 '소시민'이 누락돼 있다는 사실이다.[14] 이는 조선문학가동맹이 주최한 해방 기념 제1회 조선문학상(1947) 수상의 영광이 이태준의 「해방 전후」(1946)에 돌아갔던 것을 상기시킨다. 왜냐하면 지하련 작품의 결점이 바로 이 "소시민성에 대한 일종의 편애"라고 지목됐기 때문이다.[15] 이런 점에서 「창」과 더불어 「도정」 역시 해방의 구가(謳歌)가 아니라, 차라리 식민지 시절에 대한 만가(輓歌)라고 할 것이다.

이 서사들은 역사의 모순을 타도하기보다는 애도하며, 당위적 혁명으로 채 수렴되지 않은 개인의 이력을 배척하지 않는다. 그리고 식민의 유산조차 껴안고 나아가야 하는 탈식민의 복잡한 여정을 짐작하게 한다. 하지만 이선희와 지하련의 월북과 그 이후의 정황은 그들 남편의 생애를 통해서 단편적으로만 짐작됐다. 월북한 여성작가들에 대해서는 병으로 일찍 사망했다든지, 수용소에서 생을 마감했다든지 하는 뜬소문만 무성했던 것이다. 그리고 작가로서 그들의 이름은 그들이 월북한 지 근 40년 만인 1988년, 납·월북 작가 출판·판매 해금 때가 되어서야 비로소 볼 수 있었다. 이선희와 지하련은 6·25 이전에 월북했던 작가 명단에 존재하는 단 두 명의 여성소설가였다.[16]

그러나 그 후로도 한동안 그들의 작품은 식민지기에 한해, 주로 '여성적 글쓰기'라는 범주를 통해서 조명됐다. '월북 작가', 그리고 '여성작가'라는 이중 구속 속에서, 그들이 살았던 해방의 순간, 거리의 나날은 역사에서 희미해졌다.

'남한 여성작가'라는 입지(立地) — 최정희와 장덕조의 경우

해방기 좌파로 전신(轉身)했던 이선희와 지하련과 달리, 식민지 언론장에 협력의 흔적을 남길 수밖에 없었던 다른 여성작가들은 어땠을까. 해방 직후 남성작가들이 한동안 자기반성에 골몰했듯, 이들 역시 숙고의 포즈와 탈피의 전략이 필요했다.[17]

1946년에는 사상과 운동의 백화난만(百花爛漫) 속에 좌우 대치가 일어나긴 했지만, 아직 전쟁이 발발하고 분단이 고착되리라고 예상되지는 않았다. 그러나 1947년으로 접어들자 상황은 급변했다. 1, 2차 미·소 공동위원회가 차례로 불발되고, 남한에서는 공산당이 전면 불법화되기에 이르렀다. 이에 월북 행렬에 오르는 이들이 많아지는 한편, 유인물 배포가 금지되고 간행물을 등록해야 하는 등 좌파를 위축시키는 '레드 퍼지(red purge)'가 일어났다. 또한 남조선민주의원을 과도입법의원으로 개편하고(1946.12.12), 미 군정의 문화 정책들이 적산 불하와 물자 지원을 앞세워 공격적으로 구현됐다.

이에 발맞춰 우파 문단도 조직화되기 시작했다. 애초에는 조선문학가동맹의 전국문학자대회(1946.2.8~9)가 전조선문필가협회의 전국문필가대회(1946.3.13)보다 발족 시기가 빨랐고, 규모 면에서도 우위였다. 그러나 조선청년문학가협회(1946.4.4)가 전조선문필가협회의 전위로 출범하고, 곧 최종 연합체인 전국문화단체총연합회의(1947.2.12)가 결성되면서 문단의 주도권은 우파로 기울었다. 이때 주목할 것이 바로 조선청년문학가협회의 초대 회장이기도 했던 김동리의 '여류작가' 비평이다. 그는 지하련과 이선희의 해방기 작품들이 "리얼리즘을 닮으려다 알뜰한 인생을 잃었"으며, "투쟁적 의의로도 소설 자체를 그 저조한 수준에서 살려 내지는 못하였다."라고 폄하했다.[18] 나아가 1946년 소설계 전반을 싸잡아 "어떤 정치의식의 도구 역(役)에 종시(終始)"한 "습작 수준의 혼미"라고 단정했다.[19]

따라서 1947년의 문학은 '당의 문학'과 달라야 했다.[20] 김동리는 해방 초기 맹위를 떨치던 좌파 문단에 대항해 '인간의 문학', 즉 본격문학, 순수문학, 민족문학 등을 제창했다. 그리고 지하련과 이선희 외에 다른 여성작가들이 하루바삐 활동에 나서야 한다고 촉구했다. 여기에 화답한 것은 아이러니컬하게도 지하련의 작품을 "그렇게 한마디로 후려갈길 작품은 아니다."라고 옹호하고, "삼팔선이 가로놓인 탓인지 그중의 그리운 이"로 이선희를 말하기도 했던 최정희였다.[21] 그리고 다음으로 김동리에 의해 식민지기와 해방기를 통틀어 '현역 여류'로 꼽혔던 이는 최정희와 더불어 '중견층의 쌍견(雙肩)'으로 지칭되던 장덕조였다. 바로 이런 맥락에서 "최(정희) 씨가 정열적·생활적·적극적·투쟁적인 데 반해, 장(덕조) 씨는 고전적·정관적·소극적·체념적"이라는 식의 전형적인 대비가 시도됐던 것이다.[22]

그러나 해방기에 두 여성작가가 내놓은 작품들은 김동리의 분류대로 '퍼머넨트(permanent) 계열'과 '한야월(寒夜月) 계열'로 구분될 수 없었다. 장덕조의 「함성」(1947)과 최정희의 「풍류 잡히는 마을」(1947)은 도시적이지도 회고적이지도 않았다. 이 두 소설은 모두 농촌을 배경으로 삼았고, 식민지기 강제징용과 해방기 남한의 토지개혁을 정면으로 심문하고 있었다.

물론 이러한 서사 전략은 작가 자신의 곤란에서 나온 것이기도 했다. 이들은 식민지기 선각자적 자유주의자나 결백한 사회주의자도 아니었고, 둘 다 기자 출신으로서 식민지 언론장에서 작품을 발표했을 뿐만 아니라 기사, 좌담, 강연, 방송 등을 통해 전시(戰時) '신체제'에서 여성이 담당해야 할 역할을 발언하기도 했던 것이다. 이들은 현재 『친일인명사전』의 '문학' 분야에 등재되어 있는 두 명의 여성소설가이기도 하다. 또한 장덕조와 최정희는 모두 1950~1960년대에 사인적(私人的) 세계에 몰입하는 전형적인 '규수 작가'가 되지도 못했다.

왜냐하면 이들은 생계 때문에라도 한국전쟁 때 종군작가로 활동하는 등 줄곧 시대에 발 담그고 있었기 때문이다.[23]

그럼 먼저 최정희의 「풍류 잡히는 마을」을 보자. 이 소설은 1946년 5~6월 토지 추수의 삼분병작제(三分竝作制)가 발표된 즈음을 배경으로 한다. '나'는 5년 전 시골에 내려온 여성지식인으로, 현재 온통 신경이 곤두서 있다. 하루바삐 닭장을 만들어 달라고 '목수 영감'에게 이미 삯전까지 한꺼번에 지불하면서 부탁해 놓았지만, 차일피일 공사가 미뤄지기만 했던 것이다. 급기야 닭이 족제비에 물려가는 일까지 일어나자, '나'는 오늘도 모습을 드러내지 않는 목수 영감뿐 아니라 지주 '서홍수' 네의 시대착오적인 풍류에 눈살을 찌푸린다. 작인(作人)에게 소출의 3분의 1 이상을 소작료로 거둘 수 없게 했던 삼분병작제의 애초 취지가 무색하게, 경작권이 인정되지 않는 농민들은 여전히 지주에게 잘 보여야만 땅을 부칠 수 있었던 것이다. 땅이 떨어진 목수 영감이 지주 서홍수의 회갑연에 얼마간 비용을 갹출하고, 거기다 또 닭 한 마리까지 선물로 준비하여 머리를 조아리러 가게 된 것도 그 때문이었다.

'나'는 해방이 되어도 여전히 지주에게 아첨해야 하는 세태를 한탄하며, 저 멀리 잔칫상이 차려지고 풍류 소리가 나는 곳을 내다보고만 있었다. 그런데 곧 목수 영감의 아들이 가타부타 아무 말 없이 서홍수의 잔칫상을 뒤엎어 버렸다는 소식을 듣는다. '나'는 비굴한 이전 세대와 달리 기개 있는 청년의 행동에 안도하며, 얼굴이 하얘져서 달려온 목수 영감을 의연히 달랜다. 경찰에 잡혀간 목수 영감의 아들은 금방 풀려날 것이며, 곧 가난하고 우매한 이를 착취하는 사람이 꼼짝 못하는 새 세상이 오리라고 알려 주는 것이다.

장덕조의 「함성」 역시 농촌을 배경으로 여성들이 권력을 전복하는 순간을 그리고 있다. 그러나 이 작품이 「풍류 잡히는 마을」과 다른 점은 해방기 당대가 아니라 일제 말기, 즉 여자근로정신대가 강요됐던 1944년 8월 이후의 어느 날로 돌아간다는 것이다. 주인공 '점순 어멈'은 징용에 나서게 된 딸을 읍내에서 배웅하고 울어 부은 눈으로 돌아오는 길이었다. 공평무사하게 제비뽑기로 징용 대상을 결정했다지만, 기가 막히게도 가난한 소작인의 딸들만 뽑혔다는 소문이 무성했다. 점순 어멈은 분함인지 슬픔인지 알 수 없는 감정에 휩싸인 채, 주인이 누구인지 알 만한 이웃의 돼지 새끼를 둘러메고 왔던 것이다. 사람 먹을 것도 없는 이 시국에 돼지를 먹이냐며, 지금 당장 돼지를 잡아먹겠다는 그의 모습은 살기등등하다.

흥분하여 번들거리는 그의 눈빛은 공장 부지로 땅을 빼앗긴 후 헐벗고 굶주리다 못해, 이제 자식까지 내주게 됐다는 절규에 다름 아니었다. 그도 그럴 것이, 언제부턴가 마을의 인심도 각박해졌고 풍기도 어지러워졌다. 이때 점순 어멈은 일본 군인이 풀어놓은 사나운 사냥개의 위협에 못 이겨 보(洑) 터진 홍수처럼 돼지가 떼를 지어 돌진하며 반격하는 장면을 목도하게 된다. 한 마리의 돼지는 힘없이 잡아먹힐지라도 수많은 돼지들이라면 힘이 될 수 있음을 깨닫고, 점순 어멈도 이들 돼지처럼 단결하리라고 결심하게 되는 것이다. 마침내 그녀는 동네 아낙들과의 회합 끝에 밤을 새워 읍내로 달려가서, 새벽부터 주재소 정문으로 돌진한다. "점순이를 내놔라!"라며 함성을 지르니, 흰옷 입은 구경꾼들이 삽시간에 몰려왔다. 결국 아낙들은 원하던 대로 점순이를 데리고 마을로 돌아오며, 남자들에게 기대하지 말고 진즉에 이렇게 직접 저항했어야 했다고 뿌듯해한다.

이렇듯 「풍류 잡히는 마을」에서는 기존의 명망 있는 지도자가 아니라, 침묵을 고수하다가 마침내 과감하게 행동하는 '청년'을 내세운다. 청년들이야말로 탈식민과 건국의 과제를 실천할 해방기의 이상적 주체라고 각인시키는 것이다. 실제로 이즈음 조선민족청년단을 비롯한 우파 청년 단체의 조직적 활동이 부상하기도 했다. 그런가 하면 「함성」에서는 자기 가족을 건사하는 근면한 농민 가장 대신, 딸 하나 지키겠다는 일념으로 식민 권력의 규범과 법률을 위반해 버리는 가난한 여성 농민이 초점화된다. 그리고 그를 돕는 이도 더 큰 화를 입을까 벌벌 떠는 비굴한 성미를 가진 남편이 아니라, 자신들의 딸들도 같은 일을 당할지도 모른다며 용기를 내는 여성들이었다.

이처럼 최정희와 장덕조는 식민지기 엘리트 작가로서 자신이 식민 권력과 연루될 수밖에 없었던 과오를 고백하지 않는다. 이는 해방 후 다수의 문인들이 과거 자신들의 친일 협력 언설을 반성하거나 그에 대한 해명이 담긴 서사를 내놓았던 것과는 다르다. 오히려 이 여성 작가들은 농촌을 변혁의 가능성이 잠재하는 공간으로 조명하며, 급진적인 정치적 주체로 탈바꿈하는 하위 계층을 적극적으로 내세운다. 그리고 이 지점에서 다시 사건을 조망하는 서술자 '나' 혹은 작가의 목소리를 개입시키는 것이다. 다음 장면을 보자.

> "우리 놈이 잡혀갔어요, 선생님 이 일을 어쩜 좋아요." 목수 영감의 떨리는 소리였다. 날더러 처음 그는 '선생님'이라고 하였다. (……) 목수 영감의 아들은 처음부터 끝까지 한마디의 말이 없이 그저 행동만 하였다고 하였다. 열 마디의 말보다 한 개의 참된, 스무 마디 서른 마디 백 마디의 말보다 오직 하나의 진실한 행동은 세상의 온갖 귀한 것 중에 가장 귀한 것이 아닐까. (……) 내가 고마워서 옷깃을 여미는 마음은 이 성문 같은 침묵 — 그 앞에 하는 감사, 그것이다. (……) "정말 우리 놈이 얼른 나와요? 선생님, 정말 그런 세상이 오나요, 선생님?" 하였다. 나는

대답 대신 아주 확실하게 고개를 끄덕여 보였다.[24]

> "아, 이년. 아직 조선 천지에만 있어라. 다신 안 보낸다, 내가 안 보내." (……) 점순 어멈이 돼지 치는 집 가까이 왔을 때 (……) 보가 터진 홍수처럼 돼지 울타리를 넘어뜨리고 나온 돼지 떼가 밀치며 부딪치며 아우성치며 우레같이 돌진해 나왔다. (……) 힘이다. 그것은 힘이었다. 많은 것이 한데 뭉친, 그렇다, 약하나마 많은 것이 한데 뭉친 단결의 힘이었다. 그녀의 얼굴에는 핏기가 뻗쳤다. 점순 어멈은 여태 젖어 있던 공허한 의식에서 확연히 깨어나며 마음껏 큰소리를 부르짖고 싶었다. "울고 빌며 댕길 때 누가 불쌍타고 하드냐!" (……) 해방 전의 조선은 휘발유였다. 인화하는 사람만 있으면 누구나 비상한 힘으로 폭발할 것이었다. (……) 그는 이미 깊은 신념과 큰 자각을 가진 선동자였다.[25]

그러나 이 두 소설에서 무엇보다 도드라지는 청년의 침묵이나 여성의 단결은 최정희와 장덕조의 식민지기 이력을 떠올리면 다소 미심쩍은 데가 있다. 「풍류 잡히는 마을」의 서술자가 농촌으로 내려간 1940년은 실제로 최정희가 조선문인협회 간사를 지내던 때였고, 「함성」의 시간적 배경인 1944년에 장덕조는 조선의 여성들에게 "군국의 어머니"가 될 것을 외치고 있었다. 또한 일제 잔재나 전시 동원 문제가 치열하게 논의되던 해방 다음 해까지, 이들의 행적은 "시골 덕소에서 농촌 생활 중"이라거나, "북아현동에서 순산 득남했다."라는 정도로만 보고됐던 것이다.[26]

이처럼 '백 마디 말보다 오직 하나의 진실한 행동'에 더 가치를 부여하는 태도는 해방 직후 풍성했던 토론과 논쟁에 대한 회의이기도 하다. 예컨대, 늙은 정자나무 그늘에서 여운형, 이승만, 김구 등 정계

인물 몇몇을 둘러싸고 국사를 운운한다고 뭐가 달라지는지 모르겠다는 것이다. 해방 직후 만세를 부르고 순사를 때리던 의기(意氣)는 어느새 사라진 채, 그저 "독립이 한 번 더 돼야 해."라고 되뇌는 일은 무의미하다는 것이다. 그리하여 「풍류 잡히는 마을」에서 '나'는 가난하고 우매한 이들의 처세가 아니라, 신념을 가진 이들의 "성문 같은 침묵"에 기대하는 것이다. 마찬가지로 「함성」에서 보였던 여성들의 직접 행동 역시 말이 되지 못한 돼지 떼의 아우성과도 같았고, 그 자체만으로는 유의미한 결과로 연결될 수 없는 듯했다. 엄밀히 말해, 점순이 풀려날 수 있었던 것은 식민지 관료제에서 입신하기 위해 면내(面內)에 불온분자가 있음을 드러내지 않아야 한다는 주재소 주임의 의지가 관철된 덕분이었다.

그럼에도 두 소설이 청년의 침묵과 여성의 함성, 즉 '말할 수 없는' 하위 계층의 포즈를 중요하게 내세운 이유는 무엇일까. 이는 곧 있을 남한만의 정부 수립에 앞서, '국민'으로 탈바꿈할 수 있는 민중의 형상을 보이기 위함이었을 것이다. 그리고 이는 스스로 말하지 못하는 자를 대신할 자격 정도는 사려 깊고 통찰력 있는 자신들에게 있음을 피력하는 것이었다. 강조컨대 두 작품에서 아비들이나 남편들은 식민지 유산에 대항하는 집단이 아니었다. 목수 영감의 노예적 습성과 대비되는 아들-청년의 침묵처럼, 체념하는 아비 '춘삼'의 농노적인 본성은 딸을 찾으려는 점순 어멈의 함성과 대비된다. 정쟁의 한가운데 있는 남성지식인이 아니라, 다만 '행동'할 뿐인 청년과 '계몽되지 않은 여성'까지를 모두 대리할 수 있는 정치적 입지를 이들 여성작가들이 자처하는 것이다.

이제 1948년, 미·소 공동위원회가 결렬된 후 남한만의 정부 수립이 예견되는 총선거가 논의되고 있었다. 이때 두 여성작가는 '선거'라는 제도의 바탕이 되는 유권자로서의 국민, 그리고 그 절반의 인구로서 여성국민에게 시선을 옮기고 있었다. 논쟁과 토론으로 들끓던 정치적 장들이 서서히 닫히고, 선거라는 제도에서 단 한 표로 수렴되는 의사 표현이 중요해지는 순간이 다가왔다. 여기에서 최정희와 장덕조가 식민지기 '여류작가'의 모습을 벗고, '남한 여성작가'로서의 입지를 다질 수 있었던 것이다.

좌우 남북 사이의 여성작가들

앞서 언급한 "서구화도 좋지만, 전통미도 지키자."라는 만평으로 돌아가 보자. 여기에는 긴 저고리와 짧은 치마로 개량된 한복을 입었으나, 앞머리를 불룩하게 빗은 현대적 스타일의 긴 단발머리를 한 여성의 표상이 내세워지고 있다. 그는 마치 해방과 혼란, 자유와 방종이라는 양 극단의 조우를 표징하듯, 칵테일을 앞에 두고 손에는 담배를 들고 있다. 이런 여성들의 모습은 댄스홀에 앉아 있거나 춤을 추는 모습으로 변주되며 '국치랑(國恥郞)'의 '꼴불견'으로서 당대 매체에 회자됐다.[27]

「국치랑의 이 꼴 저 꼴」, 《자유신문》, 1945. 10. 23.

「범람하는 꼴불견」, 《자유신문》, 1945. 10. 7.

해방 3년, 전 세계적으로 민주주의가 확장되는 흐름에서 '국민'을 창출해야 하는 순간이었다. 이때 '국치랑'을 비롯해, 인구의 절반을 차지하지만 아직은 정체를 알 수 없는 이 여성들은 고심의 대상이었다. 다른 독립국가들과 마찬가지로 한반도에서도 해방에 이어 건국으로서 진정한 독립을 완성하자고 할 때, 여성 관련 이슈는 좌우 남북 모두에서 긴급하게 다루어져야 했다. 그러나 실제로 여성의 문제를 다른 의제들과 더불어 어떻게 다뤄야 할지는 충분히 논의되지 않았다. 바로 이때, 식민지 모더니티의 중심인 경성의 신여성이었던 여성작가들이 급변하는 내외 정세 속에서 자신의 자리를 마련하기 위해 고투했던 것이다. 여성작가들의 해방기 작품들은 이렇듯 혼란한 좌우 남북 사이에서 엮어 낸 고민의 결과물이다.

이 글은 해방 직후 서울 문단이 좌와 우, 그리고 남과 북으로 나뉘어 가는 순간, 여성작가들이 어떻게 식민지 유산을 암시하면서 자기의 입장을 드러내거나 혹은 은폐하는 방식으로 문학적 입지를 만들어 가는지를 살펴봤다. 섣부른 전형화의 위험을 무릅쓰고 말하자면, 좌파로 옮겨 갔던 이선희와 지하련은 좌절하거나 물러나는 남성지식인의 형상을 내세워 시대의 모순을 응시하고자 했다. 반대로, 우파 문단에서 내세워진 최정희와 장덕조는 농촌을 배경으로 한 서사에서 하위 계층의 정치적 주체화 가능성을 암시하며 작가로서의 입지를 확보하려 했다.

해방 3년 후, 불과 몇 년 전까지 함께 우정을 나누던 이 신여성들은 이제 좌우 갈등과 남북 분단에 닥쳐 서로 다른 인생길로 접어들었다. 해방기 여성작가들의 각기 다른 입지와 존재 방식은 그 자체로 해방 공간의 만개와 폐색을 동시에 보여 준다. 월북으로 인해 이선희와 지하련이 남한에서 모습을 감출 무렵, 최정희와 장덕조는 의욕적으로 새 작품을 내놓기 시작했다. 여기에 신진 작가들도 가세하면서 남한 여성작가 일군이 가시화되었다. 그리하여 이선희의 「창」과 지하련의 「도정」이 현재까지 알려진 그들의 마지막 작품이 된 반면, 최정희의 「풍류 잡히는 마을」과 장덕조의 「함성」은 해방 후 그들의 활동 재개를 알리는 선언이 됐다.

주

* 이 글은 필자의 박사 논문 「해방기 탈식민 주체의 젠더 전략 — 여성서사의 창출을 중심으로」(성균관대 박사 논문, 2014)의 3장 「이념의 분기와 여성작가의 입지」를 재구성한 것이다.

1 「건국부녀동맹 결성위원회 개최」, 《매일신보》, 1945. 8. 17.

2 '해방 3년'은 대체로 '미 군정기'라고 불리지만, 이 체제적 규정보다 해방의 가능성을 보이기 위해 '해방 공간'이라고 표현되기도 한다. 물론 남한만의 정부 수립을 기점으로 삼지 않고, 한국전쟁 발발까지를 포함해 '해방 5년' 혹은 정전협정 체결까지를 아울러 '해방 8년'이라고도 한다. 이 글은 해방의 환희와 탈식민의 열망을 강조하기 위해 '해방 3년'에 주목하고자 한다. 해방기에 펼쳐졌던 여성들의 일상과 노동, 그리고 정치와 운동 전반에 대해서는 이임하, 『해방 공간, 일상을 바꾼 여성들의 역사 — 제도와 규정, 억압에 균열을 낸 여성들의 반란』(철수와영희, 2015) 참조.

3 「만평」, 《The Seoul Times》, 1945. 10. 4. 최영희, 『격동의 해방 3년』, 한림대 아시아문화연구소, 1996에서 재인용.

4 헨릭 입센의 희곡 『인형의 집』 여주인공 '노라'는 식민지 조선에서 콜론타이, 엘렌 케이와 더불어 신여성의 대표로 재현됐다. 그러나 당시에는 노라의 가출에 대해서 "여성의 자각과 계몽은 좋으나 가정과 아이를 버려서는 안 된다."라는 비난이 한사코 더해졌다. 이광수, 「노라야」, 『노라』(영창서관, 1922) 참조. 그런데 반대로, 해방기에는 노라가 갱신과 신생을 위해 가정을 떨치고 나와야 한다고 강조됐다. 예컨대 "그 후의 노라가 어찌 되었는지 (……) 노리개집이 아닌 인간의 가정으로 다시 돌아왔으리라. (……) 그러나 조선의 노라는 여기만에 그칠 수 없는 새로운 과제가 있다. 새로운 호흡을 가지게 된 새 조선의 새 사정은, 새로운 요청하에서 전체에 연결된 노라를 부른다."라는 것이다. 소오생, 「노리개집 조선의 노라는 누구?」, 《동아일보》, 1946. 3. 18. 급기야는 "낡아 빠진 인고 속에서 뛰쳐나올 용기가 없다는 것인가. 선구자인 여학생들이 인형의 집을 못 뛰쳐나오면 누가 나올 것인가"라는 호소도 등장했다. 박대룡, 「여학생과 노라」, 《경향신문》, 1947. 1. 19.

5 해방 직후 여성문학론은 '반봉건'의 기치와 결합하여 긴급한 의제로 다뤄졌지만, 실제 작품과 작가를 결합시키는 방향으로 당장에 나아가지는 못했다. 김양선, 「해방

직후 여성문화/문학 담론의 양상」, 『한국 근현대 여성문학 장의 형성 — 문학제도와 양식』; 소명출판, 2012.

6 식민지 검열 체제하 조선 여성문단의 성격 및 그 양가적 효과에 대해서는 심진경, 「문단의 여류와 여류문단」, 『한국여성문학연구의 현황과 전망』(소명출판, 2008) 참조. 젠더화된 매체로서 여성 잡지의 융성에 대해서는 최경희, 「젠더 연구와 검열 연구의 교차점에서」, 『일제 식민지 시기 새로 읽기』(혜안, 2007) 참조.

7 김동석의 「해방기 작품 목록(1945. 8~1950. 6)」(『한국 현대소설의 비판적 언술 양상』, 소명출판, 2008)에 따르면, 1945년부터 1950년까지 약 191명의 작가가 795편의 작품을 내놓았다고 한다. 여기에서 여성작가의 작품들은 약 130여 편, 즉 전체 작품의 15퍼센트를 차지한다. 해방 3년에 한정하여 『한국 여성작가 작품목록 — 해방 이후부터 1960년대까지』(송명란 외 엮음, 역락, 2013. 12)에 제시된 작품과 누락된 1차 자료를 최대한 수합하면, 10여 명의 여성작가가 약 50여 편을 내놓은 것으로 추정된다. 1945년에서 1948년 사이의 여성작가 발표 및 출간 작품 목록은 류진희, 앞의 글 부록 1, 266~268쪽 참조.

8 박영희, 「6월 작평」, 《조선일보》, 1936. 6. 12; 백철, 「지하련 씨의 「결별」을 추천함」, 《문장》, 1940. 12.

9 지하련은 학병동맹사건(1946. 1. 19)에 대해 "원수의 포연(砲煙) 속에서도 오히려 살아온/ 우리 귀중한 너"를, "그래 이 너를 어느 야속한 동족이 있어 죽였단 말이냐!"라는 조시를 읊기도 했다. 지하련, 「어느 야속한 동포가 있어」, 《학병》 2, 1946. 2; 「좌담 해방 후의 조선문학 — 제1회 소설가간담회」, 《민성》 2권 6호, 1946. 5; 「부인 계몽지 발행」, 《자유신문》, 1946. 3. 4.

10 이하관, 「문학의 인상 — 조선문학현상론」, 《중앙》, 1936. 9.

11 이선희, 「창」(1946), 오태호 엮음, 『이선희 소설 선집』, 현대문학, 2009, 375쪽.

12 지하련, 「도정」(1946), 서정자 엮음, 『지하련 전집』, 푸른사상, 2004, 29쪽.

13 C. S. P. 「북조선의 문화인들 — 이남서 간 이들의 근황」, 《경향신문》, 1947. 1. 4.

14 『지하련 전집』을 편찬한 서정자는 단행본 『도정』에 실린 「도정」이 애초 잡지에 발표된 원작과 비교했을 때 그 표기법이 크게 다르다고 지적했다. 서정자는 『도정』 단행본에 미발표 작품까지 수록됐음을 상기할 때, 저자 본인이 출판 과정에 직접 참여한 것이 확실하다고 본다. 그렇다면 원작의 제목에서 부제를 뺀 채 「도정」으로 제목을 바꾼 것 또한 작가의 판단이라고 유추할 수 있다.

15 조선문학가동맹 46년도 문학상 심사위원회, 「1946년 문학상 심사경과 급(及) 결정 이유」, 《문학》 3, 1947. 4.

16 「월북작가 120여 명 해금」, 《동아일보》, 1988. 7. 19; 「해금된 월북작가 명단」, 《경향신문》, 1988. 7. 19.

17 신여성의 대표 주자로서 근대 여성문인은 1910년대 성적 억압으로부터 자유를 추구한 제1세대, 1920년대 중반에서 1930년대 초 개인주의적 자유주의만이 아니라 계급 해방까지 실현돼야 여성의 해방이 가능해지리라고 생각한 제2세대, 그리고 1930년대 중반 여성의 자각이나 계급적 해방도 식민지라는 조건에서는 쉽지 않다고 본 제3세대로 나뉠 수 있다. 임순득은 제1세대와 제2세대를 극복하는 한편, 제3세대 중에서도 친일 문인의 길을 걷지 않고 새로운 여성작가의 모습을 추구한 것으로 평가된다. 이상경, 『임순득, 대안적 여성주체를 향하여』, 소명출판, 2009, 15~22쪽.

18 「문단 1년의 개관 — 1946년도의 평론, 시, 소설에 대하여」, 《해동공론》, 1947. 4. 이 글은 김동리, 『문학과 인간』(백민문화사, 1948. 11)에 재차 수록된다.

19 김동리, 「습작 수준의 혼미」, 《동아일보》, 1947. 1. 4.

20 김동리, 「당의 문학과 인간의 문학 — 1947년 상반기 창작총평」(1947), 『김동리 전집 — 문학과 인간』 7, 민음사, 1997.

21 최정희, 「여류작가 군상」, 《예술조선》 2, 1947. 12.

22 김동리, 「여류작가의 회고와 전망 — 주로 현역 여류작가의 작품세계에 관하여」, 《문화》 2, 1947. 7.

23 최정희의 경우 김동환과 사실혼 관계에 있으면서, 식민지기 《삼천리》 발간과 경영으로 여유가 없었던 그가 해방 후 납북되기까지, 그리고 그 이후에도 줄곧 홀로 가계를 꾸렸다고 알려져 있다. 장덕조 역시 신간회의 멤버 박명환과 결혼했으나 무슨 이유에서인지 일제 말기에는 김병로의 별당에서 지낼 만큼 경제적으로 넉넉하지 않았다. 그리고 해방 후에도 남편이 국회의원 선거에서 낙선하자 장덕조는 자신의 힘으로 가족의 생계를 책임져야 했다. 류진희, 앞의 글, 147쪽.

24 최정희, 「풍류 잡히는 마을」, 《백민》, 1947. 9, 84쪽.

25 장덕조, 「함성」, 《백민》, 1947. 6. 7, 81~82쪽.

26 해방 후 김말봉, 김원주, 모윤숙, 노천명, 손소희 등 다른 여성작가들은 전국폐업공창연맹, 조선부녀총동맹문화부, 경성음악전문학교, 《부녀신문》, 《서울타임즈》와 같은 기관이나 매체에서 활약하고 있었다. 「그 뒤의 여류문인」,

《경향신문》, 1946. 10. 24.

27 「범람하는 꼴불견」, 《자유신문》, 1945. 10. 7; 「국치랑의 이 꼴 저 꼴」, 《자유신문》, 1945. 10. 23.

그녀와 소녀들

— 일본군 '위안부' 문학/영화를 커밍아웃 서사로 읽기

이혜령

일본군 '위안부'[1] 피해자/생존자는 셀 수 있는가

2017년 7월 23일 김군자 할머니가 돌아가시자 한 신문은 「이제 37송이, 시간이 없다」라는 헤드라인으로 2015년 한일 일본군위안부 합의의 폐기와 재협상을 촉구하는 기사를 1면에 내보냈다. "김 할머니가 별세하면서 정부에 등록된 위안부 피해자 239명 중 생존자는 37명으로 줄었다. 2015년 12월 28일 한일 위안부 문제 합의 체결 이후에만 9명이 세상을 떴다. 피해생존자들은 전원이 85세 이상의 고령이며 평균 연령은 90.4세다. 피해자 중 상당수는 고령과 지병으로 의사소통이 어려운 상태다. 시민사회에서는 피해자들이 한 명이라도 더 살아 있을 때 정부가 일본과 위안부 문제 합의 재협상에 나서야 한다고 요구하는 목소리가 높다."[2]

부고와 함께 셈해지는 '위안부' 생존자 숫자는 정부에 등록된 피해자 중 살아 있는 이들의 숫자다. 일본군 '위안부' 피해자란 1993년

6월 11일 "일제하 일본군위안부에 대한 생활안정지원법" 제정과 함께 피해자 신고·심의·결정을 통해 '위안부' 피해자로 등록된 자를 뜻한다.[3] 이것이 '위안부' 피해자와 생존자를 셀 수 있게 된 근거라고 할 수 있다. 생존자가 얼마 남지 않았으며 그들이 모두 사라지기 전에 '위안부' 문제가 조속히 해결되어야 한다는 인식이 소위 '최종적·불가역적' 한일 일본군위안부 합의[4]의 위선적인 근거가 되었다. '최종적·불가역적'이라는 문구는 합의의 수정 불가능성을 뜻한다지만, 그 말은 할머니들의 돌이킬 수 없는 삶의 종언(終焉)을 가리키는 것이나 진배없어 섬뜩한 느낌마저 준다. 이에 대한 비판적 여론 또한 생존자가 한 명도 남지 않게 될 시간이 임박해 있다는 예측에 기대고 있다.

그러나 애초에 '위안부' 피해자와 생존자는 셀 수 있는 존재인가? '위안부' 문제에 대해 일본 정부 측에서 미심쩍은 태도를 보이는 이유 중에 하나는 '증거 부족'이었다. 어떻게, 얼마나, 어디에 모집되고 동원되었는지를 증명할 증거 따위가 없다고 부인하는 것이야말로, '위안부'는 셀 수 없는, 그 삶과 죽음을 셀 필요조차 없는 존재임을 역설적으로 웅변한다. 많게는 20만 명을 상회할지도 모른다고 추정되는 조선인 '위안부'의 규모는 그 추정치조차 일본군, 일본군부대의 숫자에 근거해서 이루어질 뿐이다.[5] 그나마 일본군으로 동원된 조선인 일본군 숫자의 추정은 구체적이다.[6]

다카시 후지타니는 "조선인의 전시 동원으로 인해 이들은 직접적으로 생명, 건강, 생식 그리고 행복의 가치가 있는 인구 구성원이 되었다. 즉 조선인들은 생명관리권력(bio-politics)과 통치성의 레짐 안으로 편입하게 된 것이다."[7]라고 주장한다. 그러나 "일본 국민 공동체가 식민지인의 유입을 통해 재구성되고 있던 중이었음"[8]을 인식한다 하더라도, "조선인의 생활을 보살핀 것이 군인, 항해사 그리고 다양한 종류의 노동자였던 조선인들의 죽음을 위해 준비했던 체제의 일부"였음을 인정한다 하더라도, 또한 "총독부가 전시 동안 조선인들의 행복과 삶의 질을 향상시키고자 했던 노력을 전면적으로 부인하"는 "사람들은 경험적인 기록을 정확히 설명할 수 없다"[9]라고 하더라도, 조선인 '위안부' 문제를 포함한다면 "생명, 건강, 생식 그리고 행복의 가치가 있는 인구 구성원"으로서의 일본인이었던 조선인이라는 후지타니의 주장은 무너진다. 오히려 이 주장은 직접적인 전장이 아니었던 조선에서 가장 많이 동원된 것으로 추정되는, 그 추정치조차 널뛰듯 가늠할 수 없는 '조선인' 위안부는 셀 수 없었거나 셀 필요조차 없는, 따라서 인구의 일부도 아니었음을 보여 준다. 일본군의 사기 진작과 성병 예방, 후방 일본인 여성들의 위생적 모성 관리를 위해 동원되었던 (조선인) '위안부'는 생명관리권력의 핵심적인 장치인 섹슈얼리티장치에 있어 일본인과의 혼인장치에서는 배제된 존재이자, 폭력적인 산아제한의 대상[10]이자, 나아가 여성살해(femicide)의 대상이었다고 할 수 있다. 조선인 일본군 '위안부' 문제는 인종주의에 기반을 둔, 극도로 차별적이고 배제적인 위계를 드러내는 생명관리정치의 기저라 할 수 있는 죽음정치[11]의 심연을 들여다보게 한다.

이 셀 수 없는 자들의 삶과 죽음, 즉 누가 어떻게 어디서 언제 살고 죽었는지를 알 수 없었다는 점이야말로 '위안부' 운동이 '생존자'의 등장을 필연적으로 요구하게 된 이유다. 고 김학순의 커밍아웃은 곧 '위안부'라는 집단적 존재를 드러내었다. "증언 행위는 그 내용이 직접적으로 수용 가능한 사실에 대한 기억의 재료이기 때문만이 아니라" "증언의 과정 자체가" '위안부' 문제에 대한 "사회적 기억의 구성 및 재구성 과정에 대한 '최초의' 촉발 계기였다."[12]

이 셀 수 없는 자들을 셀 수 있는, 가시적이고 기지(既知)적인 존재로 범주화하는 일은 고 김학순의 커밍아웃으로부터 본격적으로 개시된 '위안부' 운동과 이에 조응한 정부의 지원에 따른 일본군 '위안부' 피해자 신고 및 등록에 의해 이루어졌다. 신고 및 등록은 피해자와 생존자를 셀 수 있는 범주로 만들었을 뿐만 아니라, 신고와 등록 절차에는 커밍아웃이라는 과정이 수반되어 있으며, 무엇보다 등록은 커밍아웃으로서의 증언, 증언으로서의 커밍아웃을 공신력 있는 것으로 만드는 장치였다는 점에서 운동을 안정화하고 규범화하는 데 기여했다.[13] 예컨대, 증언의 집적인 일본군 '위안부' 증언집은 신고와 등록의 절차를 밟은 피해자들의 증언을 통해 만들어진 것이다.[14] '나눔의 집'은 단순한 사회복지시설을 넘어, '위안부' 피해자들의 정체성이 물질화되고 상징화될 수 있는 공간으로 기능하고 있다.

셀 수 있는 생존자와 커밍아웃의 공식화로서의 등록은 최근 '위안부'를 다룬 문학과 영화에 있어서도 모종의 서사적 기능을 담당하고 있다. 예컨대, 김숨의 소설 『한 명』(2015)은 생명이 경각에 달린 마지막 '위안부' 생존자가 텔레비전에 보도되는 것을 시작으로 종국에는 그 마지막 생존자를 찾아가는 미등록 '위안부' 피해자의 이야기이다. 이 소설은 생존자를 카운팅하는 방식으로 '위안부' 문제에 접근한다는 발상에 대한 조용한 항변이지만, 역설적이게도 그 항변의 상상력과 서사는 '셀 수 있는' 생존자에 기대어 있다.

조정래 감독의 〈귀향〉(2015), 이나정 감독의 〈눈길〉(2015)과 같은 영화에서 죽은 친구와의 영적인 동거 관계는 '위안부' 피해자로서의 정체성을 현재화하고 인정하는 장치로 기능한다. 말하자면 죽은 자의 영혼, 또는 죽어 가는 자를 향한 커밍아웃인 셈이다. 최근에 개봉된 김현석 감독의 영화 〈아이 캔 스피크〉(2017)는 피해자의 주민등록 소재지에 있는 관할 관청을 거쳐 중앙정부 기구인 여성가족부 장관에 의해 '위안부' 생존자의 존재에 대한 최종적인 인정과 등록, 통지가 이루어지는 절차를 속도감 있게 보여 준다. 주인공 '옥분(나문희 분)'은, 알츠하이머를 앓아 기억과 언어를 잃어버리며 죽어 가는 친구 '정심(손숙 분)'을 대신하여 미국 의회에서 증언하기 위해 '위안부' 피해자 등록을 한다.

이상의 최근 작품에서 과거에 '위안부'였던 여성들은 가족이 없는 독신 여성이며, '그녀들'의 기억과 증언 속에서 '위안부'들은 '소녀들'로 재현되거나 지칭된다. 이러한 특징은 초기 '위안부' 문학인 『에미 이름은 조센삐였다』(윤정모, 1990)나 『종군위안부』(노라 옥자 켈러, 1997)의 '위안부' 피해생존자들이 누군가의 엄마로 등장하고, 그들이 행하는 커밍아웃의 대상이 각각 아들과 딸로 제시되는 것과 차이가 있다. 이 글은 이러한 변화에 주목하여 '위안부' 문학과 영화를 커밍아웃의 서사로 볼 것을 제안하고자 한다.

커밍아웃 서사로서의 '위안부' 문학/영화

작가와 감독들, 제작자들, 나아가 독자와 관객에게 '위안부'를 주제로 한 작품들은 '위안부' 문제가 진상 규명과 역사적 책임이 요구되는 사안임을 인식한 창작이며 또한 생존자들의 증언이 바탕이 된 창작이라는 점에서 증언 텍스트로서의 효과를 지닌다.[15] 그러나 다른 한편 이 작품들은 신고와 증언에 이르기까지의 삶을, 증언에 이를 수 없었던 삶과 죽음을 서사화한다는 점에서 주목될 필요가 있다. 이때 커밍아웃을 주요 개념으로 고려해 볼 것을 제안한다. 커밍아웃은 '위안부'의 신고와 증언에도 내재되어 있지만, 신고와 증언 이전에 자신

영화 <눈길>(이나정, 2015) 포스터

영화 <귀향>(조정래, 2015) 포스터

을 둘러싼 사회적 관계 내에서 자신의 '위안부' 정체성을 드러내는 것을 포함한 개념으로 쓰일 수 있기 때문이다.

여기서 '커밍아웃'은 동성애자가 벽장 속에 있는 것처럼 비가시적이었던 자신의 정체성을 드러내는 행위를 지칭하는 용어이다. 조성란은 이브 세즈윅의 『벽장의 인식론(Epistemology of the Closet)』에서 제시된 수행적 발화 행위로서의 커밍아웃에 주목하여 노라 옥자 켈러의 『종군위안부』를 분석한 바 있다. 조성란은 이브 세즈윅을 좇아 커밍아웃이 침묵이라는 언술 행위에 의해 시작된 것임을 말하는데, 푸코에 따르면 "침묵은 하나의 침묵이 아니라 더 많은 침묵들로 언술의 기저를 이루며 침묵들을 영속시키는 전략들의 통합된 일부"이다. 다른 한편, 그는 프루스트의 『잃어버린 시간을 찾아서』(1913)의 「소돔과 고모라」 장을 분석하면서 예를 든 '에스더' 이야기를 커밍아웃의 한 모델로 간주한 이브 세즈윅의 논의에 주목한다. 성경에 등장하는 왕비 에스더는 유대인을 절멸하라는 포고가 내려지자 자신이 유대인임을 왕 앞에서 밝혀 민족을 구한다. 그러나 세즈윅에 의하면 커밍아웃은 단지 감춰져 있던 새로운 정보를 추가하는 것이 아니라 거짓 인식론의 평형 상태를 깨 버리기 때문에 위험하고 무거운 것이다.[16] 조성란은 트라우마와 수치심이 '위안부'들의 경험을 드러내지 못하도록 침묵을 강요해 온 기제였음을, 그리고 '카세트테이프'에 녹음된 '위안부' 피해생존자들의 '증언'은 이러한 기제를 극복하고 정체성을 회복하는 언어적 행위였음을 강조한다.

커밍아웃은 거짓 인식론의 평형 상태를 깨뜨리는 것이기 때문에, 침묵이나 모욕으로 응답받기도 하고 다시 침묵 속에 있기를 강요받을 수도 있다는 것을 예감하면서 감행된다. 증언은 진상이 밝혀져야 하고 정의가 회복되어야 할 역사적 사건이나 법적인 사건에 대한 진술이지만, 침묵하도록 한 인식론적 체계는 증언 이전과 크게 다르지 않다는 것을 강조해 둘 필요가 있다.[17] 즉 '위안부'의 증언 또한 커밍아웃의 성격을 띠고 있다. 가령, 초기 '위안부' 피해자 신고와 증언이 이어졌음에도 의외로 냉담한 사회 반응에 대해 한 신문은 다음과 같이 보도했다. "이들은 오히려 신문이나 텔레비전에 자신의 얼굴과 '아픈 과거'를 공개하다 보니 소문이 퍼져 뒤늦게 이를 알고 놀란 친인척들이 사실을 확인하려는 과정에서 얼굴을 들 수 없게 되고 '아 이제 보니 그런 사람이었어?'라고 자신들을 이상한 눈으로 보는 사회 한편의 분위기에 따른 수치심에 몸을 떨기도 했다."[18] 2000년 도쿄법정을 준비하면서 위안부 '피해자'들에 대한 심층 면접을 한 심영희 또한 "신고와 증언의 과정을 통해 가족들이 이를 알게 됨으로써 오는 정신적 괴로움과 갈등"을 겪고 있는 이들도 있음을 말한다.[19] '위안부' 피해자의 커밍아웃은 가까운 친인척에서부터 이웃과 마을, 사회, 국가 등 사회적 관계의 규범성에 문제를 제기하고 그것을 흔들리게 한다. 그러나 그녀가 어느 위치에 있었는지에 따라 그 진동의 강도나 성격은 다를 수 있다. '위안부' 문학과 영화는 그녀의 커밍아웃이 누구를 향해 있는지, 왜 그(그녀)를 향해야 했는지, 누가 그녀의 커밍아웃 이야기를 듣고 어떻게 받아들였는지를 서사화한다.

자식을 향하여 : 엄마의 커밍아웃

윤정모의 『에미 이름은 조센삐였다』(이하 '에미')[20, 21]는 서른일곱 살이 되도록 아버지한테서 일본인 혼혈아이자 사생아로 취급되다시피 한 아들의 부계 혈통을 입증하고자 아들 앞에서 '위안부'였음을 커밍아웃하는 엄마 '순이'의 이야기이다. 노라 옥자 켈러의 『종군위안부』에서 만주의 '위안소'로 끌려간 적 있는 재미(在美) 한국인인 '아키코'는 딸 '베카'의 손에 가닿기를 바라면서 자신의 증언이 담긴 카세트테이프와 자신의 원래 이름과 가계에 관한 기록이 담긴 문서들을 남기고 죽는다. 진순희는 과거 '위안부'였던 여성들이 그 침묵의 사슬을 깨고 자녀들과의 소통에 이르는 과정을 보여 주는 것으로 이 두 작품을 분석한 바 있다.[22] 이 글에서는 두 작품에서 엄마의 '위안부' 커밍아웃은 모두 자녀의 정체성 혼란을 극복시키고자 기도된다는 것, 그리고 커밍아웃의 지지대로서 민족의식 내지 민족적 정체성이 제시된다는 점에 주목하고자 한다.

『에미』의 중심 사건은 1인칭 화자로 등장하는 남성소설가 '배문하'의 모호한 출생 이야기에서 비롯된 정체성 혼란이며, 그는 두 여자의 '이야기'를 통합적으로 이해함으로써 이를 극복한다. 하나는 아버지인 '배광수'의 아내 '안동 여자'가 들려주는 아버지 이야기이고, 다른 하나는 자신의 어머니인 '순이'의 커밍아웃 이야기이다. 배문하는 안동 여자가 보낸 아버지의 부음을 받고 그녀를 찾아간다. '안동 여자'를 통해 일제 말 학병으로 끌려간 아버지가 패전 후 돌아와 평생에 걸쳐 "일본인에 대한 남다른 피해의식"(62쪽) 속에서 금치산자로 살았다는 것, 엄마 순이에 대해서는 "잠깐 정을 나눈 일이 있었는데" "출신 성분이 하도 더러워서 그만뒀다"라는 등, "일본 남자와 살았다"라는 등의 말을 했다는 이야기를 듣는다. 이러한 안동 여자의 이야기는 아버지로부터 "쪽발이"를 닮았다는 말을 들었던 배문하에게 자신의 출생과 관련된 정체성 혼란의 원인 제공자가 아버지가 아니라 어머니일지도 모른다는 의심과 불안을 야기하고, 결국 배문하는 집으로 돌아와 안동 여자의 말을 전하는 형식으로 순이에게 자신의 출생에 대해 묻게 된다. "어머닌 안동 아버지를 만나기 전에 일본 사람과 동거를 했다지요?"(111쪽)

이에 대해 순이는 "아니다! 난 그런 일 없다!"(113쪽)라며 목 핏줄이 떨릴 정도의 격렬한 부인과 체념의 반응을 보인다. 이 체념은 여러 번 주저되었던 커밍아웃 이야기를 해야 할 시간이 다가왔음을 받아들이는 것이다. "이 에미의 처녀 시절에 정신대라는 게 있었다는 사실조차 모르"(117쪽)던 아들이 행여 '수치심'을 가질까 봐 이야기를 할 수 없었다고 고백한 순이는 "내 평생의 불행, 내가 그렇게밖에 살 수 없었던 그 불행의 원흉은 왜놈들의 전쟁에 있었다."(118쪽)라며 결연한 태도로 입을 뗀다. 배문하는 순이의 입에서 나온 '정신대'와 '수치심'이라는 말이 야기하는 불안한 상상을 억누르고 엄마의 커밍아웃 이야기를 듣기 시작한다.

장수희는 이 소설을 아들의 모성 부정에 대한 여성의 말하기 전략으로 분석한 바 있는데,[23] 순이의 커밍아웃은 자기 자신을 설명하기 위해서라기보다는 자기 자식의 아버지 찾기를 완성하기 위한 것이라고 할 수 있다. 순이는 배문하가 중학교에 입학할 때 배광수를 찾아가 그와 싸우다시피 하여 아들을 배광수의 호적에 올렸으나, 아들은 한 번도 아버지 배광수와 한 집에 산 적이 없었고 배광수로부터 아들임을 부인당하는 등 사생아 취급을 당했다. 여기에는 순이를 "갈보"라 힐난하며 부정(不貞)한 여자로 간주하는 배광수의 인식이 결부되어 있었다.

일찍이 올랭프 드 구즈는 「여성과 시민권리 선언」(1791) 제11조를 들어, "자유로 인해 아버지들이 자기 자녀에 대한 인정을 보장받기 때문에, 사상과 의견의 자유로운 소통은 여성의 가장 고귀한 권리들 중 하나이다. 따라서 어떤 여성 시민이든 진실을 숨기려는 야만적인 편견에 강요받지 않고 '나는 당신 아이의 어머니'라고 자유롭게 말할 수 있다. 다만 법이 정한 경우에 그 자유의 남용에 대해서는 책임을 져야 한다. 사상과 의견 교환의 자유는 여성의 가장 고귀한 권리들 가운데 하나로서, 그것은 자녀에 대한 아버지들의 적법성을 확보해 주기 때문이다. 따라서 모든 여성 시민은 야만적 편견에 의해 진실을 감추도록 강요됨 없이 나는 당신이 소유한 자녀의 어머니라고 자유롭게 말할 수 있어야 한다."[24]라고 주장했다. 이 조항은 여성의 사상과 의견 교환의 자유에 있어 핵심이 되는 것이, 바로 "나는 당신 자녀의 엄마"라고 말할 수 있는 자유임을 뜻한다. 이는 "사생아의 아버지 찾기(부친 추적권)"에 대한 주장이며, "사생아를 둔 미망인과 미혼모들은 더 이상 편견 때문에 부끄러워할 필요가 없음을 강조"[25]한 것으로 풀이된다.

"내가 당신 아이의 엄마다."라는 선언은 자기 자녀에 대한 인정의 권한이 아버지들에게만 부여됨으로써 결과적으로 여성이 '어머니'로서의 정체성마저 부정당하는 상황에 처해 왔음을 웅변하는 선언이다. 한 걸음 더 나아가자면, 이 조항은 여성으로 하여금 여성의 몸에서 일어난 일, 여성의 몸으로 겪은 경험을 말할 수 없도록 금기시하는 규범이 여성의 사상과 의견 교환의 자유를 가로막아 온 결정적 장치였음을 보여 준다. 섹슈얼리티에 대해 여성에게 침묵을 강요하는 규범은 곧 공적 영역에서의 여성의 가시화를 가로막아 왔으며, 이는 기존 사회관계로부터 여성을 소외시키며 주변화시키는 장치이기도 했다. 예컨대, 순이가 그랬듯, '위안부'들은 자신의 고향과 가족에게로 돌아가지 못했으며 타향에서도 혹시나 자신을 알아보는 이가 있는지 걱정하며 살아야 했다. 이 장치는 여성 자신이 내가 누구인지를 설명할 수 없게 만듦으로써 자기동일성을 잃게 하는 여성의 자기소외를 야기하며, 그 결과 여성으로 하여금 가장 가까운 이들과의 유대조차 잃어버리게 만들었던 것이다.

여하튼 아버지 배광수의 이야기는 진주가 고향인 순이가 오빠의 징용을 대신하여 일본 규슈의 공장에 세탁부로 가는 줄 알고 따라나섰다가 필리핀의 '위안부'가 되었다는 이야기를 통해서 온전하게 보충된다. 두 남녀는 각각 학병과 '위안부'로 동원돼 끌려간 장소인 필리핀에서 서로를 알게 되었으며, 부산으로 함께 귀국한 후 각자의 고통스러운 경험으로 인해 고향으로 돌아가지 않고 그곳에서 살림을 차린다. 하지만 순이의 임신 사실을 알자 배광수는 성실했던 가장 노릇을 그만두고 가출을 일삼는다. 순이와 순이가 혼자서 출산한 아이인 배문하를 보고 배광수가 보인 태도는 멸시와 적대, 학대에 가까웠다. 결국 배광수는 순이와 배문하를 보면, 비인간이기를 강요당했던 전장의 경험, 특히 일본의 패색(敗色)이 짙어져 부대가 철수하는 도중 부상당한 다리 때문에 일본군으로부터 버림받은 뒤 순이와 같은 '위안부'들에게 생명을 내맡겨야 할 만큼 무력했던 자신이 떠올랐고, 그런 과거에 대한 극렬한 저주를 순이 모자(母子)에 대한 적대와 부인, 삶에 대한 탕진으로 표출했던 것이다.

순이의 커밍아웃은 아들의 부계 혈통적 신원을 밝히기 위함이었는데, 그것은 단지 배문하가 배광수라는 남자의 아들이라는 것을 입증하기 위한 것이라기보다는 한국인으로서의 아들의 정체성을 확립하기 위한 것이다. 여기서 주목해야 할 것은, 순이가 배광수와 달리 일제 말 전쟁 동원을 '위안부'뿐만 아니라 민족 집단 전체가 겪은 피해로 간주하는 역사적 인식을 지니고 있으며, 바로 그것이 그녀의 커밍아웃을 가능하게 했다는 점이다. "그 치욕은 나 한 사람만 겪은 게 아니다. 그 당시 처녀였던 이 땅의 수십만 여성이 다 같이 겪은 난리였단다."(115쪽) 즉 그 피해는 여성 집단이자 민족 집단 전체가 겪은 것이었다는 인식, 나아가 민족의식과 같은 것이 그녀로 하여금 강인한 삶의 의지를 갖게 했다는 인식을 기반으로 진술된다. 그리고 이러한 의지는 그녀와 함께 있었던 조선 여성들 모두의 자질로도 제시된다. 패전의 기운 속에서 군대가 자신들을 두고 떠나 버리자 집단적 탈출을 시도한 조선 여성들의 의지는 "고통을 겪을수록 더욱 강해졌지. 모두 정신 똑바로 차리고 무슨 일이 있어도 끝까지 살아남겠다는 집념뿐이었다. 그것은 희망 같은 것이었다."(143쪽)와 같은 말로 진술된다. 반면, 배광수는 식민지민으로서의 전쟁 동원 경험을 일본인의 아이를 낳은 것인지도 모른다는 공포를 준 '위안부' 순이와의 관계로 축소한다. "순박한 처녀", "갈보"라는 여성 섹슈얼리티에 대한 견고한 규범이 식민지민으로서 겪은 전쟁 동원의 경험을 역사화하지 못하게 가로막는 인식론적 페티시로 자리 잡은 것이다. 결국 배광수는 순이와 아들, 그리고 자신을 공격하는 사도마조히즘의 포로가 됨으로써 식민지적 상흔을 극복하지 못한 채 죽는다.

노라 옥자 켈러의 『종군위안부』에 등장하는 커밍아웃 또한 혼혈아인 딸 베카의 한국인으로서의 정체성 확립과 관련 있다. 아키코로 하여금 자식을 향해 커밍아웃하도록 만든 원동력에는 강한 민족의식이라 부를 만한 것이 나타난다. 이는 고향과 고국을 떠난 이민자들이 지니고 있는, 자기가 태어난 땅에 대한 애착의 형태로, 다른 한편으로 그녀의 '무당 됨'으로 나타난다. 일제 말기 전쟁과 함께 그녀 자신을 고향으로부터 유리시킨 원인인 식민 지배의 흔적은 해방 직후에도 이동과 이산을 낳았던 것이다. "자유롭게 다닐 수 있도록 사방이 열려 있던 몇 달 동안 사람들이 전국을 돌아다니면서 전쟁 동안 흩어졌던 가족들, 고향 그리고 그들의 삶의 편린들과 스스로의 정체를 찾고 있었다. 또 어떤 사람들은 아픈 기억을 피하기 위해, 새로운 사람과 새로운 고향을 찾아 이동했다."[26] 가족과 고향을 찾아서, 또는 새로운 고향을 찾아서 떠나는 사람들의 분주한 움직임으로, 분단은 실감나지 않는 추상적인 선이 "내 나라의 몸을 둘로 가른다는 것"(152쪽)으로 인식된다.

> 나는 꿈속에서 항상 산 자와 죽은 자 모두, 수천의 사람들이 반도의 배꼽에 도착하면 다시 돌아서야 한다는 것을 모른 채 한반도의 머리에서 발끝까지 구불구불하게 긴 줄을 형성하고 있는 것을 본다. 고향으로 되돌아갈 수 없다는 것을 모른 채…… 영원히 길을 잃어버렸다는 것을 모른 채로…….
>
> —『종군위안부』, 153쪽

식민 지배에서 분단에 이르기까지 한국인의 이산과 이주의 경험이 고향 상실로 귀결되었다는 인식은 곧 고향 내지 민족적 정체성을 되찾고자 하는 강한 지향으로 이어지고, 이는 아키코의 '무당 됨'으로 나타난다. 베카의 서술에서는 굿을 하고 접신을 하는 엄마 아키코의 모습이 제정신이 아닌 비정상의 상태로, 따라서 혼란스러운 서사로 제시되지만, 아키코의 서술에서 '무당 됨'은 뚜렷하고도 설득력 있는 서사적 논리를 드러낸다.[27] '순효'의 '위안부' 이름인 아키코는 원래 처참하게 죽음을 당한 '위안부' '인덕'에게도 붙여졌던 이름이다. '아키코40'이던 인덕이 죽은 후에 '위안소'에 들어온 순효는 '아키코41'이 되었다. 인덕은 혼령이 되어 "모국에서뿐만 아니라 세계를 가로질러 어쨌든 나(순효 — 인용자)를 따라와 나의 수호자가 되어 주었던"(151쪽) 존재였다. 아키코의 몸에 인덕의 혼령이 처음 깃든 때 — "인덕은 내 육신 속으로 들어왔다." — 는 '위안소'에서 탈출하여 압록강 상류의 어느 천변에 누워 있는 자신을 발견했을 때다.[28] "영혼의 눈〔靈眼〕"을 통해 본 "인덕은 내 엄마를 닮았다."(61쪽)라고 이야기된다. 인덕이 수호자인 이상, 아키코가 어디에 거하든, 엄마의 탯줄이 이어졌던 아키코의 몸 자체가 고향인 것이다. 따라서 "불안한 영혼들로부터" 자신과 탯줄이 이어져 있었던 "딸을 보호"(151쪽)하는 것이야말로 자신의 죽음 뒤에 남게 될 고향을 수호하는 것이라고 할 수 있다. 이는 지금-여기의 현실과는 무관하게 상상된 고향에 대한 향수[29]라기보다는, 트라우마적 경험과 그것을 지속적으로 환기시킨 '브래들리 목사'와의 강제 결혼과 이민 때문에 조각난 정체성을 통합시키는 기제라고 할 수 있다. 이를 인덕의 성격과도 관련하여 본다면, '위안부' 성노예의 경험을 일본의 식민주의적 폭력으로 규정하여 항거한 그녀의 민족의식이 시멘트 기능을 하고 있음을 알 수 있다.

이 소설에서 인덕은 말하기를 멈추지 않고 군인들을 거부하다가 참혹한 죽음을 당한 것으로 그려진다. "한국어와 일본어로 그녀는 군인들을 거부하며 군인들에게 자신의 나라와 자신의 몸에 침입하지 말라고 소리를 질렀다.", "나는 한국인이며 여자다. 나는 살아 있고 열일곱 살이다. 나에게 너와 같은 가족들이 있다. 나는 딸이며 누이다."(37쪽)라고 큰 소리로 이야기를 하며 군인들을 거부하고, "밤새도록 자신의 한국 이름을 부르고 가족의 계보를 열거했으며 심지어 그녀의 엄마가 전해 준 요리법까지 떠들어 대면서 소리를 질렀다."(37쪽)라고 이야기된다. 피와 살의 계보와 습속의 내력 등이 신체화된 것으로서의 민족적 정체성이야말로 인덕을 몸주신으로 받아들인 아키코의 '무당 됨'의 또 다른 의미일 것이다.

요컨대 『에미』, 『종군위안부』는 정체성에 대한 자녀의 불안을 종식시키고 한국인으로서의 정체성 확립을 위해 '위안부'였음을 밝히는 엄마의 커밍아웃 서사이다. 이때 커밍아웃을 할 수 있었던 지지대로서 민족의식이 제시되고 있다는 것은 주의를 기울일 필요가 있다. 이를 전형적이고 관습적인 민족주의의 호출[30]로 단정하기 전에 '민족', '민족의식'이 커밍아웃을 감행할 수 있는 안전판 내지 완충제로 기능하고 있었음에 유념해야 한다.

이를 이해하기 위해서는 두 작품 모두 엄마의 커밍아웃이 자신의 남편이자 자식의 아버지인 남자의 부재(죽음) 상태에서 이루어진다는 사실을 곱씹을 필요가 있다. 『에미』에서 배문하의 아버지 배광수는 순이의 '위안부' 경험을 여성 섹슈얼리티에 대한 통제적 인식 속에서 이해하여, 그 결과 죽을 때까지 자신의 아들을 사생아로 취급했다. 다른 한편 『종군위안부』에서 아키코에게 평양의 선교원에서의 서양인 남성 사제들에 의해 집도되는 예배 경험은 '위안소'에서 군인들이 행한 폭력적 위협에 대한 환각을 야기할 정도로 공포스러운 것이다. 이는 브래들리 목사가 그녀를 다루기 쉬운 성적 대상으로 대하고,

그녀와 거의 강제적인 결혼을 하면서 현실화된다. 그가 그녀를 '아키코'라고 불렀을 때,

> 나는 그가 군인들에게 나에게 붙여 준 이름으로 마치 나를 때리고 있는 것처럼 느꼈다. 나는 소리치고 싶었다. "아니야! 그건 내 이름이 아니야!" 그러나 나에게 일어난 그 일 이후에는 태어났을 때 가졌던 이름을 사용할 권리가 없다고 생각하며 아무 말도 하지 않았다. 그 여자애는 죽었던 것이다.
>
> —『종군위안부』, 136쪽

그가 신의 이름을 빌어 아키코에게 간구했던 그것은 "내가 위안소에서 배웠던 비밀"(139쪽)과 다르지 않은 그녀에 대한 성적 지배였던 것이다. 결혼 이후 밤마다 아키코는 "그의 눈에서 위안소에 있던 남자들의 눈에서 보았던 어둡고 깊은 동물 같은 욕정을 여전히 보았다."(210쪽) "아버지 5주년 기일에 엄마(아키코 — 인용자)는 아버지를 죽였다고 고백했다."라는 진술로 『종군위안부』의 서사가 시작되는 사정은 여기에 있다. 이 소설은 제정신이 아닌 엄마의 고백을 이해하게 되는 서사라고 할 수 있다. 그것이 엄마 아키코가 예비한 사후의 커밍아웃 이야기인 것이다.

두 작품에서 아버지와 엄마의 관계를 해명하는 데 있어서도 결정적이었던 커밍아웃이 아버지의 부재 속에서 이루어져야 했던 것은 엄마에 대한 직접적이고도 상징적인 성적 지배 — 상징 체계의 지배 — 의 관장자인 아버지의 개입 가능성을 배제하는 것이 커밍아웃에 유리한 조건임을 뜻한다. 차라리 '위안부' 정체성에 대한 엄마의 커밍아웃은 '민족 됨(nationhood)'의 선언이라고까지 할 수 있다. 이와

나란히, 자식의 정체성 혼란은 아버지와의 관련성보다는 커밍아웃 속 여성들이 보여 준 강인하고 의지적인 '민족'에의 소속됨을 확인하거나, 출산과 육아와 관련된 무속적인 전통 속에서 딸을 키워 온 여성적·모계적 문화로의 인도를 통해 성공적으로 해소된다.

이 소설들은 '위안부' 문제에 대한 온당한 인식을 방해하는 민족 서사인가? 두 소설은 작중 '위안부' 여성(들)의 성격이나 내력(來歷)에 강한 민족의식을 내재화시키고 있다. 『에미』는 해방 직후 귀국하여 조국 건설에 매진한다는 식의 전형적인 학병 서사를 전복한다. 그 대신 이 소설은 식민지 트라우마에 갇혀 버린 배광수와 같은 인물을 내세우고, '위안부'였던 순이를 민족 수난으로 인한 자궁병의 흔적을 지녔을지는 몰라도 정신적·심리적으로는 그것을 완전히 극복한 인물로 묘사한다. 한편, 『종군위안부』에서는 순효 어머니의 3.1운동 가담 경력이 이야기된다. '민족 됨'의 자격을 얻은 이 여성들. 이는 민족으로부터의 호출 없이는 주저될 만큼, '위안부' 피해자의 커밍아웃은 어려운 일이라는 사실을 보여 준다. '민족'은 엄마-'위안부'가 자녀와 함께 그 사건에 대해 이야기할 수 있다고 믿은 새로운 시간의 문이었다. 바꾸어 쓴다면, '민족'은 '위안부' 피해자들이 타인들과 함께 자신들이 겪은 사건에 대해 이야기할 수 있다고 믿은 새로운 시간의 문이었다.

죽은 소녀들-나 자신을 향하여: 독신 여성노인의 커밍아웃[31]

민족주의는 1991년 8월 14일, '위안부' '피해자'의 등장을 가능하게 한 장치였다. 상상의 공동체로서의 '민족'이 개인적 관계나 경험 가능한 사회적 관계를 막론한 속에서의 소속됨을 인지하게 되는 어떤 사건 속에서 출현하는 것이라면, 김학순의 커밍아웃은 그러한 사건이었다. 광복절을 하루 앞둔 시간과 증언을 매개한 전국적인 미디어 — 텔레비전과 신문 — 의 형식 속에서 이 사건은 '위안부' 피해자의 첫 출현이자 그녀의 '민족 됨'이라는 사건이었던 것이다.[32] 그녀가 당시 몸이 아파서 그나마의 일조차 손 놓고 있던 67세의 독신 여성이었던 것을 기억해 두자.

의지할 만한 일가붙이, 남편은 물론 자식도 없는 독신인 '위안부' 할머니가 '위안부' 운동과 대중 서사에 있어 가장 유력한 형상이 되었다는 사실은 '위안부' '피해자'들의 귀국 후 삶의 상태에 대한 반영이었고, 더 근본적으로는 애초에 텔레비전 미디어를 통해 마주하게 된 김학순과 브라운관 앞의 국민이라는 구조에 내재해 있었다. 그 브라운관 앞에는 "늘 그렇듯이 혼자 티브이를 보다가 자신과 똑같은 일을 당한 사람이 살아 있다는 것을 알고 얼마나 놀랐는지 모른다."는 '그녀' '풍길'(『한 명』)이 있었으며, 또 '영옥'(영화 〈귀향〉의 손숙 분)들도 있었다. 최근 개봉된 영화 〈귀향〉과 〈눈길〉, 〈아이 캔 스피크〉, 그리고

「김학순」, ©안해룡

김숨의 소설 『한 명』에서 '위안부'였던 할머니는 가족도 없이 독신인 채로, 자신의 생계를 위한 활동 외에는 아무것도 하지 않는 가난하고 고립된 삶을 살아가고 있는 것으로 제시된다. 그리고 바로 그러하기에 그녀는 아무런 중개자 없이, 아니 스크린이나 지면이란 매체를 통해서 관객과 독자 앞에 나타날 수 있었다.

> 양파망에 넣어지는 순간 새끼 고양이는 늙은이의 것이 되었다.
>
> 밭 매다가, 목화 따다가, 물동이 이고 동네 우물가에 물 길러 갔다가, 냇가에서 빨래해 오다가, 학교에 가다가, 집에서 아버지 병간호하다가 억지로 끌려온 소녀들이 하하나 옥상이나 오바상이나 오토상이라고 부르던 일본인 업주의 것이 되었듯.[33]
>
> 생리 때도 소녀들은 군인을 받았다. 메추리알처럼 둥글게 만 솜뭉치를 질 속 깊이 밀어 넣어 피가 흐르지 않았다. 군인들을 받는 동안 솜뭉치는 점점 더 깊숙이 들어갔다. 두 다리를 벌리고 앉아 솜뭉치를 질 속으로 밀어 넣을 때마다 그녀는 자신이 오리라도 된 것 같았다
>
> —『한 명』, 82쪽.

『한 명』에서 동네 할아버지가 시장에 내다 팔기 위해 길고양이 새끼들을 포획해서 양파망에 담아 전신주에 걸어 놓은 것을 목격한 일은 '그녀'로 하여금 곧바로 영문도 모른 채 '위안소'로 잡혀 오다시피 한 소녀들에 대한 기억으로 이어진다. '그녀'는 온갖 사물과 사람에게서, 그리고 자신의 어떤 몸짓에서 수시로 다슬기를 잡다 끌려가 만주 어딘가의 '위안소'로 던져진 열세 살의 자신과 '소녀들'이 등장하는 환각을 보며 그 기억 속으로 빠져든다. '위안부'였던 한 사람의 기

억에 출몰한 '그녀'와 '소녀들'은 '위안소'의 참상을 드러내는 기억의 구조이며, 이러한 환각적 기억의 경험은 '위안부' 피해자 집단이 공통적으로 보이는 특성이다.[34] '위안부'들을 칭하는 지시어가 '소녀들'이듯, 앞서 언급한 영화들에서 할머니인 '그녀'는 관객과 독자를 끔찍한 '위안소' 및 그곳에 거한 '소녀들'의 목격자가 되도록 인도한다. '그녀'는 관객과 독자에게, 또 죽거나 죽어 가는 친구를 향해 커밍아웃을 하는 것이다. 소녀들이 죽음보다 못한 삶, 살아 있는 죽음이나 진배없이 살거나 죽었던 그곳에 나 있었노라고 말이다.

영화 〈귀향〉을 연출한 조정래 감독은 '왜 다큐멘터리가 아닌 극영화를 제작하게 되었는가'라는 물음에 대해, "나눔의 집에서 본 할머니들은 몸만 늙으셨지 정신은 그 어린 소녀에서 그대로 멈춰 있다. (……) 그때 겪은 일들을 기록한 증언집을 보면 대부분 '소녀는 어떻게 죽어 갔나'를 담은 죽음의 기록이다. 그것을 그대로 영화에 담아내고 싶었다. 그렇기 때문에 극영화가 아니면 안 된다고 생각했다." 라고 답했다.[35] 할머니와 소녀가 짝패로 이루어진 서사의 짜임, 즉 할머니에서 시작하여 소녀로, 다시 할머니로 돌아오는 시간성의 왕래는 〈귀향〉, 〈눈길〉과 같은 극영화와 소설 『한 명』에서 공통적이다.

흥미로운 것은 〈귀향〉과 〈눈길〉 모두 '위안부'인 두 소녀가 생사를 함께할 정도의 우정을 맺는 것으로 설정된다는 점이다. 전쟁 말기 '위안소'에서 탈출하는 와중 한 친구가 죽고, 살아남은 또 다른 친구는 죽은 친구의 가장 중요한 정체성을 자신의 삶을 주조하는 주요한 정체성으로 받아들인다. 〈귀향〉에서 '위안소'로 끌려가는 기차간에서 '정민(강하나 분)'이 '영희(서미지 분)'에게 준 엄마의 괴불노리개는 영희에게 있어서는 정민과 자신의 생사를 바꾼 상징과 같은 것이다. 〈눈길〉에서 고향에 돌아와도 가족들이 어떻게 되었는지 알 수 없었던 '종분(김향기 분)'은 일제 시기에 강제징용된 사람들에게 한국 정부가 돈을 준다는 말을 듣고 근로여자정신대 명부에 남아 있는 '영애(김새론 분)'의 이름에 사인을 함으로써,[36] 이후 '강영애'의 이름으로 살게 된다. 〈귀향〉에서 정민은 만신 '송희(황화순 분)'의 제자인 '은경(최리 분)'의 몸을 빌려 영희 앞에 나타나고, 〈눈길〉에서 독신인 종분(김영옥 분)은 어린 소녀의 모습을 한 영애와 영적인 동거 상태에 있다. 늙도록 혼자 살아온 생존자의 곁을 맴도는, 소녀 모습인 채의 살아 있는 죽음, 귀(鬼). '소녀'는 죽어서 그 나이인 채인 '위안부'임을 말한다.

이러한 '살아 있는 죽음'은 무엇보다 살아남은 자의 삶 또한 죽음에 이르렀던 '위안소'에서의 삶을 환각적 체험 속에서 연거푸 사는, 사로잡힌 삶이었다는 것을 드러낸다. 김학순은 작고하기 5개월 전인 1997년 7월의 인터뷰에서 다음과 같이 말한다. "우리 죽은 뒤, 나 죽은 뒤에는 말해 줄 사람이 없는 것 같다 싶은 생각에 내가 이제 나이가 이만치나 먹고 제일 무서운 일본 사람들이 사람 죽이는 거, 제일 그걸 내가 떨었거든. 언제나 하도 여러 번 봤기 때문에 너무 많이 봤기 때문에. 끌려가서도 봤지만 사람 죽이는 걸 너무 많이 봤고 그렇기 때문에……."[37] 『한 명』에서 '그녀'는 '위안소'에서 수시로 죽음을 목도하고, 바로 대체된 다른 소녀는 죽은 소녀의 일본식 이름과 방과 수건과 옷을 사용한다. "탄실의 먼 눈은 다른 소녀들이 보지 못하는 것을 보고는 했다. 탄실은 자신이 만주 위안소에 오기 전에 죽은 석순 언니가 철조망 너머에 벌거벗고 서 있는 것을 보기도 했다."(109쪽) '그녀'는 숱한 죽음을 목도하고, 죽을 뻔한 누군가가 자신이었음을 깨닫는다. "죽은 그 애, 그건 나일 수도 있었는데, 내가 살아서 늙어 버렸다니!" '그녀'는 아무에게도 들리지 않는 독백을 자신을 향해 되뇐다. '그녀'가 도처에서 목도했던 죽음은 차라리 삶이 죽음보다 더 우연한 것임을 보여 준다. 죽음과 달라붙어 있는 삶. 독신은 단지 홀몸이 아니라, 이러한 사로잡힘이 가족은 물론, 친밀성을 매개로 한 어떤 사회적 삶의 가능성도 물리쳐진 상태의 삶의 형상임을 뜻한다.

자신이 사로잡혀 있는 과거를 말한다는 것은 차라리 자신이 목도한 죽음들에 대해 말하는 것이며, 그것은 불가피하게 죽은 친구의 커밍아웃을 동시에 수행하는 것이기도 하다. 그런데 이러한 커밍아웃은 친구 또는 '소녀들'에게 '위안부'가 되기 전부터 존재했던 그녀들의 고유성을 회복시키는 것과 함께 실천된다는 것을 주목할 필요가 있다. 이를 잘 보여 주는 것이 '이름'이다. 『한 명』에서, 대개 '위안소'의 포주들이나 군인들이 '위안부'들에게 붙여 준 일본어 이름이 아닌, (성을 생략한) 한국어 이름으로 '소녀들' 하나하나를 명명하는 이유가 이것이다. 금복 언니, 해금, 동숙 언니, 한옥 언니, 후남 언니, 군자, 봉애, 탄실…….

> 눈이 부셔서 눈꺼풀을 파르르 떠는 그녀의 혀로, 나비가 한 마리 날아들듯 이름 하나가 떠오른다.
>
> 풍길…….
>
> 그것은 열세 살 때 만주로 끌려가기 전까지 고향에서 부르던 그녀의 이름이다. 풍길이란 이름을 그녀는 어머니 배 속에서부터 달고 태어난 줄 알았다. 팔이나 다리처럼. 자신으로부터 떼어 놓으려야 떼어 놓을 수 없는 절대적인 것인 줄 알았다. 고향 마을에서는 염소들도, 참새들도 그녀를 풍길아 하고 불렀다.
>
> 풍길아!
>
> 금복 언니가 자신을 부르던 소리가 들리는 듯해 그녀는 고개를 들어 마을버스 안을 둘러본다.
>
> —『한 명』, 253~254쪽

정작 '그녀'의 이름 '풍길'은 그녀가 생사의 경각을 다투고 있다는 마지막 '한 명'의 '위안부'를 만나러 가기 위해 탄 마을버스 맨 뒷자리에 앉아 차창으로 들어온 햇빛을 받으며 그녀의 입에서 떠올려진다. 그 이름은 '그녀'가 강물 속으로 빠져든 '봉애'를 보고 배웅이라도 하듯 손을 흔들어 주려고 일어서다 무심코 빠진 강물에서 자신을 건져 내면서 금복 언니가, 또 '소녀들'이 애타게 부르던 이름이었다. 대체 가능한 '위안부'들에게 붙여진 편의적이고 도구적인 이름이 아니라, 어머니 배 속에서부터 달고 태어난 줄 알았던 이름을 상기하는 것이야말로, 강간 캠프인 '위안소'에서 성노예 경험으로 인해 박탈되거나 망각되어 버린 탄생성(natality)을 다시 드러내는 것이라고 할 수 있지 않을까?

아렌트에 따르면 탄생성이란, "어떤 누구도 지금껏 살았고, 현재 살고 있으며, 앞으로 살게 될 다른 누군가와 동일하지 않다는 방식으로만 우리 인간은 동일하다. 이 때문에 다원성은 인간 행위의 조건인 것이다. (……) 행위는 탄생성의 인간 조건과 가장 밀접한 관계를 가진다. 출생에 내재하는 새로운 시작은 새로 오는 자가 어떤 것을 새로이 시작할 능력, 즉 행위의 능력을 가질 때만 생각할 수 있다."[38]라는 의미에서, 인간의 근원적인 동등성과 차이, 자유를 가능케 하는 절대적인 조건이다. 복수(複數)의 인간들이 사는 세계에 거주한다는 사실에 상응하는 인간의 활동인 행위, 그리고 말하기는 '세계에의 참여'라는 근본적·실존적 조건으로서 인간의 탄생성을 드러낸다.[39] 이야기의 마지막에 가서야 밝혀지는 이름이란 이미 다 산 자에게도, 또는 죽은 자에게도 '탄생'이라는 사건이 있었음을 알려 주는 간신하고도 간절한 표식인 것이다.

〈눈길〉에서 종분은 자신이 취했던 영애의 이름을 복원시키고, 자신의 이름을 되찾는다. 이는 법적이고 제도적인 절차를 요구하지만, 종분은 그럼으로써 영애를 애도할 수 있게 된다. 〈눈길〉은 영애가 누구인지를, 그리고 종분 자신은 누구인지를 드러내는 이야기라고 할 수 있다. 커밍아웃 서사로서 『종군위안부』, 『한 명』, 〈눈길〉 등이 나중에서야 그 이름을 되찾거나 밝히는 '역전된' 연대기 형식을 취하는 것은 그들이 '위안부'가 될 운명으로 태어난 것이 아님을 드러낸다. 다른 한편, 이 나중에 오는 이름, 자신이 간직하고 불리기를 기다렸던 이름이란 지금-여기의 세계에 함께 존재함, 즉 시작을 드러낸다. 이 '함께 존재함'이 행위와 말을 통해 그물망을 이루고, 그 결과인 이야기는 아렌트에 따르면, "그 인격이 행위와 언어를 통해 사후에 구체적으로 표출될 수 있는 유일한 매개체"이며, "용기와 대담성은 사적인 은신처를 떠나 자기가 누구인가를 보여 줄 때, 자아를 개시하거나 노출할 때 이미 현존한다."[40] 커밍아웃이야말로 은신처를 떠나 자기가 누구인가를 보여 주는, 자아를 개시하거나 노출하는 이야기가 아닌가.

여기서 '은신처'란, 세상에 거주할 곳이라고는 자신의 상처 입은 몸밖에 없던 이들의 몸이기도 하다는 사실을 거듭 생각하고 싶다. 자아를 개시하거나 노출하는 이야기로서의 커밍아웃은 이러한 몸의 체험에 관한 이야기라는 점, 여성들에게 그것은 금기를 깨는 것이다. 여기에는 친구의 커밍아웃을 수반한 커밍아웃 이야기에서 그 친구는 죽은 친구일 수밖에 없다는 사실이 아프게 각인되어 있다. 같은 '위안소'에 있던 이들이 살아 돌아와서 서로 교류하며 지냈다는 이야기는 증언집에서는 좀처럼 찾을 수는 없지만, 박수남 감독의 다큐멘터리 영화 〈침묵〉(2016)은 그와 비슷한 사연을 들려준다. 〈침묵〉은 1993년 '위안부' 강제 연행 사실을 인정한 고노 담화가 발표됐음에도 불구하고, 같은 해 11월 호소카와 수상이 일본의 침략 전쟁 사실은 인정하지만 1965년 한일기본조약에 근거해 국가배상은 할 수 없다는 입장을 공식 발표하자, 15인의 '위안부' 피해자들이 조직을 구성해 단행한 일본 방문 투쟁을 다루고 있다. 이들은 1994년 국민 기금을 반대하며 다시 일본을 방문한다. 이들 중 한 명인 하수임 씨에 대해서는 "처음 일본에 왔을 때 사람을 무서워하며 피아노 밑에 웅크리고만" 있었지만, "활동을 함께 하며 점점 자신의 이야기를 하기 시작했다."라는 내레이터의 진술이 나온다. 오래된 비디오카메라에 잡힌 그녀의 증언은 만주의 '위안소'에 함께 있던 "친구"와의 재회에 대한 것이었다. 하수임 씨가 "효선 엄마"라 부르던 그 친구를 만난 것은 귀국 후 30년이 지난 때, 자신이 살던 동네인 마포에서였다. 시집살이에 시달리며 어린아이를 키우고 있었던 하수임 씨는 '그녀'를 외면했고 '그녀' 또한 하수임 씨를 외면했지만, '그녀'를 다시 한번 마주쳤을 때 하수임 씨는 '그녀'를 붙잡아 나를 기억하느냐고, 왜 아는 척을 하지 않느냐고 물었다. '그녀'는 말이 무섭다고, 너만 알고 나만 알자고 했다고 한다. 이러한 재회의 사연은 자궁병을 앓고 하혈을 하고 고칠 길이 없는 육신의 병을 함께 앓다가 효선 엄마가 먼저 죽었다는 이야기가 감싸고 있었던 것이다.

서로 '위안부'였음을 알고 있는 자들의 우정, 아니 그 우정의 이야기는 죽은 자에 대한 증언을 통해서만 가능한 것이다. 죽음 이전의 침묵은 삶과 같은 것이다. 동시에 '증언'은 증언자의 커밍아웃이 전제되어야만 가능한 것이며, 자신 또한 죽는다면 "너와 나만 알고 있자."라는 "억울한 진실"은 무덤 속에 파묻히리라는 것에 대한 두려움 속에서 감행된다. 증언하는 할머니에게는 소녀였던 죽은 자의 침묵이 포함되어 있다. 그러므로 증언은 침묵에 대한 증언이기도 하다. 겹겹이 포개져 있는 러시아 마트료시카 인형, 그 인형들 사이의 미세한 틈새들은 죽음과 침묵의 공간일 것이다. 소녀와 할머니 사이에 놓인 그것처럼. 이는 그녀 자신의 죽음까지를 포함한, 그 모든 생애를 포함한 형상이다.

이러할 때 커밍아웃이란 '나' 안에 있는 '나'를 향한 것이기도 하다. 『한 명』에서 '그녀'가 뒤늦게 한글을 배운 뒤 처음 쓴 글자는 '나'였다. 김학순의 커밍아웃을 텔레비전에서 본 후, 또 다른 '위안부'들이 나올까 봐 텔레비전을 켜두고 관련 프로그램을 챙겨 본 '그녀'는 '나'가 누구인가를 서술하는 언어를 얻는다. '그녀'는 또 다른 단어를 종이에 써넣는다. "나도 피해자요."(『한 명』, 236쪽) 그것은 새로운 자아 이야기의 출발이지만, 자기 자신이 그 이야기를 머금고 되새김하는, 길고도 긴 시간을 포함한 것이기도 하다. 마지막 한 명을 만나러 가기 위해서 탄 마을버스가 사거리 너른 대로에 들어서자, 차창 밖 "세상으로 눈길을 주면서, 그녀(풍길 — 인용자)는 새삼스레 깨닫는다."

> **여전히 무섭다**는 걸.
>
> **열세 살의 자신이 아직도 만주 막사에 있다**는 걸.
>
> —『한 명』, 258쪽(강조는 원문 그대로)

할머니……!

오키나와의 배봉기[41]를 수차례 방문, 인터뷰하여 『빨간 기와집』(2014)이라는 르포를 쓴 가와다 후미코는 경순 감독의 다큐멘터리 영화 〈레드 마리아2〉(2015)에서 카세트테이프를 통해 재생되는 배봉기의 목소리를 들으며 다음과 같이 말한다.

누구한테도 이런 이야기 못하죠. 하지만 자기에게 있어서 누군가에게 이야기하고 싶은…… 고통스러운 이야기는 정말…… 다른 사람과 공유한달까 누군가에게 말하고 싶잖아요? 그런 걸로는…… 가장 좋은…… 이웃 사람이나 오키나와 사람에게는 알리고 싶지 않지만 어디에서 왔는지 모를 젊은 아가씨한테 뭔가 얘기해 주는 것 같은…… 젊으니까 받아 주신 것 같은 그런 것도 있다고 생각해요…….[42]

〈눈길〉, 〈귀향〉, 『한 명』에는 '위안소'의 소녀들 말고도 어린 소녀들이 등장한다. 〈눈길〉에는 부모에게 버려지다시피 한 여고생 '은수(조수향 분)'가, 〈귀향〉에는 무당 은경이, 또 『한 명』에는 재개발로 듬성듬성해진 마을에서 돌봄의 손길을 느낄 수 없는 이름 모를 소녀가 등장한다. 이들은 말할 것도 없이 할머니에게 손녀와 같은 이들로 상

가와다 후미코 르포, 『빨간 기와집』(2014)

정된 청자(聽者)들이며, 그 청자들의 세대적 재생산은 지속되는 '위안부' 운동의 구조라고 할 수 있다. 문득 나타난, 딸이 있었다면 딸 같은, 손녀가 있었다면 손녀 같은 나이의 어린 여성들이 '위안부' 이야기의 청자가 되는 것. '할머니'는 '소녀'에서 곧바로 늙은 '여성 노인'으로 몰성화된 '위안부'의 성 정체성의 이름이기 전에, "할머니!" 하고 그녀들에게 이야기를 듣고자 했던 어린 여성들이 수행한 호명이기도 했다.

이 세 작품들에서도 '위안부' '피해자' 신고는 중요한 장치로 등장한다. 〈눈길〉에서 종분이 이름을 되찾는 절차가 '위안부' '피해자' 신고와 맞물려 있으며, 〈귀향〉의 영옥은 동사무소에 신고를 하러 갔다가 "미치지 않고서야 누가 신고를 하겠느냐."라는 직원의 말을 듣고 발길을 돌려 "내가 바로 그 미친년이다!"라고 폭백한다. 『한 명』은 풍길이 마지막 생존자를 만나는 장면을 제시하지 않는다. 그러나 언론의 주목을 받고 있는 풍길이 '그이'의 병실에 나타난다는 것 자체가 신고를 대체할 것이라고 상상하는 것은 그리 어렵지 않다.

그런데 이들 각각의 작품에 있어 그 배치와 의미는 다르겠지만, 중요한 점은 '위안부' '피해자'의 유력한 커밍아웃 대상 중 하나가 국가라는 것이다. 앞에서 잠깐 언급했듯이, 최근 개봉한 영화인 〈아이 캔 스피크〉는 '위안부' '피해자' 등록을 극적이면서도 규범적으로, 부주의하게 서사화했다. 이 영화에서 옥분은 미국 의회에서 증언 단상에 오르기 위해 워싱턴으로 떠나기 전, 시민운동가들과 언론의 지원으로 텔레비전과 각종 매체를 통해 커밍아웃한다. 알츠하이머로 병상에 누워 생이 얼마 안 남은 친구 정심을 대신하여 증언대에 서고자 결심했기 때문이다. 그러나 옥분은 자신이 증언자 자격을 얻기 위해서는 '위안부' 피해자 등록이 필요했음을 워싱턴에 가서야 알게 된다.

영화 <아이 캔 스피크>
(김현석, 2017) 포스터

그녀의 주민등록 주소지 소재 구청 직원 '민재(이제훈 분)'는 관내에 전단지를 뿌리고 스티커를 붙이는 등 옥분에 대한 '위안부' 피해자 인정을 촉구하는 여론을 일으켜 구청장(이대연 분)으로 하여금 '위안부' 피해자 등록 서류에 사인을 하게 하고, 그 서류는 최종적으로 중앙 행정기관인 여성가족부 장관(조동희 분)에게 보내져 '위안부' 피해자임을 인정한다는 사인을 받게 된다. 이 영화의 가장 활력 있는 장면들인 옥분의 '위안부' 등록 과정은 여론이라는 이름으로 수행된 타인에 의한 커밍아웃의 연쇄가 아닌가? 매스컴을 탄 커밍아웃과 미 의회 증언이라는 이슈의 세계화가 한국 정부로 하여금 당사자의 자기 진술 없는 채로의, 또 조사와 심의 없는 채로의 '위안부' 등록을 가능하게 했지만, 이는 '증거가 없는 졸속 등록'이라는 일본계 의원들의 비난을 면치 못했다. 민재는 옥분이 커밍아웃 직후 자기에게 보여 준 적 있는, 다락의 상자 안에 깊이 간직해 둔 옥분의 '위안부' 시절 사진을 워싱턴으로 가져간다. 그것이 미 의회 의장에게 건네지고 나서야 옥분은 일장기가 문신된 자신의 배를 드러내고, "무슨 증거가 필요있냐, 내 몸이 증거"라고 강변하며 증언을 시작한다. 그러나 그 배를 드러내기 위해서라도 증거는 필요했다. 요컨대, 조사와 심의를 수반한 '등록'이야말로 커밍아웃의 공식적 관문이자, 증언의 조건이었다. 이 영화에서 국가기구는 그야말로 '인격화'된 것으로 등장한다. 등록을 주도하고 대리한 구청 직원 청년과 그의 동생인 고등학생 소년은 이 '위안부' 할머니를 가족으로 받아들이기까지 하니 말이다. 의사(擬似) 가족 또는 대안 가족의 출현, 이 영화는 〈귀향〉과 〈눈길〉 등의 영화가 불가피하게 비워 낸 곳이 어디인지를 영리하고 행복한 방식으로 포착한다.

국가와, 독신인 할머니, 그리고 그 사이에 배치된, 할머니의 커밍아웃을 어떤 망설임도 갈등도 없이 기꺼이 받아들인 소녀들과 청년들. 그러나 그 사이, 선한 (세계) 시민 이웃들과의 만남 이전, 그리고 그 이후의 시간들은 여전히 공백인 채로 있다. '위안부' 문제 해결이 단순히 외교적 차원의 문제가 아니라는 데 동의한다면, 이를 위한 서사의 기획은 그 사이와 시간에 작동하는 사회적 관계성에 대한 상상력을 얼마나 더 진전시킬 수 있는가에 달려 있다.

다시 묻는다. '위안부' '피해자'는 셀 수 있는가?

주

* 이 글은 필자의 논문 「그녀와 소녀들: 일본군 '위안부' 문학/영화를 커밍아웃 서사로 읽기」(《반교어문연구》 47, 반교어문학회, 2017)를 수정, 보완한 것이다.

1 '위안부'라는 용어 사용의 문제성과 '성노예'로의 규정은 유엔경제사회위원회 인권위원회 여성폭력문제특별보고관 쿠마라스와미 보고서 「전쟁 중 군대 성노예제 문제에 관한 조선민주주의인민공화국, 한국 및 일본 조사 보고」(1996)를 통해서 결정적인 계기를 맞았는데, 이는 한국 '(사)한국정신대문제대책협의회(이하 정대협)' 등 여성 인권을 위한 세계 NGO들 간의 노력의 결실이었다. 이 보고서의 채택은 일본의 범죄 성격과 책임을 전 세계에 가시화하는 계기가 되었다. 김정란, 「일본군 '위안부' 운동의 전개와 문제 인식에 대한 연구: 정대협의 활동을 중심으로」, 이화여대 박사논문, 2004, 103~106쪽. 보고서 원문은 http://hrlibrary.umn.edu/commission/country52/53-add1.htm

2 「이제 37송이, 시간이 없다」, 《경향신문》, 2017. 7. 23. 한편 마지막 국외 생존자였던 송신도 할머니와 2018년 임 모, 김 모 할머니의 연이은 별세로, 2018년 2월 15일 현재 생존자는 30명으로 집계되었다. 여성가족부의 일본군 '위안부' 피해자 e-역사관, 정부등록자현황 참조. http://www.hermuseum.go.kr/PageLink.do.

3 등록 절차와 관련된 법은 2002년 "일제하 일본군위안부 피해자에 대한 생활안정지원 및 기념사업 등에 관한 법률"로 개정되었다. 법률 제정은 정대협 운동의 성과 중 하나라고 할 수 있다. 한국정신대문제대책협의회 20년사 편찬위원회 엮음, 『한국정신대문제 대책협의회 20년사』, 한울, 2014, 59~62쪽.

4 일본군 '위안부' 합의에 대한 비판적 접근에 대해서는, 김창록·양현아·이나영·조시현, 『2015 '위안부' 합의 이대로는 안 된다』, 경인문화사, 2016 참조.

5 강정숙, 「일본군 '위안부'제의 식민성 연구: 조선인 '위안부'를 중심으로」, 성균관대 박사 논문, 2010, 75~80쪽 참조. 특히 표 2-2 군 '위안부' 총수에 대한 여러 의견, 79쪽 참조.

6 히구치 유이치는 1938년에서 1945년까지 일본 육군과 해군에서 복무한 조선인의 숫자가 총 21만 3723명이라고 추정했다. 여기에는 약 19만 명의 징집자, 1만 6830명의 육군 지원자, 3893명의 학도병, 그리고 3000명의 해군 지원자가 포함된다.

樋口雄一(히구치 유이치), 『戰時下朝鮮の民衆と徵兵(전시하 조선의 민중과 징병)』, 総志社, 2001, 99~108쪽 참조.(다카시 후지타니, 박선경 옮김, 「죽일 권리, 살릴 권리: 2차 대전 동안 미국인으로 살았던 일본인과 조선인으로 살았던 조선인들」, 《아세아연구》 51-2, 고려대 아세아연구소, 2008, 20쪽에서 재인용.)

7 다카시 후지타니, 위의 글, 23쪽.

8 다카시 후지타니, 위의 글, 25쪽.

9 다카시 후지타니, 위의 글, 27쪽.

10 미셸 푸코는 『성의 역사 — 지식의 의지』 I(이규현 옮김, 나남출판, 2010)에서 역사적 장치로서의 섹슈얼리티를 '혼인장치'와 '섹슈얼리티장치'로 나누어 설명한 바 있다. 생명관리장치가 특정한 신민(subject)의 재생산과 관련된 것이라고 한다면, 제국 일본의 경우 그 특정한 신민은 일본인으로 제한되었으며 일본인의 혼인장치로 식민지민들이 연결되지 않도록 최대한 까다롭게 관리했다고 해도 과언이 아니다. 전쟁과 '위안부' 동원이 콘돔 생산량의 증가를 수반했다는 사실은 이를 잘 보여 준다.

11 죽음정치 또는 시신정치(necropolitics)는 푸코의 생명관리정치를 비판적으로 보충한 아쉴 음벰베가 제안한 개념이다. 전쟁과 저항, 테러와의 전쟁이라는 외피하에 인간 신체의 죽음, 물리적 파괴를 정치의 수단으로 사용하는 현대 세계에서 주권에 대한 이해는 생명권력의 개념만으로는 불충분하다는 데서 도출되었다. Achlle Mbembe, "Necropolitics"(tr. by Libby Meintjes), Public Culture 15-1, 2003, p. 12. 한편 필자는, 식민지 원주민들이 실제적·잠재적으로 학살과 동원의 대상이 될 수 있는 처분 가능한 집합적 신체(collective body)로 간주되고 취급되었다고 주장한 바 있다. 이혜령, 「식민지 군중과 개인 — 염상섭의 『광분』을 통해서 본 시론」, 《대동문화연구》 69, 성균관대 대동문화연구원, 2010.

12 박진우, 「증언과 미디어: 집합적 기억의 언술 형식에 대한 고찰 」, 《언론과 사회》 18-1, 2010, 54쪽.

13 "일제하 일본군위안부 피해자에 대한 생활안정지원 및 기념사업 등에 관한 법률 시행령"(별지 제1호 서식)(개정 2014.9.11)인 "대상자 등록신청서"에는 신청인(피해자)의 신원과 함께 '일제하 당시 생활했던 상황'에 대한 란이 마련되어 있다. '강제동원 연도(년, 월)' '강제동원 장소', '귀환 연도(년, 월)', '귀환 장소', '강제동원 상황', '현지 생활', '귀환 상황', '현재 생활'에 대한 진술을 해야 한다.

신청 시 "거동 불편, 비밀 유지 등의 사유로 제3의 장소 또는 주거지에서 등록 신청이 가능하다는 점, 담당 공무원은 신청자의 신분이 노출되지 않도록 비밀 유지에 각별한 유의"를 할 것을 명시하고 있으며, 등록을 통지할 때도 "본인이 비밀 유지를 원할 경우 본인이 희망하는 방법에 따라 통지"한다고 되어 있다. http://www.hermuseum.go.kr/sub.asp?pid=35.(최종 검색일 : 2017년 10월 10일 12:24)

14 기존 증언이 전형화된 '위안부' 상을 강화해 왔다는 비판에 의거하여 '위안부' 증언의 목적과 의도, 효과의 전환을 시도한 『강제로 끌려간 조선인 군 위안부들 4 — 기억으로 다시 쓰는 역사』(한국정신대문제대책협의회 2000년 일본군 성노예 전범 여성국제법정 한국위원회 증언팀, 풀빛, 2011)에 수록된, 면접을 위한 '질문지'는 총 열 가지 질문으로 구성되어 있다. 1. 인적 사항 2. 연행 상황 3. 위안소 상황 4. 강간 및 여타 폭력에 대한 기억 5. 몸의 체험에 대한 기억 6. 위기 상황의 대처 7. 전후의 생존 및 귀국 과정 8. 한국 사회에서 생활 9. 결혼 및 가족 생활 10. 위안부 생활이 미친 정신적·신체적 영향 **11. 신고의 동기, 그 이후의 변화.** 강조는 인용자.

15 역사적 서술과 다른, 문학에서의 '위안부' 내러티브의 효과에 대해서는 다음을 참조. 김미영, 「일본군 위안부 문제에 관한 역사기록과 문학적 재현의 서술방식 비교 고찰」, 《우리말글》 45, 우리말글학회, 2009.

16 Sungran Cho, "The Power of Language : Trauma, Silence, and the Performative Speech Act — Reading Nora Okja Keller's Comfort Woman(2), Speaking Subjectivity of the Mother-", Journal of American Studies 35.3, Winter 2003, pp. 21~42. 침묵, 커밍아웃과 관련해서는 같은 글, pp. 25~26, pp. 28~29. 조성란, 「침묵과 말의 변증법을 통해 본 깨어진 '일상'과 회복 가능성 — 노라 옥자 켈러의 『종군위안부』의 경우」, 오정화 외, 『이민자 문화를 통해 본 한국문화』, 이화여대 출판부, 2006.

17 한채윤의 다음 글을 참조할 것. "벽장 안에서 문을 열고 당당히 밖으로 나오는 것으로 커밍아웃을 다루는 방식은 금세 한계에 부딪친다. 커밍아웃을 한다고 다른 세계로 이동하는 것이 아니기 때문이다. 이 사회 자체가 하나의 거대한 벽장이기에 커밍아웃을 한 다음에도 여전히 그 벽장 안에 머물러 있어야 한다. 그 벽장 안에서 나는 당신들과 똑같지 않다는 말을 하는 것이기에 커밍아웃은 오히려 벽장에 균열을 내는 작업이다." 한채윤, 「엮어서 다시 생각하기: 동성애, 성매매, 에이즈」, 권김현영 외, 『성의 정치 성의 권리』, 자음과모음, 2010, 163쪽.

18 「문밖의 정신대 할머니 일본도, 버린 조국도 "망가진 삶" 본체만체 "진실 밝힌 용기"에 돌아온 것은 손가락질」, 《한겨레신문》, 1993. 1. 20.

19 심영희, 「증언에서 침묵으로 — '군 위안부' 피해자들의 귀국 이후의 삶을 중심으로」, 《정신문화연구》 79, 한국학중앙연구원, 2000, 140쪽.

20 윤정모의 『에미 이름은 조센삐였다』가 처음 발표된 것은 1982년(인문당)으로, 작가는 임종국의 『정신대 실록』(1981)을 읽고 난 충격 속에서 소설을 집필하게 되었다고 쓴 바 있다. 이 소설은 1988년 고려원에서 재간행되고, 1991년 이 소설을 원작으로 한 동명의 영화 개봉과 맞물려 신문광고가 자주 실린다. 당시 스타가수였던 이선희는 배봉기 할머니 관련 기사와 이 작품을 읽고 '위안부' 문제에 관심을 갖게 되어 「조센삐」라는 노래를 만들었다고 밝혔다. 이 소설의 1997년판에는 "정대협을 이끌어 오신 우리의 보배로운 선배 이효재, 윤정옥 선생님에게 바친다."라는 헌사가 눈에 띈다. 15년에 걸친 이 소설의 재간행은 '위안부' 문제가 한국 사회에서 이슈화되는 매듭들에 위치해 있던 셈이다. 이 글에서는 '당대' 출판사에서 간행된 1997년 판본을 사용하며, 이하 인용 시에는 본문 괄호 안에 쪽수만 표기한다.

21 「노래 제목 「조센삐」는 아픈 과거 알리려 쓴 말」, 《동아일보》, 1992. 10. 24. 이선희가 독자 투고 형식으로 쓴 이 기사는 '조센삐'라는 노래 제목이 '위안부'에 대한 모욕적인 언명이라 하여 고소를 당한 것에 대해 해명하는 내용이다. 이선희는 '위안부'라는 기만적인 용어보다는 '조센삐'가 '위안부'들이 겪었던 모욕과 고통을 잘 드러낸다고 주장했다.

22 진순희, 「강요된 침묵에 저항하는 양태 — 노라 옥자 켈러의 『종군 위안부』와 윤정모의 『에미 이름은 조센삐였다』를 중심으로」, 《국제한인문학연구》 3, 국제한인문학회, 2005 참조.

23 장수희, 「윤정모 소설의 여성인물 연구」, 동아대 석사 논문, 2008, 16~18쪽.

24 올랭프 드 구즈, 「여성과 시민권리 선언」(1791)(이세희, 「올랭프 드 구즈의 생애와 「여권 선언」」, 『서양사학연구』 19, 2008, 19쪽에서 재인용.)

25 올랭프 드 구즈, 위의 글.

26 노라 옥자 켈러, 박은미 옮김, 『종군위안부』, 밀알, 1997, 151쪽. 이하 인용 시 본문에 쪽수만 표기.

27 베카와 아키코가 1인칭 서술자로 교차하면서 등장하는 이 소설의 구조에 대해,

아키코를 엄마를 몸주신으로 받아들여 '샤먼'이 된 베카의 공수로 풀이한 이귀우의 연구는 흥미로운 논점을 담고 있다. 이귀우, 「『종군위안부』에 나타난 샤머니즘과 두 1인칭 서사의 구조」, 《외국문학연구》 31, 한국외대 외국문학연구소, 2008, 191~210쪽.

28 장수희는 접신이나 빙의의 과정에서 육체와 정신을 분리시키는 현상을 성폭력, 강간 피해자에게 나타나는 '이탈하기(disengagement)', 즉 몸에서 자신을 분리시킴으로써 의식적으로 감정적인 거리를 만들어 내는 것에 대한 표현으로 간주한다. 장수희, 「일본군 위안부의 재현 문제 노라 옥자 켈러의 『종군위안부』를 중심으로」, 《동남어문연구》 27, 동남어문학회, 2009, 141~143쪽.

29 구재진은 아키코에게 '위안부' 경험은 트라우마적인 기억으로 각인되어, 결국 그녀는 현실 너머 두 세계에 살게 된다고 논한다. 고향의 신화와 전설을 들려주던 어머니와 모국에 대한 향수로 이루어진 세계, 기괴함의 세계인 귀신들과 혼령들의 세계가 그 두 세계이다. 구재진, 「『종군위안부』의 역사 전유와 향수」, 《한국현대문학연구》 21, 한국현대문학회, 2007, 390~394쪽 참조.

30 장수희, 「일본군 위안부의 재현 문제 — 노라 옥자 켈러의 『종군위안부』를 중심으로」, 《동남어문연구》 27, 동남어문학회, 2009, 145쪽

31 이하 내용의 일부는 제18회 서울국제여성영화제가 주최한 『일본군 위안부의 재현과 문화정치』 포럼 자료집(2016. 6. 7)에 수록된 필자의 발표문 「식민지 근대성의 가장자리 — 일본군 위안부 영화/담론에 묻은 지문들」의 일부를 수정, 보완한 것임을 말해 둔다. 이 글에서 나는 영화제에서 상영된 〈귀향〉, 〈눈길〉뿐만 아니라 박수남 감독의 〈침묵〉, 경순 감독의 〈레드 마리아 2〉, 궈커 감독의 〈22 : 용기 있는 삶〉(2015) 등을 다루었다. 이 포럼에서 발표된 글과 토론 등에 대한 다음의 리뷰를 참조할 것. 오혜진, 「소녀, 귀신, 매춘부 — 제18회 서울국제여성영화제 쟁점포럼 '일본군위안부의 재현과 문화정치' 후기」, 《말과활》 11, 2016 참조. 이 영화들을 12.28 합의, 『제국의 위안부』 등과 관련해 논쟁적으로 맥락화한 사례로는 다음을 참조. 손희정, 「기억의 젠더 정치와 대중성의 재구성 — 최근 대중 '위안부' 서사를 중심으로」, 《문학동네》 88, 2016.

32 이에 대해서는 이혜령, 「신여성과 일본군 위안부라는 문지방들 — 목가적 자본주의의 폐허에서 식민지 섹슈얼리티 연구를 돌아보며」, 《여성문학연구》 33, 한국여성문학학회, 2014.

33 김숨, 『한 명』, 현대문학, 2016, 77쪽. 이하 인용 시 본문에 쪽수만 표기.

34 『에미 이름은 조센삐였다』에서 '위안부'들은 종종 '처녀'로, 또 '여자들'로 지칭되는 반면, 『한 명』에서는 '소녀들'로 지칭되고, 영화 〈귀향〉 및 〈눈길〉에서는 실제로 10대 소녀들이 '위안부' 역할을 맡아 연기했다. 영화 〈아이 캔 스피크〉에서 옥분이 미국 의회에서 연설할 때, 그녀는 '위안부'들을 '소녀들(girls)'로 지칭한다. 나는 이러한 '소녀'로의 재현은 '위안부'가 되기 전의 시간으로 돌아가고픈 할머니들의 간절한 원망(願望), 그리고 그것에 기초한 삶의 잠재성에 대한 상상력으로 이해될 필요가 있다고 생각하는 바이지만, 이렇게 '위안부'의 초상이 소녀의 형상으로 이동한 데에는 그간의 여러 맥락들이 작용했음을 고려해야 한다. 2004년 한 탤런트의 '위안부' 콘셉트 누드 화보 사건은 '위안부' 섹슈얼리티 재현에 있어서의 사회적 금기를 가시화했다. 그리고 여기에 더해, 10대 청소년을 성적 금지의 대상이자 성적 대상 그 자체인 '소녀'로 재현하도록 유도하는 법적·사회문화적 이중 구속, 2008년 촛불시위에서부터 최근 소녀상을 둘러싼 문화정치 등이 복합적으로 작용했을 것으로 보인다. 조혜영이 엮은 『소녀들 — K-pop 스크린 광장』(여이연, 2017)에 실린 글들을 겹쳐 본다면 좋을 것이다. 특히 이 책에 실린 「소녀란 무엇인가」(김은하); 「김새론 : 뉴-걸 혹은 새론 소녀」(심혜경); 「일본군 '위안부', 촛불 소녀 그리고 민주주의」(장수희); 「'위안부' 소녀상과 '국민 프로듀스'의 조우: 이상한 이상화」(현시원)를 참조.

35 「기적으로 만들어진 영화 — 영화 「귀향」 14년의 이야기들」, 《21세기 대학뉴스》, 2016. 5. 1. http://21unews.com/xe/filmfest/52591.

36 영화의 설정은 다음 상황을 염두에 두고 볼 수 있다. 1949년 5월 1일부로 실시된 인구 조사는 "해방 당시 거주지, 군사 경험, 징용 경험·미귀환 상황" 등을 조사 항목에 넣었다고 한다. 이 조사 내용이 그대로 쓰인 것은 아니지만, 당시 한국 정부는 강화조약에 참여할 것을 기대하고 대일(對日) 배상을 위한 자료 조사를 실시하고 있었다. 다른 한편, 1951년 제1차 회의에서 1965년 한일협정 서명에 이르는 14년에 걸친 한일회담 과정에서 한국 정부는 강제징용 생존자, 사망자 및 부상자에 대한 보상액을 명시하는 등 강제징용 배상권을 주장했다. 물론 이 문제는 '청구권 문제의 해결 및 경제협력'이라는 절충적인 방식으로 봉합되었다. 1958년 1월 16일 보건복지부는 일제에 끌려간 징용자의 실태 조사를 지시하는데, 한일회담에서 보상 청구 시 자료로 쓰일 것이라고 그 목적을 밝히고 있다. 기사에

따르면 1957년 12월, 각 도에 그 준비를 지시하며 '사변 전에 조사하였던 것을 이번에 다시 재확인하기' 위함이라고 한다. 「일제에 끌려간 징용자 실태 조사」, 《경향신문》, 1958. 1. 16.

37 「나의 소원은…… 고 김학순 할머니의 마지막 증언」, 〈뉴스타파-목격자들〉 41회 2016. 1. 26 게시. http://newstapa.org/31374.

38 한나 아렌트, 이진우·태정호 옮김, 『인간의 조건』, 한길사, 1996, 57쪽.

39 자세한 해석은 다음을 참조. 박혁, 「사멸성, 탄생성, 그리고 정치」, 《민주주의와 인권》 9-2, 전남대학교 5.18 연구소, 2009; 양창아, 「쫓겨난 자들의 저항과, 함께 사는 삶의 장소의 생성 : 한나 아렌트의 행위론」, 부산대 박사 논문, 2017.

40 한나 아렌트, 앞의 책, 248쪽.

41 고 배봉기 할머니(1914~1991)는 1972년 오키나와가 일본으로 반환된 후 오키나와에 거주하는 외국인의 법적 지위 문제가 새롭게 부각되자 1975년 '발견된' 구 식민지 조선인이었다. 오키나와를 지배한 미국뿐만 아니라, 한국과 일본 양국 정부에 의해 방치되어 있던 오키나와 잔류 식민지 조선인의 발견은 조총련에 의해 이루어졌다. 조총련은 국가/군대의 논리에 의해 방기된 그들을 '오키나와 주민'으로 범주화함으로써, 전쟁의 고통과 이중적 차별 속에서 살아야 했던 조선인들의 역사적 존재와 현재를 가시화했다. 그중 하나가 배봉기였다. 이에 대해서는 임경화, 「오키나와의 아리랑 — 미 군정기 오키나와의 잔류 조선인들과 남북한」, 《대동문화연구》 100, 성균관대 대동문화연구원, 2017 참조.

42 제18회 서울국제여성영화제에서 상영된 다큐멘터리 〈레드 마리아 2〉(경순, 2015) 중, 일본군 '위안부' 피해자 배봉기의 증언을 토대로 한 르포 『빨간 기와집 — 일본군 위안부가 된 한국 여성 이야기』(가와다 후미코, 오근영 옮김, 꿈교출판사, 2014)를 펴낸 가와다 후미코의 발언.

2부

멜랑콜리아, 한국문학의 '퀴어'한 육체들

— 1950년대 염상섭과 손창섭의 소설들

허윤

'남성=군인=국민'의 공식 너머에서

한국전쟁은 남성 군인을 중심으로 시민권의 위계를 설정하도록 했다. 국민개병제를 바탕으로 하는 징병제도는 군인이 될 수 있는 사람만 국민으로 인정받을 수 있다는 공식을 설정했다. 훈련된 몸은 애국의 상징이었다. 군인증이나 군복은 특권을 의미하기도 했다. 한국전쟁 당시 공군 종군작가였던 최정희는 대구에서 서울로 돌아오던 과정에서 자신이 입고 있던 군복이 중요한 역할을 했음을 회고한다. 군복을 입은 종군 여성작가들은 일등 국민으로 패싱(passing)하는 것이 가능했고, 빨갱이·부역자의 혐의로부터도 자유로울 수 있었다.[1] 남성 전투원과 여성 민간인의 구분은 전선과 후방을 나누는 기준이 되었으며 공사(公私)의 분리로 이어지기도 했다.

제일 영광스러운 죽음은 나라에 일이 있을 때에 군인이 되어 전쟁

> 에 나아가 순국하는 죽음일 것이다. (……) 다음으로 가장 영광스러운 사람은 비록 그 몸이 죽기까지는 이르지 못했으나 죽을 자리에서 (……) 겨우 생명을 보존한 상이군인들이니 그들은 우리나라 사람들 중에서 제일 영광스러운 생명을 가진 사람들이다.[2]

그러나 이 위계화를 따를수록 남성은 죽거나 장애를 입고, 자신의 남성성을 훼손당하는 모순이 생겨난다. 1957년의 《경향신문》 보도에 따르면, 70만 명의 제대 장병 중 직업 보도를 알선받은 사람은 5800명, 약 0.83퍼센트로 나타났다.[3] 이는 대다수의 제대군인이 경제적 곤란에 처했음을 의미한다. 이승만 정부는 제대군인에 대한 지원을 약속했지만, 이는 실효를 거두지 못했다. 장애를 입은 상이군인들은 기술교육을 받는 데도 한계가 있어, 빈곤과 질병에 시달렸다. 이러한 어려움으로 인해 군인의 자살은 1950년대 중후반 심각한 사회문제로 등장했다. 뿐만 아니라 제대군인이 가담한 강도, 살인 등의 강력범죄가 증가하여 1958년 상반기에만 551명을 입건하는 등 제대군인 문제가 치안의 핵심으로 떠오르게 된다.[4] 이는 전쟁이 육체적 불구자보다 더 많은 '정신적 불구자'를 낳았다는 진단으로 이어진다.[5] 즉 '남자다운 남자'이자 일등 국민이 신체적·정신적 '불구자'로 명명될 수밖에 없었던 것이다. 이러한 모순은 전쟁이 젠더 규범을 강화하는 동시에 불가능하게 만드는 지점을 보여 준다. 이러한 젠더 규범의 흔들림은 여성국극, 여장남자와 같은 다양한 남성성(들)(masculinities)의 수행을 통해서도 확인할 수 있다.

전후(戰後) 사회 불안정과 경제 위기는 엄격한 젠더 이분법에 균열을 가한다. 집 안에 머물던 여성들이 생계를 위해 거리로 나서거나, 남장(男裝)을 하고 강도나 금품 갈취 등의 범죄를 저지르기도 한다.[6]

또한 가난으로 인해 여성으로 가장하여 레지나 여급 일을 하다가 적발되는 소년 가장들의 사례도 자주 보도된다. 자신을 '중성' 혹은 '여성'으로 정의하는 조영희는 4년간 '매소부(賣笑婦)'로 일하다 경찰에 적발되어 구류 처분을 받는다. 그/녀는 "나는 유치장 안에서도 여장을 해 왔으며 매일 화장도 하고 더욱 여자 감방에 유치되었는 걸요."[7] 라며 자신의 '여성다움'을 강조한다. 제대군인과 동거 생활도 하고, 발각된 이후에도 여장을 하고 싶다고 고백하는 것이다. 그는 스스로를 여성으로 정체화한다. 이들은 젠더 규범이 자연화한 몸과 젠더의 연결 고리를 언제든 탈구축할 수 있다는 것을 보여 준다. 이는 젠더를 바꾸는 행위(trans-gender)가 몸과 정신의 불일치에서 생겨나는 고통이나 정신과적 '질환'이 아니라 개인의 선택과 수행에 따른 것임을 보여 준다. 그로써 젠더 규범의 토대에 자리 잡고 있는 몸과 정신, 여성과 남성의 이분법은 해체된다.

1950년대에 전성기를 맞았던 여성국극단은 여성배우들만으로 악극을 상연했다. 1955년 한 해 동안 50여 편의 작품이 공연될 만큼 많은 관객을 동원한 여성국극은 남자 역할을 하는 배우들이 많은 팬덤을 거느린 것으로도 유명했다. 배우들은 여성 팬들과 사적으로도 친밀한 관계를 유지하면서 여성 동성사회를 형성했다. 이전에 비해 경제적·사회적 지위가 향상된 여성들은 공연 표를 사고, 배우를 뒷받침할 수 있는 능력을 갖추었다. 그렇다면 여성국극의 인기는 어디서 온 것일까? 여성국극은 헤게모니적 남성성(hegemonic masculinity)[8]이 불가능한 1950년대 한국 사회에서 상상계적 남성성을 상연한다. 예컨대 남역(男役) 배우들의 인기가 높아질수록 남성주인공을 영웅화하는 플롯과 어트랙션(칼싸움이나 춤 장면)이 강화되고, 남역 배우 중심의 커플링이 이루어짐으로써 과감한 애정 연기가 연출되기도 했다.[9] 낭만적 사랑에 충실하고, 기사도적으로 용감하며, 남성보다 더 '남성적인' 남성성을 재현한 것이다. 이는 현실의 남성이 가질 수 없는 이데아의 영역이기도 하다. 이들이 수행(performance)을 통해 획득한 남성성은 헤게모니적 남성성이 부재한 시대의 '스크린'인 것이다. "남자는 실제 남자보다 더 남자 같아야 되고, 여자는 실제 여자보다 더 여자 같아야 한다."[10]라는 여성국극 배우들의 훈련 과정은 젠더 규범을 과잉 수행함으로써 남성성을 '연기'로 만드는 과정이다. 동성 배우들과 관객이 철저히 이성애 각본을 연기하고 즐기는 '퀴어한' 여성국극은 젠더 교란이 대중적 지지를 받은 거의 유일한 문화 텍스트였다.

1950년대 남한은 젠더 교란이 사회 전반에서 벌어지는 시공간이었다. 생계를 위해 여장을 하는 남자들과 연기를 위해 남장을 하는 여자들의 트랜스-남성성은 젠더가 수행을 통해 이루어지는 것임을 보여 준다. 이는 성별 이분법을 탈구축하며 헤게모니적 남성성으로부터 '남성성/들'로의 전환을 가능하게 한다. 여성국극이 보여 주는 젠더 교란은 성성(性性)으로부터의 자유를, 성별 이분법의 탈구축에 대한 대중의 지지와 매혹을 보여 주기 때문이다.[11] 문학장 역시 이러한 텍스트들을 생산한다. 가족의 건설을 통해 민족의 재건을 도모하려는 1950년대 담론장에서 결혼은 가부장이 되기 위한 입사식의 관문 중 하나라 볼 수 있다. 그런데 염상섭과 손창섭의 소설에서 결혼은 미완의 과제로 남아 있다. 결혼을 지연시키거나 거부하는 멜랑콜리적 남성주체들은 헤게모니적 남성성의 이면을 보여 준다.

여성국극단 진경(眞慶)의 작품 <별 하나>. 배우 김경수(좌)와 김진진(우).

「매력의 남역 우리국극단의 조금앵」(좌), 《아리랑》, 1957. 12.

결혼하지 못하는 '해방의 아들' — 염상섭의 경우

염상섭이 "작가로서 고자의 삶"[12]을 정리하고 "첫걸음"[13]으로 제시한 「해방의 아들」은 가족 건설을 통한 민족의 재건을 서사화한다. 해방 후 만주에서 신의주로 돌아온 '홍규'는 아내의 출산을 기다리며, 태어날 아이가 딸이면 '해방', 아들이면 '건국'으로 이름 지으려 구상한다. 소설은 홍규 아내의 출산과 '마쓰노-조준식'과의 만남을 병치한다. 마쓰노-조준식은 일본인 어머니와 조선인 아버지 사이에서 태어났지만, 아버지가 일찍 죽은 탓에 나가사키의 외조부 호적에 들어가게 되어 그동안 일본인 행세를 하고 살다가, 해방과 더불어 '조준식'이라는 '아버지의 이름'을 되찾는다.

> 북에 있으나 남으로 내려가나 현해탄을 건너서 나가사키로 가시거나, 이 깃발 밑이 제일 안온하고 평화로울 것을 깨달을 날이 있을 것입니다." (……) "고맙습니다. (……) 이 기를 받고 나니 인제는 제가 정말 다시 조선에 돌아온 것 같고 조선 사람이 분명히 된 것 같습니다. (……) 돌아가신, 돌아가신 아버지가, 어려서 어렴풋이 뵙던 아버지가 불현듯이 다시 한번 뵙고도 싶습니다![14]

마쓰노-조준식을 조선인으로 각성시키는 홍규는 준식의 "돌아가신 아버지"가 된다. 이처럼 소설은 홍규와 홍규의 아들인 '건국', 조준식과 그의 아버지처럼 부계 혈통을 세움으로써 민족국가를 설립해야 한다는 의지를 드러낸다. 그러나 이는 식민 잔재가 청산되지 못한 채 미 군정을 맞이한 해방기 상황에서 가능한 정치적 행위란, 아들을 낳고 부계 혈통을 고수하는 것뿐이라는 사실을 의미한다. 이들에게 해방된 조선은 가족의 틀 안에서만 상상된다.

아들을 통해 민족국가의 재건을 시도하는 해방기 소설 「첫걸음」과 달리 1950년대 염상섭 소설은 '가족을 만들지 않는 남자들'을 다룬다. 그의 소설의 기본 설정인 '여자 두 명과 남자 한 명의 삼각구도'는 결혼을 탐색하지만 새로운 가족을 만드는 데는 실패한다. 1950년대 염상섭의 장편 『취우』(1952), 『미망인』(1954), 『대를 물려서』(1958)의 인물군은 정치가, 기업인 등인 기성세대와 대학생인 청년 세대로 이분된다. 대개의 가족로망스에서 구습에 젖은 아버지 세대와 새로운 질서에 맞는 가족을 꾸리고 싶어 하는 아들 세대의 갈등은 새로운 가치를 상징하는 아들의 승리로 끝나기 마련이다. 그런데 1950년대 염상섭의 소설에서는 이러한 세대 교체가 성공하지 못한다. 민족국가 건설의 책임과 의무를 지고 있는 청년 남성들은 원하는 사람과의 결혼을 적극적으로 추진하지 못하고, 삼각관계에서도 우유부단한 태도를 취한다. 주도적으로 나서는 것은 경제력과 생활력을 갖춘 여성들이다. 기존의 관습화된 남녀 구도가 역전된 형국이다.

『취우』의 남성주인공 '신영식'은 사장의 비서이자 정부(情婦)인 '강순제'와 자신의 약혼자인 '정명신' 사이에서 고민한다. 성적 매력과 경제력, 빠른 판단력까지 갖춘 강순제는 "빨갱이"로 불리는 전 남편이나 자신의 후원자인 '김상호' 사장을 "생활의 방편"[15]으로 여겨 왔다. 전쟁이 터지기 전 통역가이자 타이피스트, 비서로서 풍족한 생활을 할 때의 강순제에게 고지식한 회사원 신영식은 여동생 친구의 애인이었을 뿐이다. 그러나 전쟁이 나고 피난에 실패하면서 강순제의 관심은 늙은 김상호 대신 젊은 신영식에게로 옮겨 간다. 이때 중요한 역할을 하는 것이 신영식의 젊은 육체다.

순제는 머리와 어깨에 남자의 몸 기운을 느끼자, 그것이 한 방패가 되는 듯이 반갑기도 하고, 오그라든 마음이 조금은 진정이 되는 듯싶어 몸을 바스락 돌리면서 영식이의 팔을 꼭 껴안고 힘껏 매달렸다. 전신이 잠깐 바르르 떨리면서 이제야 피가 도는 듯싶었다.

—『취우』, 21쪽

피난길에 나선 자동차 안에서 피격을 당하자 강순제는 신영식을 '남자'이자 '방패'로 인식한다. 신영식의 존재가 각인되는 순간이다. 그때부터 강순제는 신영식에게 의지하며 그를 자신의 보호자이자 연인으로 만들기 위한 계획을 구상한다. 전쟁이라는 예외상태(stato di eccezione)로 인해 신영식의 남성성에 눈을 뜬 것이다.

두 사람은 공산당을 피해 적치(敵治) 서울에 숨어 살면서 급속도로 가까워진다. 신영식과 강순제는 공산당으로부터의 징집과 차출을 피하기 위해 부부로 행세한다. 처음에는 이웃의 눈을 피하기 위한 거짓말이었지만, 이를 계기로 두 사람 사이는 실제 연인 관계로까지 진전된다. 강순제는 신영식이 징집되어 나간 후에도 신영식의 가족과 함께 그의 집을 지키며 그를 기다린다. 자신이 가진 돈과 금붙이를 팔아 신영식의 집을 건사하는 강순제를 보며 신영식의 어머니 역시 강순제를 며느리처럼 여기며 의지한다. 그러나 이 (유사)가족은 '적이 지배하는 상황'이라는 예외상태에서만 유지된다. 국군과 함께 '정당한' 약혼녀인 정명신이 돌아오는 순간, 강순제의 가족 만들기는 균열을 맞을 수밖에 없는 것이다.

한미무역 회장의 딸인 정명신은 아버지의 반대에도 불구하고 가난한 신영식과의 결혼을 추진하는 신세대 여성이다. 그런데 이들의 결혼은 한국전쟁 발발로 인해 연기된다. 정명신의 가족은 서둘러 피난을 떠났지만, 그 뒤를 따르려던 신영식은 발이 묶였기 때문이다. 그 사이 신영식은 강순제를 만나고 정명신과 강순제 사이에서 고민한다. 적치를 함께 보낸 강순제와, 오랜 기간 교제해 온 정명신 중 누구를 선택해야 할지 결정하지 못하고 판단을 차일피일 미룬다. 남성주체가 고민하는 사이, 전선은 다시 한번 후퇴를 거듭하고, 소설은 두 여자 사이에 낀 신영식이 어떠한 결단도 내리지 않은 상태에서 끝난다. 이러한 망설임은 『취우』의 후속작인 「지평선」에서도 이어진다.

「지평선」은 부산으로 피난을 간 한미양행 주변 사람들과 신영식, 정명신 커플의 결혼을 중심으로 전개된다.[16] 신영식은 유엔한국재건단(UNKRA)에 드나들며 미국 대사관 직원 '윌슨'과 친구가 되는 등 안정된 생활을 하고 있다. 그러나 신영식과 정명신의 결혼은 여전히 요원하다. 둘 사이의 장해물이던 강순제는 부산에서 새로운 사람들을 만나 로비 활동을 펼치느라 신영식을 떠났고, 정명신의 아버지마저 정명신과 신영식의 결혼을 재촉하는 상황임에도 둘의 결혼이 유예되는 것이다. 살림을 차릴 돈이 없으니 "좀 더 공부를 해야 하겠다.", "혹 미국이래두 가게 되면 갔다 와서나 어떻게 해 볼까." 한다는 신영식의 미적지근한 태도는 「해방의 아들」의 가족 재건 서사와 확연히 달라진 지점을 보여 준다.

이와 같은 구도는 염상섭의 또 다른 장편소설에도 나타난다. 『대를 물려서』[17]는 태동호텔 여사장인 '박옥주'가 자신의 딸 '신성'을 민족지사 '안도'의 아들 '안익수'와 결혼시키려 하는 데서 시작한다. 안도는 박옥주가 사랑했던 남자다. 박옥주는 전후 등장한 여성자본가를 모델로 한 캐릭터이다. 수완 좋고 애인도 여럿인 '유한마담' 박옥주는 욕망을 실현하기 위해 노력하는 인물이다. 딸의 결혼 문제에도 적극적이다. 안익수를 딸의 생일 파티에 초대하거나, 그에게 딸의 영어·독일어 과

외 지도를 부탁하는 등 둘의 관계를 진전시키기 위해 노력한다. 이는 실상 자신이 못다 이룬 사랑을 딸의 세대에서 이루고자 하는 것이기도 하다. 독립운동가이자 이상적 지식인이었던 안도의 아들이라면 자신의 딸에게 좋은 배필이 되리라고 확신하는 것이다. 그러나 안익수에게는 이미 혼담이 오가는 여자가 있다. 아버지의 친구이자 국회의원인 '한동국'의 딸 '삼열'이다. 안익수는 부잣집 딸이자 성격도 활발한 신성에게 유혹을 느끼면서도 '조신한' 삼열을 놓지 못하며 양쪽을 저울질한다. 이들의 삼각관계는 우유부단한 남성주인공을 중심에 두고 두 여성이 팽팽하게 경쟁하는 양상으로 나타나며, 소설은 마지막까지 안익수가 두 여성 중 누구와 결혼할 것인지 명확하게 제시하지 않은 상태에서 끝난다.

이처럼 여성 두 명과 남성 한 명을 기본으로 하는 전도된 삼각관계는 '서사의 행위자(agent)가 누구인가'라는 질문을 낳는다. 이브 세즈윅은 '한 명의 여성과 두 명의 남성'이라는 삼각관계가 실상 남성의 동성사회적 욕망을 반영한다고 지적하면서, 이 구조가 남성성 및 남성적 권력의 작동 방식이라는 사실을 밝힌다. 여성의 성적 객체화를 서로 인정함으로써 연대를 이루는 남성들의 주체화 과정이 삼각관계를 통해 드러난다는 것이다.[18]

그러나 1950년대 염상섭의 장편소설은 이 관계를 전도시키고 있다. 남성이 두 여성을 저울질하며 주도권을 쥐고 있는 것처럼 보이지만 실제 욕망의 주체이자 행위자는 두 여성이고, 남성은 욕망의 대상으로 존재한다. "빨갱이"인 남편 때문에 형무소까지 갔다 왔으며, 김상호 사장의 첩 노릇을 했던 강순제는 신영식을 통해 가족 구도 안으로 편입될 기회를 얻는다. 정명신은 신영식으로 인해 가부장의 반대에도 불구하고 사랑하는 사람과의 결혼이라는 낭만적 사랑을 성취할 수 있게 된다. 이는 새로운 세대를 중심으로 한 가족의 탄생을 의미한다. 이처럼 두 여성은 신영식과의 사랑과 결혼을 통해 주체성을 확보한다. 하지만 신영식은 판단을 유보함으로써 '선택하지 않음을 선택'한다.

염상섭은 『대를 물려서』의 끝에 붙인 짧은 글에서 이중부정을 사용한다. "이것으로 완결된 것이 아닌 것은 아니나, 미흡한 생각이 없지 않아서 후일 건강이 허락하고 새 기회가 있으면 보족(補足)할지도 모른다."(445쪽) "완결된 것이 아닌 것은 아니나", "미흡한 생각이 없지 않아서"와 같은 이중부정은 "아직 상실되지 않은 상실"이라는 멜랑콜리아(melancholia)의 명제와 통한다. 아감벤은 멜랑콜리가 "대상의 상실이 일어나기도 전에 그것을 미리 내다보고 한발 앞서 애도하고자 하는" 역설적 성격을 가지고 있다고 한다.[19] 잃어버렸다고 생각하는 대상은 실존하지 않는 왜상적(歪像的) 실체에 불과하고, 이로 인해 자신을 무조건적으로 상실한 대상에 고착시켜 집착한다는 것이다. 그 때문에 멜랑콜리아는 아직 '상실되지 않은 대상의 상실'이라는 '부정의 부정'을 수행하는, 욕망이 제거된 대상 그 자체의 현존이다.[20] 그렇다면 염상섭이 이중부정을 통해 (무)의식적으로 드러낸 잃어버린 대상은 무엇인가. 이는 김상호, 한동국 등과 같은 인물형으로 설명되는 헤게모니적 남성성이다.

『취우』의 김상호와 『대를 물려서』의 한동국은 재력과 정치 권력을 가진 지배적 주체이다. 이들은 경제적·정치적 욕망을 가지고 있고, 이를 위해 적극적으로 움직이는 행위자들이다. 그러나 소설은 이들 헤게모니적 남성(성)이 민족국가의 주체, 즉 '시민'이 되지는 못한다는 점을 우회적으로 제시한다. 김상호는 애인 강순제를 잃고 전쟁 통에 납북된다. 국회의원인 한동국은 돈이 없어서 선거에 출마하지 못할 상황이다. 이들의 자본이나 욕망은 민족국가를 위한 것이 아니라 철저하게 개인적 차원에 머물러 있으며 '대한민국 재건'이라는 국가적 소명에는 이르지 못한다. 이는 헤게모니적 남성성의 훼손과 결여를 보여 준다. 기성세대를 대신해야 할 청년인 아들들 역시 연애나 결혼조차 결정하지 못한다. 신영식은 전쟁에 끌려가지 않기 위해 숨어 있었지만 두 여자 사이에서 갈등 상황에 처하자 전쟁에 나가겠다고 자포자기하듯 선언한다. 이는 그가 당대 남성성의 자격 조건이자 표지였던 군인이 되기에 부족한 자임을 보여 준다.

염상섭의 멜랑콜리아적 주체는 아직 가져 본 적 없는 '남성성'이라는 대상을 이미 상실한 이중부정을 체현한다. 이로 인해 결혼을 통해 가족을 건설하고 건강한 국가를 재건한다는, 남성에게 부여된 성역할과 젠더 규범은 굴절된다.

결혼을 거부하는 '국적(國賊)' — 손창섭의 경우

염상섭의 아들이 결혼 상대자를 '선택하지 않음'을 선택한다면, 손창섭은 아예 이성애 관계를 거부한다. 물론 손창섭 역시 염상섭과 마찬가지로 결혼을 중심으로 소설의 갈등을 배치한다. 그러나 손창섭 소설에서 남성 청년인 주인공 주변에는 결혼을 재촉하거나 부탁하는 사람이 있지만, 결혼이나 연애는 성사되지 않는다. 손창섭의 남성주체들은 이성애 관계를 거부하거나 여성에 대한 공포를 문면에 드러내고 있기 때문이다.

「공휴일」(1952)은 은행원인 남성주인공 '도일'에게 과거 교제했던 여성의 청첩장이 도착하는 장면으로 시작한다. 청첩장을 "청춘을 묻어 버리는 한 구절의 장송문"이자 "청춘의 비문"[21] 이라고 생각하는 도일에게는 약혼녀 '금순'이 있고, 도일의 어머니를 비롯한 주변 사람들은 성혼을 재촉하고 있다. 그러나 도일은 데이트를 해야 할 공휴일에 좁은 방에서 글을 쓰거나 잡지와 신문을 뒤적이며 혼자 보낸다. "아들로서, 친구로서, 은행원으로서, 국민으로서의 의무"(42쪽)만을 감당하는 그는 타인에 대한 관심이나 관계에 대한 욕망이 없는, 거세된 남성주체이다. 게다가 그는 여성을 포식성(飽食性)의 유혹자로 상상한다. 도일에게 말도 제대로 못 붙이던 금순이 약혼을 계기로 인기척 없이 방문을 열고 들어올 만큼 친밀감을 드러내자 이내 금순을 "살찐 돼지"(40쪽)로 연상하는 것도 그 때문이다.

> 양말을 신은 듯 만 듯, 발가락을 하나하나 헤일 수 있도록 환히 들여다보이는 금순의 발이, 도일에게는 징그럽기만 했다. 금세라도 저놈의 발이 발동을 개시하여 자기의 턱밑에 추켜들고 혀끝으로 쭐쭐 핥아 달라고 조르지나 않을까 싶어 도일은 은근히 맘이 쓰일 정도였다.
>
> —「공휴일」(『손창섭 단편 전집』 1), 38쪽

> 앞으로 한 이불 속에서 밤을 지내야 될 때가 오면 이 여인은 아마도 솔가지 꺾어 때듯 우적우적 자기의 신경을 분질러 버릴지도 모른다고 도일은 생각하는 것이었다.
>
> —「공휴일」, 41쪽

도일은 여성이 보이는 친밀함을 자신에 대한 공격으로 해석한다. 이는 그가 섹슈얼리티에 대한 공포와 혐오를 느낄 뿐 아니라, 여성의 육체를 거부한다는 것을 보여 준다. 바바라 크리드는 여성의 육체에 대한 거부는 '이빨 달린 자궁(vigina dentata)'을 가진 여성의 섹슈얼리티가 남성을 유혹하고 거세할지 모른다는 공포에서 비롯됨을 지적한다.[22] 손창섭의 소설 역시 마찬가지이다. 도일은 자신의 공휴일을 위협하는 금순에 대해 공포와 혐오를 느끼고 그녀와의 약혼을 파기하기로 결심한다. 결국 「공휴일」에서 두 쌍의 결혼은 모두 무산된다. 전 애인의 결혼식에는 신랑의 아이를 업은 여인이 찾아오고, 도일은 새 출발을 다짐하며 금순과의 약혼을 파기하러 떠난다. 이는 남성주체가 이성애를 기반으로 한 가족의 형성이라는 규범적 젠더 수행을 거부한다는 의미이다.

규범적 남성성은 남성에게서 동성애적 요소를 제거하여 남성성을 고결한 것으로 만들고자 했다. 민족주의와 고결함은 인간의 삶에 '정상적' 위치를 부여한다. 특히 중요한 것은 여성과 남성에게 부여된 변별적 역할이다. 남성성은 깊이와 진지함을, 여성성은 얕음과 경솔함을 통해 성역할을 구성한다. 남성과 여성은 자신에게 주어진 역할을 제대로 수행함으로써 민족의 일원으로 인정받을 수 있다.[23] 이때 젠더 규범에 대한 해석에는 신체적 감각이 중요한 역할을 한다. 남성적 젠더는 섹스와 관련된다. '진정한 남성성'은 남자의 몸에 내재하거나 몸에 관한 것을 표현하는 것이 된다. 공격성, 성욕, 충동 등 남성의 몸은 행동을 추동하거나 유도하며, 양육이나 동성애를 거부하게 하는 토대라고 상정된다. 이처럼 육체적 수행으로 남성성이 구축된다는 것은 수행이 계속될 수 없을 때 젠더가 취약해진다는 것을 의미한다.[24] 이때 '남성다움'을 수행하는 대표적 행위는 이성애이다.

손창섭의 소설은 이성애를 거부함으로써 젠더를 비(非)수행한다. 손창섭 소설의 남성주체들이 생각하는 '살 만한 삶'은 여성의 섹슈얼리티로부터도, 결혼이라는 이성애 제도로부터도 자유롭다. 그들은 주변의 강요에도 불구하고 결혼을 거부하고 성행위를 하지 않는다. 「사연기(死緣記)」(1953)의 '정숙'과 '동식', '성규'는 통학을 함께 한 고향 친구이다. 동식과 정숙은 서로 좋아하던 사이였지만, 한국전쟁 당시 공산당이 들어오는 바람에 지주인 동식의 아버지가 처형당하고 동식마저 잡혀 들어가게 된다. 그러던 것을 공산당원으로 활동하던 성규가 자신이 정숙과 결혼한다는 조건을 걸고 구해 준다. 협박과 계략을 통해 정숙과 결혼한 성규는 병으로 움직일 수 없는 몸이 된 상태에서도 정숙을 학대하는 것으로 삶을 지탱한다. 동식에 대한 질투에 시달리는 성규는 늘 동식과 자신의 아내인 정숙 사이를 의심하면서도 자신이 죽으면 정숙과 결혼하라고 동식에게 당부한다. 그러나 동식에게 정숙은 과거의 추억일 뿐이다. 동식에게 삶은 "향락할 요소가 없는 구속"[25]이기 때문이다.

> 8.15 해방 이래 한결같이 계속되는 초조, 불안, 울분, 공포, 그리고 권태 속에서 물심 어느 편으로나 잠시도 안정감을 경험해 본 적 없는 동식은, 결혼에 대한 특별한 관심도 느껴 보지 못한 채, 앞으로 살아가노라면 어떻게든 자기의 '생활'이라는 것이 빚어지려니 싶어 어물어물 지내오다 보니, 오늘날까지 남들같이 출세도 못하고 돈도 못 모으고, 따라서 궁상스런 홀아비의 신세를 면하지 못하고 있는 것이다.
>
> —「사연기」(앞의 책), 64쪽

전쟁 후 동식은 욕망을 거세당한 존재로서 그저 생존을 위해 살아간다. 그는 성규가 자신에게 보내는 의심의 눈길에 시달리면서도, 한때 친구와 애인이었던 그들에 대한 알 수 없는 애정 때문에 그들의 집을 지속적으로 방문한다. 물론 이런 행동 또한 분명한 목표 없이

“어물어물” 살아가는 태도의 일환이다. 결국 이들의 도착적 관계는 성규의 죽음과 정숙의 자살로 파국을 맞는다.

그러나 이 소설의 근본적 질문은 그 죽음 후의 마지막 순간에 있다. 동식은 자살한 정숙이 남긴 편지를 통해 성규와 정숙의 아들인 줄 알았던 ‘명호’가 실은 자신의 아들임을 알게 된다. 이 사실은 “놀랍고 저주스러운 것”(72쪽)으로 다가온다. 이전부터 동식은 정숙과 두 아이의 보호자를 자임해 왔지만, 막상 그 아이가 자신의 아들로 밝혀지자 오히려 “저주”를 느끼는 것이다. 이는 ‘정상적’ 이성애 관계를 통한 가족의 건설과 인구의 생산이 “저주”로 변모하는 것이라고 볼 수 있다. “어머니가 정말 저를 낳으셨수?”(45쪽)라는 「공휴일」 속 도일의 질문 역시 이러한 “저주”와 연결된다.

근대소설은 자신의 기원을 의심하고 부정하는 가족로망스와 함께 출발한다. 해방기 마쓰노-조준식이 일본인 아버지 대신 조선인 아버지를 찾는 것이 새로운 문학의 “첫걸음”이자 민족국가의 “첫걸음”인 것처럼 말이다. 하지만 손창섭의 소설에서 기원에 대한 의심은 출생에 대한 저주로 이어진다. 손창섭의 소설은 사랑이나 연애와 같은 이성애 프로세스를 부정한다. 친밀한 신체적 접촉은 동성 사이에서만 일어난다. 「공휴일」의 도일은 남자인 친구가 자신의 배를 만지도록 허락한다.

> 그 친구는 친절하게도 여자의 뱃가죽의 신비스러움을 구체적으로 설명해 주기 위해서, 술을 먹다 말고 자꾸 도일의 배를 좀 내놔 보라고 졸랐다. 그걸 거절하자면, 한참이나 아웅당해야 될 일이 귀찮아, 무탈한 남자들끼리만의 석상이라 그러면 어디 실험해 보라고 하며, 도일은 허리띠를 끄르고 양복바지 괴춤을 풀어놓아 주었던 것이다. 친구는 만족한

듯이 뻣뻣한 그 손바닥으로 도일의 배꼽 아래께를 두어 번 벅벅 쓸어 보고 나서, 손가락 끝을 집게처럼 해 가지고, 이걸 좀 보라고 하며 뱃가죽을 집어 보이는 것이다.

—「공휴일」(앞의 책), 39쪽

이 장면은 타인과의 관계 맺기를 거부하는 도일이 타인과 피부를 맞대는 유일한 장면이다. 도일과 그의 친구는 도일의 몸을 두고 실랑이를 벌인다. 보통이라면 이성애 관계에서 펼쳐질 법한 장면이다. 감옥 안 풍경을 그린 「인간동물원 초(抄)」(1955)에는 남성들 사이의 섹스와 권력관계가 묘사된다. '주 사장-양담배', '방장-핑핑이' 커플의 섹스는 감방 내에서 합의된 권력관계에 의해 규정된 것이다. 최장기수인 '방장'의 배치에 따라 감방의 구성원들은 '남색(男色)'을 즐길 수 있기 때문이다. 미군 부대에서 담배 한 보루를 몰래 빼돌리다 걸린 '양담배'는 '주 사장'의 파트너가 되어 "밑구멍에 고름이 들"[26] 만큼 밤마다 괴롭힘을 당한다. 강간범 '핑핑이'는 방장을 상대해 주다 어지럼증을 느낄 정도이다. 여학생들을 강간한 핑핑이나 너무 많은 섹스로 인해 임질균을 가지고 있는 '임질병' 등은 섹슈얼리티를 과잉 수행하는 남성들이다. 그런데 이들은 감옥의 질서에 타협하여 '삽입당하는 자'가 된다.

감방 공동체는 기실 남성 '동성사회(homo social)'가 남성 '동성애(homo sexual)사회'라는 것을 보여 준다. 세즈윅은 여성의 교환에 기초한 동성사회적 연속체에서 여성에 의해 매개되는 남성들의 관계는 사실상 남성들 사이의 성애적(erotic) 거래를 가리는 기능을 한다고 지적한다. 에로틱한 라이벌과 두 라이벌을 연결시키는 유대감은 사랑하는 사람에 대한 유대만큼이나 강렬하고 강력하다. 그런데 이 "남성

동성사회적 욕망"은 "동성애적"이라는 말과 분명히 분리되어야 한다. 남성 지배적 사회에서는 동성 친화적 욕망과 가부장적 권력의 유지 및 이양을 위한 구조가 연관되어 있지만, 이를 드러내지 않기 위해 여성의 거래가 남성들 간의 동성애적 관계를 금지하기 위한 도구로 사용된다는 것이다. 이에 따라 이성애는 동성사회적 관계를 탈성화하기 위해 강제적으로 동원되는 제도가 되고, 동성애 혐오(homophobia)는 가부장제 사회를 형성하는 필수 요소가 된다. 남성들 사이의 사회적 관계를 중심으로 하는 동성사회적 남성 유대는 남성들 사이의 동성애적 욕망에 대한 공포와 금기를 통해 이성애적 욕망을 제도화하고 동성애를 억압하는 것이다.[27]

「인간동물원 초」에서 벌어지는 주 사장과 방장의 다툼은 누가 신입 수감자를 성적으로 차지하느냐의 문제가 아니라, 누가 공동체 내 남성들 사이에서 발언권을 갖느냐의 문제이다. 이전까지 이들은 신입 수감자를 한 명씩 차지함으로써 '평화로운' 사회를 형성했다. 그런데 새로운 수감자가 등장함으로써 이 평화는 깨진다. 공동체의 질서를 유지하는 메커니즘으로 작동하는 동성사회적 욕망은 동성애적 욕망에 의해 파괴된다. 누가 소매치기와 파트너가 될 것이냐를 두고 다툼을 벌이다 방장이 주 사장을 죽이고 만 것이다. 남성 동성사회가 남성 동성애사회임이 밝혀지는 순간, 공동체 질서는 파괴된다.

'미래 없는 공동체'는 손창섭 소설의 핵심 요소이다. 그의 세계에는 결혼이나 혈연으로 이어지지 않는 공동체가 등장한다. '정상가족'은 없다. 「혈서」(1955)[28]에서 시를 쓰는 '규홍'과 취직을 못하고 있는 '달수', 군대에서 한쪽 다리를 잃고 제대한 '준석'은 '창애'라는 여자와 한 집에서 생활한다. 남자 셋과 여자 하나로 구성된 이 집에는 훌륭한 군인도, 훌륭한 대학생도 되지 못한 '잉여 인간'들만 가득하다.

규홍은 시를 습작하지만 제대로 완성하는 것은 하나도 없다. 달수는 직장을 구하기 위해 매일같이 밖을 돌아다니지만 전후 남한에서 군대도 가지 않은 남자가 직업을 구하기란 쉽지 않다. 준석은 "너 같은 건 군대에 나가서 톡톡히 기합을 좀 받구 와야만 사람이 된다.", "군대에 나가기가 싫으면 기피자다."(140쪽)라고 달수를 비난한다. 학교에 다니는 것도 병역을 기피하기 위해서라는 것이다.

그렇다고 해서 준석의 비난이 '건강한 국민이 되어야 한다'라는 국가 이데올로기로 이어지는 것은 아니다. 준석 스스로가 건강한 국민이 될 수 없는 훼손된 육체를 체현하고 있으며, 결혼할 생각도 없이 한 여성을 임신시킨다. 결국 이 셋은 누구도 국가가 원하는 건강한 남성이 될 생각이 없다. 그런 점에서 준석이 달수를 향해 "국적(國賊)"(159쪽)이라고 부르는 것은 정확하다. 심지어 준석은 달수의 손가락을 잘라 자원입대의 혈서를 쓰게 한다. 그러나 손가락이 잘린 달수는 훼손된 신체로 인해 군인이 될 수 없다. 이들이 군인과 국민이 되는 것은 불가능한 일이다.

손창섭은 군사주의와 폭력적 예속의 시대에 비헤게모니적 남성성을 재현한다. 이들은 이성애 섹슈얼리티를 거부하고 동성사회를 성애화한다. 이 '퀴어한' 남성들은 이성애 가족 관계를 폐제(廢除)하고 국가 재건을 훼손하는 "국적"이 된다.

해체되는 '남성성' 신화

1950년대 남한은 냉전 아시아적 질서를 실현한 국가였다. 이승만 정부는 민족국가를 구획 짓기 위해 '빨갱이'를 색출하고 군인, 경찰, 우익 청년단 등을 이용하여 압도적 폭력을 행사했다. 공공의 안전을 위해 국가의 감시와 처벌은 정당화됐다. 그러나 이 치안 국가의 압도적 폭력은 사실상 재건의 주체들을 억압하는 결과를 낳았다. 한국전쟁과 대규모 인구 이동, 좌우익 이데올로기 갈등의 영향으로 한국 사회는 환대가 불가능한 이웃들과 공존하는 세계가 됐다. 특히 징병이나 부역 행위자 적발, 자본가 색출 등을 피해 숨어 있는 남성들에게 이웃은 가장 조심해야 할 상대였다. 언제든 나를 죽이거나 고발할 수 있었기 때문이다. 이 내적인 불안은 외부로 확산되면서 공동체를 불가능하게 만들고 '건국'의 가능성을 거세하는 결과를 낳는다.[29] 귀환과 전쟁 과정에서 남성주체들은 자유롭게 움직일 수 없고 자신의 뜻을 펼치지 못해 무기력해진다. 그 결과 소설은 헤게모니적 남성성을 비수행하는 남성성/들을 재현한다.

염상섭은 전도된 삼각관계를 통해 남성성과 여성성의 역전(逆轉)을 보여 준다. 전쟁미망인, 자본가의 딸 등 포식자 여성은 다양한 형태로 등장하며, 자신의 외모와 자본 등을 이용하여 위기 상황에서 남성주체의 존립과 안정을 돕는다. 그녀들은 자신의 연인에게 경제적·정신적 증여를 제공함으로써 그들에게 감정적 부채를 지우고, 구애를 계속한다. 멜랑콜리한 남성주체는 기존의 연인과 새로운 연인(포식자 여성) 사이에서 갈등하며 쉽사리 결정을 내리지 못하는 우유부단한 모습을 보인다. 이 탐색형 결혼 서사는 우애, 사랑 등의 감정적 호혜 관계가 무너지고 건강한 민족국가 건설이라는 이데올로기를 비수행하는 것으로 이어진다.

손창섭은 결혼에 대한 거부에서 더 나아가 이성애 제도에 대한 부정을 보여 준다. 손창섭의 남성주체들은 여성에 대한 혐오와 공포를 드러낸다. 이는 여성의 섹슈얼리티를 언제든 남성을 거세할 수 있는 것으로 보기 때문이다. 국적(國賊)으로 형상화되는 범죄자, 잉여 인간, 동성애자 등의 남성주체는 동성사회를 동성애적 사회로 만들며 헤게모니적 남성성의 중심축을 뒤흔든다. 이들의 소설에서 남성(성)은 가부장이 되고, 군인이 되어 적을 무찌르고 민족을 번성케 해야 한다는 헤게모니로부터 거리를 둔 비수행적 젠더이다. 남성주체는 끊임없이 결혼을 요구받지만, 이들은 결혼을 유예하거나 거부함으로써 가부장으로서의 남성(성)을 부인한다. 이는 '대통령 할아버지'[30]라는 수사로 완성되는 가족화된 민족국가에 균열을 내는 것이기도 하다. 군인도, 남편도, 아버지도 되지 않는 남성(성)의 존재를 가시화하는 것이다.

여성성이 성별화된 존재로서 유표화(marked)되는 것과 마찬가지로, 남성성 역시 지속적으로 소환된다. 1960~1970년대 산업 역군으로서의 노동자 남성과 1980년대 민주화 투사로서의 남성, IMF 이후 등장한 '위기의 남성' 등 남성성 담론은 헤게모니적 남성성이 위기에 처할 때마다 반복적으로 등장한다. '남자다운 것'에 대한 이러한 상실은 국가의 위기와 맞물린다. 반면 기지촌 여성들이나 여공들, 해고된 여성들이나 비정규직 여성들의 목소리는 비가시화된다.

버틀러는 전사자나 납북자 등에 대한 슬픔은 국가적인 차원에서 애도되고 애국심을 조장하는 데 동원되는 반면, 다른 어떤 종류의 슬픔은 무시되고 망각되고 삭제된다고 말한다.[31] 이때 반복적으로 애도의 대상이 되는 것은 남성(성)이다. 해방은 왔지만 헤게모니적 남성성은 구축되지 않았으며, 그 과정에서 남성성의 토대를 이룰 결혼에 대한 서사는 강박적으로 반복된다. 그러나 그 반복에도 불구하고 남성성은 여전히 미달이자 결핍된 어떤 것이다. 이는 사실상 한국소설이 헤게모니적 남성성을 탐색해 본 적이 없음을 의미하는 것이기도 하다.

한국문학에서 남성(성)은 보편 주체로서 젠더 무감적인(gender blindness) 것으로 간주되었다. 민족문학의 이름으로 정전화돼 온 민중의 투박한 손, 노동자의 넓은 어깨, 고뇌하는 소시민 등의 남성성은 그 자체로 문학이자 헤게모니였다. 이 남성으로 유표화된 리얼리즘은 시대의 헤게모니와 길항하면서 '불화'하는 정신의 표상으로 사용되었다. 남성성 자체가 리얼리즘의 다른 이름이었던 것이다. 이 과정에서 문학적 헤게모니를 비수행하는 '비(非)남성'은 문학사의 밖으로 밀려난다.

페미니스트 시각으로 보는 한국문학사는 이 밀려난 비남성에 주목해야 한다. 정전화된 남성적 리얼리즘을 질문하고, 역사적·문화적으로 구성된 남성성의 안팎을 살펴보아야 하는 것이다. 남성성을 탈구축하고, 남성(성)의 소설사를 '헤게모니적 남성성'이라는 지배적 허구에 관한 텍스트로 재독해함으로써 한국문학은 더 많은 텍스트들, 더 많은 가능성들과 조우할 수 있다. 그러므로 남성성을 곧 성적 억압의 중추이자 적대의 대상으로 보는 데에서 더 나아가, 남성성 역시 역사적 담론 구성체라는 점을 구명해야 한다. '남성성의 신화'를 해체할 때에야 비로소 한국문학(사)의 몸피가 제대로 드러날 것이기 때문이다.

주

* 이 글은 필자의 논문 「1950년대 전후 남성성의 탈구축과 젠더의 비수행(undoing)」(《여성문학연구》 30, 한국여성문학학회, 2013)과 저서 『1950년대 한국소설의 남성 젠더 수행성』(역락, 2018)의 일부를 재구성한 것이다.

1 "창공 구락부에선 유니폼이나 구두뿐이 아니고 쌀, 광목도 배합을 받았다. (……) 나도 입은 일이 있다. 공군복이 아니고 육군복이었다. 서울에 왔다 가야 할 일이 있었는데 군복을 입지 않고선 기차를 탈 수도 없었으며, 도강은 더욱이 어려웠던 때다. 군복 덕에 도강은 무사히 하게 되었다. 피난지 대구나 부산에서 그 어려운 고비를 겪으며 영등포까지 왔다가 한강을 넘지 못해서 영등포에 하차하는 사람들을 목격하곤 군복의 힘이 대단하다는 것을 깨달았다." 최정희, 「피난 대구 문단」, 『해방문학 20년』, 정음사, 1966, 103~104쪽.

2 이승만, 「상이군인 제대식에 보내는 치사」, 『대통령 이승만 박사 담화집』, 공보처, 1953, 169쪽. (이임순, 「상이군인, 국민 만들기」, 《중앙사론》 33, 중앙대학교 중앙사학연구소, 2011, 297쪽에서 재인용.)

3 「직업 보도 받은 건 0.83%」, 《경향신문》, 1957. 4. 25.

4 「늘어가는 제대군인 범죄 반 년간 551명을 입건 서울지검 관내」, 《경향신문》, 1958. 7. 18. 앞서 1956년에는 상이군인의 행패가 내무 당국이 내사 발표한 민폐의 근원 17개 항목에 포함되기도 하였다. 「17개 항목보다도 1개 항목이면 충족」, 《경향신문》, 1956. 11. 29.

5 전쟁에 참가한 청소년은 물론, 후방의 사람들에게도 "전쟁에 의한 정신적 유기 상태로 인한 정신적 영양실조" 또는 "정신적 불구"가 등장한다. "현금(現今)의 범죄 면에 나타난 많은 현역 또는 제대군인들의 상식을 벗어난 잔인한 범죄 행위들은 역시 이러한 실증의 하나가 아닐까?"라며 시대를 진단하기도 했다. 김기두(서울대 교수), 「정신적인 불구자의 공포」 하, 《동아일보》, 1957. 2. 19.

6 「남장한 여자 강도 출현」, 《경향신문》, 1956. 3. 30; 「남장한 두 여인 도로 취체령에 걸려」, 《동아일보》, 1960. 2. 25.

7 「화제의 여장한 남자」, 《동아일보》, 1956. 11. 10. 매소부로 4년간 여장을 하다 25일 구류 처분을 받은 문 군은 "수년 동안 이 술집 저 술집에서 가진 교태를 부리며 뭇남자를 희롱하여 오던 파마머리에 짙은 화장을 하고 양단 저고리에 비로드

치마를 감은 미모의 매소부"로, "단정한 여장을 하고 여경들의 입회하에 취조를 받았으며 수줍은 듯 웅크리고 앉아 가느다란 여자의 음성을 내며 어디까지나 세련된 여자의 태도를 간직"한 것으로 그려진다. 그는 "가끔 여장을 하여 보면 여자로서의 실감이 우러나는 것 같고 잘난 남자를 보면 이상하게 그리운 생각이 들어요."라며 스스로를 '중성'으로 정의하는 등 앞으로도 여장을 계속할 것이라고 말한다. 「병신년(丙申年) 뉴스 기후 소식 여장의 남자 문금성 군」, 《동아일보》, 1956. 12. 13.

8 '헤게모니적 남성성'은 남성의 지배적 위치와 여성의 종속을 보증하고 가부장제의 정당성에 대한 대답을 구현한 젠더 실천의 구성 형태를 말한다. 코넬은 남성 사이의 젠더 관계를 '헤게모니/종속/공모'로 범주화하여 분석하는데, 종속된 남성성은 헤게모니적 남성성으로부터 배제된 모든 것을, 공모적 남성성은 헤게모니적 남성성을 수행하지는 않지만 저항도 하지 않고 남성 지배적 사회로부터 간접적 이득을 얻는 형태이다. 헤게모니적 남성성은 강제가 아닌 자발적 동의에 의해 작동하고, 사회적 정당성을 가지고 젠더 관계를 안정화시킬 수 있는 힘이 있어야 한다. 코넬의 헤게모니적 남성성은 고정된 성격 유형이 아니라 기존 젠더 관계 패턴에서 헤게모니적 위치를 차지하는 남성성을 의미하며, 그 위치에는 언제나 경합의 여지가 있다는 점에서 특징적이다. 이는 '현재 수용되는' 전략을 체현한다는 점에서, 역사적으로 유동하는 관계이며 가부장제를 수호하는 조건이 변화하면 특정한 남성성이 지배하는 데 필요한 기반도 침식된다는 것을 의미한다. R. W. 코넬, 현민 외 옮김, 『남성성/들』, 이매진, 2013, 111~136쪽.

9 이화진, 「여성 국극의 오리엔탈 로맨스와 (비)역사적 상상력」, 《한국극예술연구》 43, 2014, 190쪽.

10 조영숙 구술, 김지혜, 「1950년대 여성 국극의 단체 활동과 쇠퇴 과정에 대한 연구」, 《한국여성학》 27-2, 2011, 7쪽.

11 물론 전후 사회 체제가 안정되는 1950년대 중반에 이르면, 법과 규범의 일대 정비가 이루어진다. 국민개병제를 기본으로 하는 병역법은 불심검문을 통해 여장남자들을 구속했다. 이러한 병역법은 실상 정치적 목적으로도 광범위하게 사용됐으며, 남성 청년 일반의 자유를 통제했다. 이는 결국 청년을 잠재적 위반자이자 범죄자로 상정하고 헤게모니적 남성성을 강화하는 결과를 낳았다. 공안과 사회윤리를 지키기 위해 제정된 경범법 역시 퀴어 인구를 구속했다. 경범법의 구체적 항목에

섹슈얼리티에 대한 통제가 명시되어 있지는 않지만, '탕아들'과 여장남자, 동성애자 등을 구속하는 데 사용되었다. 이는 '퀴어한' 자들이 사회윤리와 충돌하고 있음을 의미한다. 이와 관련해서는 허윤, 「1950년대 퀴어 장과 병역법 경범법을 통한 '성 통제'」, 『'성'스러운 국민』, 서해문집, 2017, 82~111쪽 참조.

12 염상섭, 「횡보문단회상기」, 《사상계》, 1962. 11, 208쪽.

13 「해방의 아들」은 "첫걸음"이라는 제목으로 발표되었으나, 이후 단행본에 수록되면서 내용의 변화 없이 제호만 바뀐다.

14 염상섭, 「해방의 아들」(「첫걸음」, 《신문학》, 1946. 11), 『두 파산 — 염상섭 단편선』, 문학과지성사, 2006, 332쪽. 이하 인용 시 본문에 쪽수만 표기.

15 염상섭, 『취우』(《조선일보》, 1952. 7. 17~1953. 2. 20), 민음사, 1987, 36쪽. 이하 인용 시 본문에 쪽수만 표기.

16 1955년《현대문학》에 연재된 「지평선」은 미완작으로, 『취우』 등장인물들의 부산 생활을 그리고 있다.

17 염상섭, 『대를 물려서』(《자유공론》, 1958. 12~1959. 12), 민음사, 1987. 이하 인용 시 본문에 쪽수만 표기.

18 Eve K. Sedgwick, *Between Men*, Columbia UP, 1985, pp.1~27.

19 조르조 아감벤, 윤병언 옮김, 『행간 — 우리는 왜 비현실적인 것에 주목해야 하는가』, 자음과모음, 2015, 56~74쪽.

20 슬라보예 지젝, 한보희 옮김, 「우울증과 행동」, 『전체주의가 어쨌다구?』, 새물결, 2008.

21 손창섭, 「공휴일」(《문예》, 1952. 6), 『손창섭 단편 전집』 1, 가람기획, 2005, 35쪽.

22 바바라 크리드, 손희정 옮김, 『여성 괴물, 억압과 위반 사이 — 영화, 페미니즘, 정신분석학』, 여이연, 2017 참조.

23 조지 모스, 서강여성문학회 역, 『내셔널리즘과 섹슈얼리티』, 소명출판, 2004, 9~42쪽.

24 R. W. 코넬, 앞의 책, 80~99쪽.

25 손창섭, 「사연기」(《문예》, 1953. 6), 『손창섭 단편 전집』 1, 가람기획, 2005, 53쪽. 이하 인용 시 본문에 쪽수만 표기.

26 손창섭, 「인간동물원 초(抄)」(《문학예술》, 1955. 8), 『손창섭 단편 전집』 1, 가람기획, 2005, 233쪽. 이하 인용 시 본문에 쪽수만 표기.

27 Eve K. Sedgwick, ibid.

28 손창섭, 「혈서」(《현대문학》, 1955. 1), 『손창섭 단편 전집』 1, 가람기획, 2005. 이하 인용 시 본문에 쪽수만 표기.

29 '불안'은 위험 상태의 등장을 예고함으로써 위험 상황을 효과적으로 피하거나 방어할 수 있도록 자아가 보내는 신호이다. 하지만 불안은 주체에만 머무르는 것이 아니라 외부로 확장되는 성격을 갖는다. 미래의 시간 개념과 결합된 불안은 지연(deferral)과 예상의 시간적인 역학뿐만 아니라 공간적인 차원 또한 가지고 있다. 심리학적인 담론에서 불안은 예상되고 투사된 사건에 정동적으로 반응하는 것뿐만 아니라 외부로 투사되고 대체된다는 점에서 타자에게 향하게 되는 감정이다. 즉 불안은 내적인 것에서부터 내부/외부 사이의 경계 구분 자체의 문제로 관점을 변경한다. 홍준기, 「라깡과 프로이트·키에르케고르 — 불안의 정신분석 I」, 홍준기·김상환 엮음, 『라깡의 재탄생』, 창비, 2002, 193쪽.

30 1950년대 이승만은 이미 백발의 노인이었다. 이승만 체제가 이승만을 '인자한 남성 노인'으로 형상화함으로써 이승만은 국민의 보호자이자 가부장인 "대통령 할아버지"로 거듭났다. 1959년 이승만의 84세 생일을 기념한 초중고 문예 공모전에서는 "대통령 할아버지"에 대한 찬사가 자주 등장했다. 초등학교 4학년 학생이 쓴 「우리 대통령」이라는 시에는 "우리 대통령 할아버지는 만 살까지도 사실 것"이라는 감상이 등장하기도 한다. 정철의, 「우리 대통령」, 《경향신문》, 1959. 3. 26.

31 주디스 버틀러, 양효실 옮김, 『불확실한 삶 — 애도와 폭력의 권력들』, 경상대 출판부, 2008.

감수성의 혁명과 반(反)혁명

— 김승옥의 「무진기행」과 '여성'이라는 암호

강지윤

독서의 기억

김승옥의 작품을 처음 읽었던 것은 중학생 시절이었다. 「서울, 1964년 겨울」(1965)이라는 단편소설이 그와의 첫 대면이었다. 포장마차 안에서 시작된 '나'와 대학원생 '안(安)'의 기이한 대화, 남루한 사내의 출현, 한밤의 배회, 불구경, 그리고 사내의 자살로 이어지는 내용이 중학생 소녀에게 크게 설득력 있는 이야기로 다가올 가능성은 낮았다. 그러나 어린 나이에도 머릿속에 그려지는 서울이라는 도시의 상(像), 그 도시의 밤풍경이 불러일으키는 이미지 자체가 바로 이 짧은 소설로 구현되어 있다는 인상은 분명했다. 이 소설은 그 이전에 읽었던 작품들이 그랬듯이 '사람들이 살아가는 이야기'처럼 다가온 것이 아니라, '서울의 밤'을 말로 그려 낸 것 같은 작품이었다. 그러나 그것은 희한한 일이었다. 작가가 그린 것은 그때로부터 30년 전의 서울이었기 때문이다. 낯설면서도 동시에 그 이유를 딱 꼬집어 말할 수 없는 생생한 전달력. 이것이 김승옥과의 첫 만남에서 받은 인상이었다. 말하자면 그것은 매우 '문학적인' 순간이었다.

「무진기행」(1964)은 그다음으로 읽은 김승옥의 소설이었다. 시험 때문이든 다른 이유 때문이든 우연히 김승옥을 알게 되었다면 이제 그 전설의 작품을 읽을 차례가 온 것이다. 그런데 소설을 읽고 나자 어떤 당혹감이 밀려왔다. 이 작품은 아주 매혹적이었지만 동시에 매우 찜찜한 기분을 남겼기 때문이다. 이번에도 역시 그 매혹이나 찜찜함의 정체가 무엇인지 콕 집어 설명하기 어려웠다. 작품의 명성이 감상을 형언하기 더욱 어렵게 만들기도 했다. 물론 매우 부적절했다고 말할 법한 조숙한 독서였다.

대학에서 국문학을 전공하는 동안 김승옥은 여러 차례 다시 접하게 될 수밖에 없는 '텍스트'였다. 이 과정에서 김승옥이라는 텍스트는 나에게 역사적인 존재로 자리 잡아 갔다. 우선적으로는 문학도들이 그에게 품게 되는 존경심의 의미 — 보다 적절한 때에 이루어진, 다양한 독서의 누적을 거치며 — 를 내면화할 수 있게 되었다는 뜻이고, 그다음으로는 그의 작품이 지닌 역사성을 보다 비평적이고 학문적으로 생각할 수 있게 되었다는 뜻이다. 내 첫 독서에서 받은, 딱 꼬집어 말할 수 없었던 그 감각을 지칭하기 위해 "감수성의 혁명"[1]이라는, 소설만큼 유명한 비평적 수사가 통용된다는 사실을 알게 되었고 그 역사적 표현의 의미 역시 머지않아 나의 지식이 되었다.

그러나 김승옥의 작품들 중에서 가장 많은 사랑을 받은 「무진기행」에 대해서는 그 수많은 적확하고 아름다운 문장들에도 불구하고 모종의 저항감을 품어 왔다. 이 삽화적인 소설은 절대적인 감정이입을 요구하는 작품이기도 했는데, 여성독자로서 '하인숙'에 대한 클리셰 가득한 묘사에는 언제나 인내심을 잃었기 때문이다. 그러나 더 핵심적인 이유는 소설의 마지막 부분에 나온다. 주인공 '윤희중'이 하인숙을 떠나면서 "당신은 제 자신"[2]이라고 적고 있기 때문이다. 자연스러운 독서의 길을 따라 걷다가 머릿속에 적신호가 켜지는 순간이었다. 나는 주인공에게 감정이입을 하며 소설을 읽기 시작했고 작품이 쓰인 시대와의 거리를 감안하며, 젠더 재현의 전형성을 이해하고자 했다. 그럼에도 여성에 대한 윤희중의 연민과 자기 조롱을 이해하는 데 이른 순간, 그 느닷없는 동일시야말로 내 독서 자아의 젠더를 혼란에 빠뜨렸던 것이다. 나는 왜 윤희중을 따라 소설을 읽었는가? 나는 하인숙을 따라 소설을 읽어야 했을까? 나는 하인숙을 따라 소설을 읽을 수 있는가? 나는 하인숙인가? 혹은 윤희중인가?

'자기 세계'를 창조한다는 것, 그리고…….

김승옥은 1960년대 초반 혜성처럼 등장했다. 1962년 등단 이후 그는 열 편 남짓의 단편소설로 많은 독자들을 매료시키면서 당대를 대표하는 작가로 인정받았다. 그는 스물두 살의 나이로 서울대 문리대 불문과 재학 중 단편 「생명연습」(1962)으로 등단했다. 곧이어 「건(乾)」(1962), 「역사(力士)」(1963), 「무진기행」(1964) 등을 나란히 내놓으면서 평론계의 찬사와 대중적 사랑을 한 몸에 받는 새로운 문학의 기수로 인정받는다. 1965년에는 「서울, 1964년 겨울」로 동인문학상을 수상하는 영예를 안는데 그때 그의 나이는 스물다섯 살, 등단한 지 만 3년 정도가 흘렀을 뿐이었다. 지금까지도 읽히고 있는 김승옥의 대표 단편들 대부분은 바로 이 시기에 쓰인 것들이다.

그는 다재다능하기로도 유명했다. 등단하기 전 이미 《서울경제신문》에 '김이구'라는 필명으로 〈파고다 영감〉이라는 만화를 연재해 등록금을 조달했다는 것은 꽤나 알려져 있는 사실이다.[3] 《문학과지성》에서 당시 김승옥이 그렸다는 삽화들 역시 심심치 않게 찾아볼 수 있다. 뿐만 아니라 「무진기행」을 영상화한 〈안개〉(김수용, 1967)의 각색 작업 이후 그는 영화에도 매료되어 영화 감독과 시나리오 작가로도 상당 기간 활동했다. 그는 이어령의 소설 「장군의 수염」을 동명의 영화 〈장군의 수염〉(이성구, 1968)으로 각색해 대종상 각본상을 받은 바 있고, 김동인 원작의 〈감자〉(1968)를 각색, 감독해 국제 영화제에서 호평을 받기도 했다. 영화 〈어제 내린 비〉(이장호, 1975), 〈영자의 전성시대〉(김호선, 1975), 〈겨울여자〉(김호선, 1977) 등의 시나리오를 맡으며 한때 한국영화사의 주요 페이지를 장식하기도 했다는 것 역시 소설 창작 활동만큼이나 중요한 그의 이력이다.[4]

그는 이른바 '4.19 세대' 또는 '한글세대'라고 불렸던 작가군에 속해 있었다. 이들은 스스로를 이전 세대와는 확실히 차별화된 정체성을 가진 존재로 인식했다. 김승옥은 1960년에 대학에 입학해 그해 4.19 혁명을 경험했다. 4.19 혁명은 이에 참여했던 많은 청년들에게 자유민주주의 이념의 현실화 가능성을 엿보게 해 준 경험이었다. 2차 세계대전의 종전과 함께 탈식민 사회로 진입하게 된 많은 신생 독립 국가들과 마찬가지로 한국 역시 식민 지배로부터의 해방이 곧 온전히 독립한 사회의 실현으로 이어지지는 않는다는 현실을 절감하고 있었다. 1960년의 4.19 혁명은 자기 주권이 근거할 만한 내부적 기반과 민주주의 질서를 현실화하는 것이 요원한 과제로 보였던 기간을 지나 갑작스럽게 찾아온 혁명이었다. 김현은 "내 정신의 나이는 언제나 1960년의 18세에 멈춰 있었다."[5]라고 고백함으로써 4.19 혁명이 이들 세대에 미친 영향을 웅변하기도 했다.

'한글세대'라는 또 다른 명칭은 탈식민 과정에 대한 역사적 인식을 언어에 대한 사유를 통해 되비추는 용어라고 할 수 있다. 식민지기에 일본어로 초·중등교육을 받은 선배 세대와 달리 한글세대는 모국어와 왜곡된 관계를 맺어야 했던 과거와 결별할 수 있었다. 대부분 1940년대 초반에 태어난 김승옥 세대는 한국어로 초·중등교육을 받았다. 해방 후에도 책을 읽거나 글을 쓸 때 일본어가 먼저 떠올라 그 말을 한국어로 다시 번역하곤 했다는 선배 세대의 곤경을 물려받지 않게 된 것이다. 스스로를 '한글세대'라고 부르고자 했던 욕망에는 모국어와 다시금 맺은 관계를 통해 문학의 지평 역시 새롭게 열 수 있다는 의식이 포함되어 있었다. 즉 이 명칭에는 일본 문화와 일본어를 매개하지 않고, 한국어를 제1언어로 사유하고 글쓰기를 시작한 세대에 의해 한국적 현실에 온전히 뿌리내린 문학이 탄생할 수 있다는 자부심이 반영되어 있는 것이다.

1960년대의 대표적 비평가 김현은 이 새로운 정치적·언어적 주체들의 출현을 설명하기 위해 개인주의의 성장을 그 배경으로 삼곤 했다. 한국문학사에서 '개인'에 대한 사유가 문학에 가장 직접적으로 영향을 남긴 것으로 이해되는 지점은 4.19 혁명 이후의 1960년대일 것이다. 최인훈, 이청준, 김승옥, 서정인 등으로 대표되는 이 시대의 작가들은 김현, 김치수, 김주연, 김병익 등으로 대표되는 동시대 평론가들의 후원 속에서 '개인'과 '내면'의 발견자로서 미적 근대성을 본격적으로 보여 주기 시작한 존재로 평가되었고, 이 평가에 대한 학계의 승인은 지금까지도 유지되고 있다.

특히 김승옥 소설에서 '개인-내면'을 문학적으로 구체화시킨 표현으로 읽혀 자주 거론되는 것은 '자기 세계'라는 말이다.

하나의 세계가 형성되는 과정이 얼마나 기막히다는 것은 나는 알고 있다. 그 과정 속에는 번득이는 철편(鐵片)이 있고, 눈뜰 수 없는 현기증이 있고 끈덕진 살의가 있고 그리고 마음을 쥐어짜는 회오와 사랑도 있는 것이다.[6]

김현은 이를 "자기 상황을 내적인 조작을 수락하여 만든 자기 세계"[7]라고 다시금 풀이해 놓고 있다. 이 시기 새로운 작가들의 문학 속에서 주체들은 세계의 관찰자이거나 자신의 심경을 발화하는 자를 넘어 개별적인 자기 언어로 세계를 재현하고, 스스로 그렇게 지어진 세계의 불가결한 주인이라는 성격을 더욱 뚜렷이 드러내게 된다. "감수성의 혁명"이라고 불렸던 김승옥의 언어적 재능은 자신만의 언어를 통해 세계를 최대한 고유한 것으로 만들어 내는 능력에 다름 아니다.

그런데 김승옥의 '자기 세계'와 그 기저에 깔려 있는 '개인-내면'이라는 관념은 '사회'와의 불화를 내장하고 있었다. 그의 젊은 주인공들은 모두 사회화 과정에서 발생하는 깊은 상실과 갈등을 겪고 있다. 물론 이 갈등은 무엇보다 '개인'이라는 존재를 자신의 주인공으로 삼아 온 근대문학이 핵심적으로 다루어 온 주제다. 근대소설은 개인의 특수성을 강조하게 되었을 뿐만 아니라 사회가 개인에게 미치는 영향을 심도 있게 탐구해 온 역사를 가지고 있다. 그러나 식민 지배의 억압과 해방기의 극심한 혼란, 전쟁의 파국을 거치는 동안 한국 사회에서 '입사하기(initiation)'는 본격화되기 어려운 주제였다. 민족 수난사 속에서 영웅적인 극기를 보여 주거나 사회의 거대한 모순 앞에서 깊은 좌절의 페시미즘을 깔고 있던 이전 시기 한국문학사의 주요 작품들은 결국 청년들이 정상적으로 입사하는 것이 불가능한 사회의 이야기였다고 할 수 있다.

하지만 김승옥 세대는 사회가 '자기 세계'의 고유성을 위협하고 있다는 불안과 공포를 드러내기 시작한다. 식민 지배로부터 출발해 해방과 전쟁의 혼란이라는 역사를 거치며 한국문학사에서 '개인'이란 민족의 해방이나 국민국가 확립이라는 과제에 억눌려 있었다고 해도 과언이 아니다. 그러나 1960년대 새로운 작가들은 '개인'의 중요성을 재발견하기 시작한다. 이들은 개인의 관점으로부터 사회에 이르는 길을 탐색하게 된 것이다.

그런데 이 과정에서 매우 흥미로운 젠더 문제가 등장한다. 주인공들의 입사 과정에서 여성이 마치 희생 제물처럼 바쳐지는 양상이 매우 자주 나타나기 때문이다. 「생명연습」, 「환상수첩」(1962), 「건」, 「확인해 본 열다섯 개의 고정관념」(1963), 「누이를 이해하기 위하여」(1963), 「무진기행」 등 김승옥의 초기 소설에서 나이 어린 여성들은 선하든 총명하든 의지적이든, 궁극적으로 힘없는 존재로 희생되거나 훼손된다. 그리고 '자기 세계'를 가진 남성주인공들은 연인들과 누이들을 배반한다. 이제 그녀들의 가장 인상적인 대표자로서 「무진기행」의 하인숙을 떠올려 볼 필요가 있을 것 같다. 이는 초역사적이고 보편적인 것으로 보이는 '개인-내면'에 기입된 젠더적 성격을 살펴보는 일로 우리를 인도할 것이다.

'고백'하는 자아와 배반당하는 누이들

이 '자기 세계'가 문제적인 젠더 정치학을 내장하고 있다는 것은 종종 지적되어 왔다.[8] 「무진기행」은 이러한 문제를 드러내고 있는 대표적인 텍스트다. 소설에서 가상의 지방 소도시 '무진'은 주인공의 고향으로 설정되어 있다. 서울에서 무진에 내려갔다가 다시 서울로 올라오는 여행기로 이루어진 이 소설은 '서울'과 '무진'이라는 두 장소의 상징성에 기대어 쓰인 작품이다. 제약 회사 회장의 딸과 재혼해 벼락출세하게 된 주인공 윤희중은 전무 승진을 앞두고 무진에 다녀간다. 무진은 속악한 현실의 장소인 서울과 대조되는 곳이다. 그렇다고 무진이 정답고 푸근한 고향인 것은 아니다. 그곳은 폐병 환자이자 군기피자였던 젊은 그가 무위와 권태 속에서 자학의 나날을 보내던 기억이 있는 곳이다. 또한 무진은 여성들과 깊은 관련이 있는 장소다. 징집으로부터 그를 필사적으로 숨기려 했던 홀어머니가 계셨던 곳이고, 노상에서 자살한 술집 여자의 시체를 목도한 곳이며, 무엇보다 지금은 하인숙이 있는 곳이다.

하인숙은 젊은 시절의 그와 마찬가지로 견딜 수 없는 권태로움 속에서 시절을 보내고 있다. 그녀는 순수하고 우울한 시인인 동료 교사와 남다른 노력으로 지방에서나마 자신의 과한 출세욕을 실현시킨 세무처장 양쪽으로부터 욕망의 대상이 되고 있다. 서울의 음대 출신으로서 지방 학교의 음악 선생으로는 넘치는 재주와 교양을 가진 그녀는 한 번은 오페라 아리아를, 또 한 번은 청승맞은 유행가 가락을 부르면서 남성들의 욕망에 적절히 부응하는 일상을 보내는 중이다.

> 왜 그렇게 못 견디어했을까. 별이 무수히 반짝이는 밤하늘을 보고 있던 옛날 나는 왜 그렇게 분해서 못 견디어했을까. "무얼 생각하고 계세요?" 여자가 물어 왔다. "개구리 울음소리." 대답하며 나는 밤하늘을 올려다봤다. 내리고 있는 안개에 가려서 별들이 흐릿하게 떠 보였다. "어머, 개구리 울음소리. 정말예요. 제겐 여태까지 개구리 울음소리가 들리지 않았어요. 무진의 개구리는 밤 열두시 이후에만 우는 줄로 알고 있

었는데요." "열두시 이후에요?" "네, 밤 열두시가 넘으면 제가 방을 얻어 있는 주인댁 라디오 소리도 꺼지고 들리는 거라곤 개구리 울음소리뿐이거든요." "밤 열두시가 넘도록 잠을 자지 않고 무얼 하시죠?" "그냥 가끔 그렇게 잠이 오지 않아요." 그냥 그렇게 잠이 오지 않는다. 아마 그건 사실이리라.

—「무진기행」(『김승옥 소설 전집』 1), 178쪽

윤희중은 하인숙의 권태와 조바심을 이해한다. 서울 따라잡기에 뒤처진 채 열등감에 사로잡힌 지방의 속물들과 선량한 무기력자들에 둘러싸여 다분히 자학적인 욕망 게임을 하고 있는 그녀는 자신의 젊은 날을 떠올리게 하기 때문이다. 윤희중과 하인숙 사이의 연애 감정은 자신들이 주변인들과는 다른 존재라는 일치된 인식을 가지고 있다는 데서 생겨난다. 이들의 연애는 각자의 일상을 지탱하고 있는 게임의 외피를 벗기면 드러나는 감정의 '순수함'과 '진정성'을 나누고자 하는 과정이다. 그러나 거기에는 "안개"가 "명물"인 도시 무진이 상징하듯 목표 의식과 방향감각 없는 자의 혼란과 다소간의 광기마저 포함되어 있다. 윤희중과 하인숙은 이 견딜 수 없는 심정을 지반 삼아 사랑의 관계를 시작하고 있는 셈이다.

그러나 이러한 '진정성 드러내기'는 매우 모순적이다. 돌이켜 보면 하인숙은 자신을 서울에 데려가 줄 구원자에게 구애하고 있는 것이고, 윤희중은 탈출 욕망에 달뜬 나이 어린 여성을 성적·감정적으로 농락한 것뿐이기 때문이다. 게다가 윤희중은 승진이 확정되었다는 아내의 전언을 받고 하인숙을 무진에 버려둔 채 결국 서울로 올라와 버리지 않는가. 그렇기 때문에 윤희중이 마지막에 하인숙에게 남기는 편지에 묻은 감상은 터무니없이 가식적으로 여겨지기도 한다. 다행히 편지는 보내는 자에 의해 찢겨 전달되지 않지만.

이렇게 보면 이들의 연애는 '진정성 연기하기'의 무대였다고 말하는 편이 보다 적절해 보인다. 그렇다면 결국 소설이 겨냥한 바는 이 같은 '연기'의 가식을 들춰 내는 것이었을까? 그러나 「무진기행」을 그런 방식으로 감상한 사람은 아마 거의 없을 것이다. 윤희중에게 깊게 감정이입하게 하는 힘이야말로 이 작품이 오랫동안 독자들의 사랑을 받아 온 이유다. 반세기가 지난 지금 다시 읽어도 섬세하고 참신하게 전달되는 주인공의 내면 재현을 떼어 놓고 이 작품의 생명력을 설명할 수는 없다.

다시 한번, 그렇다면 이 감정이입의 효과는 어떻게 가능한 것인가?

그것은 윤희중이 이 모든 것을 '고백'하고 있기 때문이다. 그는 혼란과 허무, 광태(狂態)뿐만 아니라 자기기만 자체를 스스로 발설하고 있다. 그는 분명 '서울 사람'이며 가끔 자신의 우울한 기원과 현재의 성공 사이에서 괴리가 감각될 때마다 무진을 찾을지라도 결국 서울로 귀환하는 자다. 때때로의 고향 방문이 그 같은 괴리에서 비롯된 것이라면 서울로의 귀환을 전제한 '무진기행'이란 애초에 자기기만으로부터 자유롭지 못한 움직임인 것이다. 그는 고백한다. '나는 기만적이다. 하인숙에게만이 아니라 나 스스로에게도.'

다르게 말해 이것은 위악적 포즈다. 「무진기행」뿐만 아니라 김승옥 초기 소설의 거의 모든 주인공들은 위악을 일종의 삶의 태도로 가지고 있다. 서울과 무진 사이의 괴리가 불가피하다면 그들은 위선보다는 위악을 취한다. 문제는 위악의 포즈를 취하기 위해 여성을 희생의 대상으로 삼는 플롯이 김승옥의 거의 모든 초기작에서 반복적으로 등장한다는 점이다. 김승옥 소설에서 여성들은 '누이'나 '동무' 같은 '순수의 세계'를 대표하는 약자로서 소년 시절 남성주인공들의 상징적 친족으로 자주 등장한다. 그런데 동시에 주인공들이 다른 남성들과 함께 '힘의 세계'로 진입하게 될 때, 그 남성들은 그녀들의 훼손을 대가로 지불한다. '입사하기'에 저항감을 가지는 남성주체들은 자신에게 남아 있는 일말의 순수를 위악을 통해 증명하고자 하는데 이를 위한 희생양으로서 여성이 선택되는 것이다.

말하자면 이 시기 김승옥 소설들은 남성주인공들이 '순수한 세계'에서에서 '힘의 논리가 지배하는 세계'로 진입하는 길목에 여성들이 걸림돌처럼 놓여 있다는 사실을 보여 주고 있다. 어린 시절 그녀들은 착하고 고우며 총명한 누이이거나 친구였지만, 남성연대의 세계에서 여성들은 성적 대상으로 환원되고 그녀들의 섹슈얼리티는 자본의 교환물이 될 뿐이라는 것을 남성주인공들은 알고 있는 것이다. 그리고 그들은 죄의식을 느끼며 여성 섹슈얼리티를 타 넘고 다른 남성들과 함께 힘의 세계로 들어간다. 진부하게 들리지만, 그들은 그녀들을 고향에 두고 떠나온 것이 맞다.

이때 여성 훼손과 더불어 중요한 것이 바로 '고백'이라는 장치다.[9] 음모의 일원이 되었지만 이들 주인공에게는 한 줌의 죄의식이 남는다. '나는 무진에서 서울로 올라왔고, 다락에 숨어 지내던 폐병 환자에서 거대 제약 회사의 간부가 되었지만 모든 걸 잊고 남성적 힘의 질서에 완전히 동화된 것은 아니다. 나는 무위의 젊은 날을, 무진을, 안개를, 죽은 술집 여자를, 광기를 기억한다.' 남성주인공들의 가장 큰 특징은 바로 '여성을 희생양 삼았다는 죄를 고백하는 주체'라는 점이다.

그러나 역설적이게도 이 '고백하는 내면'이 그의 죄의식 자체에 독자들로 하여금 감정이입하도록 만드는 효과를 자아낸다. 윤희중은 무력했던 청년에서 성공한 회사 간부가 되었다. 이렇게 극적으로 변한 외적인 조건에도 불구하고 독자들이 소설을 관통하면서 변함없어

보이는 주인공의 내면 풍경을 따라가게 되는 것은 그가 자신의 변모에 대해 느끼는 죄의식과 거부감을 '고백'함으로써 일관된 자기동일성을 확보하고 있기 때문이다.

그러나 「무진기행」에서 남성주인공의 내면을 좇던 여성독자는, 하인숙이 버려지리라는 명백한 결론과 함께, 윤희중이 하인숙에게 느꼈던 동질감은 무진에 머물렀던 유예 기간 동안에만 유효한 것이라는 점에 대한 윤희중의 자각, 그리고 자신의 죄의식 때문에 지금의 감상을 연장해 속보이는 약속의 말을 내뱉으려다 직면한 자기혐오와 수치심을 마주하게 된다. 하인숙은 앞날도 없는 시골 생활의 권태를 순진한 문학청년과 정력적인 속물인 세무서장 사이에서 교묘한 줄타기를 하며 견디는 한편, 서울에 가고 싶은 조바심으로 가득 차 있다. 그녀는 예민하고 교활하며 자신의 시한부 애인만큼이나 속을 알 수 없다. 그녀는 오페라 아리아를 부를 수 있도록 훈련받은 음악도이지만 적절한 자리에서는 〈목포의 눈물〉 같은 유행어로 장단을 맞출 수 있을 만큼 재치 있고 유머러스하다. 그러나 어떤 능력과 개성을 가졌든 그녀의 운명은 윤희중의 처분에, 혹은 계속 운이 따라 주지 않는다면 세무서장의 처분에 맡겨져 있다는 것이 하나의 전제 조건처럼 놓여 있는 것이다. 여성독자는 이 움직일 수 없는 질서를, 강자의 슬픔과 곤경을 전달하고 있는 내밀한 언어를 통해 상기하게 되는 셈이다.

감수성의 혁명과 반(反)혁명

이렇게 본다면 김승옥의 남성주인공들은 남성연대의 일원으로서 그 열매를 나누었으면서도 엄살까지 떨고 만, 한국문학사에 깊이 박힌 남성 중심주의를 드러내는 최악의 사례인 것일까? 그런데 이렇게 말하기도 쉽지 않다. 김승옥의 소설들은 남성주체가 '힘의 세계'를 욕망하는 이야기로만 읽히지는 않기 때문이다. 오히려 이 남성인물들은 여성이라는 '걸림돌' 주변을 떠나지 못하고 있다. 그들은 여성 희생양에게 위태로운 근친성을 느끼고 그녀들의 희생을 기민하게 예감한다. 잊고 있던 고향에 한 번씩 들르듯, 그들은 떠나갔던 그녀들에게 반복해서 돌아온다. 남성주인공들에게 그녀들은 남성연대로 이루어진 힘의 세계로 넘어가는 길목에 놓인 존재라는 사실이 밝혀졌음에도 불구하고, 여전히 그녀들은 잉여의 수수께끼를 품고서 남성들을 음울한 무진의 세계로 잡아당기는 듯하다. 윤희중은 기차역에서 한 미친 여자와 마주침으로써 무진이 가까워졌다는 것을, 자신의 과거가 소환되고 있다는 사실을 실감한다. 그가 냇가에서 청산가리를 먹고 자살했다는 술집 여자의 사체에 모종의 동질감을 느끼며 연민을 드러낸다는 사실 역시 인상 깊은 삽화로 남는다.

> 나는 문득, 내가 간밤에 잠을 이루지 못하고 뒤척거리고 있었던 게 이 여자의 임종을 지켜주기 위해서가 아니었을까 하는 생각이 들었다. 통금해제의 사이렌이 불고 이 여자는 약을 먹고 그제야 나는 슬며시 잠이 들었던 것만 같다. 갑자기 나는 이 여자가 나의 일부처럼 느껴졌다.
>
> —「무진기행」, 183~184쪽

하인숙이 부른 그 유명한 〈목포의 눈물〉에 스며 있는 "무자비한 청승맞음" 역시 여성들의 귀기 어린 매혹의 일부다.

> 그 여자의 「목포의 눈물」은 이미 유행가가 아니었다. 그렇다고 「나비

부인」 중의 아리아는 더욱 아니었다. 그것은 이전에는 없었던 어떤 새로운 양식의 노래였다. 그 양식은 유행가가 내용으로 하는 청승맞음과는 다른, 좀더 무자비한 청승맞음을 포함하고 있었고, 「어떤 개인 날」의 그 절규보다도 훨씬 높은 옥타브의 절규를 포함하고 있었고, 그 양식에는 머리를 풀어헤친 광녀의 냉소가 스며 있었고 무엇보다도 시체가 썩어가는 듯한 무진의 그 냄새가 스며 있었다.

—「무진기행」, 174쪽

1960년대 서울은 점점 더 잔인한 도시가 되어 가고 있었다. 이와 함께 고향은 서울로 흡수되지 못한 낙오와 열등감, 그리고 원한의 결과물들이 남는 장소가 되곤 했다. 하인숙은 서울에서 오페라 아리아를 성대에 익혔지만 경쟁에서 뒤처져 시골 학교 선생으로 살아가는 나날을 벗어나지 못할 공산이 크다. 뛰어난 음악가가 될 가능성으로부터는 멀어졌지만 지방 중학교의 음악 선생으로는 넘치는 이력의 그녀는 지방의 속물들과 조신한 문학청년의 욕망의 대상으로 남을 뿐이다. 그녀는 유행가도 아니고 아리아도 아닌 새로운 양식의 노래의 주인공이 된 것이다. '공부를 많이 해서 돌아 버렸다'는 소문이 무성한 역전(驛前)의 광녀나, 세상의 그늘 여기저기를 떠돌았을 것이 분명하며 결국 한밤중 냇가에서 자살해 버린 술집 작부 또한 마땅한 양식 없는 삶에 속한 존재다. 고향은 순수의 흔적을 지닌 세계이지만 다른 한편 자살한 술집 작부의 시체가 물 위로 떠오르는 곳이기도 한 것이다. 주인공 윤희중은 '도회의 어법'이 결코 저 불편한 결과물들을 수용할 마음이 없다는 사실을 알고 있다. 그리고 무엇보다 '여성'이야말로 서울에서 배제된 잉여를 감당해야 하는 젠더라는 사실 역시 알고 있다. 광녀와 시체, 여귀는 무진이라는 안개 낀 도시의 또 다른 이름들이다.

그렇다면 '서울'의 반대쪽이자 잉여인 무진과 여성 사이의 닮음을 포착한 이 소설이 남성인물을 주인공으로 내세워 전하는 것은 무엇인가. 김현은 작가가 그리고자 한 것이 윤희중의 '자기기만' 그 자체라고 평가했다.[10] 이러한 분석은 김승옥 자신이 각색한 영화 〈안개〉를 보면 더욱 분명해진다. 영화는 남성주인공(영화에서는 '윤기준')의 관점을 중심으로 이야기를 이끌어 가다가 마지막에 이르러 같은 이야기의 다른 편집본을 보여 준다. 이 부분에는 윤기준(윤희중)의 관점을 따라갔을 때는 은폐되어 있던 장면들이 다른 각도, 특히 하인숙을 함께 포함시켜 바라본 각도에서 재구성되어 있다. 이 판본에는 윤기준(윤희중)이 하인숙을 얼마나 편의적으로 대상화하고 자신의 민낯을 망각했는지가 그대로 노출되어 있다.

그렇다면 반대로 김승옥은 윤희중의 자기기만 자체를 소설화한, 한국문학사에서 보기 드물게 한국 사회의 남성 중심주의를 폭로한 남성작가일까? 하지만 이렇게 해석을 종료하는 것도 석연치 않다. 앞서 말했던 것처럼 사실상 서사를 이끌고 있는 것은 자신이 폭로하고 있는 내용 — 자기기만 — 보다, 그것을 알고 있으며 또한 고백하는 자아다. 그는 세상의 속됨을 바라보는 자이면서 스스로도 또 하나의 속절없는 속물이라는 사실 사이에, 힘의 남성연대와 여성으로 대표되는 약자들의 세계 사이에, 즉 무진과 서울 사이에 끼어 있다. 그런데 문제는 그가 이 분열에서 벗어나려 하기보다 그 안에 계속 머무르고 싶어 하는 것처럼 보인다는 점이다. 이 분열은 고통스럽지만 또한 남성주인공이 자기동일성을 위해 의존하고 있는 요소이기 때문이다. 윤희중은 기만적인 자신을 혐오하면서도 동시에 스스로가 기대고 있는 분열이라는 조건 자체에 나르시시즘적으로 고착되어 있는 셈이다.

물론 이 같은 분열에 빠져 있는 주체의 곤경은 근대소설이 오랫동안 관찰해 온 것이다. 김승옥은 「무진기행」에서 남성이 여성으로부터 주변적 존재로서의 동질감을 느낀다고 할지라도 그것이 얼마나 자기기만의 형태에 불과하기 쉬운지를 보여 줬다고도 말할 수 있다. 그러나 이러한 남성주체의 미학화는 여성의 타자성을 남성의 자기동일성 내부로 회수하는 일에 멈추고 만 혐의가 적지 않다. 이 분열 사이에서 마치 불가항력의 포로가 되어 버린 것처럼 느끼는 남성주체의 심리가 작품을 전체적으로 지배하기 때문에 여성의 타자성은 후경으로 물러난다. 윤희중은 광녀와 자살한 작부, 그리고 하인숙에게서 자신의 흔적을 보지만, 남성주체가 젠더적 타자에게 보낸 눈길이 그 이상이 되지는 못할 것이라는 추측은 어렵지 않다. 그는 가난하고 무력한 젊은 시절로부터 완벽히 표변한 것은 아니라는 사실을 말하고 있지만 그것은 다시 무진의 세계로 돌아갈 수는 없다는 전제를 깔고 있는 것이다.

한국 현대사에서 주류 남성성은 젠더적·사회적 타자들로부터 매우 안전한 울타리 안에서 성장했다. 우리는 그들이 그녀들을 완전히 잊어버리는 길을 갔다는 것을 잘 알고 있다. 문학사가 이 오랜 망각을 괄호에 넣은 채 '괴로움의 미학'만을 승인한다면 「무진기행」에 내장된 애초의 젠더 감수성은 오히려 남성주체의 자기 합리화를 위해 쓰이게 될 가능성에 점차 가까워진다. 그는 최소한 '고뇌하는 자'이기 때문이다.

이런 점에서 「무진기행」을 젠더적 관점에서 읽을 때 느끼는 문제성은 단순히 이 작품에 여성 희생양이 등장한다는 데에 있는 것이 아니라, 주인공의 뒤틀린 자기 고백이 '여성 훼손'에 대해 남성들이 드러내는 저항감의 '한계치'로서 제시됐다는 데 있다. 문학작품이 궁극적으로 소수자를 대변해야 한다는 말이 아니다. 소설이 타자들과의 만남을 주선할 수밖에 없는 장이라고 할 때, 타자는 단지 주체의 외부에 있는 것이 아니다. 소설에서 타자는 주체에게 충격을 주고, 주체를 위협하며, 주체를 변화의 지점까지 몰아간다. '주체'의 이야기에서 '타자'가 배경으로 붙박일지도 모른다는 예감은 독자를 무력감으로 이끈다. 약한 것에 민감하고 그것을 자기동일성 안으로 회수해 나르시시즘적인 고착에 빠지는 것은 폭력적인 것에 예민하게 반응하면서, 동시에 상황을 바꿀 의지는 없는 수동성에 함몰되는 모순을 만드는 일이다. 김승옥이 한국문학사에서 상대적으로 이른 시기에 여성의 타자성을 미학화한 매우 드문 남성작가에 속하는 것은 사실이다.[11] 그러나 그가 이 위로의 페시미즘 너머로 나아가지 못할지도 모른다는 추측은 40여 년 전에 이미 예견된 바이기도 했다.[12]

주

1 유종호, 「감수성의 혁명 — 김승옥」(1966), 『비순수의 선언 — 유종호 전집』 1, 민음사, 1995.

2 김승옥, 「무진기행」(《사상계》, 1964), 『김승옥 소설 전집 1 — 무진기행』, 문학동네(개정판), 2004, 193쪽. 이하 인용 시 본문에 쪽수만 표기.

3 김승옥의 단편 「차나 한잔」(《세대》, 1964)에 그가 만화가로서 지냈던 시기의 모습이 반영되어 있다. 이 작품의 주인공은 김승옥이 이즈음 인연을 맺은 〈고바우 영감〉의 작가인 만화가 김성환으로 알려져 있다.

4 김승옥의 다양한 이력에 대해서는 그의 수필 『뜬 세상에 살기에』(지식산업사, 1977), 『내가 만난 하나님』(작가, 2004)을 참고할 수 있고, 이에 대한 분석과 평가는 『르네상스인 김승옥』(앨피, 2005)에 자세히 나와 있다.

5 김현, 「책머리에」(《분석과해석》, 1988), 『김현 문학전집 — 분석과 해석/보이는 심연과 안 보이는 역사 전망』 7, 문학과지성사, 1992, 13쪽.

6 김승옥, 「생명연습」(《한국일보》, 1962), 『김승옥 소설 전집 — 무진기행』 1, 문학동네, 2004(개정판), 35쪽.

7 김현, 「구원의 문학과 개인주의」(원문은 「자기세계의 의미」, 『한국단편문학대계』 12, 삼성출판사, 1969), 『김현 문학 전집 — 현대 한국문학의 이론/사회와 윤리』 2, 문학과지성사, 1991, 385쪽.

8 다음의 글과 논문을 읽어 보면 이에 대한 자세한 분석을 볼 수 있다. 백지연, 「도시의 거울에 갇힌 나르키쏘스」, 최원식·임규찬 엮음, 『4월 혁명과 한국문학』, 창작과비평, 2002; 차미령, 「김승옥 소설의 탈식민주의 연구」, 서울대 석사 논문, 2002; 김희진, 「1960년대 미적 근대 연구 — 김승옥 텍스트의 상징정치학」, 연세대 석사 논문, 2002; 장세진, 「'아비 부정' 혹은 1960년대 미적 주체의 모험」, 상허학회 엮음, 『1960년대 소설의 근대성과 주체』, 깊은샘, 2004; 김복순, 「남성/여성 안보 담론화 과정과 감각적 인식 — 「무진기행」을 중심으로」, 《여성문학연구》 13권, 2005; 김미란, 「김승옥 문학의 개인화 전략과 젠더」, 연세대 박사 논문, 2006; 김미현, 「근대성과 여성성 — 김승옥 소설을 중심으로」, 『젠더 프리즘』, 민음사, 2008; 김지혜, 「최인훈, 김승옥, 이청준 소설의 몸 인식과 서사 구조 연구」, 이화여대 박사 논문, 2010; 권보드래·천정환, 『1960년을 묻다 — 박정희시대의 문화정치와 지성』,

천년의상상, 2012 등.

9 김승옥의 '고백하기'가 가진 효과에 대해서는 송태욱, 「김승옥과 고백의 문학」(연세대 박사 논문, 2002)을 들 수 있다.

10 김현, 「구원의 문학과 개인주의」, 앞의 책. 김승옥의 자기기만을 아이러니적 주체의 태도로 독해한 예로는 복도훈, 「1960년대 한국 교양소설 연구 — 4·19 세대 작가들의 작품을 중심으로」(동국대 박사 논문, 2014)를 들 수 있다.

11 몇몇 논자들이 김승옥이 '여성'이라는 하위 주체에게 말 걸기를 시도하고 있다고 평가하는 것은 이 때문이라고 할 수 있다. 차미령, 「김승옥 소설의 탈식민주의 연구」, 서울대 석사 논문, 2002; 장경실, 「김승옥 소설의 여성표상에 나타난 일탈과 저항의 양상」, 《순천향 인문과학논총》 34, 2015; 곽상순, 「김승옥 단편소설의 여성인물 연구 — 「야행」과 「서울의 달빛 0장」을 대상으로」, 《한국문학이론과 비평》 49, 2010; 신형철, 「여성을 여행하(지 않)는 문학」, 《한국근대문학연구》 5-2, 2004 등.

12 "맥락 있고 안정성 있는 모든 것을 해체하고 변용시켜 첨예한 미완의 단편적 성격을 띠게 하는 문학에 있어서의 인상주의적 수법은 그 자체가 외적 대상에 대한 소극적 수동성을 전제로 하고 있다. 그리고 이러한 소극적 수동주의는 풍요한 종합력을 지향하는 문학의 자세와는 동떨어진 것이다. 외적 사상(事象)의 작용에는 민감하게 반응할 수 있으나 외적 현실에 대해서는 공헌도 창조적인 작용력도 가하지 못하는 무력한 내면에의 길은 이렇게 뚫린다." 유종호, 앞의 글, 429쪽.

불온한 '문학소녀'들과 '여학생 문학'의 좌표

— 1960년대 독서의 성별화와 교양의 위계

정미지

문학소녀, 유예된 욕망의 이름

'문학소녀'의 사전적 정의는 "문학을 좋아하고 문학작품 창작에 뜻이 있는 소녀"이자 "문학적 분위기를 좋아하는 낭만적인 소녀"이다. 이처럼 '문학소녀'에 대한 정의는 모호하면서도 중층적이다. '문학소녀'는 분명 '소녀'를 지시하면서도 그 범주는 특정 연령대를 초월하는 무한정의 속성을 지닌다. 그것은 '소녀'의 쓰임에서 비롯하는 것일 수 있다. '소녀'는 '아직 완전하게 성숙하지 아니한 어린 여자아이'를 의미한다. 이때 '성숙'은 육체적 성숙만을 의미하지 않고 정신적 성숙을 일컫는다. 따라서 소녀는 '여성'의 타자이자 '성인'의 타자이기도 하다. '인간'인 남성의 타자임은 말할 것도 없다.

'소녀'가 '문학'과 결합함으로써 '문학소녀'는 사회·문화적 맥락을 지니는 기호가 된다. 이는 '문학소녀'의 의미망이 복잡하고 사회·문화적으로 변동돼 왔음을 의미하는 것이다. 그러나 기본적으로 문학소녀는 글을 '읽는' 소녀와 글을 '쓰는' 소녀 사이를 부유하는 존재이다. 대부분의 문학소녀는 글을 쓰기 위해 읽는 행위를 선행한다.

이창동 감독의 영화 〈시〉(2010)에는 문화원에서 시를 배우는 60대 여성 '양미자(윤정희 분)'가 나온다. 양미자는 시를 왜 배우냐는 질문에 이렇게 말한다. "초등학교 3학년 때였나. 그땐 가을 되면 백일장 같은 거 하고 그랬잖아요. 백일장에서 내가 쓴 거를 보고 선생님이 '미자야, 너 나중에 시인 되겠다.' 그랬거든요. 근데 얼마 전에 길에서 문학강좌 포스터를 봤는데 갑자기 딱 그 생각이 나는 거예요. 50년 전에 우리 선생님이 했던 말." 각종 미디어에서는 양미자를 한때 '문학소녀'였던 순수한 감성의 여성으로 소개한다.

이 글은 왜 '문학소녀'가 어떤 여성주체들에게 '이루지 못한 꿈'처럼 인식되며 언제나 과거에 대한 '기억'으로부터 호출되는 정체성인지에 대한 질문에서 시작되었다. 이 질문은 책 읽기와 글쓰기를 둘러싼 여성의 욕망이 '있었음'에도 불구하고 그 욕망은 어떤 방식으로든 좌절될 수밖에 없었다는 사실을 담고 있다. 따라서 이 글은 읽기와 쓰기를 둘러싼 여성에 대한 억압과, 자신의 존재를 인식하고 목소리를 내고자 했던 여성들의 열망의 구조를 확인하는 과정이 될 것이다.

흔히 "성숙한 남성의 형식"(루카치)으로 불리는 근대소설, 즉 근대문학은 여성의 존재를 항상 주변부에 위치시켜 왔다. 루카치는 근대소설을 신이 떠나고 선험적 본질로서의 총체성이 붕괴되었음에도 총체성의 세계를 다시 찾으려는 문제적 개인의 자기 확인을 위한 여정이라고 말했다.[1] 이 모험의 주인공은 언제나 '남성'이었다. 그러나 사실상 근대문학 독자의 한 축은 여성이었다. 여성은 문학의 충실한 독자였으며 책 읽기를 통해서 자신을 드러낼 수 있었다. 그럼에도 여성의 책 읽기는 남성 중심 사회에서 언제나 '위험'하거나 '불쾌한', 또는

'경멸받을 만한' 행위로 간주되었다. 식민지 조선에서도 1920년대 중반 이후 책 읽는 여성이 꾸준히 증가했다. 책 읽는 여성은 여전히 남성에 비해 그 수가 상대적으로 적었지만 입센의 『인형의 집』(1879)이나 콜론타이의 『붉은 연애』(1924) 같은 서적을 읽으며 유교 전통의 남성 중심 사회에 균열을 시도했다. 하지만 식민지 조선의 지식인 남성들은 여성의 책 읽기를 보바리슴으로 폄훼하려 했다.[2] 『보바리 부인』(1857)의 주인공 '엠마'가 많은 책을 읽은 후 결혼 생활에 염증을 느끼고 '불륜'을 저지르다 결국 자살에 이르는 것처럼 책 읽는 여성들을 현실과 허구를 구분하지 못하는 비정상의 여성으로 간주한 것이다. '문학소녀'라는 용어 역시 소녀의 독서가 가부장제 도덕규범 내에서 남성의 독서와 분리돼 있음을 내포한다.

오늘날의 여성독자, 특히 여학생 독자층은 한국소설의 중요 독자층으로 보존되고 있으며 단지 문학뿐 아니라 공연, 전시, 영화 등 모든 장르의 소비와 유행의 창조자이다. 인터넷 소설, 팬픽과 같은 하위장르를 개척하는 그들은 이전 세대의 여학생 독자층으로부터 분화했다.[3] 하지만 오늘날의 20~30대 여성독자들은 더 이상 '문학소녀'라는 기표로는 호명되지 않는다. 반면 1960~1970년대에 학창 시절을 보냈던 여성들은 성인이 돼 글을 쓰고 작가가 됨으로써 다시 '문학소녀'로 호명된다. '문학소녀'는 그들의 욕망이 생성되었던 1960년대로 거슬러 가야만 가장 적확하게 설명될 수 있는 것이다.

문학소녀에 대해 논한다는 것은 문학과 관계 맺고 있는 여성의 문화를 살피는 작업이기도 하다. 여성문화를 말하기 위해서는 여성주체의 욕망과 그 욕망의 달성이 동시적으로 관찰돼야 한다. 여성에 의해 형성된 문화가 여성들의 욕망의 현실태로서 존재해야만 하는 것이다. 그런 면에서 '문학소녀'라는 표상은 '유예된 욕망'의 기호다. '문학소녀'는 '채 이루지 못한 문학에의 꿈'이라는 의미를 내포한다. 여성은 자신의 욕망이 실현 가능한 세계를 기다리고 있었던 것이다.

이 글의 목적은 '문학소녀' 표상을 통해 단지 여성문화가 '있었음'을 밝히는 것이 아니다. 남성문화를 중심으로 주변화되고 타자화되었던 '여성문화'의 존재 양상과 그 문화사적 함의를 보여 줄 것이다. 특히 여성들의 문학은 '여학생 문학'으로 범주화되면서도 자신을 둘러싼 세계에 부단히 균열을 일으켰다. 이 글은 1960년대 '문학소녀' 표상의 사회·문화적 맥락을 확인하고, 오랜 시간 오해와 편견에 갇혀왔던 문학소녀들과 그들의 문학의 의미를 재고할 것이다.

'예비 현모양처'로서의 '소녀' 표상과 독서의 젠더

1950년대 들어 여학생의 비율은 식민지기에 비해 급격하게 늘어난다. 김복순은 1920~1930년대의 여학생층이 '특수 계층'으로서의 '여학생 공동체'라면 1950년대의 여학생층은 보다 대중적인 집단으로서의 '소녀 공동체'라 명명한다.[4] 1950년대는 식민지기에 비해 여성이 교육을 받는다는 것이 '예외적인 것'으로 간주되지 않았던 시기이므로 여학생은 남학생과 함께 '청소년'이라는 범주 내에서 호명되었고, 청소년들은 장래 '국민'으로서의 자질을 요청받았다. 그러나 '국민'으로 호명된 여학생들이 남학생들과 동등한 역할과 임무를 요구받은 것은 아니었다. 국가와 사회를 위한 주체로서의 기대는 남학생에게만 한정되어 있었다. 따라서 '소녀'는 학교 교육의 대중화를 기반으로 그 존재 근거를 획득할 수 있었음에도 국가·사회적 존재의 의미를 부여받지 못한 형식적 집단 범주에 지나지 않았다.

그러나 근대화를 기치로 내건 개발독재의 시대인 1960년대에 들어서면서 여학생에게는 남학생과 구별되는 '여학생'으로서의 역할에 대한 필요성이 제기됐다. 남학생과 여학생은 사회경제적 영역에서 활동할 산업예비군/예비 주부로 위계화됐는데, 이러한 양상은 저개발 국가의 경제성장 과정에서 나타난 '초남성주의적 발전주의 국가관'으로부터 생겨난 것이었다. 전 국민의 단결을 유지하기 위해 남성에게는 더욱 강력한 남성성이, 여성에게는 전통에 기초한 모성화된 여성성이 요청됐던 것이다. 따라서 1960년대의 '소녀'는 현모양처 담론과 가부장제 이데올로기에 의해 규정된 '예비 여성'으로서 계도되기 시작한다.

해방 이후 새로운 성 풍조와 그에 대한 우려의 목소리는 끊임없이 제기돼 왔다. 1954년에 정비석의 소설 『자유부인』이 풍기 담론을 촉발하는 결정적 계기로 작용함으로써 성 문제가 공론화된다. 국가는 학생 풍기, 사설계, 댄스홀, 사치품 등에 대한 주기적인 행정 단속을 실시하고 1954년부터 초·중·고등학교에 도의(道義) 과목을 신설해 풍기를 관장하고자 했다. 1954년 11월 16일에 발표된 대통령의 담화에서 "부녀들 중에 조신한 태도와 언사를 지키지 못"해 "좋은 명예를 주기 어"려우니 "여태(女態)를 많이 보유해서 미개한 사람들의 태도"를 벗어나야 할 것이라며 부녀자들의 생활 태도와 몸가짐까지 단속하는 등 성 풍속에 관한 담론이 대량으로 생산됐다.[5]

그런데 1960년대 들어 '성 모럴'의 적용 대상은 중고생으로까지 본격 확대됐으며, 체계화된 순결 교육의 필요성이 강력히 요청됐다. 순결의 강조는 여학생들을 "제2의 주부"로 호명함으로써 한층 더 강화됐다. 당시 경희대 교수 양병탁은 "여학생이 가는 길은 결국 현모양처의 길"이 될 수밖에 없다고 주장한다. 이때 가정은 '예비 여성'으로서의 여학생을 키우는 "왕궁이며 안식처"[6]가 된다. 따라서 가정에서

쌓는 '교양'이 학교에서의 그것보다 더욱 중요하게 언급되고 여성에게 요구됐던 '교양'이 여학생에게도 요청된다.

당대의 에세이스트이자 철학 교수였던 김형석은 여학생이 자아를 형성해 가는 과도기의 존재인 만큼 교양을 기르기 위한 방법으로 "순화된 감정"과 "지적인 인간력"을 기를 것을 주문한다. 그런데 이 두 가지 방법은 모두 독서와 연결된다. 그는 여학생들을 향해 "우리는 보다 많이 읽고 성실하게 배워야 한다. 그것이 내 힘이 되어야 하며 일생을 살아가는 바탕이 되어야 한다. 그러므로 우리는 고전, 세계적인 교양 저서, 모든 인간들에게 마음의 양식이 되는 양서들을 많이 읽어야 한다."라고 주장한다. 여기서 독서는 "예술적 소양"을 쌓기 위한 교양의 핵심으로 권고된다. 독서야말로 "아름다운 감정, 아름다운 생활"을 위한 방편으로서, 그리고 그러한 생활이 "나와 사회의 모든 것을 긍정하는 방향"으로서 기능한다는 것이다.[7] 여학생을 '문학소녀'로 호명하는 것은 이렇듯 '여성'으로 성장해 가는 과정으로서의 독서를 요청하는 순간이다. 다음은 생물학적으로 여성이었던 한 학생이 성전환 수술을 받고 남성이 된 사건에 대한 글의 일부다.

> 여학생 때는 가사 실습을 하던 이 군이 지금은 농업 실습을 하고 있고 시와 소설과 고요함을 즐겨 사색하던 문학소녀가 지금은 육상 선수, 배구 선수, 축구부 부장 등으로 운동은 무엇이든지 즐겨 하고 있고 힘도 세어서 까부는 남자 동급생들을 때려 줄 정도이니 화제가 꼬리를 물지 않을 수가 없다.
>
> (……) 성전환을 하기 전에는 이다음에 커서 좋은 곳에 시집이나 가서 집안 살림을 돌보며 틈틈이 글이나 쓰고 책을 읽는 것이 순덕의 꿈이었지만 지금은 그렇지가 않다. (……) 그 하나는 이제 중학교를 졸업

하면 서울로 진학을 해서 법률학을 전공해 보고 싶은 것이고 또 하나는 안성 농업전문학교 원예과에 진학을 해서 조용히 과수원이나 경영해 보고 싶다고 한다.[8]

"문학에 상당한 취미가 있는 정서적인 소녀"였던 순덕은 성별의 전환과 함께 이름도 '순덕'에서 '연구'로 바꿨고, 그러자 '문학소녀'가 아닌 운동을 좋아하는 소년으로 변모한다. 순덕은 성인이 돼 "집안 살림을 돌보며 틈틈이 글이나 쓰고 책을 읽는 것"이 꿈이었지만 남자가 되는 순간 "진학을 해서 법률학을 전공"하거나 "과수원을 경영"하는 꿈을 꾼다. 성전환과 함께 취미와 꿈까지 변하게 된 것이다. 순덕의 남성성은 자신의 욕망과 관심사에 대한 의식에 의해서가 아니라 변화된 신체에 의해 발현되고 규정된다.

성전환 남성(FTM)이 국가에 의해 공식적으로 남성임을 승인받는 것과 '진짜 남성'이 되는 것은 일치하지 않는다. 성전환 남성은 모든 남성이 받는 '진짜 남성'이 되어야 한다는 압력을 더욱 크게 받으면서 남성성 수행의 필요성을 느낀다. 남성으로 인정받으려는 욕구는 결국 존재 자체에 대한 승인 요구이기도 한데, 성전환 남성들은 사회적으로 인정되는 남성으로 살아가기 위해서 '지배적 남성성'[9]의 가치를 배우고 표현할 수밖에 없다.[10] 성전환 수술을 받은 순덕의 성별이 '생물학적' 남성으로 바뀜으로써 '문학소녀'였던 정체성이 한순간에 변하게 된 것은 사회가 요구하는 남성성의 규범을 '알고' 있었기 때문일 것이다. 이는 여성성의 규범 역시 신체에 의해 강제되고 있다는 사실을 의미한다. 이 사례는 남학생과 여학생이 신체에 의해 취미와 꿈마저 분리돼 있음을 보여 주면서 여학생으로서의 정체성과 역할 역시 주입된 것임을 드러낸다. 여기서 '문학소녀'는 여성성을 배치하는 언표로 활용되면서 "시와 소설과 고요함을 즐겨 사색하는" 여학생이자 예비 주부로서의 기표가 된다.

(1) 고래(古來)로 여성은 인종과 희생으로서 세상을 지배해 왔다. (……) 그러나 요즘의 여학생을 보라! 그 여학생들의 눈매는 에고와 오만으로 응결되어 있고 또 그것이 여학생의 특권인 양 행세하려 든다. 오만과 불손이 여학생다움에 플러스된다고 생각하는 모양이지만 어림도 없는 얘기다. 오만한 표정이 신비와 연결되지 못할 때 거기엔 가소로움만이 남는다. (……) 내가 만일 여학생이라면 솔직담백하겠다. 그리고 인종하는 자세를 배우겠다. 그 자세에서 우리는 영(零)을 향한 위대한 어머니의 표정을 배울 것이다.[11]

(2) 그런 소녀적인 영상을 물리치고 보다 동적인 꿈을 꾸리라. 전망이 좋은 이층 발코니에서 뜨개질을 하며 사색에 잠기련다던 이야기랑, 연못에 휘노는 금붕어를 내려다보며 녹색의 티 테이블에 앉아 독서를 하련다던 속삭임이랑, 함박눈 쏟아지는 겨울날엔 고궁의 기인 벽담을 끼고 거닐고 싶다던 푸념이랑. 또 착하고 예쁜 엄마가 되련다던 얄미운 꿈 이야기랑 아깝게도 버려야 할 게다. (……) 열심히, 열심히 책을 읽으리라. 요즈음같이 모든 생산 교육이 부족한 현실에서 농촌 개발에 대해 깊이 연구하리라. 곡식의 개량종자, 품종 개량 등에 대해 배우고 듣고…… 물론 여자라고, 소녀라고 농촌 개발에 나서지 말란 법이야 없지만두.[12]

위의 글 두 편은 각각 "내가 만일 여학생이라면"과 "내가 만일 남학생이라면"이라는 제목으로 쓰인 남녀 학생의 글이다. 남학생은 요즘의 여학생이 "에고와 오만으로 응결되어 있"다고 비난한다. 여학생에게 요구되는 태도는 오만과 불손이 아닌 "인종하는 자세"라고 말하며 가부장제의 시선으로 여학생들을 바라보고 있었다. 그런데 여학생 역시 남학생의 인식과 크게 다르지 않다. 글쓴이인 여학생은 남학생과 여학생의 꿈이 다름을 인지하고 있다. 그리고 여학생일 때 상상하는 꿈의 영상에는 '독서'하는 자신의 모습이 담겨 있다. 여학생의 독서는 "착하고 예쁜 엄마"가 되기 위한 교양으로서의 독서에 그칠 뿐이다. 대신 남학생이 된다면 "열심히, 열심히 책을 읽으리라."고 말한다. "농촌 개발에 대해 깊이 연구"할 것을 다짐하는 여학생에게 남학생의 독서는 사회인으로 나아가고 국가적인 과제(농촌 개발)와 연동되어 있는 독서이다. 여학생의 독서는 남학생의 그것과 분리되어 여성으로서의 성역할을 규정하고 있었다.

'소녀적' 감수성과 교양의 위계

남성적 지배 담론은 소녀의 신체를 객체로 고착시킴으로써 감시와 보호 아래 두고자 했다. 그러나 성별 체계 속에 놓인다는 것은 주체가 무성적 존재가 아닌 성인으로서의 '개인'이 됨을 의미한다. 따라서 소녀의 신체(성)를 규율화하는 지배 담론만으로는 '개인'으로서의 정체성을 형성해 가는 주체를 온전히 포섭하거나 영토화할 수 없다. 신체가 순결한 상태로 보존돼야 할 존재로 해석되었던 소녀는 불완전한 '과정의 상태'에 있는 타자였으며, '보호'하고 '훈육'해야 할 미성숙한 존재였기 때문이다. 그래서 소녀의 신체와 함께 소녀의 감성 역시 규율화의 대상이 됐다.

이미 1920년대부터 소녀는 "부끄러운 감정과 까닭모를 웃음이 터져 나오는"[13] '센티멘털'한 존재로 설명된다. 박숙자는 소녀의 '부끄러운 감정'은 성별화된 몸에 대한 자각이 금욕적인 방식으로 이루어지는 것을 나타낸 것이고, "까닭모를 웃음"이라는 표현은 '이성적인 규율' 밖에 놓인 타자성의 흔적을 아로새긴 언사라고 평가한다.[14] 기실 소녀는 신체와 감정이 함께 조절돼야 하는 대상으로서 존재해 왔으며, '예비 현모양처'의 '사명'을 강요받았던 1960년대 여학생들에게 이 두 요소에 대한 감시와 규율은 더욱 강화될 수밖에 없었다.

따라서 1960년대 여학생들의 사회적 일탈 행위는 대부분 '불완전한' 감성의 문제로 치부된다. '감성'은 여성과 남성의 위계를 결정짓는 데 긴요한 요인이 되고 '소녀'는 교육과 가정생활 등 모든 부면에 걸쳐 검토되고 보호돼야 할 존재로 남게 된다. 결국 '비정상적' 사태는 여학생들에게 부지불식간에 나타나는 것으로 판단돼 '소녀'와 '감성'은 내적 논리 없이 등치되기에 이른다.

> 형자의 꿈은 현실이 꿈인 것이다. 가능할 것 같은 소원 — 가장 아름다운 순수한 동경을 향해 용감히 전진한다고 생각하는 모양인 것이다. 나는 이 꿈을 먹고사는 소녀가 두려웠다. 몽유병자는 육체적인 병신이지만 이 소녀는 정신적 몽유병자인 것이다. 내성적이며 민감한 체질의 이 소녀는 평범하지 않은 것이다. 그의 타고난 재능이 평범하고 안일한 현실을 비웃고 있는 것이다. 소설의 주인공처럼 멋있는 세계를 갖고 싶은 것이다. 마치 어느 여주인공이 자기인 양 정말로 그렇게 알고 있는 것이다. 문학소녀가 흔히 범하기 쉬운 환상증인 것이다. 이러나저러나 이 기발한 연애 문제는 그 소녀 자신에게는 득의양양했었을 것이다. 눈물겨울 만큼 감동한 자기만의 독보적 연애라 생각했을 것이다.[15]

내성적이고 "외모로 보나 행동으로 보나 언뜻 생각하면 얌전한 학생"인 '형자'라는 학생이 새로운 연애를 시작한다. 그것은 '거지'와의 연애였다. 형자가 "어느 거지 청년을 따라다니며 옷도 사서 입히고 돈도 주면서 교제"하고 있었던 것이다. 일선 교사로 재직 중인 필자는 여학생의 실제 경험담을 적은 위 글에서 평범하지 않은 연애를 하고 있는 소녀를 "정신적 몽유병자"로 칭한다. 형자의 상태를 현실에서 '꿈을 꾸고 있다'고 단정하고 이를 "문학소녀가 흔히 범하기 쉬운 환상증"으로 진단한다.

'소녀'의 신체를 규율하기 위한 순결하고 모범적 표상으로 작동해 온 '문학소녀'라는 표상은, "현실을 비웃고" "소설의 주인공"을 꿈꾸는 '감성적(=비현실적)'인 불완전한 존재를 지칭하는 의미로 사용된다. 그리고 그런 상태는 언젠가는 깨져야 하고, '정상'의 상태로 돌아가야 할 것으로 해석된다. '거지'를 사랑했던 형자는 "그의 재능과 열정은 공부에 쏟"고 "철학 서적"을 빌려 읽기 시작하면서 자신의 연애가 '동화'임을 깨닫는다. 문학소녀가 다시 모범적 학생으로 돌아오면서 이 '문제'는 해결된다. 문학소녀가 돌아가야 할 '정상'이란 감성의 대타항인 '이성'이 작동되는 상태였던 것이다. 따라서 '감성적'이고 '감상적'인 문학소녀는 그들에게 결핍된 '지적인 것'을 채움으로써 정상화될 수 있다고 간주됐다.

한편, 1962년에는 세 명의 여고생이 집단으로 음독자살을 시도해 두 명이 목숨을 잃는다. 《동아일보》는 여학생들이 자살한 경위를 "문학소녀들이 가지는 센티가 빚은 비극"[16]이라고 해석했다.

> 참된 문학소녀라면 죽었을 리가 없다. 사춘기에 놓인 소녀들이 얕은 감상에 흘러 슬픔을 지니기가 일쑤인데 그것은 곧 슬픔이 무엇인가를

> 알려고 하지 않고 소설을 함부로 읽고 엉터리없게 빠져 버렸기 때문이다. 문학의 진리를 탐구하려 했다면 결코 죽지 않았을 것이다.
>
> 이번 사건은 사회 전체에 책임이 있다. 여학생들의 독서는 빠르면 중학교 1학년 말 늦으면 2학년 초에서 시작되는데 학생들은 책을 골라 읽지 않고 닥치는 대로 읽는 경향이 있다. 연애소설과 대중소설을 탐독하기가 보통이다. 이렇게 되니 학생들이 허무주의적 경향을 일으키게 되는 때는 빠르면 중학교 2학년 말, 늦으면 3학년 초다. 우울한 것을 개인적으로 친절히 지도해야 한다.[17]

위 기사는 죽은 학생들이 "참된 문학소녀"가 아니었다고 말한다. "학생들은 책을 골라 읽지 않고 닥치는 대로 읽는 경향"이 있었으며 "연애소설과 대중소설을 탐독"하면서 허무주의적 경향에 빠졌다고 진단한다. 그러고는 학생들의 독서 경향을 살펴 좋은 작품을 읽도록 지도하는 것을 대책으로 내세운다. "문학의 진리"를 '문학소녀적 허무'와는 무관한 것으로 판단한 것이다. 문학소녀들의 '감상적' 기질을 지도하고 관리하기 위한 방법으로 호출되는 것은 결국 '교양'으로서의 문학이었다.

> 인생의 모든 가치관은 위대한 문학과 예술에서 얻어지는 것이 아닐까? 특히 감수성이 예민한 여학생들의 교양을 배양할 수 있는 유일한 길은 소위 베스트셀러가 아닌 고전을 읽는 일이라고 생각한다. (……) 문학은 젊은이들을 나약하게 만든다는 무식한 소리를 하는 사람들이 있으나 일이 손에 잡히지 않아 빵집이나 재즈 음악실에 드나드는 딸을 무슨 방법으로 올바르게 이끌 수 있는지 그들에게 묻고 싶다.[18]

1960년대의 교양주의자들은 여학생과 그들의 불안정한 '감수성'을 함께 호명함으로써, 교양의 필요성을 인식시키고 고전 읽기를 통해 여학생을 재교정하고자 했다. 그들은 '고전'과 '베스트셀러'를 대립시켰다. '교양'이라는 이름으로 권고되었던 독서란, 고전과 베스트셀러 중 과연 무엇을 진정한 문학작품으로 볼 것인지에 대한 인식 차이에 기초하고 있었다. '문학작품'이라는 범주에서 대중소설을 제외함으로써 여학생에게 권고되는 '교양 독서'의 의미는 보다 견고해짐과 동시에 그 실천 또한 쉽게 달성될 수 없는 것이 된다.

그런데 이때 여성에게 주입되는 '교양'이란 기실 남성주체에 의해 젠더화된 '여성교양'이라고 할 수 있다. 1950년대 이후 여성에게도 시민으로서의 자질이 요구되었는데 그것은 서구의 근대적 교양 개념과는 다른 '여성' 시민으로서의 교양이었다. 여성교양은 남성 중심적인 보편성과 여성의 특수성을 강조하는 것으로, '여성의 자유', '여성의 자아', '여성의 에티켓' 등 여성을 남성의 하위 파트너로서 위치 짓는 시도였다.[19] 여학생에게 강조됐던 '교양' 역시 여성을 계몽의 대상으로 한정함으로써 남성 질서를 강화하는 기제에 불과했다. 더구나 '감수성'이 여성의 특질로 언급됨으로써 여성은 '여성교양'의 한계에 직면한다.

1960년대 여학생을 대상 독자로 하는 대표적인 잡지 《여학생》은 「여학생 문단」을 통해 여학생들의 문예 작품을 싣는다. 시, 소설, 수기로 나누어 모집한 현상 문예는 김동리, 안수길, 박목월, 김남조 등 기성 문인들의 심사로 이루어졌다. 그들이 작품을 심사하는 기준은 명확하지는 않았지만 대체로 구체적인 소재와 상(像), 그리고 기본적인 구성과 문체가 중요하게 언급됐다. 그러나 문예 작품을 투고하는 이들은 '여학생'이었고 작품의 심사에 있어서 '소녀적인 것'이라는 요소는 간과될 수 없는 평가 기준으로 작동했다.

기성 문인들의 심사평을 살펴보면 '문학적 완성도'를 갖지 못하고 '센티멘털'로 점철된 작품을 선보이는 여학생들은 '문학소녀'로 범주화된다. 김동리는 「P에게 보내는 나의 서(書)」라는 산문에 대해 "아직 문학소녀라는 범위에서 맴돌고 있다. 이 범주에서 빨리 탈피하려면 센티한 감정을 먼저 올바르게 정리해야 될 것이다."[20]라고 평한다. 센티멘털한 감성으로 글을 쓰는 여학생을 '문학소녀'로 통칭함으로써 '소녀적' 감수성을 지닌, 문학하는 모든 여학생들은 기본적으로 '문학소녀'로부터 출발할 수밖에 없었다. 그러나 그 범주를 벗어나는 것은 결코 쉽지 않았다. 여학생들의 작품을 평하는 데 있어 센티멘털한 감성이 부정적인 요소로 작용하고 있음에도 한편으로는 끊임없이 여학생에게 '여성적'이면서 '여고생다운' 문학을 강요했기 때문이다. '창간 1주년 기념 현상 문예'에서 소설부 선외 가작으로 뽑힌 정의숙의 작품 「송아지」가 당선작이 되지 못한 경위는 "여고생다운 호흡이 너무 결여된 느낌" 때문이었다. 정의숙의 작품은 "여고생들이 대개 빠지기 쉬운 센티를 극복하고 '현실'에다 눈을 돌린"[21] 작품으로 고평됐음에도 '여학생'이기 때문에 '여학생 문학'이 지녀야 할 자질이 요청됐다.

> 읽고 난 후에 남은 느낌들이 없지도 않다. 그래도 소녀들은 아직 순수하고 어려서 귀엽다는 것과 그녀들의 꿈은 늘 먼 수평선 너머로 달음질하고 있음을 그때마다 새삼 느낄 수 있다는 것이다. 한마디하고 싶은 말은 아직 어두운 현실에 애써 눈뜨려 하지 말라는 것이다. 그러면 그만큼 누구와 무엇과도 바꿀 수 없는 그 고운 꿈의 세계를 앗기게 되는 셈이니까.[22]

인용한 부분은 문예 작품을 심사하는 기성 문인들이 여학생의 글을 어떤 시선으로 바라봤는지 파악할 수 있는 대목이다. 기성 문단과 미디어에 의해 소녀의 '센티멘털'한 감수성이 문학을 하는 데 방해가 되는 요소임이 반복적으로 강조돼 왔음에도 결국 여학생들은 그녀들의 '소녀 됨'을 드러낼 것을 요청받았다. 여학생들이 "어두운 현실"에 눈뜨지 않음으로써 "꿈의 세계"에 머무르길 바란다는 심사평은 일반 문학 범주와 분리된 '여학생 문학'의 영역이 존재함을 역설적으로 드러낸다. '소녀적' 감수성을 내면화한 여학생에게 '교양으로서의 문학'과 '작품으로서의 문학' 사이의 거리는 쉽게 좁힐 수 없는 것이었다. 그들의 감수성은 끊임없이 '지적인 것'과 균형을 이뤄야 했다. 그러면서도 균형을 이룬다는 것은 '소녀적'인 것에서 벗어나는 것과 같았다. 여학생은 그 균형을 스스로 무너뜨리는 작업을 동시에 진행해야만 했다. 결국 문학소녀들이 '작가'가 되는 길은 끊임없이 스스로에게 '여성성'을 되묻는 지난한 작업의 반복이었다.

'실존'의 감각과 분열된 여성주체

1960년 8월, 경기여고의 두 여고생이 자살했다. 자살 동기는 "결코 소화할 수 없는 실존주의 사상에 영향을 받아 하나의 값싼 니힐에 빠"졌기 때문이라고 보도되었다. 따라서 이 사건은 소녀들이 "센티멘털의 영역을 벗어나지 못"[23]해 일어난 사건으로 해석됐고 이와 함께 소녀들이 읽었던 문학작품이 주목됐다.

보도에 따르면 최정숙은 중류 집안의 맏딸로 재동국민학교를 우등으로 졸업하고 경기여중을 거쳐 고등학교에 진학한, 얌전하지만 자존심 강한 학생이었다. 동급생인 김명자와 함께 지내면서 열등의식이 일어난 최정숙은 학교 시험도 중단하고 문학작품 읽기에만 심취했다. 카뮈의 『전락』(1956)을 읽고 "죽어야 한다."라며 허무를 이야기하고 사르트르의 『실존철학』이란 책엔 군데군데 붉은 줄이 그어져 있었는데 "죽음에 이르는 병은 절망이다."라는 구절이었다고 한다. 함께 죽은 권미자 역시 윤택한 가정에서 자라 재동국민학교를 수석으로 졸업한 수재였는데, 죽기 전 카뮈의 『이방인』(1942)을 탐독했다고 한다.

자살한 여학생들이 실존주의 문학작품을 읽고 있었다는 사실은 젊은이들과 여학생들을 매혹하던 실존주의에 대한 재고를 요청했다. 실존주의 문학이 자살을 유도하는 '허무'의 문학이 아님을 보여 줄 필요가 있었던 것이다. 이화여대 불문학 강사 박이문은 "실존주의 문학만큼 인생의 본질적 질의, 운명의 의미, 인간의 조건, 생존의 의미에 정열을 기울이며 위험을 두려워하지 않는 모험을 계속하는 문학"은 없다고 단언한다. 그는 실존주의 문학은 운명에 절망하는 문학이 아닌 결투하는 문학임을 강조하면서, 두 소녀의 자살 원인은 실존주의 문학 자체에 있는 것이 아니라 사르트르와 카뮈의 작품을 "잘못 복용한 어린 소녀의 지성"[24]에 있다고 비판한다.

반면 실존주의 문학의 위험성에 대한 의문 역시 제기됐다. 홍웅선은 "우리나라에 학생들에게 안심하고 읽힐 수 있는 책이 드물게 출판되고 있는 상태"라며 청소년들을 대상으로 한 독서 지도의 중요성을 언급한다. 그는 학교에서 "책을 가릴 생각도 못하고 사들이게 되니 카뮈나 사르트르가 그 속에 섞이지 말란 법"이 없지 않느냐며 "그러한 책이 학생들에게 읽히기 전에 선생님으로서는 반드시 그 책이 어떤 학생들에게 읽혀져야 할 것이며" "바르게 읽히기 위하여는 어떠한 지도가 있어야 할 것"[25]이라고 말한다. 이렇듯 원인을 파악할 수 없는 소

잡지《여학생》(1966. 1)

잡지《여학생》(1967. 11)

녀들의 자살은 종종 '실존주의 사상'에 따른 '염세'로 규정되었다.

1966년 전혜린의 『그리고 아무 말도 하지 않았다』가 베스트셀러에 오른다. 이 책은 전혜린이 1965년 1월 자살한 후 출간된 에세이집이다. 여학생들의 우상이었던 그녀의 죽음은 여학생들에게 충격으로 다가왔고 그녀를 따라 자살하는 여학생들도 생겨났다. 여학생들은 그녀의 교양과 지성을 모방하고자 했다.

전혜린의 에세이집이 인기를 끌면서 여학생들의 주목을 끈 또 다른 소설이 등장했는데 헤르만 헤세의 『데미안』(1919)이다. 당시 어디서나 여학생들이 이 책을 들고 다닐 정도로 『데미안』 붐이 고조됐고 1967년 5월에는 초판 3000부가 몇몇 서울 시내 서점에서 매진되기도 했다. 출판사는 서울 시내 일류 여고 문예반 학생들에게 『데미안』을 무료로 기증하는 등[26] 애초부터 여학생들을 『데미안』의 독자로 상정하고 있었다. 이는 『데미안』이 전혜린의 에세이집에 등장했다는 사실에 기초하고 있지만 더불어 『데미안』의 내용이 당대 여학생들의 고뇌와 일치하고 있었음을 방증하는 것이기도 하다.

1960년대 철학자 조가경은 '실존'에 대해 "인간의 특정한 자기이해의 의문에서 오는 기분적 불안정성의 표현"이라고 했다. "세계 연관과의 자명한 유대에서 벗어나 확고한 의미와 질서의 밖으로 빠져나간 인간이 자기 자신의 위치에 대해서 갖는 새삼스러운 의심"이라는 것이다.[27] 조가경은 "실존철학은 유감스럽게도 그의 엄숙한 세계관으로 유혹되어 모여든 사람들을 현실 세계에 통하는 길로 인도하는 대신에 각자의 내면적 세계에 잠기기를 권"[28]하고 있다고 우려했다.

앞서 언급한 대로 여학생의 고독과 사색은 '소녀적' 감수성과 연결됐다. 기성세대는 여학생들이 빠져 있는 불안의 정체는 무시한 채 여학생들을 "현실 세계에 통하는 길"로 이끌고자 했다. 여학생들의 '센티멘털리즘'을 여성들이 전근대적 세계에 빠져 있기 때문이라 진단한 한 교사는 가부장제 이데올로기에 길들여진 여성의 존재를 배격할 것을 해법으로 제시하기도 했다. 여학생에게 "적극적이고 지성적인 자세로 세계의 새로운 형성 과정에 참여"해야 한다고 말하면서 "시집가는 것"을 여성 인생의 목표로 삼을 것이 아니라 남성과 비등한 자아로서 세계에 설 것을 주문한다.[29] 그러나 전근대적 여성상을 해체해야 한다는 이 주장의 이면에는 여학생들이 내면화한 젠더 이데올로기가 여전히 개인의 문제로 남겨짐으로써 '센티멘털리즘'은 그대로 여성의 특질로 고착된다. 실상 여학생들의 '불안'은 단지 그들에게 새로운 여성상을 요구하는 것만으로는 결코 해소될 수 없는 것이었다.

생각하면 여성은 먼 옛날부터 어린애를 낳아 키우는 것과 마찬가지로 본능적으로 또는 맹목적으로 몸과 맘을 남성에게 바쳐 왔다. 이것은 영원한 여성의 십자가인 것처럼 하나의 도덕이고 의무였다. 무엇보다도 먼저 한 인간으로서의 대접을 받고 자각을 가져야 되겠다는 것에 노라의 새 출발이 이루어진다고 볼 수 있다. 이 작품은 흔히 여성해방이라고 전해지나 노라의 입장에서 본다면 자아의 인식에 있다고 볼 수 있다. (……) 여기에서 기억할 것은 노라가 집을 뛰쳐나간 것이 중요한 것이 아니라 노라가 자기의 본래를 발견하고 자각하는 그 자체에 있다. (……) 여성이 사랑을 제일로 느끼는 반면에 남성은 명예를 제일로 여긴다는 점에 남성과 여성의 차이가 있다고 생각한다.[30]

1961년 이화여고 1년생 이연복이 『인형의 집』(1879)을 읽고 쓴 독후감이다. 이 학생은 『인형의 집』을 읽고 여성의 역할에 대해 다시 생각해 볼 계기를 갖게 된다. 주인공 '노라'를 통해 "어린애를 낳아 키우는 것"과 "본능적으로 또는 맹목적으로 몸과 맘을 남성에게 바쳐" 왔던 여성에서 '인간으로서의 여성'을 보게 된 것이다. 그는 "자기의 본래를 발견하고 자각하는 그 자체"를 여성해방의 의미라고 말한다. 그러나 독후감의 말미에 "여성이 사랑을 제일로 느끼는 반면 남성은 명예를 제일로 여긴다."라고 하면서 여성과 남성의 차이를 인정한다. 『인형의 집』을 통해 깨달은 본래의 자아로서의 여성은 다시금 '사랑'을 위해 존재하는 현실 속 여성과의 괴리를 드러내면서 '여성-자아'에 대한 분열된 인식을 노출하고 있는 것이다.

배화여자고등학교 교지에 실린 「졸업생 앙케이트」에는 "가정주부로서의 도리와 사회적 진출의 기회가 맞부딪쳤을 때 어느 쪽을 택할지?"라는 질문이 실린다.[31] 졸업을 앞두고 있는 고등학교 3학년 여학생들에게 던져진 이 질문에 대해 학생 열여덟 명의 대답이 실린다. 이

중 아홉 명의 학생이 가정을 택했고 여섯 명의 학생이 사회 진출을 택했다. 나머지 세 명의 학생은 모호하게 대답했다. 비율은 그리 중요하지 않다. 오히려 문제는 여학생에게 '가정주부로서의 도리'와 '사회 진출' 중 하나를 선택할 것을 강요하는 질문 자체에 있다. 여학생들은 '가정'과 '사회'라는 선택지 중에서 자신의 갈 길을 정해야 했으며 여학생 스스로 자신의 사고와 행동을 그 틀에 맞춰 갈 수밖에 없었다.

게다가 '가정주부로서의 도리'를 선택한 학생들 중 "일단 가정주부가 된 후라면 가정주부로서 충실"해야 한다고 답하면서도 "가정에 들어가기 전이라면 멋있게 사회에 진출"하길 원한다고 말한 학생들도 다수였다. '사회 진출'이라고 답한 학생들 중에서도 "양쪽을 모두 원만히 유지해 나가고 싶"지만 "여의치 못한 사정이라면 사회 진출을 택하겠다."라는 답도 제출된다. 열여덟 명의 여학생들 중 단 한 명만이 "사회적 명성과 행복한 주부를 겸할 수 있는 자신이 있고 그리고 확신"하고 있다고 답했다. 요컨대, 당시 여학생들은 가정을 지키면서 사회에 참여하고 싶은 욕망이 있음에도 '가정'과 '사회'가 동시에 추구될 수 없다고 인지하고 있었다.

'10대 작가'의 탄생과 기로에 선 '문학소녀'

1961년 15세 학생 양인자가 쓴 장편소설 『돌아온 미소』가 출판된다. 부산여고 2학년에 재학 중이던 양인자는 평소 노트에 써 오던 작품을 모아 1961년 1월 초판을 발행한 후 5판을 거듭하기에 이르렀다. 양인자는 '한국의 사강'으로 불리면서 '10대 소녀작가의 탄생'으로 화제가 된다. '소녀작가'의 탄생에 기성 문인들은 "꾸준히 노력하면 크게 발전할 것"이라고 찬사를 이어 갔다. 그녀의 장편소설은 부산문화방송국에서 매일 10분씩 드라마로 방송되기도 했다.[32]

뒤이어 1963년 15세의 이형숙이 『조용한 슬픔』을 출간한다. 이형숙의 출현에 대해서도 김동리는 "이대로 꾸준히 공부를 해 나간다면 스무 살 안에 자기의 문단적 위치를 높일 수 있는 소설이 나올 것"[33]이라며 기대를 표현했다.

문학소녀들의 기성문단 등단은 그들의 자질을 의심하기 이전에 환영할 만한 '사건'이었다. 그들은 "아류도 용서치 않고 타협도 불허하는" "당돌하고 깜찍한" 10대 작가로 호명됐다. 그녀들은 이미 사회에 발을 들여놓은 여학생들이었기에 그들에게 문학을 한다는 것은 현재 진행형의 의미를 지니고 있었다.

10대에 작가로 등단한 네 명의 여학생[34]들이 모여 나눈 좌담회 기사에서 문정희는 "문학을 안했으면 지금쯤 무얼 하고 있을까요?"란 질문에 "하얀 앞치마를 두르고 절구질하며 시어머니의 구박에 눈물 흘리는 작은 색시"가 됐을 것이라고 말한다. 여학생들에게 문학을 한다는 것은 현모양처로 길들여지는 '막다른' 길을 모면할 수 있는 길로 인식되고 있었다. 그런 점에서 이들이 인상 깊었다고 말하는 여성 주인공의 모습도 기존의 가치관을 좇는 전근대적 여성상이 아니다. "『사랑방 손님과 어머니』 속에 나오는 주인공의 끈적끈적한 사랑과 『테스』의 맹목적인 순결" 모두 자신의 가치관과는 배치된다고 밝힌다. 특히 『생의 한가운데』(1950)의 '니나'를 수위의 분쟁 속에서 "자기의 의식 세계"를 지키려는 여성으로 기억한다. 여자의 행복을 "언제나 생동적으로 활동하는 데 성립하는 것"으로 인식하는 등 '10대 소녀작가'로 불렸던 이들은 가정과 사회 사이에서 갈등하지 않는다. 가정이 아닌 사회에서 자신의 세계를 만들어 나갈 것을 상상한다.

문학소녀들에게 '10대 소녀작가'는 최대의 목표였지만 그 달성은 결코 쉽지 않았다. 문학소녀들은 10대 작가들이 체감하지 못하는 고민을 안은 채 문학을 지속하고 있었다.

> 오빠. 꽃을 한 묶음 산 친구와 재잘거리며 가는 급우들을 멀리서 물끄러미 보다 집으로 왔어요. 한동안 울적했어요. 꽃을 꽂을 여유가 내게 없는 것일까요. 한 묶음 꽃을 들고 갈 수 있는 인연이 내게 없는 것은 아니겠지만 그보다 내 마음속의 화원이 긴 겨울잠을 자고 있는 것 같아요. 연령과 사회, 그보다도 자신과 싸워 이길 수 있는 용기가 서질 않아요.
>
> 내가 원고지를 대할 때마다 나에게는 여자로서 갖추어야 할 일들과 또 천재적인 능력 부족임을 생각하게 되어요. 어제 장희네 집에 갔더니 걔는 수틀에다가 예쁜 숲속에 공주와 왕자의 춤과 웃음을 담고 있었어요. 얼마나 부끄러웠는지. 그런데, 오빠. 오늘 당선 통지서가 왔어요. 우습지요. 서툰 글을 뽑아 용기를 주신 심사 위원 여러분도 고맙지만, 우리들의 친숙한 벗 여학생사도 고맙지요?[35]

1967년 《여학생》의 '1주년 기념 현상 문예'에서 소설부 가작에 뽑힌 정선자의 입선 소감이다. 현모양처가 될 것을 주입받고 있던 여학생들에게 가정주부가 아닌 다른 길을 가는 것은 '용기'가 필요한 일이었다. 문학의 길을 걷고자 했던 문학소녀들에게 글을 쓴다는 것은 언제나 "연령과 사회, 그보다도 자신과 싸워 이길 수 있는 용기"를 갖춰야 하는 행위였다.

여학생은 글을 쓸 때마다 "여자로서 갖추어야 할 일들"을 생각하고 "천재적인 능력 부족"을 느끼면서 기로에 서 있었다. 정선자는 "수틀에다가 예쁜 숲속에 공주와 왕자의 춤과 웃음"을 새기고 있던 친구

양인자 장편소설
『돌아온 미소』(1961)

를 보고 '부끄러움'을 느꼈다고 말한다. 그리고 그 부끄러움은 당선 통지서를 받음으로써 해소된다. 물론 여학생의 부끄러움이 완전히 해소되었다고 장담할 수는 없다. 이 글에서 알 수 있는 것은 여자로서 갖추어야 할 일, 즉 수틀에 수를 놓는 것과 같은 행위가 자신이 '본래' 해야 할 일로 인지되고 있다는 사실이다. 문학소녀들은 사회로 나갈 수 있는, 문학을 할 수 있는 자신의 능력이 입증되지 않는다면 언제라도 그 길을 포기할 수밖에 없다는 것을 알고 있었다. 따라서 여학생에게 온 '당선 통지서'는 '여자로서 갖추어야 할 일'을 하지 않아도 된다는 선언이 아닌, '부끄러움'을 잠시 내려 둔 채 작가라는 여학생의 욕망을 이어 나갈 수 있는 '유예'의 통지인 것이다.

'작가'가 되지 못하고 가정과 사회의 경계에서 하나의 길을 선택할 수밖에 없었던 문학소녀의 해법은 문학을 가정 내에 배치하는 것이었다. 가정주부의 도리를 지키면서 '여류작가'를 꿈꾸었던 것이다. 졸업을 앞둔 배화여고 3학년 학생들에게 '앞으로 당신이 걸어가고자 하는 길'을 물어봤을 때 문학의 길을 걷고자 하는 여학생들의 답에는 반드시 '가정'을 동반하는 일이 포함돼 있었다. 같은 질문에 역시 '현모양처'라고 답했던 여학생은 "나중에 멋진 소설을 꼭 한 번만 쓰고" 싶다고 부언하기도 한다. '여류작가'는 가정의 존재를 전제했을 때 희망 가능한 일인 동시에 문학이 온전하게 '사회 진출'로서의 의미를 획득하지 못한다는 사실을 드러낸다. 그런 점에서 문학은 가정과 사회의 양 극단에서 고뇌하는 문학소녀들이 꿈꿀 수 있는 유일한 길이었다. 1960년대의 '문학소녀'라는 정체성은 가정에서 '여류작가'를 꿈꾸며 그렇게 보존돼 온 것이다.

'문학소녀'를 위하여

1960년대 '문학소녀'는 '예비 현모양처'를 규범화하기 위한 표상이었다. '문학소녀'는 '여성성'을 배치하는 언표로 활용되며 독서 행위가 젠더로 분리될 수 있음을 보여 주었고 규범적 소녀상에서 이탈하는 '위험한' 소녀들을 지속적으로 감시와 지도하에 두게 했다. 1960년대의 여학생들은 '문학소녀'로 호명됨으로써 남성 중심적으로 형성된 지배 질서에 의해 '미달'의 표상으로 존재하고 있었다.

작가가 되지 못하고 문학소녀로 남은 이들은 '현모양처'가 되거나 적어도 가정주부의 삶을 살며 가정에 머물기를 '선택'했다. 물론 사회에 발을 디딘 이들도 있었을 것이다. 그러나 1960년대의 문학소녀들이 자신의 꿈을 접고 당대의 지배 담론에 순응하며 살아갔다고만 볼 수는 없다. 오히려 '문학소녀'는 규범화된 성역할에서 이탈하려는 여성들의 존재를 증명해 주는 기호이기도 하다. 그들은 남성 지배 체제에 안주하지 않았던 1960년대의 '불온한' 소녀들이자 욕망을 실현하려는 '개인'으로서의 여성들이다. 문학소녀는 여성의 읽기와 쓰기에 관한 젠더 이데올로기에의 순응 혹은 이탈의 구성물인 셈이다.

가정에 충실해야 했던 여성들은 40~50여 년이 흐른 뒤에야 '문학'을 할 수 있었다. 이들에게 '문학'은 자신의 존재를 확인하고 인정받을 수 있었던 유일한 통로였다. 반면 지금의 10대들에게 문학은 당위적인 욕망이 아니라 수많은 선택지들 중 하나다.

2000년대 중반 이후 80퍼센트를 넘어선 여학생의 대학 진학률은 이제 남학생의 그것보다 높다. 1960년대의 여학생처럼 가정과 사회 사이에서 갈등하는 여학생들은 거의 없다. 여학생들 역시 사회인으로서의 자신의 미래를 남학생들과 다를 바 없이 상상하고 준비한다. 그러나 사회가 더 이상 여성들에게 '현모양처'가 될 것을 강요하지 않을지는 몰라도 가정과 사회 사이에서 갈등하는 여성들이 여전히 존재한다는 사실은 변함이 없다.

최근 육아를 하는 여성들을 두 부류로 나눠 지칭하는 '전업맘'과 '워킹맘'이라는 용어는 가정과 사회의 기로에 서 있는 이 시대 여성들이 처한 현실을 보여 준다. 워킹맘은 사회적 편견 속에서 '좋은 엄마'가 아니라는 죄책감에 시달리며 일을 포기해야 하는 순간에 직면한다. 이들의 죄책감은 '현모양처'의 길을 가지 않는다는 사실을 부끄러워했던 문학소녀의 감정과 닮아 있다. 물론 전업맘 역시 자신의 일을 가지고 있지 않다는, 혹은 자신의 일을 이어 나갈 수 없다는 사실로 인한 열등감과 불안감에 시달린다. 워킹맘과 전업맘은 단지 직장의 유무를 지시하는 언표가 아니라, '일과 가정의 양립'이라는 명제에 내재한 오랜 딜레마를 드러내는 신조어다. 이 용어들에서는 남편·아버지의 존재가 삭제된 채 오직 홀로 육아와 분투하는 여성의 현실만이 읽힐 뿐이다.

요컨대, 여성들은 아직도 가정과 사회 사이에서의 선택을 강제당하고 사회로 나가고자 하는 결심을 주저한다. 이들은 어떤 방식으로 자신의 이름을 지키고 되찾을 수 있을까. 이는 여성의 욕망을 억압하고 방해하는 사회적 시선과 태도 혹은 제도에 대한 질문이기도 하다.

1960년대의 문학소녀는 미성숙한 존재가 아닌, 남성 지배 체제에 균열을 시도했던 욕망의 주체임을 기억해야 한다. 그들은 그 중심에서 독서했고 글을 썼다. 문학소녀는 더 이상 비웃음과 멸시의 대상이어서는 안 된다. 읽기와 쓰기를 통해 자신의 존재를 드러내고자 했던 1960년대의 문학소녀들이 다시 해석돼야 하는 이유이다.

주

* 이 글은 필자의 석사 논문 「1960년대 '문학소녀' 표상과 독서양상 연구」(성균관대 석사 논문, 2011)의 일부를 수정, 보완한 것이다.

1 게오르그 루카치, 김경식 옮김, 『소설의 이론』(1916), 문예출판사, 2007.

2 천정환, 『근대의 책읽기 — 독자의 탄생과 한국 근대문학』, 푸른역사, 2003, 335~336쪽.

3 천정환, 「2000년대의 한국소설 독자Ⅱ」, 《세계의 문학》 32-1, 민음사, 2007, 299쪽. 한국 여성독자의 역사에 관해서는 윤금선, 「근현대 여성 독서 연구」, 《국어교육연구》 45, 2009 참조. 팬픽의 성별 수용 양상과 그 의미에 대해서는 김훈순·김민정, 「팬픽의 생산과 소비를 통해 본 소녀들의 성 환타지와 정치적 함의」, 《한국언론학보》 48-3, 2004; 류진희, 「팬픽: 동성(성)애 서사의 여성공간」, 《여성문학연구》 20, 2008 참조.

4 김복순, 「소녀의 탄생과 반공주의 서사의 계보 — 최정희의 『녹색의 문』을 중심으로」, 《한국근대문학연구》 18, 2008, 205~206쪽.

5 이봉범, 「한국 전쟁 후 풍속과 자유민주주의의 동태」, 《한국어문학연구》 56, 2011 참조.

6 양병탁, 「여학생과 가정」, 《여학생》, 1966. 2, 70~73쪽.

7 김형석, 「인간의 지적인 조화의 조형을 위해 — 교양에 대해」, 《여학생》, 1965. 1·2, 104~106쪽.

8 이순, 「성전환 여학생의 제2의 이상」, 《여학생》, 1965. 12, 182~187쪽.

9 R. W. 코넬, 현민·안상욱 옮김, 『남성성/들』, 이매진, 2013.

10 나영정, 「남성/비남성의 경계에서 — 성전환 남성의 남성성」, 『남성성과 젠더』, 자음과모음, 2011 참조.

11 강철구, 「내가 만일 여학생이라면」, 《여학생》, 1966. 1, 127쪽.

12 노영숙, 「내가 만일 남학생이라면」, 《여학생》, 1966. 1, 128쪽.

13 「언니 저 달나라로 — 사춘기 소녀의 심경」, 《여학생》, 1933. 6, 55쪽.

14 박숙자, 「분홍빛 공상의 센티멘탈한 '소녀'」, 『한국문학과 개인성』, 소명출판, 2008, 283쪽.

15 박치원, 「거지와 학생의 연애」, 『여학생지대』, 삼중당, 1967, 146~147쪽.

16 「문학소녀의 단순한 감상」, 《동아일보》, 1962. 2. 13.

17 「세 여고생 연쇄 음독 사건의 교훈」, 《동아일보》, 1962. 2. 14.

18 오화섭, 「쪽가슴의 공간미」, 《여학생》, 1966. 8, 108쪽.

19 김복순, 「전후 여성교양의 재배치와 젠더 정치」, 『여성문학연구』 18, 2007, 35쪽.

20 「여학생 문단」, 《여학생》, 1967. 10, 330쪽.

21 「본지 창간 1주년 기념 현상문예 작품 발표」, 《여학생》, 1967. 8, 384쪽.

22 「여학생 문단 — 보내 준 글을 읽고」, 《여학생》, 1967. 12, 255쪽.

23 「실존문학과 두 여고생의 경우」, 《경향신문》, 1960. 8. 21.

24 박이문, 「두 소녀와 문학작품」, 《경향신문》, 1960. 8. 30.

25 홍웅선, 「중고등학생의 독서 지도, 마땅한 읽을거리를」, 《조선일보》, 1960. 9. 7.

26 『데미안』은 1955년 말 대구 영웅출판사에서 김요섭 번역의 『젊은 날의 고뇌』라는 제목으로 출간됐지만 인기를 끌지 못하다가, 1966년 10월 서울 문예출판사에서 『데미안』이라는 제목으로 재출간되면서 1년 동안 5만여 부의 판매고를 올리며 크게 흥행한다. 「흘러간 만인의 사조 베스트셀러(15) 헤르만 헤세 작 『데미안』」, 《경향신문》, 1973. 6. 2.

27 조가경, 『실존철학』, 박영사, 1961, 46~47쪽.

28 조가경, 위의 책, 488쪽.

29 강연심, 「센티멘털리즘 반박」, 《거울》 435, 이화여자중고등학교, 1965. 11. 15, 6~13쪽.

30 이연복, 「인형의 집」, 《독후감》, 이화여자중·고등학교, 1961, 26쪽.

31 「졸업생 앙케이트」, 《배화》 54, 배화여자중·고등학교, 1966, 182~189쪽.

32 「15세 소녀의 장편소설」, 《동아일보》, 1961. 11. 5.

33 「이상주의 계열에서도 탁월 『조용한 슬픔』 쓴 이형숙 양」, 《경향신문》, 1963. 7. 9.

34 「학생 작가 방담: 십대작가가 백 대를 구상한다」, 《여학생》, 1966. 3, 249쪽. 1966년 당시 대학교 2학년인 양인자는 1961년에 소설 『돌아온 미소』를, 숙명여고 3학년인 문정희는 1965년에 시집 『꽃숨』을, 명성여고 3학년인 노영숙은 1964년에 소설 『몸부림치는 진실』을, 진명여고 2학년인 이형숙은 1963년에 소설 『조용한 슬픔』을 각각 출간했다. 이들은 모두 10대에 소설 혹은 시집을 냄으로써 '10대 소녀작가'의 반열에 오른다.

35 정선자, 「입선 소감」, 《여학생》, 1967. 8, 401쪽.

'한국-루이제 린저'라는 기호와 '여성교양소설'의 불/가능성

— 1960~1970년대 문예 공론장과 '교양'의 젠더

김미정

1975년, 루이제 린저 방한(訪韓)

1975년 10월 5일 일요일, 문학사상사의 초청을 받은 루이제 린저가 방한한다. 파리발 KAL KE902기 탑승 때부터 스타 대접을 받은 그녀는 예정 시간보다 두 시간 늦은 오후 6시 30분에 김포에 도착한다. 도착하자마자 이어령, 유주현, 김남조, 이영희, 전숙희 등 문인들의 환영을 받았고 곧바로 공항 귀빈실에서 기자회견을 갖는다. 체류하는 동안 독일대사관, 문화원, 주요 대학, 크리스천아카데미 방문, 전국 다섯 도시에서의 강연회, KBS TV인터뷰, 문인 리셉션, 한국 전통문화 체험, 경주, 판문점, 수도원, 한센병 환자촌을 비롯하여 전국 관광지 방문 등의 일정을 소화했고, 비공식 개인 일정을 제외한 전 일정에는 이어령 부부가 동행한 듯 보인다.[1]

그녀의 방한은 문학사상사 해외 작가 초청 두 번째 기획의 일환이었다. 전년도인 1974년에는 첫 초청자로 『25시』(1949)의 작가 게오르규가, 그리고 1977년에는 당시 파리에서 활동 중이던 이오네스코가 방한한다. 해외 교류가 드문 시절이었음을 감안하더라도, 이들 두 작가의 방한 풍경 기록들과 비교할 때 린저의 경우는 문화 국빈 방문을 연상시키는 규모의 환영과 호응을 보여 주었다.

그녀의 방한 일정에서 큰 비중을 차지했던 전국 순회강연의 풍경 역시 월드스타의 방한을 방불케 했다.[2] 《문학사상》 편집부의 기록에 따르면 이화여대에서의 강연의 경우, 강연 시작 두 시간 전부터 관중이 몰려들었고 4000명 정원을 일찌감치 초과했는데도 강당 바깥에서 장사진을 이루었으며, 강연 후에는 작가에게 사인을 요청하는 인파가 몰려들어 큰 혼란을 빚었다. 이러한 열광은 지방 강연에서도 마찬가지였다. 대전 강연에서는 1500명 수용 공간에 3000명이 몰려들어 북새통을 이루었고, 대구 강연에서는 연단에까지 학생들이 몰려들어 주최 측 관계자들이 뿔뿔이 흩어지는 곤욕을 치렀다. 문학사상사와 린저 측에서는 이런 상황들을 "도주" 혹은 "Exodus"라고 재치

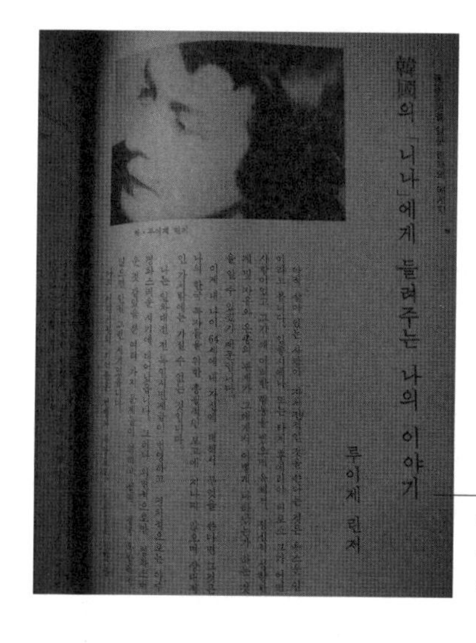
韓國의 「니나」에게 들려주는 나의 이야기

루이제 린저

루이제 린저, 「한국의 '니나'에게 들려주는 나의 이야기」, 《문학사상》, 1975. 10.

있게 묘사하기도 했다.

한편, 당시 신문들은 "현대 해외 여류소설가로 루이제 린저만큼 한국인의 사랑을 독차지한 작가는 일찍이 없었다. 누구의 소설보다도 그녀의 글은 특히 여성들의 가슴깊이 파고들어 위로하고 속살거리며 한편 '생의 한가운데'에 용기를 갖고 뛰어들게 했다."라고 하거나, "그의 작품이 우리나라에서 많이 읽히는 이유는 소설의 주인공들이 기항지에 머무르지 않고 돛도 부서졌지만 어디론가 가고 있는 배, 즉 끝없이 무엇인가를 추구하는 자세이기 때문"이라고 소개했다.[3] 여기에서 구사된 '생', '용기', '머무르지 않고', '추구하는 자세'와 같은 말들이 환기하는 문학의 범주를 우선 기억해 두자. 당시 루이제 린저는 헤르만 헤세나 토마스 만 등으로부터 '인정받은' 작가로 소개되곤 했다. 그럼에도 그녀의 소설이 '교양소설(Bildungsroman)'과 같은 아카데미즘의 언어를 통해 일컬어진 적은 없었지만 말이다.

기이한 '한국-독일 문학', 그리고 '수상한' 말들

루이제 린저의 방한 다음 날, 독문학자 박환덕은 「독일 문학의 최근 동향 — 산문을 중심하여」[4]를 발표한다. 이 글에서 그는 전후(戰後) 독일 문학을 세 그룹으로 일별하며, 47그룹의 쇠퇴 후에 통일된 문학 경향 없이 다양한 문학적 시도가 있었지만 1970년대 이후의 상황은 무관심에 가까운 안정을 보이고 있다고 정리한다. 루이제 린저의 방한이 고려된 기고였음이 분명하지만, 여기에 그녀의 이름은 등장하지 않는다. 루이제 린저의 글이 번역·소개되고 그녀의 방한에 박환덕을 비롯하여 한국 독문학계의 중요한 이름들이 총동원된 것을 감안할 때, 이 글에서 루이제 린저의 문학사적 위치와 의미는 다소 의아하다.

한편, 박환덕은 루이제 린저가 빠진 전후 독일문학사를 소개하고 한 달 후, 또 다른 지면에 루이제 린저에 대한 글을 발표한다. 그는 같은 해 5월, 루이제 린저 번역자 중 한 명이자 독문학자인 정규화의 소개로 로마 교외에서 루이제 린저를 만나 인터뷰를 했다. 그리고 이것을 한 여성지 11월호에 발표한 것이다.[5]

박환덕은 루이제 린저에게 그녀의 소설 주인공을 작가 자신으로 보아도 되느냐고 질문했고, 여기에 대해 린저는 딱 잘라 아니라고 대답했다. 사실 이 문답은 지금 관점에서 볼 때 쉽게 납득이 되지 않는다. 유수의 문학 연구자가 작가와 주인공을 일치시켜 이해했을 리 없고, 픽션이나 문학적 형상화의 개념들을 모를 리도 없다. 하지만 박환덕이 이 문답을 굳이 글에서 강조하여 노출한 것은, 한국 여성지의 독자들에게 전달·해명할 무언가가 있었음을 암시한다. 루이제 린저의 또 다른 번역자인 차경아의 글[6]에서는 당시 독자들이 작가 루이제 린저와 작중인물 '니나'를 동일시하며 독해한 정황이 엿보인다. 독자들에게 니나는 곧 루이제 린저였고, 이 소설을 처음 한국에 소개한 전혜린의 자살이 이러한 '주인공=작가' 오인 신화를 강화시켰다는 것이다. 또 다른 루이제 린저 번역자이자 독문학자인 홍경호가 1977년에 발표한 글[7]에는 좀 더 복잡한 사정이 엿보인다.

> 특히 이 작가는 우리나라 청소년층에도 상당한 독자를 갖고 있어서 젊은 세대의 독서 지도를 위해서도 이러한 시도는 시급하다고 보겠다. 현재 ①유럽 독서계를 휩쓸고 있는 일련의 좌경 작가들의 돌풍으로 ②전전 세대의 작가군이 계속 대중의 관심 밖으로 사라져 가고 있는 사실

> 을 감안할 때, 이는 더욱 절실하다고 하겠다. 헤르만 헤세나 토마스 만 같은 거인들이 이미 타계해 버렸고 하인리히 뵐도 벌써 노쇠기에 접어들어 창작 활동보다는 대사회적인 활동에 주력을 하고 있는 실정이므로 본 작가에 대한 연구는 ③전전 세대를 재정리하고 그들의 공과를 재평가해 본다는 점에서 의의가 있다고 하겠다.[8] (번호 및 밑줄은 인용자)

이 장의 주제를 조금 넘어서는 바이지만 ①과 ②는 루이제 린저를 둘러싼 지식계의 암묵적 요구와 관련되는 것이므로 중요하다. 우선 홍경호는 당시 유럽의 "좌경 작가 돌풍"[9]을 염려하고 있었다. 그에게 루이제 린저는 "좌경 작가 돌풍"에 맞서는 인도주의 작가, 즉 당시 국내외 정치 상황과 관련된 불안으로부터 이념적·사상적으로 안전한 작가였다. 특히 1972년 유신 선포, 1974년 긴급조치, 1975년 민청학련·인혁당 사건 등 당시 남한 상황의 긴박함과 엄혹함을 감안할 때, 서독 작가 루이제 린저와 그녀를 둘러싼 서구 문학과 세계문학이 사상적·이념적 안전함을 보증받아야 했으리란 점은 이해하기 어렵지 않다.[10] 가령, 문학사상사 해외 작가 1회 초청 작가였던 게오르규가 "나의 조국과 같은 반공 의식이 높은 한국인을 세계에 널리 알리고 싶"다고 말한 것이 단적으로 보여 주듯,[11] 방한하는 작가와 그의 작품들은 한국의 정치 상황 및 문화와 친연성이 있거나, 적어도 충돌하지 않아야 했다.

앞의 인용문도 그 점을 반증한다. 홍경호는 지금 루이제 린저의 첫 남편이 나치에 의해 "반사회주의자"로 낙인찍혀 투옥되고 사망했다고 적고 있다. 하지만 이것은 수사적 왜곡이다. 그녀의 첫 남편은 나치에 저항한 인물로서, 다른 자료들에서는 "정치적으로 미심쩍은 존재"[12] 혹은 '나치 반대', '사회주의자'라는 식으로 표현되곤 했다. 그런데 그를 홍경호는 '반사회주의자'라고 표현했다. 인용 속의 '반나치=반사회주의자' 도식은, 나치가 국가사회주의(Staatssozialismus)를 표방한 데서 나왔을 것이다. 그런데 이 도식에 이용된 말들은, 전전(戰前) 나치와 1970년대 냉전 구도 속 사회주의(공산주의)를 등가로 만드는 착시를 전달한다. 루이제 린저가 반사회주의자와 친연성이 있다는 의미 효과가 여기에서 발생하는 것이다. 이처럼 냉전 이데올로기와 반공주의는 홍경호의 논의 속 사소한 단어 선택이나 행간에 개재해 있다. 이것은 훗날 밝혀지게 될 루이제 린저에 대한 사상 검증 실패를 예견한, 혹은 은폐하는 불안처럼 보이기도 한다.

다시, 루이제 린저가 독일 문학사에는 등재될 수 없지만 한국의 독자들에게는 독일 문학의 대표로 소개되어야 했던 딜레마로 돌아와 보자. 인용문에서 흥미로운 것은, 헤르만 헤세, 토마스 만, 하인리히 뵐 등을 비롯한 전전 세대 작가군의 쇠락을 염려하며(②), 궁극적으로 전전 작가의 문학의 가치를 강조(③)하는 대목이다. 이 글에서 홍경호는 루이제 린저를 극찬하는 토마스 만과 헤르만 헤세의 견해를 적극적으로 인용·어필한다. 그리고 이어 이렇게 덧붙인다.

> 그러나 세대는 급변하고 그녀와 함께 작품 활동을 하던 작가들은 거의가 타계해 버렸거나 잊어졌으며 그녀의 작품에 대한 일반의 관심도 도 그 질이 변해 가고 있는 것이 사실이다. 그러나 지나치게 중후한 독일인들의 작품이 대중에게서 외면을 당하고 작가와 대중이 완전히 유리되어 작가가 더욱 고독한 입장에 빠지게 된다면 이 작가에 대한 현재의 가치는 크게 달라질 가능성이 있다. 그리고 이 점이 바로 이 작가의 가장 큰 공헌이라고도 할 수가 있겠다. 대중을 끌어올려 책으로 인도하는 일은 넓은 의미로 보아 문단을 위한 활력소가 되기 때문이다.[13]

앞서 루이제 린저의 독자와 대중 여성지의 독자가 겹친다고 상정하고 루이제 린저를 인터뷰한 박환덕의 문답에서 볼 수 있었지만, 린저의 대중적 인기는 홍경호가 생각하는 문학 계보의 쇠락을 유보시키는 역할을 부여받았다. 이 글을 발표하기 수년 전인 1972년 홍경호는 역시 린저의 『잔잔한 가슴에 파문이 일 때』(1940)를 번역하면서 '헤르만 헤세=전전 독일 남성 교양소설', '루이제 린저=전후 독일 여성교양소설'로 도식화하여 소개한 일도 있다.[14] '한국-세계문학'의 장에서 루이제 린저가 최대치로 의미를 부여받는 것은 헤르만 헤세나 토마스 만 등의 이름에 빗질 때뿐이었다. 그럼에도 홍경호에게 루이제 린저는 전전 독일 교양소설의 적자는 아니었다. 그 어긋남은 어떤 사정을 갖고 있었던 것일까. 홍경호의 평가를 조금 더 살펴보자.

그는 『생의 한가운데』를 "여성을 통한 남성의 구원"의 소설로 규정한다.[15] 이것은 소설 속 또 다른 인물인 '슈타인'의 관점에 설 때 충분히 설득력 있는 해석이다. 독자가 자신의 정체성과 가장 가깝게 재현되었다고 믿는 인물에게 이입하는 것은 자연스럽다. 하지만 이 소설을 "여성을 통한 남성의 구원"으로 규정하면서, 이것이 '여성'의 이야기가 아니라 "인간이 갖는 가장 보편적인 문제"를 다루는 것이라는 다음과 같은 사고 회로는 주목을 요한다.

> 이러한 주제 때문에 비평가들은 린저를 가톨릭 작가 혹은 여성작가로 간단하게 규정해 버리고 말게 되는데, 그것은 이 작가가 다룬 대상이 인간이 갖는 가장 보편적인 문제라는 사실을 염두에 두지 않기 때문이다. 그리고 이 작품이 출판이 되자마자 세계의 젊은 여인들을 열광의 도가니로 몰아넣은 이유도 이런 원인 때문이지 결코 주인공을 여인으로 설정한 점은 아니라고 보겠다.[16]

이 말에 이어 그는 루이제 린저가 "결코 여성작가는 아니다."라고 단언한다. "여성을 통한 남성의 구원이라든가 여인의 적극적인 삶의 의지를 그렸다고 해서 그렇게 규정할 수는 없기 때문"이라는 것이다. 그는 루이제 린저가 그려 내려는 여인상은 남성과 대립하는 존재가 아니라 "신으로부터 받은 소명을 실천해 나가는 여성일 뿐"이라고, 니나를 성급히 전위(轉位)시킨다. 린저는 신과 인간의 위계를 근간으로 하는 구도 속에서만 그 의의와 역할을 부여받은 여성작가였던 것이다.

앞서 루이제 린저를 만난 박환덕이 "철저한 휴머니즘의 추구로 일관된 그녀"[17]라고 갈무리한 맥락과 이 대목을 함께 읽어 보자. 그들이 루이제 린저, 니나가 보여 주는 '여성'을 인정하는 것은 '여성'이 신과 남성 인간 사이를 연결(보조)하는 존재인 한에서다. 이제 『생의 한가운데』가 보여 준 여성 스스로의 고뇌와 시행착오와 자기 형성으로 이어지는 여성 주체화의 서사는 흔적도 없어졌다. '여성=보조 인간'인 니나의 자기 형성 과정은, '남성=보편 인간'인 슈타인의 구원을 완성하는 서사를 위해 지워진다.

남성지식인 독자와 번역자들의 논의에서 루이제 린저가 지닌 '여성'으로서의 문제의식과 시각은 손쉽게 사상(捨象)되었다. 대신 그것은 차이가 지워지고 보편성이라는 평가로 이행되고 견인되었다. 그러고 나서야 루이제 린저는 비로소 아카데미즘·문예 공론장에서 작가로서의 가치를 인정받는다.

이때 '휴머니즘', '인간', '보편', '구원'과 같은 말과 가치가 그 수사로 구사되고 있음도 기억해 두자. 이 말들은 오늘날에도 좋은 고전, 좋은 문학을 논할 때 자주 동원되는 수사이다. 그렇다면 지금 이 말들이 무엇을 위해 복무해 왔는지도 질문해야 하지 않을까. 그것이 무분별한 찬사를 받으며 구사되어 온 것은 아닌지 질문해야 한다. 이 말들이 때로는 얼마나 수상한 말들인지에 대해서도 의심해야 한다.

즉 '한국-루이제 린저'는 '여성 대중지'와 '독일 문학사' 사이 어딘가에서 부유하는 이상한 존재였다. 그녀의 문학성을 인정하고 수용하기 위해서는 '인간'을 강조하며 '여성'을 지워야 했다. 이때 '휴머니즘', '인간', '구원', '보편'이라는 말들이 동원되고 활용되었다. 한국의 한 시절을 풍미한 중요한 기호인 '한국-루이제 린저'가 이렇게 이상하고 복잡한 기호가 된 것은 대체 무엇(어디)에서 연원하는 것일까.

'전혜린-루이제 린저'와 공론장, 말해져도 되는 것과 말해질 수 없는 것

잘 알려져 있듯 루이제 린저가 한국에 처음 소개된 것은 1960년 전혜린에 의해서였다.[18] 소위 '전혜린 현상'과 관련해 한 논자는 전혜린을 통해 "60년대 한국의 지적 풍토의 취약성"[19]을 이야기했다. 또한 전혜린은 "1960년대식 교양주의"의 양상을 "여실히 보여 준" 존재[20]이면서 "1960년대 주체의 실존적 선택에 대한 시대적 기호"[21]로 평가되기도 했다. 즉 루이제 린저는 "자살로 마감한 돌출된 개인사와 타고난 비범성, 서구 추수적 지향성에 대한 대중의 동경이 만들어 낸 결과물"[22] 혹은 "근엄한 문학사에서는 그 여자의 이름을 발견할 수 없"는 "이른바 문학적 가치나 문학사적 의미와는 거리를 두고 있"는[23] 바로 그 전혜린에 의해 처음 소개된 것이다.[24]

종합 문예지 《새벽》에서 전혜린은 『생의 한가운데』가 "새로운 산문 형식을 낳은 소설"이라고 소개했고,[25] 그 이듬해인 1961년 『생의 한가운데』를 번역할 당시 「역자의 말」에서는 "새로운 형식"과 "의식적이고 기술적인 문체"를 강조하며 "생에 관한 린저의 신념"을 강조했다. 이 지면들에서 니나가 '여성으로서' 겪는 생의 분투나 '여성으로서의 자기'를 찾아가는 소설의 서사는 거의 이야기되지 않는다.

하지만 이러한 공식적 지면이 아닌 내밀한 기록[26]에서 전혜린은 이 소설 속 니나의 삶에 구체적인 실물감을 입혀 재생시킨다. 유고 에세이에서 전혜린은 니나에게 "여자의 모든 문제성"을 압축시킨다. 그리고 이 소설을 '사랑', '결혼', '에로티시즘'이라는 키워드를 통해 자세히 독해한다. 이 에세이에서의 니나는 관습적인 젠더 규범 속에서 시행착오를 겪은 후 자신의 "정열과 지성"을 글(소설) 쓰기에 투여하며 스스로 주체가 되어 가는 인물이다.

『생의 한가운데』의 니나에 대한 전혜린의 '공식적' 평가는 "생에 관한 린저의 신념"이라는 구절로 집약할 수 있으며, '비공식적' 평가는 "여성의 주체성"이라는 말로 집약할 수 있다. 그 차이는 젠더의 기입 여부다. 과연 어느 쪽이 전혜린의 의중에 더 가까웠을까. 이를 확인하기 위해 루이제 린저가 설명하는 '니나'를 잠시 확인해 보자.

전혜린이 『생의 한가운데』를 한국에 처음 소개한 후 십수 년이 흐른 1975년 10월, 루이제 린저는 직접 한국 독자들과 만나서 "남성이 척도"가 되었던 세상을 비판하고, "자기의 성적 운명을 넘어서 발전"해야 한다고 강조했다.[27] 루이제 린저는 방한 전 1973년에 이미 문학사상사에 한국 독자들을 향한 편지를 기고했고, 그것은 "한국에 있는 나의 '니나'에게"라는 제목으로 실렸다.[28] 이 잡지의 편집자는 이 편지를 소개하기 전에 "조용하게 닻을 내리고 항구에 머물러 있는 배가 아니라, 돛이 찢겨도 끝없이 바다 한복판에서 어디론가 움직여 가고 있는 배 — 이와 같은 '니나의 생'을 살게 하기 위해서, 린저는 한국의 독자들에게 '여성의 진정한 행복'이 어디에 있는가를 말해 주고 있다."라고 논평한다. "항구", "배", "바다 한복판", "생"과 같은 말들

속에서 『생의 한가운데』는 위치 지어진다. 루이제 린저의 편지는 그 연장선상에서 "여성의 진정한 행복"에 대한 메시지를 전하는 것으로 배치된다.

그런데 실제 이 편지는 "여성의 진정한 행복"이라는 안온한 수사가 환기시키는 바와 무관하게, 당시 한국에서 상당히 파격적이었을 여성해방과 여성의 자유 획득을 구체적으로 설파했다. 물론 여성해방과 자유 획득이 "여성의 진정한 행복"과 무관했다는 이야기는 아니다. 하지만 "여성", "진정한", "행복" 같은 말들이 연결될 때 바로 연상되는 바를 떠올려 보자. 이 말들은, 나란히 연결되는 즉시, 당시 익숙했을 관습적 젠더 규범의 서사로 바로 수렴되어 버린다.

어쨌든 이 편지에서 린저는 유럽 여성해방의 역사에 니나를 위치시킨다. 그리고 구체적으로 서구 현대 여성이 어떻게 자유를 획득했고 해방되어 갔는지를 기술한다. ①직업의 자유, ②동일 노동-동일 임금, ③정치적 평등권, ④가족 의사 결정 과정에서의 평등권, ⑤성인 여성의 법적 자유, ⑥이혼 청구권 보장 등의 측면에서 여성의 자유와 해방을 역설한다. 특히 '아이(Kinder), 부엌(Küche), 교회(Kirche)'를 일컫는 '3K'로부터의 자유 주창, 나아가 낙태금지법의 폐지를 요구하는 주장으로까지 나아가는 것은 당대 한국의 여러 정황에 비추어 볼 때 꽤 급진적이었다.

루이제 린저 방한 당시 한국의 여성 담론이란, 한국여성단체협의회로 상징되는 관변 여성 단체 혹은 국가페미니즘(state feminism) 전 단계의 분위기 속에서 설명되곤 한다.[29] 또한 마침 1975년은 유엔이 선포한 '세계 여성의 해'였으나, 한국에서 이것이 공식적으로 기념되기까지는 10년이나 더 기다려야 했다. 루이제 린저가 이 편지를 한국 독자들에게 띄울 즈음인 1970년대 한국의 여성 고등교육 취학률은 평균 3.4퍼센트였고, 여대생의 비율은 평균 29.43퍼센트였다.[30] 또한 1975년에 여성운동의 전사(前史)로서 산파 역할을 한 크리스천아카데미가 "일체의 주종 사상, 억압 제도를 거부"한 "여성의 인간화" 테제[31]를 주창한 분위기를 통해서도 알 수 있듯, 당시 한국에서 여성에 관한 논의란, 루이제 린저가 설파한 여성의 자유와 해방이 수용될 '토대'가 막 형성되어 가던 단계였다고 이해할 수 있다.

그렇다면 다시 1960년 전혜린에 대한 상이한 평가들로 돌아왔을 때, 두 평가 중 "여성의 주체성"이라는 말로 집약되는 후자(비공식적인 평가)가 보다 정확한 것이었음을 충분히 알 수 있다. 즉 공식적 지면에서 그녀는 "소설의 형식"과 같은 보편적인 문학의 언어 혹은 가치중립적 개념을 통해 이 소설을 설명했으나, 비공식적 평가의 지면에서는 철저히 "여성의 특이성"을 강조하며 이 소설을 이야기한 것이다. 그리고 독자들이 열광한 것이 유고 에세이집의 바로 그 비공식적인 평가였음은 수많은 출판 관련 기록들이 말해 준다.

전혜린의 분열이라고 말해도 좋을 이런 태도의 차이 또는 주인공에 대한 온도차는 왜 빚어진 것일까. 이 질문은 단순히 1960~1975년 사이의 여성 문제 인식의 엄청난 거리나 그 토대에 대한 것을 넘어선다. 1975년 한국에서 공식적으로 수용되기 어려웠던 루이제 린저의 실체가 1960년 한국에서는 아예 암시조차 되기 어려웠으리라는 점은 굳이 강조할 필요도 없다. 이런 1960년 전혜린의 분열, 그리고 1970년대 루이제 린저를 소개한 편집자의 분열이 '어떤 조건'에서의 일이었는지를 조금 더 살펴야 한다. 이것은 '공론장이라는 조건'의 문제와도 무관치 않다. 전혜린의 글이 사적인 장소에서와 공적인 장소에서 전혀 다른 수사와 톤으로 이야기될 수밖에 없었던 사정이 핵심인 것이다.

종합지나 문예지가 일종의 공론장이라면, 그 안에서 '말해져도

되는 것'과 '말해지면 안 되는 것'의 구분이 암묵적으로 존재한다. 공론장에서 모두가 동등하게 공적 발화에 참여할 수 있는 권리를 갖고 있다는 것은 일종의 상상적 믿음이자 이념(idea)일 따름이다. 당시 전혜린이 보인 태도의 차이는 곧 공적 발화인 것과 아닌 것의 차이였을 것이다. 그러나 말해지면 안 될(억압된) 것은 개인적 기록, 독백과 같은 것으로 언제든 비어져 나온다. 전혜린이 유고 에세이에 남긴 말들은 당시 공론장에서의 발화의 암묵적 허용 범위를 반증한다. 이런 분열적 태도의 의미는 다음 인용문과 나란히 놓을 때 더 선명해진다.

> 독일 문학은 소위 '교양소설(Bildungs Roman)'이라는, 주로 자기 자신의 내면만 들여다보는 좀 촌스럽지만, 그래서 더 정이 가기도 하고, 속 편안하게 대할 수 있는 문학 형식이 대종을 이루어 왔고 (……) 루이제 린저의 장편소설 『생의 한가운데』는 현재 생존해 있는 외국 작가의 작품으로는, 기가 차게도 우리나라에서 단연 제일 많이 읽힌 작품이다. (무엇보다도 필자의 비위에 거슬리는 게 이 점이다.) (……) 이 나라의 여성들에겐 이 '니나 부슈만'의 출현이 가히 매력적이고, 혁명적이고, 파격적으로 멋있게 보일 수도 있었으리라. 그 무슨 복음의 전파자 정도로까지도. 하지만 까놓고 보면, 그녀도 그렇게 혁명적이고 새로울 것은 없는 것이다. 지금껏 우리 여성들의 혐오의 대상이 되어 오던 못되어먹은 남성의 역할을 여주인공에게 대치시킨 것뿐이니까. '생의 한가운데'를 사는 거, 그것은 '니나 부슈만'의 경우를 놓고 본다면 조금도 밑지지 않고, 수지는 자기 혼자서 맞는다는 거다. (……) 내가 좋기 위해서 다른 여자를 울리는 것은 미덕이고 내가 사랑할 수는 없는 남자라도 나를 죽도록 사랑하는 나머지 애가 타 죽어 가는 것은 기분 좋은 일이며, 사랑하는 남자라도 내 식으로 길들여 자기 구실을 못하게 망가뜨려 놓는 거, 물

론 이게 마음먹는 대로 다 되어 줄 일도 아니지만, 되게끔 하기 위해 온갖 지혜와 술수를 다 쓰는 거, 그러다가 종내는 둘이 다 파국에 이른 걸 종교에 귀의하게 되는 과정으로 치부하여 미화시키는 거, 이게 '니나 부슈만'의 '생의 한가운데'라는 거다.[32]

다소 길게 인용했지만 이러한 논의는 너무도 투명하기에 특별한 분석을 요하지 않는다. 이 글이 보여 주는 것은, 같은 내밀한 속내일지라도 문학지의 지면을 얻어 '게재될 수 있는 것'과 '게재될 수 없는 것'이 분명히 존재했고, 거기에는 엄연히 위계가 존재했다는 사실이다. 전혜린은 니나를 매개로 한 여성독자의 속내를 일기 같은 기록으로만 남겨야 했다. 하지만 이 글의 필자이자 또 한 명의 루이제 린저 번역자인 김창활은 "문학작품 속에 나타난 여성해방"이라는 특집 지면을 얻어 니나에 대한 남성독자의 속내를 문학지에 게재한다. 앞서 '내밀한 속내'라고 표현했지만 엄밀히 말하면 이런 '감정'은 결코 '내밀한' 것이 아니라 이미 공공연했던 것이다. 공적인 자리에서 사적인 이야기를 공공연히 할 수 있다는 것이야말로 권력의 한 지표다. 김창활의 감상은 필자 개인의 권력의 지표라기보다 그가 남성독자의 대표성을 띠고 행사한 사적 감상이라는 점에서 당시 공론장의 젠더 역학을 선명하게 보여 주는 것이다.

또 한 가지 주목할 것은, 이 독설이 '교양소설'을 화두 삼아 논의를 진행하고 있지만 결코 『생의 한가운데』를 교양소설로 지칭하지 않는다는 점이다. '교양소설'이란 주지하듯 독일적 특수성을 내포하며, 근대의 미적 형식으로서 발달되어 온 양식이다. 교양과 그 문학적 함의란, 세계와 자아, 이상과 현실, 공동체와 개인과 같은 구조 속에서 개인이 어떻게 갈등하고 고뇌하고 투쟁하며 자기를 형성해 가는지에 있다. 그렇기에 교양소설은 단지 독일, 유럽의 지리적·문화적 특수성을 벗어나서 '청춘', '성장', '형성'과 같은 문학 일반의 주제와 그 형식을 구축해 갔다.

그런 의미에서 『생의 한가운데』는 분명 여성 성장, 여성 형성, 여성 교양소설이다. 인용문도 그것을 지시하며 시작한다. 하지만 이 글에서 '교양소설'과 '루이제 린저'의 관계는 전혀 해명되지 않는다. 오히려 이 소설의 주인공 니나와 상반되는 지고지순한 전통적 여인이 주인공인 『모르는 여인의 편지』(스테판 츠바이크, 1922)를 상찬한다. 그러나 『모르는 여인의 편지』를 교양소설이라고 지칭하는 것도 아니다. 이런 논자의 태도는 글 자체로만 놓고 보았을 때는 치명적 결점 혹은 비일관성이다. 하지만 이것이 단순히 글의 퀄리티의 문제일까. 이는 차라리 필자의 (무)의식, 말하자면 '루이제 린저에게서 교양소설을 떠올렸으나 결코 교양소설의 계보에 놓을 수는 없다', '여자의 삶과 교양을 결코 니나에게 찾아서는 안 된다'는 (무)의식이 완강하게 버티고 있는 흔적으로 보인다. 독일 전전 문학 작가들의 교양소설을 환기시키며 루이제 린저를 다루지만, 결코 그녀의 이름을 지시하지는 않고 궁극적으로는 교양소설과 루이제 린저의 관계를 탈구시켜 버리는 이 장면을 어떻게 달리 설명할 수 있겠는가.

루이제 린저의 소설에 대해 전혜린이 내린 평가의 온도차 혹은 비일관성은 그녀 개인만의 것이 아니었다. 전혜린은 공론장에서 '여성'과 관련해 허용되는 말과 허용되지 않는 말을 분별했을 뿐이다. 앞의 인용문을 쓴 필자 역시 그러했다. 엄연히 독일 문학인 루이제 린저의 작품들을 독일 문학의 계보에 등재하지 않은 이들, 루이제 린저의 교양소설을 교양소설이라 말하지 못한/않은 이들을 포함하여, 당시 루이제 린저와 니나를 다루던 모든 이들은 공평하게 분열해 버린 것이다.

'여성'을 선취한 이들, 여성교양소설의 불/가능성

> 교양주의란 작품 속에 남자의 문제를 보이도록 하는 태도이다. 이것은 단지 남성 찬가나 남성 중심주의가 아니다. 오히려 좌절이나 번민, 반항이나 갈등 속에서 남자의 문제의 특권성을 보는 시선이다.[33]

> 루이제 린저의 『생의 한가운데』를 특히 감명 깊게 읽었다는 김 양은 파란만장한 삶을 꿋꿋하게 살아가는 주인공 '니나'의 모습에서 자아를 발견하면서 고시 준비와 짜증스러움을 떨칠 수 있었다고 덧붙인다.[34]

루이제 린저를 번역하고 소개하던 남성 번역자와 연구자들의 글에서 확인한 불안과 저항감은 여성을 문학의 주어로 다루는 것에 대한 당혹감과 위기감의 흔적이었다. 그들의 논리에는 '보편, 문학, 인간'에 포함된 바 없는, 그 한계 내에서만 '여성'의 존재를 승인해 온 시혜의 구조가 있다. 하지만 여기에서 궁극적으로 문제 삼아야 할 것은 배척, 시혜 구조의 근간을 이루는 남성 중심주의 같은 것이 아니다.

앞서 논했듯, '교양'과 '교양소설'이란, 양식적 범주를 넘어, 생에 대한 추구와 그 과정에서의 갈등과 번민을 함의하는 문학의 주제 및 속성의 문제를 함의한다. 명칭이야 어떻든 교양, 청춘, 성장, 자기 형성, 발전과 같은 주제와 그 형식은 한국문학에서도 적잖은 지분을 갖고 있다. 권위자들의 본격적인 논의[35]를 떠올릴 필요도 없이, '교양소설'은 근대의 상징적 형식이자 청춘이 숭배되던 한 시대의 대표적 문학 양식이라고 해도 된다.

『생의 한가운데』가 보여 준 생의 갈등과 번민 역시 바로 그 주제를 공유한다. 하지만 동시에 이 소설의 그것은 여성 대중지에서 소비되는 이류·삼류의 갈등이나 번민이기도 했다. 여성의 성, 사랑, 자기형성의 문제란, 근대 이후 구획된 사적 영역에서만 허용되는 주제였을 뿐, 결코 공적 영역이라는 남성의 장소에서 논해질 수 없는 것이었기 때문이다. 즉 '교양, 성장, 형성'과 같은 의미의 계열어와 그 함의란, 본래 공적 영역, 남성 젠더의 독점물이었음을 환기해야 한다. 내밀한 개인적 속내, 개인의 갈등과 고뇌와 투쟁에도 위계가 있었다는 것. 생에 대한 번민과 그에 대한 자의식이야말로 남성의 장소였다는 것. 이것이 바로 '교양, 성장, 형성'이라는 말로 수식되는 소설 혹은 문학과 관련해 종종 간과되던 것 아니겠는가.

지금까지 살핀 상황은 아카데미즘·문학장뿐 아니라 문학이라는 인류 정신의 보고(寶庫)처럼 여겨져 온 양식에 내재된 젠더 역학을 가시화한 것일 뿐이다. '여성'을 말하지 않음으로써 공적인(공적이라고 의미를 부여받은) 언어 게임에 좀 더 당당하게 참여하고 안착할 수 있는 아이러니의 오랜 역사성이 루이제 린저의 번역과 그녀의 방한 정황으로부터 뚜렷이 부상한다. 애초에 여자가 공적 발화에 참여할 자격이란, 전혜린의 공식적 발언처럼 스스로를 중성화함으로써만 가능했던 것이고, 그 잉여는 결국 침묵 혹은 유고 에세이 기록처럼 분열적으로 비어져 나올 수밖에 없었다. 그리고 이것은 문예 공론장의 남성이라고 해서 크게 다르지 않았다. 언어 규범을 초과하거나 미달하는 것을 암묵적으로 단속하고 관리하는 치안의 담당자들에게도 불안과 분열은 상존해 있었던 것이다.

한편, 한국의 한 시대를 풍미한 루이제 린저 열풍은 공론장 바깥의 '내밀한' 비공식적 발화로부터 촉발되었다는 사실을 기억해야 한다. 1965년에 전혜린은 스스로 생을 마감했고, 사후에 그녀의 내밀한 '니나론'이 『그리고 아무 말도 하지 않았다』(1966)에 안착한 결과, 한국의 많은 독자들이 니나에 열광했으며, 급기야 루이제 린저가 1975년 10월 서울에 오게 되었음은 지금까지 이야기한 바다.[36] 즉 린저와 그녀의 소설이 전하던 여성의 자유와 해방의 메시지는 공론장 바깥의 비공식적 언어들에 의해 독자에게 도달했다. 독자들이 환호한 것은 '전혜린-루이제 린저'이기도 했지만, '전혜린-여성-루이제 린저'이기도 했다. 담론으로서, 운동으로서의 '여성'이 도달하기 전에, 이류·삼류로 라벨링된 '에세이'나 '대중소설'을 통해 '여성'이 도달한 것이다. 루이제 린저의 발언들과 소설이 무엇을 의미하는지는 시간이 한참 지나서야 공식적으로 기록될 것이었다. 담론장과 현실은 대중이 선취한 '여성'을 뒤늦게 좇기 시작했다.

훗날 그녀의 소설을 읽은 독자들 중 한 명은 "파란만장한 삶을 꿋꿋하게 살아가는 주인공 니나의 모습에서 자아를 발견"했다고 고백하고, 시간이 더 지나자 그 여학생은 '최연소 여성 대법관'이라는 수식을 부여받는 인물이 된다. 이 정황에서 직관적으로 떠올릴 수 있듯, 니나는 한국의 특정 세대, 젠더, 계급 여성들의 심상 구조의 일부분을 암시하는 존재가 되었다.

조금 더 시간이 흘러 1990년대 한국문학에는 여성작가와 여성소설이 '대거' 등장하여 등재되기 시작한다. 간혹 린저 열풍에의 불안과 분열보다 더 노골적인 모욕이 비평의 언어로 발화될 때도 있었지만, 그녀들과 그녀들의 작품 없이 한국문학이 지탱될 수는 없었다. 이때 1990년대 여성작가라는 이름으로 한국문학사에 대거 진입한 그녀들이 한때 루이제 린저의 애독자였으리라는 확신을 덧붙이는 것은 사족일지 모른다.

'독자로서의 그녀'들에게도 루이제 린저의 이름은 분열의 진원지였을 가능성이 높다. 루이제 린저의 이름을 발화하는 것은 곧 아카데미즘이나 문학장과 무관한 이류·삼류 취향을 드러내는 것이었기 때문이다. 문학장의 사정과 관습을 알기에 루이제 린저라는 이름을 내밀하게 간직해야 했을 '그녀'들은, 카프카와 만과 조이스와 카잔차키스 소설의 주인공들과, 그것을 읽는 자아를 애써 일치시키고자 할 때에도 필시 이질감을 느꼈을 것이고, 그럼에도 결국에는 기이한 희열을 맛보는 '해석 노동'을 해 보았을 것이다.

이 기이한 해석 노동 혹은 분열은 곧 한국에서의 루이제 린저를 둘러싼 분열의 또 다른 버전이다. 이것은 자기를 찾아 헤매다가 어디론가 나아가는 성장·교양소설과 그것의 감동이 철저히 남성 젠더의 형식이었다는 것을 누구도 말하지 않던 시절의 일이다. '생의 추구', '청춘', '방황', '고뇌', '번민' 같은 것이 맞지 않는 옷임을 알면서도 자기의 것으로 입고 싶었고, 그 옷에 잘 맞춰지지 않는 자신을 의심한 경험이 있는 독자라면 지금까지의 이야기가 무엇에 대한 것인지 잘 알 수 있으리라.

즉 '여성교양소설'이란 애초부터 형용모순이었다. 그러나 루이제 린저의 독자들은 '여성교양소설'의 '불가능성'을 절단(불/가능성)했고, '가능 대 불가능'이라는 구도 자체를 파열시켰다. 1990년대 이후 여성의 갈등과 번민과 자기 형성이라는 성장·교양의 서사도 한국문학장(공론장)에서 정체성을 가질 수 있게 되었다. 이렇게 실현된 '여성교양소설의 불/가능성'은, 더 이상 '교양소설'이라는 말로 이야기하지 않아도 될 것이었다.

"오늘날은 더이상 교양소설이 불가능한 시대"라는 한탄도 간혹 들리지만, 그 한탄은 순진하거나 어딘지 음험하다. 교양소설 혹은 제도로 구축되어 온 문학에 애초부터 계급이나 젠더, 언어 혹은 지식 자본을 둘러싼 위계가 전제되었음을 모르거나, 모르는 척하는 것이다. 이 한탄에는 교양소설에 여성-대중이 신참자로 진입하는 사태가 함의되어 있다.[37] 즉 교양소설의 불가능성이란, 문학의 불가능성과 같은 말이 아니다. 하지만 그 둘이 같은 말이라고 해도 상관없다. 그 말들은 남성지식인의 내면을 특권화하는 장소로서의 문학, 혹은 남성을 정점으로 구축되어 온 문학의 쇠락에 대한 만가(輓歌)에 불과하기 때문이다. 1960~1970년대 루이제 린저와 『생의 한가운데』 열풍은 그 한국적 징후의 하나였을 뿐이다.

*

마지막으로 다시 루이제 린저의 방한으로 돌아가 본다. 그녀는 1975년 10월 31일 오전 10시에 기자회견을 한 뒤 한국을 떠난다. 한국 측 기록자는 그녀가 이별을 더없이 슬퍼하며 떠난 상황을 감상적 필치로 묘사한다.[38] 그리고 그녀는 1976년, 남한 방문기 『고래가 싸울 때 — 남한의 초상(Wenn die Wale kämpfen: Porträt eines Landes Süd-Korea)』을 출간한다.[39] 이 책은 한국에 대한 소개(태극기, 분단 상황, 자연환경, 문화, 풍습 등)를 비롯하여 1975년 10월 방한 당시 숙소였던 세종호텔 주변의 서울 이야기, 판문점, 불국사 에밀레종 견학, 가을 풍경 등에 대한 소박한 감상, 나아가 한국 근현대사와 국제 정세, 박정희 정권 치하의 탄압들, 종교계의 반독재 운동, 김지하 투옥 비판, 한국의 유교와 불교 등에 이르는 이야기까지, 1970년대 한국에 대한 외부로부터의 시선, 혹은 당시 한국 어용 언론의 문제를 검토할 수 있는 흥미로운 텍스트다.

가령 "박정희 독재 정권이 공산주의 북한에 대항하는 가장 강력한 보루"이기 때문에 "미국에 의해 보호"받는다는 진단과 1970년대

말 국제 정세의 흐름 등에 대한 언급, 그리고 "자유를 향한 절망적이지만 용감한, 남한 국민들의 비폭력적인 투쟁"에 대한 관심과 참여의 촉구는 이 책의 집필 의도를 명백히 보여 준다.[40]

또한 이 책 표지에 적힌 소개글은, 그녀가 "한국 언론인 인터뷰의 십자가에 처형되었다."라는 다소 신랄한 비판 문구로 시작하는데, 이는 그녀가 1975년 방한을 어떻게 의미화했는지 충분히 짐작케 한다. 이미 방한 때 그녀는 한국 언론에 불안을 야기한 존재였던 것이다. 그리고 한국에도 한국에 대한 이 책의 비판적 표현들(박정희는 남한의 독재자이고, 남한은 히틀러 치하의 독일과 비슷하며, 중앙정보부(KCIA) 요인들이 서독에서 다수 암약하고 있다는 등의 이야기)이 알려진다.[41] 이어 1979년 《문학사상》 창간 7주년을 전하는 신문들의 단신에서는 문학사상사가 초청한 해외 작가들의 명단 중 그녀의 이름만 누락되는 모습[42]을 확인할 수 있다. 이 모두, 루이제 린저가 1980년 첫 방북 이후 김일성과 각별한 친분을 쌓았다는 사실[43]이 알려지기 '이전'의 일이다.

실제로 루이제 린저가 문학사상사 측으로부터 초청을 받았을 때 그녀는 한국을 파시즘의 나라, 독재의 나라로 여기고 있었다. 그렇기에 그녀는 그 초대장의 저의를 심각하게 의심했고, 윤이상과 자신의 방한에 대해 상의하기도 했다. 그녀는 "이 여행으로 한국의 사람들에게 뭔가 도움이 될 수 있을 것"이라 여기고[44] 방한하기에 이른다. 하지만 한국 체류 중 그녀는 계속 감시와 미행을 당했고[45] 그 와중에도 함석헌, 안병무 등 크리스천아카데미 측과 접선하며 "혁명의 문제, 제3세계가 직면한 모든 기독교인들의 양심이라는 큰 문제"[46]를 논하기도 했다.

《문학사상》의 「방한일지」에는 표 나지 않을 정도로 아주 미묘하게 루이제 린저가 독일 대사관을 제멋대로 방문하거나 사전 일정 상의를 요구하는 까다로운 인물처럼 묘사된 대목도 있다. 이 대목들의

루이제 린저의 책『고래가 싸울 때 — 남한의 초상』(1976)에 실린 방한 당시 기자 회견 사진.
가운데 앉은 여자가 루이제 린저, 담배를 문 남자는 이어령.

흔들리는 문체는 그녀의 실체에 대한《문학사상》측의 불안 혹은 민감함의 흔적[47]이었을 것이다. 하지만 한국 측 기록에서 루이제 린저는 일관되게 한국에 우호적인 친한파 작가였다. 이 글 첫 부분에서 스케치했듯, 1970년대 한국 측 기록에는 루이제 린저의 서울 강연에 모인 여성독자들이 그녀를 월드스타처럼 대하고 환호한 풍경만 묘사되어 있다. 그 독자들이 루이제 린저를 히틀러 치하에서 투옥된 바 있는 정치적 작가로 인지하고 있었던 분위기는 전혀 언급되지 않는다.[48] 강연 후 토론에서 한 여학생이 그녀에게 "독재 체제의(나치 — 인용자) 손아귀로부터 어떻게 탈출할 수 있었는지" 질문한 기록도 없다. 그리고 이때 루이제 린저가 한국 독자들이 원하던 답을 주지 못했던 기록 역시 남아 있지 않다.[49]

즉 당시 여성 대중독자에게 '한국-루이제 린저'란, 문예 공론장의 남성들이 담론화하고 기록한 '전혜린-루이제 린저'와 다른 회로를 갖고 있었을 수도 있다. 그녀는 기록된 것보다 훨씬 스펙터클한 맥락에서 종횡무진하던 존재였다. 1980년대에 '북한'과 접속하는 루이제 린저뿐 아니라, 1960~1970년대의 '한국-루이제 린저'를 이해하는 데에는 바로 이런 점들을 적극적으로 의식하지 않으면 안 된다. 가령 비슷한 시기, 일본에서 '루이제 린저'란, 일본의 독문학자이자 국제연대 활동가이자 윤이상과 루이제 린저 대담[50]의 번역자인 이토 나리히코(伊藤成彦), 그리고 그의 동인이 발간한《문학적 입장(文学的立場)》[51]을 매개로 소개된다. 일본에서 루이제 린저는《미다분가쿠(三田文学)》1956년 12월호에 「바르샤바에서 온 얀 로벨」(1948)이 처음 소개된 이후, 1957년부터 단행본, 전집 등을 통해 알려지기 시작한다. 하지만 한국에서와 같은 열풍은 없었고, 이토 나리히코 그룹을 매개로 1980년에 일본에 갈 당시 그녀의 책은『생의 한가운데』정도만 알려져 있었다.[52] 1980년대 초 일본의 이토 나리히코와 국제연대 그룹과《문학적 입장》이라는 동인지, 그리고 '루이제 린저'. 한국에서와는 전혀 달랐던 이쪽 루트를 참조할 때, '한국-루이제 린저'라는 기호는 전후 냉전 체제, 국제연대 등의 주제를 비껴갈 수 없다.

하지만 이 글에서는 우선 1960~1970년대 '한국-루이제 린저'가 공론장의 언어에 의해서만 구성된 존재가 결코 아니었음을 강조하는 것으로 충분할 것이다. 그녀에 대한 폄훼나 은폐의 언어들에 아랑곳하지 않는 장소에서 독자들이 그녀를 읽어 왔음은 많은 기록들이 말해 주고 있다. '한국-루이제 린저'의 독자들은, 공론장이 애초에 늘 지각변동의 계기를 품고 있는 불안정한 체제였음을 증거하는 존재들이다. 그들은 권위의 언어에 휘둘리지 않으면서 공론장의 하부를 지탱해 온 존재들이기도 했다. 그리고 이들이 2018년 '권위를 향해 말하는 사람들'[53]의 선배들이자, 한국문학과 한국사회에 지각변동을 가져오고 있는 바로 그 존재인 것도 분명하다.

주

* 이 글은 필자의 평론 「여성교양소설의 불/가능성 — '한국-루이제 린저'의 경우(1)」(《문학과 사회 하이픈: 페미니즘적-비평적》, 문학과지성사, 2016년 겨울)를 수정, 보완한 것이다.

1 《문학사상》에서는 1975년 10월호부터 12월호까지 루이제 린저에 관한 특집과 글을 비중 있게 다룬다. 10월호에는 '한국 방문을 앞둔 린저의 메시지'로서 「한국의 '니나'에게 들려주는 나의 이야기」가 실리고, 그의 방한 수락서가 원본 그대로 소개된다. 또한 11월호에서는 「본사 제2회 해외 작가 초청 루이제 린저의 문학과 사상」 특집이 대대적으로 실린다. 한편 구체적 방한 일정과 내용은 12월호에 일지 형식으로 자세히 기록되어 있다. 1장은 이러한 서지사항을 참조, 요약적으로 재구성했다.
하지만 유의할 것은, 루이제 린저를 초청한 《문학사상》 및 관련 주체들의 발화와, 실제 루이제 린저 측의 사후 기록과의 괴리이다. 문면에는 드러나지 않지만 《문학사상》의 기록들이 당시 정치적·이념적 분위기에서 자유롭지 않았음을 감안하여 읽어야 한다. 루이제 린저와 《문학사상》 측 사정의 어긋남에 대해서는 이 글의 마지막 부분에서 간단히 언급하며 후일 논의를 기약했다.

2 세 가지 주제로 다섯 차례에 걸쳐 이루어졌는데 강연 주제는 다음과 같았다. 「나는 아직도 생의 한가운데를 살고 있는가?」(서울), 「남성과 여성의 두 얼굴」(부산, 대전), 「현대 문명과 휴머니즘」(광주, 대구)

3 「독일의 저명 여류작가 루이제 린저 여사 회견」, 《매일경제신문》, 1975. 10. 8; 「내한한 독일의 인기 여류작가 루이제 린저 여사」, 《동아일보》, 1975. 10. 6. 특히 후자의 평가에서 "배"의 비유와 "끝없이 무엇인가를 추구하는 자세" 같은 구절은 《문학사상》 1973년 3월호에 실린 루이제 린저의 편지에 대한 편집자의 소개글을 참고한 것으로 보인다.

4 박환덕, 「독일문학의 최근 동향 — 산문을 중심하여」, 《대학신문》, 1975. 10. 6.

5 박환덕은 인터뷰 당시, 1974년 독일에서 발간된 「검은 당나귀」를 한국어로 번역하던 중이었다. 박환덕, 「독일문학의 중견 여류 루이제 린저의 인간과 문학」, 《주부생활》, 학원사, 1975. 11 참조.

6 차경아, 「루이제 린저의 세계 — 방한의 의미」, 《심상》, 1975. 10.

7 홍경호, 「Luise Rinser als 'die Katholische Schriftstellerin'('카톨릭 여성작가'로서의 루이제 린저)」, 『연구논문집』, 1976. 이 글은 축약되어 1977년 9월호 《한국문학》에 「인간구원의 문학 — 『생의 한가운데』의 루이제 린저」로 게재되었고, 이후 단행본 『독일문학의 전통』(범우사, 1987)에서는 「적극적인 삶의 개척자 — 루이제 린저」로 제목을 바꾸고 본문 내용도 소폭 수정하여 재수록된다.

8 홍경호, 위의 글.

9 1977년 9월 《한국문학》에서 마련한 "세계 베스트셀러 작가의 실상·허상" 특집기획에 실린 「인간구원의 문학 — 『생의 한가운데』의 루이제 린저」를 참고하자면 "47그룹을 반대하고 나선 젊은 작가들"도 이들 "좌경 작가 돌풍"과 관련된다. 이때의 "좌경 작가 돌풍"이란 68혁명 이후 서구 문학계의 변동과 관련된 지적일 가능성이 높다.

10 1970년대 세계문학으로 상상된 외국 문학이, 이념성과 저항의 적통(嫡統)을 이어 온 한국문학의 상황과는 다른 조건과 요구에 놓여 있었음도 기억해 두어야 한다. 외국 문학, 번역 문학이란, 시장 구속력이 상대적으로 강했으며, 이것은 애초에 자본주의 시스템과 무관할 수 없는 '세계문학'이라는 상상된 장 내에서 유동하고 있었기 때문이다. 《문학사상》의 경우도, 창간 때부터 외국 문학 소개와 한국문학 자료 발굴에 '동등하게' 지면을 할애해 왔다. 해외 작가 초청도 갑자기 등장한 기획이 아니라, 당시 전집 붐의 한 축이었던 삼성출판사 및 그 자금, 그리고 무엇보다도 출판 시장의 규모가 확대되었다는 자신감을 토대로 한 기획이었던 것이다.

11 「반공작가, 비르질 게오르규」, 《경향신문》, 1976. 8. 24 참조. 그의 반공주의와 한국과의 친연성에 대해서는 많은 기록이 남아 있는데, 다음과 같은 진술 정도만 참고해도 충분하다. "한국의 군인들이 무궁화를 계급장으로 달고 다니는 것은 얼마나 시적입니까. 한국이 공산주의자로부터 나라를 지키고 생존할 수 있었던 것은 이들 막강한 군대 때문입니다."(「네 번째 방한, 「25시」의 게오르규 신부 본사 단독 인터뷰」, 《경향신문》, 1987. 4. 27)

12 루이제 린저, 곽복록 옮김, 『옥중일기』(1946)(을유문화사, 1974) 중 「옮긴이 해제」 참조.

13 홍경호, 앞의 글.

14 홍경호, 「이 책을 읽는 분에게」, 루이제 린저, 홍경호 옮김, 『잔잔한 가슴에 파문이 일

때』(1940), 범우사, 1972.

15 "이 작품의 주제는 여성을 통한 남성의 구원이라고도 할 수가 있다. 이것은 또한 사랑이 갖는 이원적인 승화로 볼 수가 있으며 남성이 새로운 생명을 부여받는 것이라고도 할 수가 있다. 남성이 자신의 새 존재를 느낄 때, 거기서 얻어지는 개체의 존재 의식이야말로 모든 여인들에게 보다 참된 애정관과 생활관을 제시해 줄 수가 있다." 홍경호, 「Luise Rinser als 'die Katholische Schriftstellerin'('카톨릭 여성작가'로서의 루이제 린저)」, 『연구논문집』, 1976. 또한 그는 린저의 또 다른 소설 『다니엘라』(1952)에 대해서도 마찬가지 평가를 내린다.

16 홍경호, 위의 글.

17 박환덕, 앞의 글.

18 전혜린을 중심으로 역사 속 여성들의 읽기, 쓰기의 의미를 재구축하고자 한 단행본인 김용언의 『문학소녀 — 전혜린, 그리고 읽고 쓰는 여자들을 위한 변호』(반비, 2017)도 좋은 참고가 된다.

19 김윤식, 「침묵하기 위해 말해진 언어」, 《수필문학》, 1973. 12.

20 천정환, 「처세·교양·실존 — 1960년대의 '자기계발'과 문학문화」, 『민족문학사연구』 40, 민족문학사연구소, 2009.

21 박숙자, 「여성은 번역할 수 있는가 — 1960년대 전혜린의 죽음을 둘러싼 대중적 애도를 중심으로」, 《서강인문논총》 38, 2013.

22 서은주, 「1960년대적인 것과 전혜린 현상」, 《플랫폼》, 인천문화재단, 2010. 3.

23 최재봉, 「문학으로 만나는 역사 23. 전혜린과 뮌헨」, 《한겨레신문》, 1996. 7. 27.

24 1960년 8월호 《새벽》에 전혜린은 루이제 린저의 단편 「어두운 이야기」를, 이어서 1961년 신구문화사 『독일전후문제작품집』에 『생의 한가운데』를 번역, 게재했다. 『독일전후문제작품집』은 백철, 안수길, 이효상, 김붕구, 여석기, 이어령 등 당대 주요 작가, 국문학·외국 문학자에 의해 편집되었다.

25 전혜린, 「문제성을 찾아서」 5챕터 '참신한 형식의 문학', 『독일전후문제작품집』, 신구문화사, 1961.

26 전혜린, 『그리고 아무 말도 하지 않았다』, 삼중당, 1966.

27 「루이제 린저의 문학과 사상 강연록② 남성과 여성」, 《문학사상》, 1975. 11.

28 루이제 린저, 「한국에 있는 나의 '니나'에게」, 《문학사상》, 1973. 3. 린저는 이 편지를 띄운 지 1년 뒤 다시 한국의 독자를 향해 편지를 띄우고, 그것은 「나의

체험을 한국의 문학인에게」라는 제목으로 《문학사상》 1974년 12월호에 실린다. 여기에서는 나치로부터의 피억압 경험을 토대로 '작가의 자유'에 대해 논한다. 그런데 그 내용상의 첨예함 때문인지, 편집자는 이 편지에서 "나는 애당초 정치성을 띤 논란을 벌이거나 피압제자의 격정을 보여 주려 한 것이 아니라 '정치적으로 자유로운' 작가 역시 자신의 자유 안에서 어떠한 제약을 받고 있는가를 꾸밈없이 드러내 보이려 한 것입니다."라는 구절을 강조한다. 1974년 편지의 애매함은 별도로 논의되어야 할 것이다.

29 허윤, 「1970년대 여성교양의 발현과 전화(轉化)」, 《한국문학연구》 44, 2013.

30 교육인적자원부, 『교육통계연보』, 교육부 한국교육개발원, 1975.

31 크리스천아카데미, 「여성인간선언」, 1974년 발표. 박인혜, 『여성운동 프레임과 주체의 변화』, 한울아카데미, 2011 참조.

32 김창활, 「영원한 여자와 한번 태어난 여자 — 루이제 린저 『생의 한가운데』」, 《문학사상》, 1978. 5.

33 高田里恵子, 『文学部をめぐる病-教養主義·ナチス·旧制高校』, ちくま文庫, 2006.(다카다 리에코, 김경원 옮김, 『문학가라는 병 — 도쿄제국대학 문학부 엘리트들의 체제 순응과 남성동맹』, 이마, 2017).

34 「사시 수석 합격한 김소영 양 '인터뷰'」, 《경향신문》, 1987. 10 21.

35 게오르그 루카치, 반성완 옮김, 『소설의 이론』(1916), 심설당, 1985; 프랑코 모레티, 성은애 옮김, 『세상의 이치 — 유럽문화 속의 교양소설』(1987), 문학동네, 2005.

36 1970년대 전반기까지의 루이제 린저 열풍에서 출판 시장에 대한 대중독자의 상대적 자율성과 주체성은 강조되어 마땅하다. 출판 시장이 전문화·미분화되기 이전인 1950~1970년대 전반기의 베스트셀러는 오늘날과 같은 베스트셀러 생산의 다양한 필요조건(광고, 마케팅, 집계방식 등)에 따르는 대중 동원력으로는 설명하기 어려운, "독서대중의 자연스런 수용"(이중한, 「한국의 베스트셀러 50년」, 《신동아》, 1993. 3)의 성격을 지니기 때문이다. 또한 당시 한국인들은 광고나 신간평을 보고 서적을 선택하는 경우보다, 서점에서 자신이 직접 책을 보거나 가까운 친구로부터 추천을 받아 읽을 책을 결정하는 경우가 더 많았다.

37 高田里恵子, 앞의 책.

38 문학사상사 편집부, 「린저 스케치」, 《문학사상》, 1975. 12.

39 Luise Rinser(루이제 린저), Wenn die Wale kämpfen: Porträt eines Landes Süd-

Korea(고래가 싸울 때 — 남한의 초상), R. S. Schulz, 1976. 한국정부에 의해 탄압받은 윤이상·안병무에게 우정을 표하는 속표지가 그 성격을 상징적으로 보여 준다.

40 Luise Rinser, 위의 책 중 뒷날개 부분.

41 루이제 린저, 김해생 옮김, 『전쟁장난감 — 루이제 린저의 사회비평적 일기, 1972-1978』, 한울, 1988, 152쪽.

42 "문인들의 광장으로 지령 83호를 기록한《문학사상》은 그동안 (……) 게오르규, 이오네스코 등 해외 작가들을 초청, 강연회를 갖기도 (……)" 같은 식. 「월간《문학사상》 창간 7주년 맞아」, 《경향신문》, 1979. 9. 26.

43 이에 대해서는 이행선·양아람의 「루이제 린저의 수용과 한국사회의 '생의 한가운데' — 신여성, 인생론, 세계여성의 해(1975), 북한바로알기운동(1988)」(『민족문화연구』, 2016)도 좋은 참고가 된다.

44 伊藤成彦×ルイ—ゼ·リンザ—(이토 나리히코·루이제 린저), 「ルイ—ゼ·リンザ—は語る—現代ドイツの文学と社会(루이제 린저는 말한다 — 현대 독일의 문학과 사회)」, 《文学的立場(문학적 입장)》, 八木書店, 1980. 7.

45 루이제 린저, 강규현 옮김, 『북한 이야기』(1981), 형성사, 1988; 윤이상·루이제 린저, 『윤이상, 상처 입은 용』, 랜덤하우스코리아, 2005; 伊藤成彦, 앞의 글.

46 루이제 린저, 김해생 옮김, 앞의 책, 265쪽. 집회의 성격이나 규모는 정확하지 않다.

47 당시 예정된 통역자가 각각 '정보기관에 연계돼 있다.' '좌익분자다.'라는 의심을 받아 두 차례나 교체되었다는 기록도 있다. 「獨 루이제 린저 타계」, 《동아일보》, 2002. 3. 19.

48 伊藤成彦×ルイ—ゼ·リンザ—, 앞의 글. 이 회고는 1979년 10월 13일 프랑크푸르트에서 이토 나리히코와 루이제 린저가 만나 인터뷰했을 당시의 기록이다. 루이제 린저의 회고 속 1975년 방한은, 당시 한국 측의 기록이나 기대와 매우 다른 것이었음을 엿볼 수 있다.

49 伊藤成彦×ルイ—ゼ·リンザ—, 앞의 글.

50 루이제 린저와 윤이상의 대담 기록 "Der verwundete Drache: Dialog über Leben und Werk des Komponisten"(S. Fischer, 1977)은 일본에서 이토 나리히코의 번역으로 먼저 출간되었다. 伊藤成彦, 『傷ついた龍：一作曲家の人生と作品についての対話』, 未来社, 1981 참조. 이 책이 2005년 한국에 『윤이상, 상처 입은

용』(랜덤하우스중앙)으로 온전히 번역되기까지의 수난사를 논하기 위해서는 다른 지면이 필요할 것이다.

51 이토 나리히코, 오다기리 히데오, 오다 마코토 등의 전후 문학자들이 주축이 되어 총 세 차례에 걸쳐 발간한 동인지다. (《문학적 입장》이라는 표제로 총 3차 1965년, 1970년, 1980년)에 걸쳐 발간됐고, 제3차《문학적 입장》은 1980년 7월부터 총 8권을 내고 1983년에 종간한다. "전후문학의 계승"을 목표로 창간했고, 소위 '내향의 세대' 비판으로 1960년대 문학 논쟁을 전개했다. 1980년대에는 "국가주의, 반동적 낭만주의"와의 싸움을 선언하면서 한국 및 제3세계 문제에 개입하는 국제연대 활동을 이어 갔다.

52 佐多稲子×ルイーゼ·リンザー—(사타 이네코×루이제 린저), 「女性として生きること, 書くこと(여성으로서 산다는 것, 쓴다는 것)」, 『すばる(스바루)』, 1981. 7.

53 2016~2018년은 촛불-탄핵-정권 교체뿐 아니라, 한국문학장의 구조 변화, 문예 공론장에 여성 및 대중이 유입되며 문학장의 재구축을 이루어 간 시간으로도 의미화할 수 있다. 대의(representation)되지 않고 스스로를 표현하고 참여하고 행동하려는 이들의 정동과 움직임 속에서 이 글의 '한국-루이제 린저'와 그 독자가 (재)독해되기를 바란다.

3부

돌아온 군인들

— 1950~1970년대의 전쟁 경험과 남성(성)의 드라마

조서연

전쟁 기억의 서사화와 '남성'이라는 젠더

전쟁 기억의 재현과 젠더 문제를 다룬 김현아의 저서 『전쟁과 여성 — 한국전쟁과 베트남전쟁 속의 여성, 기억, 재현』(2004)에는 '레티 응옥'이라는 한 베트콩 여성에 대한 이야기가 나온다. 응옥은 1966년 꾸앙응아이성 선띤현에서 벌어진 베트콩 소탕 작전 중 포로로 붙잡힌 베트콩 여성이다. 작전 당시 파월(播越) 한국군 중대장이었던 김기태는 훗날의 구술에서, 취조 중 응옥에게 연민을 느껴 상처를 꿰매 준 이야기를 하며 '하얀 프랑스제 속옷을 입은 예쁜 베트남 여자'였던 그녀의 모습을 회상했다. 그러나 응옥의 주변인들은 같은 사건에 대해 전혀 다른 증언을 한다. 그들의 구술에서 파월 한국군은 무자비한 전시 성폭력의 가해자였고, 응옥은 사건 이후에도 살아남아 유격대로 활동한 '용감한 전사'로 기억되고 있었다.[1] 이는 김기태의 구술에서는 전혀 언급되지 않은 내용들이다.

다소 길게 인용한 이 일화는 전쟁의 재현에 관한 여러 논점들을 시사한다. 이를 푸코의 용어를 빌어 '공식적 기억'과 '대항 기억'의 문제로 요약해 볼 수 있을 것이다. 국가는 각종 수단과 경로를 통해 전쟁에 대한 인식틀을 주조하고 이를 공식적 기억으로 만든다. 그를 통해 전방에 있는 남성 군인들의 전쟁 수행은 국가의 수호와 발전을 위한 숭고한 희생이 되고, 후방에 있는 사람들은 그 수혜를 입은 국민으로 호명된다. 반면 대항 기억은 이와 같은 지배적인 지식 체계에 대항하려는 정치적 실천 의지를 내포한 것으로서,[2] 단일화된 공식적 기억의 재현에서 변형 및 삭제된 여러 경험들을 되살려 내는 작업이 그 핵심 요소다.

오카 마리는 전쟁을 내셔널리즘에 입각해 서사화하기 위해서는 전쟁이 사람들을 부조리한 죽음으로 내모는 사건이라는 점을 부정하고, 전쟁의 폭력을 여전히 감내하며 살아가는 타자들의 존재를 부인해야 한다고 말한다.[3] 소위 '공산 괴뢰'로부터 '자유 대한'을 지켜낸 한국전쟁이라는 서사에서 상이군인의 고통이나 제대군인의 방황, 전쟁미망인의 생애나 기지촌 '양공주'의 존재는 삭제된다. 조국 근대화의 견인차라는 베트남전쟁의 서사에서 파월 군인들이 겪은 공포와 후유증, '무적 따이한'들이 저지른 학살이나 전시 성폭력 등과 같은 사실들은 가려진다. 이처럼 국가와 민족의 이름으로 구성된 전쟁 서사는 대부분 남성 중심의 서사이기도 하다. 이에 문제의식을 지닌 다양한 분야의 페미니스트들은 여성의 입장에서 전쟁 서사를 새로이 발견하고 재구성하는 작업을 진행해 왔다.

여기에서 우리는 젠더적 관점에서의 접근법이 남성 및 남성성의 문제에도 적용될 수 있고 적용되어야 한다는 점을 놓치지 않아야 한다. 흔히 '젠더 문제는 곧 여성 문제'라고 생각하는 경우가 많다. 이러한 고정관념은 인간이 '남성'과 '여성'으로 깔끔하게 구분될 수 있다는 이분법적 전제와, 남성(성)은 보편적인 것이고 여성(성)은 특수한 것이라는 굳건하고 오랜 인식 틀에서 비롯한다. 페미니스트의 입장에서 남성(성)을 논하는 작업은 그와 같은 젠더 이분법의 눈속임을 폭로하면서 남성(성) 또한 단일하고 보편적인 개념이 아니라 젠더 관계 속에서 수행되고 구성되는 것임을 밝혀내는 일이다.

이와 같은 관점에서 이 글은 전쟁을 겪고 돌아온 남성 군인의 재현에서 주목할 만한 국면들을 살펴보고자 한다. 젠더 분리의 원칙에 입각한 국민개병제를 실시하는 한국 사회에서 남성성의 구성은 군대 문제와 분리할 수 없으며, 남성과 비(非)남성을 막론한 모든 구성원들은 군사화의 자장에서 자유롭지 못하다. 특히 한국전쟁과 베트남전쟁의 경험은 일상의 군사화라는 차원을 넘어 국민 정체성의 구성에 큰 영향을 미쳤다. 이에 대한 문학적 재현은 국가 주도의 공식적 전쟁 기억에서 배제된 다양한 경험들을 담아 내고 있어 연구자들의 오랜 관심사가 되어 왔다. 이 글은 그러한 연구의 연장선상에서 연극(희곡)이나 영화와 같은 극(drama) 텍스트를 중심으로 남성성 재현의 문제를 논한다.

극문학이 인간의 몸을 매개로 한 재현을 염두에 둔 텍스트라는 점 역시 이 지점에서 상기해 볼 만하다. '젠더'는 고정된 명사가 아니라 언제나 '행위'로 나타나는 것[4]이라는 주디스 버틀러의 '수행성(performativity)' 개념이 우리 세대의 젠더 연구에 미친 영향을 생각할 때 특히 그러하다. 전쟁이라는 극단적이고 파괴적인 사건을 경험하고 돌아온 군인들의 몸과 마음에는 무엇이 새겨져 있었으며, 그 재현의 틈새는 무엇을 보여 주고 있을까.

전쟁미망인[5] 옆에 선 무대 위의 상이군인

해방 이후의 유일한 총력전이었던 한국전쟁이 끝난 후, 남한의 중요한 사회 과제 중 하나는 바로 기존의 가부장적 질서를 재정비하는 일이었다. 가장이 되어야 할 당시의 젊은 남성들은 대규모 징집으로 그 힘을 잠시 상실했고, 전쟁과 함께 유입된 미국 대중문화의 화려한 감각은 개방적인 성 윤리를 동반했으며, 전후(戰後) 세대에 유행한 실존주의는 기성세대에 대한 젊은이들의 반항을 불러왔다. 한국전쟁은 젠더 권력과 세대 권력이라는 두 축을 기반으로 작동하는 가부장제를 총체적으로 흔든 사건이었던 것이다.[6] 이러한 상황에서 가부장제를 정상화하기 위해서는 여성들을 가정으로 돌려보내고 남성들에게 경제적·사회적 주역의 자리를 되찾아 주어야 했다. 이 과정에서 동원된 것이 바로 여성혐오(misogyny)였다.

희곡 「혈맥」(1948)으로 주목받은 극작가 김영수는 발랄한 풍자극인 「여사장」(1949)[7]을 같은 해에 발표한다. 작품의 줄거리는 간단하다. 여성 잡지사의 사장인 '요안나'는 구시대적인 젠더 관념을 지닌 신입 사원 '김용호'에게 반해 그와 결혼한 뒤, 청년들에게 마음의 양식이 될 잡지를 만들겠다는 그에게 사장 자리를 내어준다. 이 작품은 1959년 한형모 감독에 의해 〈여사장〉으로 영화화된다. 영화에서 잡지사 취업을 위한 면접 장면에 등장한 제대군인 '김춘식'은 대한민국의 청년들은 모든 정열을 합해 공산당을 무찔러야 한다고 엉뚱하게 역설하여 비웃음을 산다. 그러나 여성지의 편집진에게 "천박하게 여성이니 연애니 결혼이니 할 때가 아니라"고 외치는 그의 말은, 요안나에 대한 김용호의 승리로 끝나는 작품의 플롯과 조응하면서 여성혐오의 구도를 완성한다. 전후 젊은이들의 취업난은 곧 전쟁을 위해 몸

바친 남성들의 위기로 상정되고, 활발한 경제활동을 하는 여성들은 허영에 들뜬 '아프레 걸(après-girl)'[8]이라는 낙인이 찍힌 채 남성들의 몫을 좀먹는 존재로 재현된 것이다.

이처럼 계몽적인 코미디인 〈여사장〉 외에도 〈오발탄〉(유현목, 1961)과 같은 리얼리즘 영화나 여러 멜로드라마 영화들은 제대군인들을 문제적 인물로 전면화했다. 이들은 상이군인의 몸으로 스크린에 나타나 전후 세대의 방황을 체현하면서 전쟁의 상흔을 들추어 내었다. 문제는 이들의 좌절과 고통이 이성애 관계, 특히 결혼이라는 맥락에서 나타나는 경우가 많았다는 점이다. 이는 전후 희곡에서 자주 등장하는 전쟁미망인 모티프와도 연결되는 지점이다.

전후 희곡의 전쟁미망인 모티프는 남편이 전사한 경우뿐 아니라 실종 혹은 상이군인이 된 경우까지 확장되어 나타난다. 가부장의 경제적·성적 통제권을 벗어난 전쟁미망인의 존재는 '정상적인' 가정 형태가 붕괴한 현실을 드러내는 불온한 요소였다. 이와 관련하여 전후 희곡에서는 전쟁미망인을 적격한 남성인물과 짝지어 줌으로써 젠더 질서를 정상화하려는 서사를 취하는 경우가 많았다. 특히 이용찬의 「모자(帽子)」(1958)는 상이군인 청년이 직접 등장하여 전쟁미망인의 재혼 문제에 간섭하는 흥미로운 작품이다.[9]

「모자」의 주인공 '오혜원'은 남편이 인민군에게 납치된 후 열 살 난 아들과 근근이 살아가는 전형적인 전쟁미망인이다. 여기서 남성 가장의 빈자리를 불완전하게나마 채우고 있는 인물로 어린 아들인 '종우'와 이웃집의 상이군인 청년 '진수'가 등장하며, 아내와 사별한 사업가 '박기영'이 또 다른 후보자로 나타난다. 진수는 종우에게 있어 아버지를 대신하는 다정한 남자 어른이자, 전쟁으로 인해 능력을 상실한 젊은 남성을 대표하는 인물이기도 하다. 한편, 전쟁미망인과 남성의 결합을 통해 가족 질서의 안정화를 꾀하는 전후 희곡에서 기영은 바로 그 적격자에 해당한다. 종우에 대해서는 나이 면에서, 진수에 대해서는 능력 면에서 우위에 있는 기영은 「모자」의 남성들 중 최상위에 선 '강한 행위자'[10]인 것이다.

"전쟁의 피해를 입구 쓰라림을 받아두, 바르구 아름답게 살려구 힘을 써야 한"[11]다고 주장하는 진수는 어머니의 재혼을 바라지 않는 종우와 연합한다. 이는 일견 당대의 전쟁미망인 담론과 상충하는 듯하다. 그러나 그러한 담론의 궁극적인 목표가 남성 중심의 경제적·성적 권력을 안정화하려는 데 있음을 생각하면 「모자」의 플롯 역시 그에 부합한다고 볼 수 있다. 어린 종우는 남편의 혈육이요 분신이자 예비 가부장으로서, 진수는 전쟁으로 인해 가장의 자리를 상실한 남편과 유사한 처지의 상이군인으로서 각기 옛 남편의 권위를 수호하고 있기 때문이다. 이 플롯에서 중요한 것은 전쟁미망인의 재혼이라는 사건의 성사 자체가 아니라, 가장의 빈자리를 주체적인 여성이 아닌 가부장적 남성이 차지할 수 있느냐의 여부이다.

그러나 무대화를 예비하는 텍스트인 희곡을 독해할 때는 극행동과 연극적 담화, 무대장치를 포함한 오브제 등이 작동하는 양상을 함께 고려해야 한다. 혜원은 남편이 두고 간 모자를 버리지도 간직하지도 못한 채 고민에 빠져 있는데, 이 갈등의 서사는 결말을 명료하게 맺지 못한다. '모자'라는 상징적 오브제가 어린아이나 상이군인의 몸을 한 '약한 행위자'의 극행동과 결합했을 때의 위력은, 기영과 혜원이 모자를 가지고 장난을 치며 애정을 나누는 장면이나, 친구의 생활고와 외로움을 걱정하며 재혼을 종용하는 '옥주'와 혜원 간의 대화 등에 비해 관객의 마음을 설득하지 못하는 추상적인 선언에 머무르고 만다. 결국 드라마의 전개 과정에서 부각되는 것은 상이군인이 대리하는 가부장 권력의 정당성이 아니라 '현모양처'와 '재혼 여성'이라는 두 가지 미래를 두고 갈등하며 성적 주체로서의 자신을 자각해 가는 혜원의 모습이다.

이처럼 보수적인 플롯이 무대 위에서 균열되는 양상은 전후 희곡에서 광범위하게 관찰된다. 이는 당시 발표된 희곡들 중 상당수가 신춘문예나 현상 공모 등을 통해 등단한 '신진' 극작가들의 작품이라는 점과 관련되어 있다. 이들이 모두 남성이라는 점은 전후 희곡의 성격을 규명하기 위해 필히 주목할 지점이다.[12] 오학영의 「닭의 의미」(1957), 주평의 「한풍지대」(1958), 「성야의 곡」(1958), 하유상의 「젊은 세대의 백서」(1959), 장용학의 「일부 변경선 근처」(1959)와 같은 작품들은 신진 극작가들의 자의식이 세대와 젠더의 맥락에 동시에 놓여 있다는 점을 잘 보여 준다. 이들 작품 속의 남성 청년들은 부패한 기성세대나 성적으로 타락한 아프레 걸들과 달리 시대의 주체가 될 윤리적 정당성을 지닌 인물로 형상화되고 있는 것이다.[13]

이는 당시 사회의 화두 중 하나였던 '자유'라는 관념의 속성과 관련하여 이해할 수 있다. 전후 담론장에서의 '자유' 중 일부 측면은 기성세대에 대한 신세대 청년들의 저항으로서 세대화되었다. 또한 미국 대중문화의 영향을 받은 성적 '자유'의 향락적이고 물신적인 측면은 '여성성'에 속하는 것으로 젠더화의 대상이 되기도 했다. 그런데 오학영의 「심연의 다리」(1959)를 비롯한 여러 전후 희곡에서는 남성인물 역시 무대 위 공간과 육체의 층위에서 성적인 존재로 나타나면서, 젠더화의 기본 전제인 이항 대립적 성별 분리의 구도를 일정 정도 무화시키며 전후의 세대 담론과 젠더 담론을 일그러뜨리고 있다.[14]

이러한 맥락에서 가장 눈여겨볼 텍스트가 바로 임희재의 「꽃잎을 먹고 사는 기관차」(1956, 이하 '꽃잎')이다. '영애'와 '윤시중' 부부의 서

1956년 7월 극단 신협(新協)이 공연한 연극 <꽃잎을 먹고 사는 기관차> 광고

울역 근처 하숙집을 배경으로 한 「꽃잎」은 속물적인 기성세대인 윤시중 무리, '자유부인' 영애, '양공주'로 의심받는 전쟁미망인 '영자', 젊고 건장한 기관사 '한창선', 그리고 실명(失明) 상이군인 '박형래' 등의 인물들을 통해 전후 사회의 세대·젠더·섹슈얼리티 문제를 무대화한다.

전쟁 발발 후 6년 만에 언니인 영애의 집을 찾아온 영자는 미스터리한 존재다. 대전의 한 술집에서 도망쳐 100만 환의 현상금 광고가 내걸린 '김영자'가 혹시 이 영자는 아닌지, 전쟁 통에 헤어졌다는 박형래의 부인인 '김영자'가 이 영자가 맞는지가 그 미스터리의 주요 내용이다. 현상금이 걸린 '김영자'가 영자와 동일 인물이 아니라는 것은 극의 결말에서 확인되지만 나머지 의심들은 확실하게 풀리지 않는다. 이에 박형래는 자신의 처지를 비관하여 자살하고, 영자는 남편을 저버린 부정한 여인이라는 의심과 비난의 시선 속에 언니의 집을 떠나며, 하숙집 사람들에게 질려 버린 한창선 또한 영자에 이어 무대를 떠난다.

이 미스터리들과 결말의 처리는 선행 연구에서 "부정되고 비난되기 위해 무대 위에 세워진" 여성인물이 남성인물들에 의해 단죄되는 것이라고 해석된 바 있다.[15] 그러나 「꽃잎」이 전후 사회를 신세대의 입장에서 형상화한 희곡임을 생각할 때, 이 작품은 이후 논의된 바와 같이 "전쟁미망인에 대한 상이군인과 사회 담론의 폭력을 맥락화"[16] 한 사례로 적극적인 의미를 부여받을 만하다. 여기에서 중요한 것이 바로 기성세대, 신세대, 상이군인 남성인물들이 각각 놓인 자리이다.

한창선이 세 들어 사는 방은 미국 대중문화의 영향을 받은 자극적인 오브제들로 채워져 있다. 이는 전후 희곡 및 영화에서 방종한 여성을 형상화할 때 전형적으로 쓰이던 것이다.[17] 한창선은 이러한 기호들을 부여받음으로써 '자유'의 젠더화된 구획을 일정 정도 넘어서고 있는데, 이는 당시 신세대 남성들이 자신들의 '자유'를 세대화하던 담론과 만나면서 독특한 구도를 형성한다. "폭주한 현실의 생활양식과 현대적인 감정을 암시"[18]하는 한창선의 방은 윤시중이 점유하고 있는 "골동품 같은 서화며 애국애족이란 현판"(25쪽) 따위로 치장된 낡은 가옥과 대비되는 새로운 활력의 공간이다.

이러한 대비는 육체적 우열의 문제와도 직결된다. 영애는 늙은 남편인 윤시중의 성적 무능력을 종종 험담하는데, 이러한 대화들 중의 한순간에 한창선의 건장한 몸이 갑자기 무대 위에 전경화되면서 그가 윤시중에 대해 '젊은 육체'로서 우위를 점하고 있음이 표현된다. 한창선에게 부여된 향락적인 기호들의 속성은 이처럼, 일제시대의 과장된 추억으로 소일하며 횡령과 사기를 저지르는 늙은 남성들에 대한 부정적인 형상화와 맞물리면서 재의미화되는 것이다.[19]

한창선의 활력은 상이군인인 박형래의 몸과 관련해서 더욱 문제적인 구도를 만들어 낸다. 영자가 영애에게 자신의 남편이 전쟁 중 죽었으리라고 말할 때, 한창선의 방 창문이 갑자기 활짝 열리며 그의 공간과 육체가 강한 조명을 받는 부분을 보자. 전쟁미망인 모티프 희곡에서 '적격한 남성'의 위상을 생각할 때, 영자가 자신의 옆자리가 비어 있음을 말하는 순간 한창선이 나타난다는 것은 의미심장한 배치이다. 이때 한창선의 육체는 극중 영자의 '변신'과 한 궤에 놓여 독해되어야 한다. 초라하고 어두운 차림새로 처음 등장한 영자는 "거리에 나가서 보니 모두들 자신들을 위해서 희망에 넘쳐 살아가구 있는데 나만이 어두운 그늘에 비껴 앉아서 (……) 사변은 나 혼자만 치른 건 아니니까."(53쪽)라며 최신 유행에 따라 자신의 외양을 바꾼다. 이 변신 후 한창선이 영자에게 반하여 두 사람이 짝지어질 가능성이 제시되는데, 이는 성적 매력을 지닌 육체들이 「꽃잎」에 와서 전쟁의 상흔을 극복할 젊은 힘을 담아 낼 그릇으로 형상화되고 있음을 암시한다.

반면 상이군인인 박형래의 몸은 한창선과 영자의 활력 앞에서 패배하고 만다. 시력을 잃은 박형래는 영자가 자신의 아내임을 확신할 근거를 찾지 못하며, 한창선과 영자가 속삭이는 밀담을 몰래 엿듣기만 하는 처지다. 자신의 얼굴이 흉측하지 않냐고 영자에게 자꾸만 캐묻는 그는 한 여자의 남편이 될 자격을 잃었다는 절망감에 빠져 있는 것이다. 한창선이나 영자가 전쟁 이후의 미래를 향해 가는 인물이라면, 박형래는 "촛불 하나 켜 있지 않은 어두운 밤이 앞으로도 한없이 계속되"리라는 인식 속에서 과거의 고통에 사로잡혀 있어 '신진'을 담당할 수 없는 인물이다. 좌절과 자기 연민 사이를 오가던 박형래는 성폭력으로 영자를 '정복'하려다 실패하며, 결국 원망과 회한으로 가득한 유서를 남기고 자살한다. 상이군인의 실존적 고통이라는 문제가 이성애 관계에서 남성성을 인정받는 데 실패했다는 좌절로 직결되는 문제적인 국면이다.

「꽃잎」은 이처럼 성적 육체에 대한 젠더화된 폄하를 넘어서는 방식으로 신세대의 손을 들어 주는 한편, 기성세대 남성과 상이군인을 동시에 부정적으로 형상화함으로써 여성을 억압하는 가부장적 담론을 고발하는 독특한 작품이다. 그러나 전쟁미망인의 존재가 그러하듯, 상이군인의 몸 또한 그 시대 사람들이 극복하고 싶어 하는 전쟁의 기억을 눈앞에 들이대는 불쾌한 얼룩이었다. 전후 영화와 희곡들은 그와 같은 상이군인의 몸을 전경화하면서 전쟁의 그림자를 폭로한다. 그러나 상이군인이 미래를 지향할 수 없는 자로서 축출된다는 것, 그 몸의 부적격함이 이성애 관계에서의 남성적 '능력'이라는 기준을 통해 구체화된다는 것에 유의해 보면, 결국 「꽃잎」과 같은 작품 역시 '적격한 남성성'에 대한 관념을 지배 담론과 일정 정도 공유하고 있음을 알 수 있다. 이러한 모순 혹은 함정은 1970년대 이후 파월 제대군인의 극적 형상화에서 다시 한번 그 모습을 드러낸다.

베트남전쟁 소설의 영화화와 기억의 순치

한국전쟁은 당시 남한에 살던 거의 모든 이들이 함께 겪은 전쟁이었으며, 전후에 뒤따른 각종 문제들 역시 사회 전체가 극복해야 할 과제로 여겨졌다. 반면, 휴전협정으로부터 10여 년이 지난 1965년부터 1973년까지 총 32만 명의 한국군이 참전한 베트남전쟁은 그와 사뭇 다른 상황에서 전개된다. 한국 최초의 해외 파병이었던 베트남전쟁 참전은 정치적·경제적 이득을 노린 박정희 정부의 야심찬 기획이었으며, 언론 보도나 관제 및 민간 제작 영화 등을 통한 선전 작업 역시 활발히 이루어졌다. 이러한 선전은 파월 한국군 장병을 강인한 남성성의 소유자들로 젠더화하는 동시에, 이들의 성공적인 임무 수행을 통해 남한의 국제적 위상이 높아지고 있다는 메시지를 전파했다. 그러나 전쟁의 현장에서 병사들이 겪고 느낀 것들은 국가가 국민을 대상으로 유포한 뉴스와 영화의 프레임으로부터 '멀리' 떨어져 있었다.

베트남전쟁의 이면을 가장 먼저 서사화한 것은 일련의 소설들이었다. 파월 미군의 단계적인 철수와 함께 한국 정부의 베트남전쟁 선전도 차차 잦아든[20] 1970년에 들어서면, 문단에서는 황석영의 초기 단편들을 필두로, 전쟁의 실상을 폭로하고 파병에 대한 반성과 성찰을 내놓는 단편 및 장편 소설들이 속속 등장한다. 정종현은 이러한 베트남전쟁 소설의 한 유형으로 '후일담(epilogue) 양식'을 꼽는다.[21] 베트남전쟁의 정당성이 의심되던 시기, 개인의 경험을 바탕으로 전쟁을 돌아보는 소설들이 나오기 시작한 것이다.

널리 알려진 용어인 '외상 후 스트레스 장애(post-traumatic stress disorder, PTSD)'가 미국 심리학계에서 전문용어로 정착된 것은 베트남전쟁 이후의 일이다.[22] 트라우마적 체험의 기억은 당사자의 의지와 관계없이 갑작스럽게 나타나 과거의 고통스러운 순간을 반복적으로 재현하면서 현재의 시간에 침습한다. 이러한 트라우마적 증상은 악몽이나 플래시백과 같은 생생한 재연으로 나타나는 경우가 많다.[23] 이 중 플래시백 증상이 서사 기법으로서의 플래시백과 동일한 어휘를 사용하고 있다는 것은 퍽 흥미로운 일이다. 전쟁 트라우마를 다루는 서사는 대개 "일상의 파괴 상태와 사회로의 재적응 (불)가능성"[24]을 핵심적으로 다룬다. 베트남전쟁 소설의 인물, 특히 '돌아온 군인' 인물들 역시 그와 같은 문제를 겪고 있었으며, 해당 작품들은 이를 플래시백을 통해 형상화하곤 했다.

플래시백이 영화에서 특히 즐겨 쓰이는 기법이라는 점을 생각하면 베트남전쟁의 트라우마를 영화로 재현하려는 시도 또한 활발했을 법하다. 그러나 베트남전쟁을 성찰하는 한국 영화는 안정효의 소설 『하얀 전쟁』(1989)을 원작으로 한 정지영 감독의 〈하얀 전쟁〉(1992) 이전까지 거의 출현하지 않았다. 이는 우선 소설에 비해 영화가 검열에 한층 민감했기 때문이겠지만, 근본적인 원인은 과거의 기억을 오랫동안 억압해 온 한국의 정치적 현실에 있었으리라 생각된다. 실제로 베트남전쟁에 대한 기억 투쟁은《한겨레21》이 한국군의 베트남인 학살을 보도한 1999년[25]에 이르러서야 전 사회적인 규모로 본격화될 수 있었다.

비판적인 베트남전쟁 영화로 첫손에 꼽히는 작품은 〈하얀 전쟁〉과 〈알 포인트〉(공수창, 2004)인데, 이들은 모두 1970~1980년대의 베트남전쟁 소설을 영화화한 것이다.[26] 이처럼 소설을 각색한 영화와 원작 소설은 종속 관계가 아닌 상호 참조가 가능한 텍스트로서 동등한 관계에 있다. 여기에서 중요한 것은 영화가 원작에 '얼마나 충실한가'가 아니라, 원작을 '번역'하는 영화 제작진이 '무엇에 충실하고자 했는가'의 문제다.[27] 그렇다면 서사의 재현 방식을 소설과 달리하는 영화에서, 돌아온 파월 군인들의 기억은 어떻게 재구성되었을까.

조선작의 소설 「영자의 전성시대」(1973), 그리고 이를 영화화한 김호선 감독의 〈영자의 전성시대〉(1975)는 베트남전쟁 소설-영화의 조합으로서는 좀처럼 언급되지 않지만 충분히 주목해 볼 만한 사례다. 여타의 베트남전쟁 후일담 소설 속 남성인물들과 달리, 소설 「영자의 전성시대」의 '나'는 그날그날의 생존과 욕구 해소에 주된 관심을 두는 하층민 남성이라는 점에서 눈에 띄는 존재다. 노지승은 '나'의 이러한 특성이 사회경제적 지위에서 오는 열등감과 여성에 대한 남성으로서의 우월 의식이라는 이중적 의미를 갖는다고 말한다.[28] 이는 소설의 전반부를 가득 채우고 있는 '나'의 노골적인 여성혐오를 통해 잘 드러난다. 그러나 작품의 후반부에서 '나'는 역시 하층민에 속한 성노동자인 '영자'와 함께 국가권력의 침탈에 나름대로 대항하는 연대를 맺는다.[29]

영자를 대하는 '나'의 감정이 혐오감에서 연민과 유대감으로 옮겨 가는 순간들마다, '나'의 시선에 비친 영자의 모습에는 '나'가 죽인 베트콩들의 시신, '나'가 강간한 베트남 여성 포로의 얼굴들이 겹쳐진다. 이는 전쟁의 폭력성에 대한 '나'의 의식적인 성찰이 아니라 의도치 않은 플래시백에 가까운 방식으로 나타난다. 제대 후 서울로 돌아와 목욕탕의 세신사로 일하는 '나'의 시간은 미래로 진전하지 못하고 시시때때로 과거의 침습을 받는다. 이때 덮쳐 오는 기억들이 전시 학살과 강간의 가해자였던 '나'의 경험이라는 점은 "스스로를 피해자화함으로써 자기 정당화의 유혹"[30]에 빠지고 마는 여러 베트남전쟁 소설들과 「영자의 전성시대」를 차별화한다. 이 기억들에는 죄책감뿐 아니라 당시 느꼈던 모종의 쾌감까지 포함되어 있다. 이는 어떤 입장에서든 매끈한 서사로 봉합되지 않는 균열이 참전 당사자들의 기억에 도사리고 있음을 보여 준다.

그럼에도 소설 「영자의 전성시대」는 남성 서술자의 입장에서 여성을 대상화하는 서사라는 한계를 지닌다. '나'는 자신이 참여했던 베트콩 소탕 작전과 경찰의 사창굴 소탕 작전 간의 유사성을 느끼고 성노동자들과 연대하여 당국에 맞서지만, 이는 결국 사창굴의 화재 사고로 끝나고 만다. '나'는 영자의 시신이 "마치 화염방사기에 타 죽은 베트콩의 그것들처럼 시꺼멓게 그을러 있었"[31]다며 울분을 터뜨린다. 학살의 기억은 결코 지워지지 않고 지금-여기를 계속 찾아올 것임을, 영자는 자신의 불타 버린 몸을 통해 보여 주고 있는 것이다. 국가의 이데올로기에 복무하여 무공훈장을 탔던 '나', 남성으로서의 우월감에 집착하던 '나'는 영자와의 교류를 통해 변화하고 영자의 죽음을 통해 각성한다. 뒤집어 말하자면, 영자의 고통과 죽음은 결국 남성주체를 일깨우는 도구로서 타자화되고 있는 것이다.

이와 같은 소설의 한계는 1인칭 서술자의 독단적인 권위가 와해되는 매체인 영화에서 어느 정도 극복될 수 있었다. 소설에서의 '나'는 영화에서 '창수'라는 이름을 부여받아 영자와 동등한 서사적 지위를 가지며, 내레이션을 통해 서술자로서의 권위를 보충하는 전략도 취하지 않는다. 영화 〈영자의 전성시대〉는 영자의 사연과 내면을 담아낸 수많은 장면들을 창수의 시선이 닿지 않는 곳에서 독립적으로 전개하고 결말 또한 완전히 달리하여 "하층민 여성의 주체성-저항과 쾌락"[32]이 구성되는 과정을 담아 냈다. 그러나 '돌아온 군인'의 형상화에 초점을 맞추어 보면 영화 〈영자의 전성시대〉는 소설이 갖고 있었던 대안적 가능성들을 삭제해 버린 텍스트가 된다.

김지미는 소설에서 영자와 같은 하층민 관찰자였던 '나'가 영화에서는 영자에 대한 교정자로 변모한다는 점을 지적한다.[33] 실제로 소설의 '나'와 달리 영화의 창수는 여성을 성적으로 정복하려 드는 폭력적인 남성성을 보여 주지 않는다. '나'를 계속하여 덮쳐 오던 전시 성폭력 및 살인의 기억 또한 영화에서는 전혀 드러나지 않는다. 이러한 취사선택은 1970년대 영화에서 가장 검열에 민감한 직업군이 군인이었다는[34] 정황 이상의 함의를 지닌다. 소설의 '나' 역시 "폭력적인 남성성에서 좀 더 순화된 남성성"[35]으로 이행하고 있었지만, 이 남성주체가 타락한 여성을 계도하는 교정자가 되려면 그 정도를 훨씬 넘어서는 각색이 요구된다. 영화 〈영자의 전성시대〉는 '돌아온 군인'인 소설의 '나'가 겪었던 강렬한 플래시백들을 아예 장면화하지 않고 창수에게서 도덕적인 결함의 흔적을 삭제함으로써 이를 가능하게 했던 것이다.

이와 함께 영화에서 부각된 것은 제대군인을 미래의 가부장이 될 건실한 청년으로 안착시키려는 시도였다. 소설의 '나'에 비해 훨씬 근면한 청년인 창수의 모습뿐 아니라, 원작에서는 영자를 위해 나무 의수(義手)를 만드는 '나'에게 한마디 핀잔을 주고 지나갈 뿐이었던 목욕탕 보일러실의 '천씨'가 영화에서는 창수와 영자를 '올바른 길'로 이끌려 하는 유사 아버지로 나타난다는 점도 눈여겨볼 만하다. 1970년대의 '청년 영화'로서 젊은 감각을 뽐내는 영화였던 〈영자의 전성시대〉는 '제대군인을 재사회화하는 서사'라는 맥락에서 보자면 오히려 〈월남에서 돌아온 김 상사〉(이성구, 1971)와 같이 국책에 부응하는 보수적인 영화에 가까운 면모를 지닌 셈이다.

이처럼 베트남전쟁의 기억을 순치함으로써 '돌아온 군인'이 지닌 불안 요소를 제어하려는 욕망은 영화 〈하얀 전쟁〉과 같이 파병을 본격적으로 비판하는 작품에서도 드러나고 있다. 〈하얀 전쟁〉은 베트남전쟁 영화의 대표작이자 '코리안 뉴웨이브'의 주요작이기도 하다. 코리안 뉴웨이브란, 1980년대 말부터 1990년대 중반까지 등장한 사회파적이거나 리얼리즘적인 일련의 영화들을 가리킨다. 코리안 뉴웨이브 영화들에서는 남성지식인의 자아가 큰 비중을 차지한다. 김소연의 연구에 따르면, '1980년대성'을 보유한 진보적인 영화로 여겨진 코리안 뉴웨이브는 사실 군부독재의 퇴진과 함께 이미 '승자의 서사'로서의 지위를 확보한 1990년대의 시점에서 1980년대를 돌아보는 영화들이다.[36] 1990년대는 동구권 사회주의가 붕괴하면서 '이념적 동일성의 표면을 뚫고 그 이면에 잠복하던 차이들과 욕망의 실재가 일거에 드러난'[37] 시기였으며, 코리안 뉴웨이브 영화의 남성지식인 인물들은 이 문제를 어떻게든 해결하여 자신들의 불안을 해소해야 하는 과제를 안고 있었다.[38] 이는 소위 '억압된 것의 귀환'이 초래하는 혼란과 파열을 정리하고 새로운 '질서'를 구축하려는 욕구로 이어진다.

소설 『하얀 전쟁』은 파월 제대군인인 '변진수'가 서울에서 출판사 직원으로 일하는 전우인 '한기주'를 찾아와 벌어지는 일들을 다룬다. 변진수는 베트남전쟁이 추적추적한 얼룩으로 가득한 사건이었음을 스스로 보여 주는 존재다. 그는 전장에 처음 등장할 때부터 성병에 걸려 사타구니에서 진물을 흘리고, 툭하면 딸꾹질을 하며, 아무 데서나 똥을 누고 구토를 하는 등의 이상행동으로 동료들을 괴롭힌다. 겁도 많고 자신의 신체와 정신을 제대로 간수하지도 못하는 변진수는, 한기주를 비롯한 여러 동료들이 파월을 자원하며 기대한 사나이의 모습과는 거리가 먼 열등한 인물로 제시된다.

소설의 첫 전투 장면에서 한기주는 "내 총구에서 붓끝처럼 갈라지며 튀어나가는 불꽃은 (……) 사납고 남성적인 힘의 마지막 포효였다."[39]라고 말한다. 그의 옆에 있던 변진수는 총을 내던진 채 벌벌 떨고 엉엉 울고 콧물을 질질 흘려 한기주의 불쾌감을 자아낸다. 전쟁에서의 성취가 남성성의 획득으로 여겨진다는 것은 그렇지 못한 이들이 여성화된다는 것을 의미하며, 나아가 '호모'를 운운하는 노골적인 동성애 혐오로 이어지기도 한다. 변진수는 '이상적인 남성성'이란 사실 누구도 성취할 수 없는 허황된 것임을 보여 주는 존재로서 주변을 불안하게 하고, 그럼으로써 혐오의 대상이 되는 것이다. 이는 소설 『하얀 전쟁』을 가득 채운 젠더화, 성화된 비유 및 표현들이나 남성인물들이 주변의 여성인물들과 겪는 관계의 바탕을 이루는 이성애 중심적 사고와 깊이 연루되어 있다.

이때 흥미로운 것은 한기주가 전쟁 이후에 겪는 인간의 실존에 대한 고민이 그의 성적 무능력과 병치되어 나타난다는 점이다. 소설 『하얀 전쟁』은 전쟁에서의 좌절을 남성성의 상실로, 이를 다시 이성애 관계에서의 실패로 연결한다. 이것이 한기주가 겪는 발기불능이나 불임 등으로 구체화된다는 점은 이성애주의에의 집착에 기반을 둔 '정상적 남성성'을 향한 불안한 추구[40]와 관련된 문제적인 부분이지만, 베트남전쟁의 형상화에 있어 모종의 가능성을 역설적으로 열어 주고 있기도 하다. 한기주는 전쟁 동안 온몸에 질병의 이미지를 덕지덕지 붙이고 있던 변진수와 자신을 철저히 분리했다. 그로부터 10년이 훨씬 넘는 시간이 지난 후 변진수의 트라우마가 비로소 한기주에게 전이될 수 있었던 것은 그사이에 한기주 역시 좌절한 남성이자 병든 자가 되어 있었다는 데 힘입은 것이다.

한편, 1980년대 민족·민주 진영 남성지식인의 해석을 거친 1992년의 영화 〈하얀 전쟁〉은 원작 소설에 비해 한층 정돈된 서사를 보여준다. 〈하얀 전쟁〉은 파월 한국군의 베트남 양민 학살을 구체적으로 재현했다는 점 때문에 개봉 당시 큰 논란을 일으켰다. 이는 영화 〈하얀 전쟁〉이 기존의 지배적인 베트남전쟁 서사에 저항하는 기억 투쟁으로서 선구적인 작품임을 시사한다. 그러나 〈하얀 전쟁〉은 머나먼 전장에서 돌아온 군인의 불안한 존재를 안정화하려는 욕망을 깔고 있는 영화이기도 하다.

〈하얀 전쟁〉의 첫 시퀀스는 헬리콥터 소리와 총성으로 가득한 악몽에서 갓 깨어난 '한기주'의 모습과 그 순간 갑자기 '변진수'에게 걸려오는 전화벨 소리로 시작된다. 〈하얀 전쟁〉은 전쟁을 환기하는 다양한 음향 효과를 통해 과거의 베트남을 현재의 서울에 소환한다. 이러한 음향들은 무엇보다도 변진수가 플래시백 증상을 겪게 하는 자극으로 작용한다. 〈하얀 전쟁〉은 영화의 매체적 특성에 힘입어 변진수의 고통을 생생하게 재현하는 것은 물론, 과거의 전쟁이 현재와 연결되어 있음을 원작에 비해 더욱 감각적으로 표현할 수 있었다.

문제는 이러한 효과가 단지 전쟁의 고통과 후유증을 실감 나게 표현하는 데 그치지 않았다는 점이다. 〈하얀 전쟁〉에서 변진수의 플래시백 증상이 극에 달하는 순간은 영화의 마지막 시퀀스에서 그가 한기주와 시내를 걷다 계엄령 해제를 외치는 시위대에 휩쓸릴 때 나타난다. 시위대가 화염병 던지는 소리, 이들을 진압하는 군대의 발포 소리, 거리를 가득 채운 최루탄의 연기와 불길은 순간순간 명멸하는 플래시백 쇼트들 속의 총성과 섞이면서 변진수를 다시 베트남전쟁의 현장으로 데려가는 것이다.

이처럼 원작에서는 볼 수 없었던 1980년 당시의 정치적 상황과 베트남전쟁 간의 연결은 영화 〈하얀 전쟁〉의 초반부에서부터 나타난다. 영화 〈하얀 전쟁〉을 이루는 서사의 한 축은 박정희의 피살과 전두환의 등장으로 시작하여 계엄령에 대한 저항으로 끝난다. 영화 〈하얀 전쟁〉은 베트남전쟁 서사를 민주화 투쟁의 서사와 겹쳐 놓고자 했던 것이다. 소설 『하얀 전쟁』은 파월 장병들이 냉전 및 신식민지의 구도 속에서 희생당한 용병이라는 점을 보여 주고 있는데, 영화 〈하얀 전쟁〉은 이들을 착취한 박정희 군부 정권과 미국이라는 '가해자'를 1980년대의 신군부 정권이라는 '가해자'와 연결하고 있다. 결국 영화 〈하얀 전쟁〉은 양민 학살의 가해자였던 파월 한국군의 역사에 대한 반성이자, 박정희-전두환으로 이어지는 군사정권의 오랜 압제에 대한 이야기이기도 한 것이다. 이 과정에서 원작에는 없던 미군 기지촌 문제를 추가하여 '미제에 의해 순결을 잃은 가련한 누이'를 형상화하고 있다는 점은 영화 〈하얀 전쟁〉이 남성 민족 주체의 시선에서 구성된 서사임을 다시 한번 증명한다.

영화 〈하얀 전쟁〉은 '돌아온 군인'인 변진수를 그러한 서사에 알맞은 인물로 재구성한다. 소설 『하얀 전쟁』에서 변진수는 출판사 직원인 한기주가 작은 지면에 발표한 베트남전쟁에 대한 시를 보고 그를 찾아내는데, 소설 속에서 한기주의 시는 그 이상의 기능을 하지 않고 잊힌다. 반면 영화 〈하얀 전쟁〉에서 이 시는 소설가인 한기주가 집필 중인 베트남전쟁 소설 『하얀 전쟁』으로 각색되어 작품의 시작부터 마지막까지 중요한 역할을 한다.

한기주가 쓰는 소설 속에서, 그리고 한기주의 기억에서 불려 나온 베트남전쟁의 장면들 속에서 변진수는 처음부터 이상한 존재로 나오지 않는다. 영화의 원작 『하얀 전쟁』에서 변진수의 버릇이었던 딸꾹질은 다른 병사의 것이 되어 있고, 또 다른 병사의 것이었던 능글능글하고 적극적인 성격은 변진수의 것이 되어 있다. 성병에 걸려 고름을 흘리던 변진수는 영화에 오면 오히려 부대에서 가장 '쓸 만한' 페니스를 가진 몸으로 바뀌어 등장한다. 이러한 각색을 통해 영화 〈하얀 전쟁〉에서의 베트남전쟁은 '멀쩡한 사람도 미치게 만드는' 전쟁으로 재구성되고, 전쟁을 겪으며 정신병을 앓게 된 변진수의 내면 역시 불가해하게 괴상한 것이 아니라 논리적으로 설명하고 서사화할 수 있는 대상이 된다. 원작의 변진수가 가진 불결하고 불길한 신체와 그 증상들이 지녔던 균열의 가능성이 영화에서는 상당 부분 삭제되는 것이다.

이는 소설과 영화 간 마지막 장면의 차이와도 연결된다. 소설에서 한기주가 변진수에게 총을 쏘는 것은 변진수의 간절한 부탁을 받아들인 것인데, 이때 한기주는 전쟁에 대한 모범 답안을 내릴 수 없는

영화 <하얀 전쟁>(1992) 도입부의 한 장면

영화 <하얀 전쟁>(1992) 시위대 장면

세계에서 '돌아온 군인'들이 인간다운 삶을 살아가는 것은 불가능하다는 결론에 도달하고 있다. 이윽고 총성이 울리면 주변에 있던 사람들이 놀라 흩어지는 것으로 소설이 끝난다. 한편 영화에서의 한기주는 숭고한 분위기의 음악을 배경으로 변진수를 저격한 후 그의 곁에 누워 하늘을 바라보는데, 이들을 부감으로 담아 내는 쇼트에는 "이젠 소설을 써야겠다. 정말 좋은 소설을."이라는 한기주의 내레이션이 깔린다. 이는 김소연이 지적했듯 변진수가 야기하는 균열에 마침표를 찍어 베트남전쟁의 경험을 역사 속에 안착시키려는 시도이며,[41] 과거와 현재를 뒤섞는 혼란으로 가득한 트라우마적 기억을 '소설'이라는 이름의 과거형 서사로 정리하겠다는 선언이기도 하다. 영화 〈하얀 전쟁〉은 '돌아온 군인'의 지저분한 전사(前史)를 말끔히 재단하고 이를 현재에서 축출함으로써, 오욕의 시절을 끝내고 민주화를 통과한 남성지식인 주체의 욕망을 노출하고 있는 것이다.

보편적 남성성의 드라마, 그리고 그 너머

이 글에서 살펴본 '돌아온 군인'들은 전쟁 수행을 통해 자랑스러운 대한민국의 '진짜 사나이'가 될 수 있다는 담론의 허상을 다양한 방향에서 각기 폭로하고 있다. 이들에게 '전쟁'이란, 몸을 상하게 하거나 낙오자가 되게 하는 계기였고, 국가가 국민을 착취하고 내다버린 폭력이었으며, 위험천만한 전선에 섰던 이들을 가해자이자 피해자로 만들어 트라우마에 시달리게 한 사건이었다. 공식적인 역사가 지우고 가려 놓은 어둡고 혼란한 기억을 드라마 속의 군인들은 자신들의 몸으로 증거하고 있었던 것이다.

그러나 이 텍스트들은 전쟁에 대한 지배 담론이 기대고 있는 남성성에 대한 집착과 이성애 중심주의를 끝내 넘어서지 못한다. 전쟁을 비판하면서도 전쟁으로 인해 망가진 남성들을 축출하는 모순은 결국 이 드라마들이 불안의 징후를 견뎌 낼 수 있는 대안적 상상력을 결여하고 있었음을 보여 준다.

이는 전쟁을 남성 중심의 사건이라고 보는 관점의 한계와 관련되어 있다. 지배 담론이 주조한 서사에서든 남성작가들의 대항적 서사에서든, 여성 및 비(非)남성의 자리는 부수적인 위치에 머무른다. 이 글에서 다룬 텍스트들에 전복적인 틈새가 있다면, 이는 다름 아니라, 여성인물의 주체성이 구성되는 장면들, 제대군인들이 겪는 트라우마와 플래시백의 순간들, 충분히 '남성적'이지 않은 남성성이 적나라하게 묘사되는 지점들에 있었음을 떠올릴 필요가 있다.

2010년대 후반에 접어드는 지금, 우리는 이 글에서 다룬 범주를 훌쩍 뛰어넘는 전쟁 서사와 극작품들을 더욱 많이 갖고 있다. 이들은 거대 서사에서 누락된 작은 주체들의 이야기를 그려 내기도 하고, 전쟁의 폭력성을 성찰하면서 앞으로의 길을 모색하기도 하며, 때로는 남성 중심적인 군국주의를 반동적으로 강화하기도 한다. 이 모든 텍스트들은 지배와 저항이라는 잣대만으로는 충분히 해석되지 않는, 젠더 및 섹슈얼리티의 문제가 얽혀 든 복잡다단한 차원을 형성하고 있다. 전쟁 경험을 남성의 것으로 당연하게 환원하지 않을 때, 남성(성)의 보편성을 매 순간 의심할 때 비로소 그 재현의 표면과 그림자를 다시 볼 수 있다는 점이 이 글을 통해 전달되었기를 바란다.

주

1 김현아, 『전쟁과 여성 — 한국전쟁과 베트남전쟁 속의 여성, 기억, 재현』, 여름언덕, 2004, 60~73쪽. 여기에서 또한 특기할 만한 점은, 베트남전쟁에서 전시 성폭력을 당한 피해자 및 그 가족들이 자신들의 피해 사실을 수치스러워하지 않았다는 것이다. 이와 같은 베트남인들의 태도는 가부장 문화 속에서 성폭력 피해를 치부로 여기는 것이 당연하다고 생각했던 남한 군인들에게는 이해할 수 없는 일이었다고 전해진다. 김현아, 같은 책, 74~75쪽.

2 태지호, 『기억 문화 연구』, 커뮤니케이션북스, 2014, 58쪽.

3 오카 마리, 김병구 옮김, 『기억, 서사』, 소명출판, 2004, 144쪽.

4 주디스 버틀러, 조현준 옮김, 『젠더 트러블 — 페미니즘과 정체성의 전복』, 문학동네, 2008, 7쪽.

5 '미망인(未亡人)'이란 '남편과 함께 죽어야 하는데 아직 죽지 않은 아내'라는 뜻을 담은 성차별적인 표현이다. 원래는 남편과 사별한 여성들이 자신을 낮추어 칭할 때 쓰던 말이라, 타인이 그러한 여성을 지칭할 때는 '과부'라고 했다. 그러던 것이 한국전쟁 이후 '전쟁미망인', '군경 미망인', '전시 미망인', '순직 경찰 미망인'이라는 호칭이 등장하면서 남편과 사별한 여성을 지칭하는 보통명사로 바뀌었다. 그 성차별적 요소 때문에 '대한민국전몰군경미망인회' 등의 당사자들이 명칭을 변경하려는 움직임도 보였지만 여전히 미망인이라는 명칭이 그대로 사용되고 있다. 한편 '전쟁미망인'은 학술 용어로도 정착되어 있는데, 이는 그 성차별적 요소에도 불구하고, 혹은 오히려 그 덕분에 전후 여성들의 지위를 드러내는 용어로서 역사적 의미를 갖고 있기 때문이다. 이임하, 『전쟁미망인, 한국현대사의 침묵을 깨다 — 구술로 풀어 쓴 한국전쟁과 전후 사회』, 책과함께, 2010, 29~30쪽.

6 조서연, 「1950년대 희곡에 나타난 여성성 연구」, 서울대 석사 논문, 2011, 21쪽.

7 김영수, 「여사장」(『혈맥』, 영인서관, 1949), 서연호 엮음, 『김영수 희곡 시나리오 선집 2』, 연극과인간, 2007.

8 '아프레 걸'은 프랑스어 '아프레게르(l'après-guerre)'에서 파생된 신조어이다. '아프레게르'는 본래 세계대전을 거치면서 불어닥친 새로운 움직임, 즉 구질서에 반항하고 방황하는 젊은 세대, 혹은 모럴리티(morality)의 여성을 주로 가리켰으나, 전쟁을 겪은 후 기존의 질서나 가치관으로 해결할 수 없어진 인생이나 운명에 대한

질문과 자학 혹은 거침없는 행동을 표출하는 전후 세대, 특히 현대 여성의 새로움에 주목하는 말로 그 의미가 확장되었다(최미진, 「1950년대 신문소설에 나타난 아프레 걸」, 『대중서사연구』 18, 대중서사학회, 2007, 122~123쪽). '아프레게르'가 프랑스발 실존주의와 관련되어 있다면, '아프레 걸'은 그보다는 한국전쟁 이후 급속히 유입된 미국 대중문화의 소비적 성격과 연관된 개념이다. 이는 미국을 소비하는, 혹은 미국적인 소비문화에 익숙해진 여성들을 불온한 섹슈얼리티의 담지자로 특정하는 어휘로서, 근대의 '모던 걸'이나 2000년대의 '된장녀', 2010년대의 '김치녀' 등과 함께 여성혐오적 멸칭의 흐름에서 한자리를 차지하고 있다.

9 이하 「모자」의 작품 분석은 조서연의 앞의 글 2장 "전쟁미망인 통제의 담론과 무대화의 균열 양상"에 실린 내용을 발췌·재구성한 것이다.

10 '행위자(actor)'는 극 텍스트의 담론 구조 내에서 형상화와 개별화가 가능한 실체를 일컫는 개념으로, 대개 개별 텍스트의 등장인물을 가리킨다. 행위자의 '강함'과 '약함'은 개인 혹은 그룹으로서의 행위자가 극의 진행에서 어떤 수준의 계열체에 속해 있는지에 따라 달라진다. 이는 사회적 계급에 따라 나뉘기도 하고 직업이나 신체적 특성에 따라 나뉘기도 한다. 신현숙, 『희곡의 구조』, 문학과지성사, 1990, 41~47쪽 참조.

11 이용찬, 「모자」, 《자유문학》, 1958. 8, 204쪽.

12 '1세대 여성 극작가'에 속하는 김자림과 박현숙 역시 이러한 경로를 통해 같은 시기에 등단했지만 이들과는 작품의 특성이나 활동 양상이 판이하여 '신진 극작가'로 함께 묶이지 않는다. 김옥란, 「전후세대 남성 극작가의 현실인식」, 『한국 현대 희곡과 여성성/남성성』, 연극과인간, 2004, 73~74쪽.

13 조서연, 「전후 희곡의 성적 '자유'와 젠더화의 균열」, 《한국극예술연구》 40, 한국극예술학회, 2013, 158~160쪽.

14 조서연, 위의 글, 149쪽.

15 김옥란, 「자유부인과 육체의 담론」, 앞의 책, 81~87쪽.

16 백두산, 「전후 희곡에 나타난 전쟁미망인의 '자기갱신' 문제」, 《한국극예술연구》 39, 한국극예술학회, 2013, 143쪽.

17 「꽃잎」은 작중에서도 언급되는 테네시 윌리엄스의 희곡 「욕망이라는 이름의 전차」(1947, 이하 '욕망')와 견주어 해석되기도 한다. 「꽃잎」의 한창선은 「욕망」의 남자주인공인 '스탠리'에 해당하는 인물이지만 그의 성격을 형성하는 각종

기호들은 오히려 여자주인공인 '블랑시'에게 부여된 것들과 겹친다는 점 또한 떠올려 볼 만하다.

18 임희재, 「꽃잎을 먹고 사는 기관차」, 『희곡오인선집』, 성문각, 1958, 25쪽. 이하 인용 시 본문에 쪽수만 표기.

19 이 문단은 조서연, 「1950년대 희곡에 나타난 여성성 연구」, 서울대 석사 논문, 2011, 3장과 4장에서 「꽃잎을 먹고 사는 기관차」를 분석한 내용을 발췌, 축약한 것이다.

20 박선영, 「국가의 프레임으로 구획된 베트남전쟁」, 《사림》 53, 수선사학회, 2015, 71~73쪽.

21 정종현, 「베트남전 소설 연구」, 동국대 석사 논문, 1997, 22쪽.

22 전진성, 「트라우마의 귀환」, 전진성·이재원 엮음, 『기억과 전쟁』, 휴머니스트, 2009, 31쪽.

23 이진숙, 「트라우마에 대한 소고」, 『여성연구논집』 24, 신라대학교 여성문제연구소, 2013, 182쪽.

24 알라이다 아스만, 변학수·채연숙 옮김, 『기억의 공간』, 그린비, 2011, 385쪽.

25 구수정, 「아, 몸서리쳐지는 한국군」, 《한겨레21》 256, 1999. 5. 6.

26 원작 소설의 존재가 널리 알려진 〈하얀 전쟁〉의 경우와 달리 별로 언급되지 않는 사실이지만, 영화 〈알 포인트〉는 황석영이 1970년에 발표한 단편 「탑」을 기반으로 하고 있다. 다만 〈알 포인트〉의 경우 귀환한 장병의 기억을 다루는 것이 아니라, 전쟁이 벌어지고 있는 현장을 배경으로 한 작품이므로 이 글에서는 주요 텍스트로 다루지 않는다.

27 김지미, 「1960~70년대 한국 영화의 여성 주체 재현 양상 연구」, 서울대 박사 논문, 2011, 21~22쪽.

28 노지승, 「영화 「영자의 전성시대」에 나타난 하층민 여성의 쾌락」, 《한국현대문학연구》 24, 한국현대문학회, 2008, 424쪽.

29 이진경은 이에 대해 "남성 화자가 (……) '한국의 창녀'를 향해 느끼는 연약하고 희미하지만 무의미하지 않은 동일시 과정"이라는 적극적인 평가를 내리기도 한다. 이진경, 나병철 옮김, 『서비스 이코노미 — 한국의 군사주의, 성노동, 이주노동』, 소명출판, 2015, 121쪽.

30 김은하, 「남성성 획득의 로망스와 용병의 멜랑콜리아」, 『기억과 전망』 31, 민주화운동기념사업회 한국민주주의연구소, 2014, 15쪽.

31 조선작, 『영자의 전성시대』, 민음사, 1974, 79쪽.

32 노지승, 앞의 글, 441쪽.

33 김지미, 앞의 글, 206쪽.

34 김지미, 위의 글, 204쪽.

35 노지승, 앞의 글, 428쪽.

36 김소연, 『실재의 죽음 — 코리안 뉴웨이브 영화의 이행기적 성찰』, 도서출판b, 2008, 73쪽.

37 김소연, 위의 책, 95쪽.

38 김소연, 위의 책, 104쪽.

39 안정효, 『하얀 전쟁』, 고려원, 1989, 106~107쪽. 이하 인용 시 본문에 쪽수만 표기.

40 한채윤, 「이성애 제도와 여자의 남성성」, 권김현영 엮음, 『한국남성을 분석한다』, 교양인, 2017.

41 김소연, 앞의 책, 127쪽.

섹슈얼리티의 프롤레타리아화

— 1970년대 문학과 대중문화의 성노동 재현

이진경

이 글에서는 국내 성산업 문제를 다룬 1970년대 한국문학과 대중문화를 살펴본다. 미군 상대의 매매춘과 대비해, 박정희 군사독재하 국내 성산업을 '젊은 여성노동자의 대거 동원'이라는 맥락에 놓음으로써 나라의 경계 안에서 행해진 성노동이 초국가적인 성노동과 맺었던 분리 불가능한 관계에 대해 알아보고자 한다.

1970년대의 많은 작가들은 박정희 정권에는 비판적이었던 반면, 새로 생겨난 도시 프롤레타리아에게는 동정적이었다. 그들은 도시 프롤레타리아의 비참한 삶과 도시 빈민가에 대한 글을 쓰기 시작했다. 그 작품들은 1970년대 정전의 대부분을 구성했다고 해도 과언이 아니다. 그러나 국내 성산업 문제를 다룬 작품들은 그 정전의 대열 바깥에 놓여 있다. 이 글에서는 그런 주류적 경향에 비할 때 예외적 경우에 속한다고 볼 수 있는 조세희, 조해일, 최인호, 황석영, 조선작의 작품들을 조명할 것이다.

죽음정치적 노동(necropolitical labor)으로서의 성노동

우리는 상대적으로 고도의 통제와 자율성을 행사하는 소수의 엘리트 성노동자를 논외로 하면, '성매매'를 일종의 제도로서 다음과 같이 정의할 수 있다. 하층계급이며 빈번히 인종주의화된(racialized) (대개) 여성이 돈이나 다른 물질적 이익을 위해 고객이 자신에게 성적 명령을 할 권력을 일시적으로 가지도록 강제하는 제도. 물론 성산업의 본질적 차원(상호 동의 및 성노동자와 고객 간의 자발적인 교환)은 성매매를 강간이나 다른 성폭력과 구분하게 한다는 줄리아 오코넬 데이비슨의 비판적 중재는 충분히 고려할 만하다. 그러나 동시에 성산업이 '상업화를 통한 성적 폭력의 제도화'임을 인정해야 하는데, 그것은 성매매에 있어서 '동의'란 성노동자, 고용인, 고객 간의 불평등한 사회적·경제적 관계로부터 강제적으로 조작된 방식이기 때문이다.[1] 그래서 성매매에 내장된 본래의 강압성과 구조적 폭력을 고려하면서 나는 성노동을 '죽음정치적 노동'으로 개념화하고 싶다.

푸코의 생명정치(biopolitics)에 암시된 죽음정치(necropolitics)를 개념화한 음벰베[2]와 아감벤[3]을 따라서 필자는 노동과 죽음정치를 접목해 '죽음정치적 노동(necropolitical labor)'이라고 부르려 한다.[4] 푸코는 죽음정치 아래에서 노동자는 마치 상품이나 소모품처럼 권력에 생명의 처분을 맡긴 상태에서 죽을 운명에 처하게 된다고 논한 바 있다. '죽음정치적 노동'은 "노동이 수행된 때나 그 후에 내던져지고 대체되고, (축자적으로나 비유적으로) 살해될 수 있는 어떤 대상이나 사람, 곧 노동 상품이나 노동자"를 뜻한다.

이 글에서 주목하는 것은 1970년대의 산업화를 위해 수행된 노동계급의 노동에 포함된 죽음정치적 노동의 요소다. 군사노동과 성노동이 그 대표적인 예다. 군사노동은 필연적으로 자신의 신체와 생명을 위험에 처하게 함으로써만 수행될 수 있는 노동이다. 기실, 군사노동은 원래부터 국가의 '죽음정치적 권력의 대리인'이자 국가의 '잠재적 희생자'라는 역설적이고 모순적인 위치를 지니고 있다. 그와 마찬가지로, 성노동 또한 심리적·육체적·성적 폭력과 상해를 초래하면서 성노동자의 인간성과 주체성을 말소한다. 성노동자가 빈번하게 살해의 대상이 되는 것은 국경을 초월한 보편적인 현상인데, 그 빈번함 자체가 성매매라는 상황에서의 폭력이 극대화된 것이라고 볼 수 있다. 노예제도나 나치 강제수용소에서의 노동 또는 군사노동에서와 같이 '죽음'의 가능성은 성노동의 필수적인 조건으로 존재한다.

1970년대 산업화와 도시화, 그리고 성노동

1970년대 중반 한국 사회는 1960년대 중반에 본격화된 산업화에 대한 노력의 축적된 효과를 경험하기 시작했다. 그중 '부작용'에 가까운 가장 두드러진 효과는 단연 계급의 양극화다. 그리고 그 계급의 양극화를 실감케 하는 중요한 현상 중 하나가 바로 중산층을 위한 서비스산업의 증가였다. 특히 중산층 화이트칼라 남성노동자들을 겨냥한 유흥과 성-섹슈얼리티 서비스산업의 번창은 그러한 경제적·사회적 추세를 알리는 조짐이었다. 이는 캐슬린 배리가 "성의 산업화"라고 부르는 것으로, 성매매로부터 수익을 얻고 지지받는 잘 조직된 관련 사업들의 발전을 말한다.[5]

또한 당시 영화나 TV, 주간지 형태의 소비문화와 대중문화 산업의 전면적인 출현을 통한 여성 섹슈얼리티의 상품화는 젊은 농촌 여성들의 대대적인 도시 이주에 기여한 또 다른 중요한 요인이었다. '농촌 처녀'들을 근대화 과정으로 '유혹'하는 일은 그들을 대중문화와 상품의 소비자로 전환시킴으로써 가능했다.

셰넌 벨에 의하면 근대 성산업의 특수성은 이전과 달리, 여성의 섹슈얼리티와 노동이 상품화되고 여성들이 임금 관계에 예속되게 된 역사적 전환과 관련된다.[6] 그런 면에서 1970년대 노동계급 여성의 성적 프롤레타리아화는 한국의 중산층 여성이 경험한 동시대의 역사적 변화와 함께 발생했다. 당시 중산층 여성의 정치적·경제적 위상을 고려해 볼 때, 노동계급 여성의 성노동은 필연적으로 중산층 여성들의 비(非)성적 노동과 동시에 출현한 것이다. 새롭게 산업화하는 경제에서 중산층 여성의 '가정주부화(housewifization)'[7] 과정을 가능하게 한 것은 도시로 이주한 농촌 여성들의 유용하고 값싼 노동(식모, 식당 종업원, 버스 차장, 판매 보조원 등과 같은 다양한 서비스 노동)이었다. 중산층 가정주부들의 활동은 남편의 직업 활동을 돕고 아이의 교육을 관리하거나 부동산 투자를 통해 비공식적 경제에 참여하는 것이었다. 이처럼 가정주부나 여대생 같은 근대의 규범적인 여성 섹슈얼리티의 전형적인 역할은 시골의 빈민화로 인해 농촌의 노동계급 여성이 개발 중인 도시경제로 진입하는 현상과 필연적으로 동시에 나타났다.[8]

농촌 지역을 더 황폐화시킨 박정희 정권의 산업화 과정에서, 집안일을 도맡아 하던 10대 소녀들을 비롯한 농촌 여성들은 이제 도시를 향해 떠나지 않을 수 없었다. 도회지로 이주한 그녀들은 자신의 숙식을 해결하고 남은 수입을 모두 집으로 보내 남자 형제들의 교육을 돕고 가족경제 향상에 기여했다. 딸을 경시하는 한국 사회의 전통적 인식은 남성 상속자의 교육을 가족 내 젊은 여성인 딸의 어깨에 짐 지웠으며, 아들의 고학력 획득으로 가족 전체의 사회적·경제적 지위가 상승될 것으로 기대했다. 결과적으로 국가에 의해 (직접적·암묵적으로) 승인된 모든 차별적인 사회 관습과 임금, 교육, 직업 선택의 불평등은 노동계급 여성들의 성매매 시장 유입을 조장했으며, 성매매 시장의 공급을 조절했다.

특히 노동계급 여성의 다양한 직종들을 총체적으로 고려할 때, 성노동이 공장 노동, 또는 다른 서비스 노동과 맺는 상호 교환 관계를 주목할 필요가 있다. 예컨대 황석영의 단편 「돼지꿈」(1973)에는 공장 근처 여관에서 남자 반장 등을 대상으로 "부업을 하는" 여공이 나온다. 또 조선작의 소설 「영자의 전성시대」(1974)에서 '영자'는 식모에서 버스 차장으로 직업을 바꾸며 서울을 전전하다가, 버스에서 떨어져 팔을 잃은 후 결국 집창촌에 정착하게 된다.

남성 중심적 좌파 민족주의와 '효심'으로서의 성노동 — 『난쟁이가 쏘아올린 작은 공』

조세희의 단편 「난쟁이가 쏘아올린 작은 공」(1975)[9]은 동일한 표제의 연작소설에서 가장 핵심적인 작품이다. 이 단편소설은 세 부분으로 이루어져 있는데, 각 부분은 노동계급 가장인 '난쟁이'의 두 아들과 딸, 이렇게 세 청소년들에 의해 서술된다. 배경은 팽창하는 도시 서울에서 재개발 지역으로 지정된 동네인 '행복동'이다. 소설은 행복동에 위치한 난쟁이 집에 철거를 명하는 계고장이 날아들고, 난쟁이네가 그에 따르지 않자 결국 집이 강제 철거당하는 내용으로 전개된다. 난쟁이의 두 아들에 의해 서술되는 1절과 2절에서는 각각 아버지 난쟁이와 이웃 사람들이 행복동 동사무소 및 부동산 개발업자들과 싸우는 내용, 집이 폭력적으로 철거되고 그들이 쫓겨나는 내용이 서술된다. 마지막 절에서는 2절에서 "외계인"에게 납치당한 것으로 언급된 딸 '영희'에게 무슨 일이 있었는지가 제시된다.

3절에서 1인칭 서술자인 영희는 약 15세의 소녀다. 이 절에서는 그녀가 개발 회사 편에서 일하는 거간꾼인 젊은 남자와 어디론가 함께 갔다는 영희 자신의 진술이 등장한다. 영희는 젊은 남자에게 팔았던 난쟁이네의 입주권을 되찾아 오기 위해 그 남자의 승용차에 올라탄 것이다. 그녀는 남자의 아파트에 갇혀 있다가 그곳에 있는 금고에서 입주권을 빼내 가족에게 돌아올 때까지 일시적으로 그 남자의 성적 노예가 된다.

그런데 흥미로운 것은 이 소설이 재벌의 손자, 즉 지배계급을 대표하는 거간꾼과 노동계급 여성 영희가 맺는 성적 관계의 내용을 효과적으로 비워 낸다는 점이다. 그 내용은 가족과 계급, 민족을 위해 수행된 노동으로서의 성적 타락으로 의미화되는데, 이를 가능케 하는 것은 영희의 '효심'이다. 그렇게 함으로써 일종의 '매춘'인 그녀의 행동을 미화시켜 '신성한 것'으로 묘사할 수 있었다. 좌파 민족주의적 남성주의가 착취를 통해 이루어진 노동계급 여성의 성적 노동을 프롤레타리아의 민족주의적 혁명 행위로써 만회하는 것은, 사실상 국가와 자본의 보수적인 공모를 흐릿하게 만들면서 그것을 돕는다. 1970년대 좌파 민족주의 정전에서 가장 유명한 작품으로 논의되는 『난쟁이가 쏘아올린 작은 공』은 계급의 양극화를 만들어 내는 체제에 대한 강렬한 변혁 요구에도 불구하고 딸의 성적 희생이라는 관례를 선뜻 지속시키고 있다.

주목되는 것은 한국에서 진보 문학의 가장 위대한 성취로 평가되는 작품인 『난쟁이가 쏘아올린 작은 공』에 대한 한국문학계의 천편일률적인 찬양과 여성주인공 영희에게 부여된 전통적인 역할(성적으로 자기희생하는 여성)의 뚜렷한 대조다. 영희의 자기희생은 남성 가장으로 대변되는 가족에게만 바쳐지는 것이 아니라, 남성적 정체성으로 정의되는 노동계급 전체로까지 확대되고, 궁극적으로는 좌파 민족주의에 의해 재규정된 남성 중심적 민족에게까지 바쳐진다. 다시 말해, 가족과 국가 사이의 전통적인 연계를 계승하면서 여성의 자발적인 성적 희생을 내세우는 이 작품에서 딸인 영희의 효심은 민족의 주권적 주체로서 남성 중심적 노동계급을 재규정하는 근대 좌파 민족주의 이데올로기에 부합하도록 변형된다.

이 소설에는 또 다른 10대 소녀 '명희'가 등장하는데, 그녀는 성적 희생자라기보다는 '피해자'다. 명희는 다방 종업원에서 고속버스 안내양, 골프장 캐디 등을 전전하는데, 이중 어떤 것은 명백하게 섹스화된 서비스 업종이다. 그녀는 성폭행을 당해 임신하고, 끝내 자살을 택한다. 이 소설은 가족에 대한 영희의 용감한 자기희생이 육체적·성적 오욕으로부터 그녀를 환상적으로 구원하는 것처럼 묘사한 것과 마찬가지로, 명희의 자살 역시 성적 피해를 당한 옛 여성들이 그랬듯, 스스로에게 자신을 정화할 가능성을 부여하는 행위로 재현한다.

요컨대, 조세희의 좌파 민족주의 소설은 가문, 국가, 남성의 대의(大義)를 위해 마음을 바쳐 기꺼이 자신의 섹슈얼리티를 희생하는 과거의 원형적인 여성주인공들을 재창조한 셈이다. 그런 맥락에서 '매춘'은 정의로운 대의에 대한 여성 특유의 헌신으로서 용서될 뿐만 아니라 조장되기도 한다. 남성 중심적 좌파 민족주의의 본질은 노동계급 여성의 섹슈얼리티를 그녀들의 자기희생적인 '매춘'의 형식으로 요구하고 동원하고 승인하는 바로 그 의지와 능력에 있는 것이다.

사회적 노동으로서의 섹스와 『겨울여자』

노동계급과 (좌파적) 민족을 위해 노동계급의 여성 신체를 자발적으로 소환하는 『난쟁이가 쏘아올린 작은 공』의 재현이 여성의 섹슈얼리티를 가족의 소유물로 상정하는 유교적 개념을 근대화했다면, 조해일의 대중소설 『겨울여자』(1975)[10]는 다른 종류의 근대화를 이루어 낸다. 즉 이 소설은 여성의 섹슈얼리티를 가족주의적 소유관계로부터 자유롭게 함으로써 여성의 성적 노동을 민족에 속하도록 직접적으로 재삽입한다. 『겨울여자』에서 '민족'은 우익적인 군사독재 국가와 모호하게 대립하지만 여전히 매우 보수적이며, 그로 인해 국가와 기묘하게 중첩된다.

『겨울여자』는 다음 절에서 논의할 최인호의 『별들의 고향』(1972)과 더불어 1970년대에 가장 인기 있는 신문 연재소설 중의 하나였다. 흥미로운 것은, 이 소설이 여성의 성적 성장소설로 읽힐 수 있다는 점이다. 이 소설은 '이화'라는 10대 소녀가 성인 여성(성)에 도달하기 위해 거치는 통과의례에 대한 이야기로 읽힐 수 있다. 이화는 경제적·도덕적으로 나무랄 데 없이 안락한 기독교 가정에서 성장했다. 빼어나게 아름다운 외모를 지닌 그녀는 자신을 찬미하는 청년으로부터 익명의 편지를 받고 그와 서로 알게 되지만, '잘 자란' 여성답게 성적으로나 정서적으로 자신을 허락하지 않는다. 그러던 중 그 남자의 예기치 않은 죽음으로 인해 자신의 성적 순결 관념에 대해 죄의식을 느끼게 된다.

대학에 진학한 이화는 '석기'라는 청년의 구애를 받는데, 데이트 중 석기가 가하는 압력에 의해 일방적인 성관계를 경험하게 된다. 석기는 "우리나라가 불쌍해. 우리나라 사람도 불쌍하고. 이화는 되도록 많은 우리나라 사람들을 사랑해 줘. 그 사람들의 연인이 돼 줘."(상, 200쪽)라며, 성관계를 철학적·종교적 교훈을 일깨우기 위한 수단으로 의미화한다. 그런 맥락에서, 이 소설은 석기에 의해 '성적 침범'을 당한 이화의 성적 자각과, 그런 각성 이후 이화가 남자들과 나누는 성적이고 '연애적'인 관계에 대한 이야기로 해석될 수 있다.

하지만 이 연애적 관계는 사실 연애적이지 않은데, 왜냐하면 '연애'란, 정의상 개인 간의 관계이기 때문이다. 이화와 남자들의 관계는 점점 더 집단적이고 사회적인 의미를 갖게 된다. 작중 이화가 성적 관계를 맺는 남자는 단 네 명뿐이지만, 그럼에도 그녀는 "가능한 한 많은 (한국)남자"(상, 151~152쪽)에게 성적으로 헌신하겠노라고 언명한다. 이때 석기의 성적 침범은 이화가 모든 한국남성들을 위로하기 위해 성적으로 해방된 여성으로 다시 태어나는 결정적 계기가 된다.

이야기가 진행되면서 민족과 사회가 처한 문제에 대한 이화의 자각은 점점 강해지고, 동시에 성적 헌신의 필요에 대한 인식도 확고해진다. 남성들에 대한 이화의 성적 헌신은 신문 연재소설이라는 매체를 통해 한국남성 대중 전체에게 발신·제공되며, 이 과정에서 이화의 성(적)행위는 점차 모성적이며 신성화된 의미로 서사화된다. 또한 이화의 성적 성장의 초상화는 아무런 대가도 없이 개방적이고 자유롭게 자신을 한국남성들에게 성적으로 허여하도록 여성독자들을 변모시키는 교육의 도구로도 쓰이게 된다.

한편, 이화의 성적인 헌신은 군사정권하 한국남성들이 겪은 근대화 트라우마에 대한 심리적·육체적 치유를 은연중에 수행한다. 작중 남성인물들과 남성독자 대중을 위한 이화의 성적인 역할은 모성적인 위안과 애정을 제공하는 것인데, 이때 역설적인 것은 남자들과 갖는 무한히 추상적이면서도 '혼잡한' 성관계에서 그녀는 오히려 '처녀적인' 순수성과 성스러움을 유지하게 된다는 점이다. 이화가 한국의 불쌍한 사람들을 구원하려는 또 다른 남성인물인 '광준'의 고귀한 계획에 뜻을 같이하는 협조자가 됐을 때, 광준은 그녀를 "나의 조수, 나의 동지, 나의 잔 다르크"(하, 507쪽)라고 선언한다.

이처럼 '민족적 애인'으로서 갖는 이화의 상징적·상상적 위치는 근본적으로 초자연적·종교적·도덕적 높이로 '승화'된 일종의 '위안부'의 위치와도 같다. '위안부'를 포함한 일본 제국의 군사·노동 단체의 공식 명칭은 '정신대(挺身隊)'였다. 이 이름에는 "제국에 자기 자신을 자유롭게 제공하는 주체들의 집단"이라는 이데올로기가 내포되어 있는 것으로 해석할 수 있다. 조세희가 국가와 자본에 반대하면서도 '효녀' 딸의 성적 희생을 통해 여전히 '가족 — (프롤레타리아) 계급 — (좌파) 민족'이라는 연계를 지속시킨다면, 조해일의 『겨울여자』는 매개적 제도로서의 가족을 해체하고 여성을 직접적으로 민족 집단에 삽입시킨다. 전자에 비해 후자에서 여성은 좀 더 개인화되고 자발적인 모습의 행위자로 형상화되지만, 그녀의 섹슈얼리티는 (남성 중심적) 민족에 완전히 종속된다. 우리는 프롤레타리아적 '효녀'에서 민족적 '위안부'로 이동한 셈이다.

가상적 섹스 상품으로서의 호스티스와 『별들의 고향』

『별들의 고향』[11]은 《조선일보》에 연재돼 1970년대에 선풍적인 인기를 끈 가장 유명한 대중소설 중 하나다. 이 소설을 원작으로 한 동명의 영화가 1974년에 개봉해 엄청난 흥행에 성공한 순간, 당대 한국인들은 그동안 지녀 온 섹슈얼리티 개념의 전면적 변화를 경험하게 됐다. 이 소설에서 '경아'라는 여주인공은 중산층 출신으로, 아버지가 돌아가신 후 경제적으로 어려워져 말단 경리 사원으로 일하다가 애인에게 버림받고, 결혼 후에는 남편에게 이혼당한다. 호스티스로 일하며 생계를 이어 가던 경아는 또 다른 남자와의 관계를 전전하다가 결국 자살한다.

다소 평범한 플롯과 진부한 인물형을 등장시킨 이 소설이 왜 1970년대에 그토록 폭발적인 인기를 끌었는지 설명하기는 쉽지 않다. 그것을 이해하려면 '경아'라는 역사적 아이콘의 상징성(iconicity)과 이 소설이 그녀를 묘사하는 데 필연적 조건으로 작용한 도시 문화와의 관계를 검토해야 한다. 필자는 이 소설이 도시와 신체의 비유적인 탈재영토화((re-)deterritorialization)를 통해 '호스티스 섹슈얼리티'와 상품화된 여성 신체를 도시 공간에 배치했다는 점을 논하고자 한다.

『별들의 고향』에서 가장 흥미로운 것은 경아의 섹슈얼리티가 새로운 도시화의 경험과 연관되어 상상되는 방식이다. 예컨대, 이 소설의 서술자는 경아와 1년간 동거했던 남성 화가 '김문오'다. 그는 경아에 대한 동정과 애착을 통해 그녀를 도시화의 폐해(사회적·심리적 차원)와 연관된 상징적 대리물로 설정하고 있다. 이 소설은 경아의 섹슈얼리티화된 신체를 반복적으로 도시(서울)의 영토 자체와 중첩되는 것으로 가정함으로써 전문직 남성과 호스티스 간에 공유하는 탈영토화된 주체들(이 소설의 제목처럼 '고향'을 잃은 사람들)의 감각을 성-섹슈얼리티 상품으로서 노동계급 여성 신체의 (재)영토화로 변화시킨다. 김문오는 "도시의 빌딩 (네온사인의) 꼭대기에 (장난스럽게) 앉아 있는"(하, 606쪽) 경아의 환영을 언뜻 보곤 했다. 또한 그녀를 밤에 서울 거리를 스쳐 지나가다가 도시가 깨어나는 새벽에 사라지는 요정으로 상상하기도 한다. 경아와 도시 영토의 동일시는 궁극적으로 경아의 신체로 환원되며, "우리가 무책임하게 방뇨를 하는 골목골목"(상, 34쪽)으로 연결되기도 한다.

여기서 내가 논하려 하는 것은, 여성주인공 경아에 대한 열광적인 인기가 시각적이고 가상적인 성적 상품으로서의 여성 섹슈얼리티의 생산과 연관돼 있다는 점이다. 광고처럼 빌딩 옥상에 앉아 있거나 도시의 밤에 나풀거리는 요정 같은 경아. 그런 아이콘적 이미지의 영화적인 환영성과 찰나성은 1970년대가 가상적인 섹스 상품으로서의 여성 신체와 섹슈얼리티의 상품화가 확산되는 시대로 이행하고 있음을 보여 준다.

피터 베일리는 빅토리아 시대 도시의 대중문화에 대한 연구에서, 당대 술집 여급들을 "뒤쪽에서 거리를 두고 제한하는 방식"[12]이 그녀들의 섹슈얼리티를 더 매력적으로 만드는 효과가 있었다고 논한 바 있다. 1970년대 한국의 호스티스들은 자신과 고객의 신체적 거리를 가깝게 하는 방식으로 남성 고객들을 접대했지만, 당대 신문 연재소설과 잡지, 영화와 같은 호스티스의 대중문화적 재현은 그런 미디어들에 의해 생겨난 '거리를 통해' 상품화된 섹슈얼리티를 '매력적인 것'으로 인식하게 하는 효과를 발생시켰다. 호스티스의 섹슈얼리티는 실제 술집에서보다 대중문화의 물질적 영역에서 '가상의 성적 상품'으로 훨씬 더 실감나게 존재했다.

요컨대, 1970년대 한국에서의 술집 호스티스는 그들을 매력적인 존재로 만드는 영화와 같은 대중문화의 재현을 통해 '상품화된 여성 섹슈얼리티'의 문화적 상징이 되었다. 그러나 그런 이미지는 그녀들이 속한 노동계급의 경제적 현실과는 크게 달랐다. 호스티스의 섹슈얼리티와 다른 종류의 상업화된 여성 섹슈얼리티의 주요한 차이점은, 후자와 달리 전자는 이중적으로 소비된다는 사실이다. 즉 호스티스의 섹슈얼리티화된 접대는 술집에서 남성 고객에게 소비될 뿐만 아니라, 당대 소설과 영화, 잡지 등의 남성 감상자들에게 2차적으로 소비됐다. 결국 실제 직업으로서의 호스티스와 '호스티스 문학/영화'라는 대중문화 장르의 관계는 후자가 전자의 반영이라기보다, 오히려 양자가 동시에 출현했다고 설명하는 것이 더 사실에 가깝다.

거리에서의 생존과 성매매 — 『어둠의 자식들』

『겨울여자』와 『별들의 고향』의 주요 관심사는 여성 섹슈얼리티의 사회적 의미다. 이 소설들에서 민족주의화되거나 상품화된 여성 섹슈얼리티의 의미는 근대화 과정에서 노동계급 여성이 맡아 온 경제적 역할의 중요성을 희석시킨다. 반면, 다음에 논의할 『어둠의 자식들』(황석영, 1980)과 『미스 양의 모험』(조선작, 1975)은 노동계급 여성의 주체성을 그녀들의 젠더화·계급화·섹슈얼리티화된 위치의 표현으로 정치화한다.

황석영의 소설 『어둠의 자식들』[13]은 성매매가 이루어지는 도시 뒷골목의 사회적·경제적 맥락을 조명함으로써 성매매에 관한 선입관을 완전히 해체시킨다. 물론 산업으로서의 '매춘'은 보다 조직화된 '고급' 성매매, 즉 상층계급을 상대로 하는 성매매를 포함해 위계화·층위화되어 있다. 그러나 황석영의 주요 관심은 하층계급 남성을 상대로 하는 가장 밑바닥의 여성 성노동자들에게 있었다. 그녀들은 대부분 자신들보다 상층계급에 자리 잡고 있는 고객들 및 일용 노동, 구걸, 행상 등으로 연명하며 거리에서 살아가는 사람들, 혹은 좀도둑, 사기꾼 등의 잡범들과 함께 존재한다. 그럼에도 황석영의 소설은 노동계급 남성을 대상으로 한 여성 성매매를 거리 노동 중에서도 특별하게 젠더화되고 섹슈얼리티화된 형식으로 이해한다. 그가 보기에 남성들이 육체노동을 팔 수 있는 것처럼, '섹스'란 여성이 팔 수 있는 어떤 것이었다.

물론, 그럼에도 다른 거리 노동처럼 성매매 역시 구걸이나 사기, 절도와 중첩된다. 예컨대 섹스는 음식과 의복, 임시 거주지 같은, 생계와 생활에 필요한 최소한의 물자를 구입하기 위한 약간의 돈과 교환된다.

『어둠의 자식들』은 성매매의 재현을 거리의 경제와 관련된 문제로만 한정하면서, '거리 노동'을 하는 남성들이 '거리 여성들'을 착취한다는 점에 초점을 맞춘다. 특히 작가가 이 소설을 통해 폭로한 가장 극단적인 경우는 노동계급의 남성이 여자를 유인해 술집이나 사창가에 팔아넘기는 일, 소위, "탕치기"다. 작가가 탕치기 및 그것과 관련된 일에 대해 묘사한 것은 줄리아 오코넬 데이비슨이 전 세계 다른 지역들에도 공통적으로 존재하는 "속박된" 사창가 제도라고 부른 것과 유사하다.

"속박된" 집창촌 제도는 납치, 유인, 감금, 빚에 의한 속박, 폭력적 규율 수단 같은 다양한 강압적 요소들을 포함한다.[14] 황석영은 그런 범죄적 활동을 젊은 시골 여성 이주자에게 교묘한 거짓말, 협동 작업, 협박, 성적 폭력 등이 세심하게 계획되어 시행되는 과정으로 묘사한다. 탕치기를 기획하는 사람들은 보통 무작정 상경해 서울역에 갓 도착한 소녀를 잠재적 희생자로 상정하고 접근하기 시작한다. 남녀 2인조로 구성된 탕치기 팀에서 여성 멤버는 소녀를 여인숙으로 이끌고, 남성 멤버는 인위적으로 연출된 위험 상황에서 소녀를 구하면서 동시에 그녀를 강간한다(51쪽). 줄리아 오코넬 데이비슨에 의하면 집창촌의 여성들에게 가해지는 '첫 번째 강간'은 잔인한 규율적 권력의 전시일 뿐만 아니라, 집창촌의 권력 구조 내에서 성노동자와 고용주 사이에 '보호와 의존'이라는 보다 복합적인 관계를 확립하기 위한 수단이다.

탕치기는 서울로 이주한 소녀들이 앞으로 더 긴 시간에 걸쳐 겪게 될 일들을 계획된 각본의 '재연'을 통해 하룻밤의 사건으로 압축시킨다. 탕치기를 이런 압축 과정으로 간주할 수 있는 것은 1970년대 한국에서 특정 생활 조건 및 배경을 지닌 여성들의 삶의 경로가 개인의 힘으로는 거의 저항할 수 없을 만큼 결정론적이었다고 판단되기 때문이다. 광범위하게 정의된 '노동하는 여성'의 측면에서 보면, 이런저런 형태의 성적 괴롭힘과 폭력을 겪는 여성들, 그래서 성매매에 유입될 위험이 가장 높은 여성들은 바로 이들이었다. 황석영이 이 소설을 통해 우리에게 보여 주는 것은 성매매의 성립과 유지를 가능하게 하는 모순적인 메커니즘이다. 즉 '거리의' 여성들에게 성적 폭력의 트라우마는 상시적으로 지속되면서도, 또한 성과 신체를 파는 일상에서는 억제돼야만 하는 것이다. 성매매 여성은 성적 트라우마를 반복적으로 체험하지만, 그와 동시에 자신의 직업을 '편안하게' 느끼도록 강제돼야만 한다.

은밀한 노동으로서의 성노동 — 『미스 양의 모험』

조선작의 많은 단편소설들은 정전에 포함되어 있지만 장편 『미스 양의 모험』[15]은 그렇지 않다. 그 이유들 중 하나는 이 소설이 위치하고 있는 다소 모호한 경계 영역과 관련된다. 이 소설이 다루고 있는 성매매와 밤의 생활, 범죄와 연관된 노동계급의 세계 등은 앞에서 논의했던 '호스티스 문학' 같은 대중문학 장르의 소재와도 겹친다. 그러나 이 소설은 호스티스 문학의 독자들이 추구하는 성적 쾌락을 제공해야 한다는 유혹에 쉽게 굴복하지 않으며, 여성주인공 '양은자'에 대한 정치화된 관점을 견지하고 있다. 양은자는 10대 후반에 도시로 이주한 시골 여성인데, 성매매 세계로부터 끊임없는 위협을 받다가, 결국 그 세계로 유인되는 인물이다.

이 소설은 비군사적인 국내 성산업의 두 가지 중요한 양상을 예시한다. 첫째로, 은자의 직업을 드러내는 동시에 드러내지 않으려는 이 소설의 서사적 전략은 한국 사회에서 성매매가 갖는 모순적 위상을 시사한다. 즉 성산업은 모든 곳에 있으면서도 아무 데도 없는 것이다. 이 소설의 3인칭 서술자는 성노동자들을 모집하는 내용의 신문 안내 광고에 "아리송한" 혹은 "불가사의한"(상, 176쪽)이라는 형용사를 계속 사용한다. 이 형용사들은 다소 해학적이고 풍자적인 어조로 성산업의 은밀성을 포착하고 있다. 당대에 끝없이 확장되었던 성매매의 불법성과 도덕적 수용 불가능성은 그 같은 완곡어법으로 은폐되어야만 했던 것이다.

둘째로, "조용히 자립하기를 원하는 분을 구한다."(상, 176쪽)라는 광고 문구는 성매매를 '은밀한 것'으로 간주하는 경향이 성-섹슈얼리티 서비스 노동자 자신들의 인식에도 존재했다는 것을 알려 준다. 이 구인 광고는 은자가 마음에 둔 직업인 '성노동'에 대한 사회적 해석 그 자체다. 이 문구는 '젊고 가난한 시골 출신 여성 이주자의 경제적 자립을 가능케 할 수 있다'는 성노동에 대한 환상에 근거해 상상되고 다시 쓰인 것이다. 광고의 핵심 구절인 "조용히"는 '성노동'이라는 직업의 은밀성을 나타내며, 그것은 여성들 자신이 절박하게 원하는 것인 동시에 또한 여성들이 한국남성의 쾌락을 은밀하게 만들어

낸다는 뜻이기도 하다.

산업화가 점차 진행되면서 농촌과 도시 간 문화 소비의 간격이 날카롭게 느껴지게 되었다. 농촌 여성이 도시, 특히 서울에 대해 들은 소문은 그녀들에게 "막연한 호기심과 막연한 기대, 그리고 막연한 희망과 막연한 가능성"(상, 95쪽)을 불러일으켰다. 그러나 소설 『미스 양의 모험』은 여성 이주자를 희생자로 간주하기보다는 약간의 희극적인 어조를 통해 주인공의 행위력을 강조한다. 서울에 도착한 은자는 "미개지에 발을 딛는 탐험가"(상, 153쪽)로 소개된다. 소설 제목이 암시하듯, 은자는 "모험가"이며 온순한 희생물이기보다는 야만적인 도시인을 정복하러 나선 인물이다. 은자는 신문광고에 나온 관광호텔에서 일하면서 성매매 시장으로의 진입을 유도하는 압력으로부터 자신의 순결을 지키기 위해 마지막 저항을 한다. 그런 전쟁은 그녀를 너무나 지치게 했고, 결국 그녀는 "자신의 순결 같은 것이 얼마나 하찮은 것인가"(상, 282쪽)를 깨닫는다. 그녀는 "자유"(상, 282쪽)롭기 위해서 자신의 처녀성을 포기하면서도 남자 친구에게 아무런 금전적 대가를 받지 않았다는 것을 유일한 위안으로 삼는다. 이 마지막 저항 후에 은자는 곧 집창촌에 '안주'하게 된다.

서울로 이주해 여러 직업을 전전하다 결국 집창촌에 이른 자신의 삶에 대한 은자의 느낌은 "다시 한번 던져지고" "표류하게" 된 것으로 묘사된다. 은자는 "아세틸렌가스를 잡아넣은 풍선처럼 (……) 위태롭게 떠서 폭발해 버리기 전에는 전혀 착지할 가망이 없는 것 같았다."(하, 243~244쪽) 그리하여 그녀는 긴 여행의 종점에 진입하고 싶은 다른 종류의 "유혹"을 느낀다. 그것은 "아담한 방, 휴식의 분위기, 나른한 향수" 그리고 "터무니없는 안정감"(하, 244쪽)이라는 또 다른 유혹이었다.

아이러니하고 비극적이게도 은자는 서울에서의 거친 체류 기간 동안, 전업 성매매 시장에 진입함으로써야 비로소 무한히 불안정하고 폭력적이고 위험한 세계로부터 자신만의 안정적인 피난처를 발견한다. 은자는 오직 섹스를 팖으로써만 자기만의 방을 제공받을 수 있었으며, 그녀를 설득해 성매매 시장으로 이끈 친구처럼 은자 역시 그 방에서 일기를 쓰며 자신의 상황을 반성할 수 있게 됐다. 서술자는 은자의 새로운 '안식처'인 사창가를 이렇게 묘사한다.

> 곧 밤이 되었고 은자는 아래층의 빈 방 하나에 수용되었다. 그렇다. 그것은 수용되었다는 말밖에 달리 둘러댈 표현은 없다. 전란이나 화재 또는 홍수 따위로 재산을 잃고 몸을 상처당했으며 거처를 빼앗긴 사람들을 흔히 난민이라고 부른다. 난민은 수용되기 마련이다. 양은자 양을 한 명의 난민으로 이해하려는 이상 그녀의 재난이 무엇인가도 확실히 해 둘 필요는 있을 것이다. 그것은 이른바 근대화라고 이름 부르는 돌풍 아닐까?
>
> —『미스 양의 모험』, 246쪽

소설은 은자가 집창촌에 정착한 지 5년이 지난 지금, 그녀가 처한 현재 상황을 서술하는 에필로그로 끝을 맺는다. 서술자는 은자가 일본인 사업가들을 접대하는 성노동자가 됨으로써 경제적 자립을 이루었음을 암시한다. 국내 성노동자의 이야기는 이렇게 초국적 성노동자의 서사로 끝난다.

'은밀한' 노동과 '커밍아웃'의 정치학

이 글에서 논의한 국내 성노동은 미군을 대상으로 하는 초국가적 군대 성노동의 연장선상에 놓여 있다. 또한 앞에서 언급한 것과 같이 죽음정치적 노동으로서의 성노동은 남성 젠더와 섹슈얼리티의 '노동화'라고 볼 수 있는 군사노동과 일맥상통한다.

마지막으로 나는 성/섹슈얼리티의 프롤레타리아화와 인종/인종주의의 프롤레타리아화의 유사성에 주목하고 싶다. 성노동이 당국의 단속과 구금의 표적이 되었을 때, 그와 유사하게 외국인 이주노동자들은 단속과 시설에서의 구류, 강제 추방의 철퇴를 맞게 되었다. 한국 사회에서 국가 경제의 확장 및 발전에 상당히 기여해 온 성노동과 인종화된 이주노동(racialized migrant labor)은 각기 다른 방식으로 모두 은밀하게 존재한다. 기업과 정부를 비롯한 한국 사회의 주류는 은밀성을 공유하는 이 두 노동 집단의 치명적인 약점으로부터 이익을 취한다. 이주노동자의 경우에는 비자의 불법성, 성노동의 경우에는 직업의 불법성이 그것이다. 국가와 기업이 이주노동과 성노동의 소비자들을 위해 두 노동 집단의 인종과 성을 프롤레타리아화하는 것은 그런 은밀한 직종의 노동자를 볼모로 잡기 위한 수단이다.

한국의 노동운동가 이란주는 노동운동을 통해 한국 사회의 주류에 통합되려는 이주노동자의 시도를 "커밍아웃"[16]이라고 불렀다. 보통 '커밍아웃'은 사회적 낙인이 두려워 '벽장 속에 갇혀' 있던 성소수자들이 스스로를 가시화함으로써 성소수자에 대한 사회적 인식을 개선하려 할 때 쓰이는 용어다. 그런데 노동운동의 영역에서 이란주가 이 용어를 차용한 이유는 한국에서 인종주의화된 이주노동이 성소수자의 존재 방식처럼 '은밀한 것'임을 드러내기 위해서다. 그렇다면 바로 그런 맥락에서, 자신들의 이슈와 공공의 권리를 쟁취하기 위해 투쟁하는 성노동자들 역시 또 다른 '커밍아웃'을 경험하고 있다고 볼 수 있다. 이주노동자와 성노동자. 한때 '범죄자'이자 '희생자'였던 두 집단의 사람들은 이 사회의 주류가 자신들을 노동자, 즉 일하는 사람으로 인정할 것을 여전히 요구하고 있다.

주

* 이 글은 필자의 책 Service Economies: Militarism, Sex Work and Migrant Labor in South Korea(University of Minnesota Press, 2010)에 수록된 "Domestic Prostitution: From Necropolitics to Prosthetic Labor"의 한국어 번역본 『서비스 이코노미 — 한국의 군사주의, 성노동, 이주노동』(나병철 옮김, 소명출판, 2015)을 축약, 재구성한 것이다.

1 Julia O'Connell Davidson, Prostitution, Power, and Freedom, University of Michigan Press, 1998, p. 3, 9, 21.

2 Achille Mbembe, "Necropolitics." Public Culture 15, no. 1, 2003, pp. 11~40.

3 Giorgio Agamben, Homo Sacer: Sovereign Power and Bare Life, trans. Daniel Heller-Roazen .Stanford: Stanford University Press, 1998), pp. 119~188. (조르조 아감벤, 박진우 옮김, 『호모 사케르 — 주권권력과 벌거벗은 생명』, 새물결, 2008.)

4 Jin-kyung Lee, Service Economies: Militarism, Sex Work and Migrant Labor in South Korea, University of Minnesota Press. 2010, Introduction.

5 Barry, Kathleen, The Prostitution of Sexuality: The Global Exploitation of Women, New York: New York University Press, 1995. pp. 122~123. (캐슬린 베리, 정금나·김은정 옮김, 『섹슈얼리티의 매춘화』, 삼인, 2002.)

6 Shannon Bell, Reading Writing, and Rewriting the Prostitute Body, Blooming : Indiana University Press, 1994, p. 44.

7 Mies, Maria, Patriarchy and Accumulation on a World Scale : Women in the International Division of Labor, London: Zed Books: 2nd Edition, 1999, pp. 112~144. (마리아 미즈, 최재인 옮김, 『가부장제와 자본주의 — 여성, 자연, 식민지와 세계적 규모의 자본축적』, 갈무리, 2014.)

8 조혜정, 『한국의 여성과 남성』, 문학과지성사, 1988.

9 조세희, 『난쟁이가 쏘아올린 작은 공』, 문학과지성사, 1978. 이하 인용 시 본문에 쪽수만 표기.

10 조해일, 『겨울여자』(1975) 상·하, 솔, 1991. 이하 인용 시 본문에 쪽수만 표기.

11 최인호, 『별들의 고향』(1972) 상·하, 동화출판공사, 1985. 이하 인용 시 본문에 쪽수만 표기.

12 Peter Bailey, Popular Culture and Performance in the Victorian City, Cambridge University Press, 1998, pp. 151~174.

13 황석영, 『어둠의 자식들』, 현암사, 1980. 이하 인용 시 본문에 쪽수만 표기.

14 Julia O'Connell Davidson, Ibid., pp. 29~35.

15 조선작, 『미스 양의 모험』 상·하, 예문관, 1975. 이하 인용 시 본문에 쪽수만 표기.

16 이란주, 『말해요 찬드라』, 삶이보이는창, 2003, 109쪽.

'살아남은 자'의 드라마

— 여성후일담의 이중적 자아 기획

김은하

'형제들의 공화국'과 사라진 여성들

사회학자 김홍중은 1990년대에 한국 문단과 독서 시장을 압도한 386세대[1]의 '후일담 문학'[2] 현상에 주목한 바 있다. 당시 한국문학의 한 흐름을 형성한 것은 박일문의 『살아남은 자의 슬픔』(1992)처럼 1980년대를 무사히 살아남은 자들이 느끼는 수치심의 서사였다. 그는 생존을 곧 '부끄러움'으로 여기는 감수성이 '옳은 삶'의 기준으로서 통용되는 시대를 '진정성의 시대'라고 부르고, 후일담의 출현을 '진정성 레짐(regime)'이 붕괴되는 징후로 포착한다. 진정성의 물적 토대가 현실적으로 가능하지 않은 시대에 진정성을 규범적으로 강조하는 것은 문화적 스노비즘의 징후이기 때문이다.[3] 이러한 분석은 한국 사회가 얼마나 불안정하고 변칙적으로 전개되어 왔는가를 보여 준다. 불과 10여 년 전 6월의 광장을 메웠던 사람들은 뿔뿔이 흩어져 자기만의 방으로 물러앉아 버렸기 때문이다. 1997년 IMF 관리 체제가 등장하자 역사적 진보에 대한 신념 속에서 스스로를 판단과 선택의 주체로 선언했던 정치적 인간이 퇴각하고, 생존의 방공호를 짓는 데 몰두하는 자기 계발의 주체가 탄생한 것이다. 그러나 사회의 변동에 대한 이러한 서술은 예리하지만, 6월의 광장과 자기 계발하는 주체의 등장이라는 시간의 틈에 한 무리의 여자들이 있었고, 페미니즘 열풍이 불었다는 사실은 쉽게 지워 버린다. 386세대/여성의 후일담[4]에 주목한다면, 무성(無性)적으로 보이는 시간의 여성주의적 의미를 묻고 민주주의의 편협성에 도전하는 비판적 상상력을 끌어올 수 있을 것이다.

아마도 최윤의 「회색 눈사람」(1992)은 1990년대가 민주주의를 향한 바리케이트 이면에 억눌려 있던 여성들의 목소리가 터져 나오는 시간임을 보여 주는 기념비적 텍스트일 것이다. 이 소설은 여자주인공 '강하원'이 뉴욕의 한 공원에서 쇠약에 의한 아사(餓死)로 판정된 한국인 불법체류자에 관한 기사를 읽는 미스터리한 이야기로부터 시작된다. 작가는 독자를 "사방이 맥주병 바닥의 두꺼운 유리처럼 어두웠"(37쪽)던 20여 년 전의 시간 속으로 끌고 들어가 젊디젊은 강하원과 조우하게 한다.[5] 스무 살의 강하원은 유일한 혈육인 어머니가 미국으로 떠나자 사실상 고아가 된 채 극단적인 빈곤과 고립에 시달린다. 그러나 남성혁명가 '안'과의 만남을 계기로 반정부 단체인 '문화혁명회'와 함께하며 "사는 일이 그다지 지옥 같지는 않을 수도 있다는 엷은 희망"(49쪽)을 품는다. 그녀는 인쇄소로 위장한 문화혁명회의 아지트에서 아르바이트생으로 일하며 무크지 출간을 돕고, 조직이 공권력에 의해 해체된 후에는 자신의 여권으로 비밀 조직원인 '김희진'을 미국으로 도피시킨다. 그렇게 20년의 시간이 흐른 후 강하원은 단신 기사를 통해 김희진의 안부/죽음의 소식을 접한 것이다. 이 소설은 불의한 시대에 저항하기 위해 자기 헌신을 마다하지 않은 이들을 애도한다. "아프게 사라진 모든 사람은 그를 알던 이들의 마음에 상처와도 같은 작은 빛을 남긴다."(73쪽)라는 문장은 꽃도 십자가도 없이 잊힌 이들에 대한 헌사이다.

그러나 혁명의 시절에 대한 강하원의 회고는 모종의 긴장과 갈등으로 자주 멈칫거린다. 그녀는 "우리, 그렇다, 지금쯤은 우리라고 불러도 좋겠다."(33쪽)라며 동지들을 그리워하면서도 "그 시절 우리"(35쪽)라는 말에 대한 의혹을 감추지 못한다. 그리움은 뭐라고 이름 붙이기 어려운 쓸쓸하고 섭섭한 감정에 의해 동요한다. 그 시절 강하원은 문화혁명회의 조직원들과 함께 어려운 시절을 함께하지만 마치 문밖에 선 자처럼 동지들에 대한 선망과 소외의 감정에 시달린다. 그녀는 고행을 자처한 수도승처럼 춥고 옹색한 방에 틀어박혀 이탈리아어도 독일어도 모르지만 독일어판 이탈리아 역사가의 책을 번역한다. 그 책이 조직원들의 대화에 자주 등장하기 때문이다. 그러나 구애와도 같은 그녀의 참여 요구는 번번이 거절당한다. 그녀는 언제나 마지막까지 인쇄소를 지키지만, 그것은 고용인의 성실성 이상의 의미로 받아들여지지 않는다. 강하원은 스스로 학습하고 성장하는 독학자이다. 그녀는 비록 조직이 와해된 후이지만 지난한 학습의 결과 「가난이라는 소외의 탈역사적 경향에 대한 반성」이라는 글을 쓸 만큼 성장한다. 그리고 새로운 시대가 열린 후 '안'이 과거의 이력을 훈장 삼아 스타가 된 데 반해 그녀는 지역에서 이름 없는 시민운동가로 살아간다. 그녀는 기록에도 부재하고, 자신을 기억해 줄 동지조차 갖지 못한 유령 조직원 혹은 은둔하는 혁명가인 것이다. 김희진 역시 삶 전체를 혁명에 바쳤지만 그 존재를 기억하고 애도해 줄 동료조차 없는, 지워지고 삭제된 자이다. 시체가 되어 1990년대의 시간 속으로 회귀해 온 강하원/김희진은 애도되지 못한 채 남성 형제들의 공화국을 떠도는 여성혁명가, 즉 역사의 유령일 것이다.

흔히 남성작가들이 쓴 후일담은 혁명세대의 치욕적 현존에 관한 자기 고백적 보고서이다. 작중인물들은 1980년대를 무사히 살아남았다는 사실에 안도하기는커녕 부끄러움과 치욕감에 휩싸이며, 1990년대라는 탈이념·탈정치의 시대에 적응하지 못한 채 사회와 불화한다. 여성작가들의 후일담 역시 이와 크게 다르지 않지만 남성작가들의 후일담으로 환원하기 어려운 면모를 보여 준다. 여성작가가 쓴 후일담은 1980년대 민주주의의 기억 속에서 공백으로 남겨진 여성들의 흔적을 보여 주는 증언 텍스트로서 중요한 의미를 갖는다. 1980년대는 여성들이 사적 영역을 벗어나 정치적 주체로서 자기 성장을 도모한 시대이지만 역사적 기억 속에서 여성은 삭제되어 왔다. 대중의 기억 속에 각인된 1980년대는 억압적인 국가권력에 맞서 양심적 시민들이 불복종 투쟁을 전개한 시대이다. 대중 집회와 가두시위가 일상의 의례로 자리 잡고, 그 정점에 정권을 무릎 꿇린 6.10 항쟁이 장엄하게 빛나는 정치혁명의 시대인 것이다. 그런데 그 자유의 거리에는 열사가 된 대학생과 넥타이를 매고 작업복을 입은 채 거리를 행진하는 남성 노동자, 직장인이 있을 뿐 여성의 흔적은 없다. 그러나 기실 1980년대 민주주의를 향한 대중적 봉기의 도화선이 된 것은 유신의 억압 속에서 민주적 노동조합 운동을 주도한 섬유나 의류 분야의 여성노동자였다. 또한 많은 여대생, 여성지식인들은 대안적 여성 주체성을 추구하며 중산층 가족을 떠나 공단으로 뛰어들거나 사회단체에 속해 시민운동을 조직했다. 관변 여성 단체와 구별되는 반체제적 여성운동이 성장해 중산층 여성의 자기 각성을 유도하며 초남성적인 폭력국가에 대한 불복종 투쟁을 전개한 것도 1980년대였다.

이는 1980년대가 도달한 민주주의는 학생운동권 몇몇의 참여로 환원할 수 없는, 두터운 범세대적, 범계급적, 범성별적 고투의 결과임을 뜻한다.[6] 특히 1980년대의 '데모하는 여대생'들이나, 자본주의와 가부장제가 유착된 부르주아 가족을 비판하며 공모(conspiracy) 관계를 벗어나고자 한 일군의 중산층 지식인 여성들은 '자기 진정성의 윤리'를 극적으로 체현한 존재였다. 여성은 한 사회나 공동체 내부에 존재하는 관습적인 질서에 순응할 때 '도덕적'이라는 평가를 받는다. 통속적 이해관계와 외부 압력에 맞서 내면의 진실을 확보하는 것이 근대 교육의 목표이자 시민사회 형성의 필수 요소라고 할 때, 내향적 깊이를 가진 여성의 등장은 의미심장한 사건이다. 민주화운동에 대한 여성의 참여는 대상화된 행위 주체인 '국민'을 벗어나 자율적 시민성을 획득하는 것만이 아니라, 제도화된 성 규범과 충돌하고 이를 전복한다는 점에서 '성평등'을 성취하려는 근대적 페미니즘을 탄생시킨 역사적 모멘트인 것이다. 1980년대에 대한 기억 서사의 일환으로서 여성후일담은 사적 영역을 벗어나 정치의 광장에 대규모 군중으로 등장했던 여성 시민의 존재와 그 목소리를 들려준다. 그것은 운동의 기억 속에서 침묵이나 공백 상태로 있던 여성들을 되살려 냄으로써 혁명이 특정 세대 남성의 나르시시즘적 만족을 위한 추억이나 문화적 구별 짓기를 위한 재화로 전유되는 데 저항한다.

그러나 다른 한편으로 여성후일담은 민주주의를 향한 시대적 요청 속에 억눌려 있던 젠더 갈등을 표출시키는 고발과 폭로의 글쓰기이다. 1990년대 여성작가들은 후일담을 혁명의 대의 속에서 침묵을 요구받았던 젠더 갈등을 노출하면서 여성 정체성에 눈뜨는 페미니스트 성장 서사로 전유한다. 여성후일담은 이념의 시대에 대한 연대감과 고발이 뒤엉킨 복잡한 심상 속에서 여성이 정신적 망명을 준비하는 분리와 독립의 서사로, 1990년대 페미니즘 대중화의 시대를 여는 계기가 되었다. 여성후일담은 '여성' 혁명가들의 기억 서사로서, '정치 환멸담'으로 통칭하기 어려운 페미니스트 글쓰기의 면모를 보여 주며 유례없는 정치의 시절을 통과하면서 실종되었던 여성 글쓰기가 부활하는 교차점에 위치한다. 여성후일담은 1980년대에 대한 의미 있는 사후적 기억이자, 여성작가가 진보적 문학의 대의 속에서 잃어버린 여성 글쓰기의 전통을 회복하고, 페미니스트 정체성을 획득해 가는 과도기의 양식이다.[7]

혁명세대에 대한 추모와 여성혁명가의 숭고한 현현(顯現) — 공지영

공지영은 1988년《창작과비평》에 「동트는 새벽」으로 데뷔해 운동권 여대생의 통과제의를 그린 『더 이상 아름다운 방황은 없다』(1989)로 작가 활동을 본격화했다. 1990년대에는 단편집 『인간에 대한 예의』(1994), 『존재는 눈물을 흘린다』(1999), 장편 『고등어』(1994) 등 여러 편의 후일담 소설을 발표하며 386세대의 대표 작가가 되어 왔다. 그녀는 "83년의 어느 가을날", "85년의 광주 망월동" 같은 식으로 자신의 소설을 1980년대에 대한 기억과 증언의 공간으로 만드는 등 혁명세대로서 글쓰기에 대한 자의식을 보여 준다. "예, 저는 81학번입니다. 우리가 입학했을 때 이미 광주는 끝나 있었지만 우리는 한 번도 광주를 끝낼 수는 없었습니다. 그러니까, 말하자면 저희는 광주 세대라고나 할까요?"[8]라는 서술은 비단 작중인물에 한정될 수 없는 작가 자신의 정체성에 대한 고백이다. 공지영은 광주 항쟁의 트라우마를 목도하고 거대한 죄책감에 사로잡혀, 광기 어린 시대의 한복판에 내

던져진 혁명세대의 대표자를 자처한다. 가령 그녀는 "한강변에 나가 강물이 아름답다고 느끼는 것도 죄스러운 시절이었다. (……) 세상에, 스물한두 살의 나이에, 강가에 나가서 강물을 아름답다고 생각하는 것에조차 죄책감을 가졌던 세대가 또 있을까?"[9]라고 혁명세대에 대한 동질적 의식과 연민의 감정을 빈번하게 토로한다.

그러나 이렇듯 '불행한 의식'은 운 나쁜 세대의 무기력한 탄식으로 보기 어렵다. 혁명세대가 겪은 수난은 개발 독재가 강요하는 타율적인 삶에 대한 주권적 개인의 불화 혹은 적대의 표현이라는 점에서 기실 세대적 자부심을 역설(逆說)한다. 1980년대 운동권은 민주주의에 대한 지향과, 자신의 의지와 무관하게 작용하는 억압적 세계 사이의 모순을 해결하기 위해 체포와 구금 그리고, 죽음마저 불사한 고결한 주체의 형상이기 때문이다. 이들에게서는 부정의한 권력에 대항하고 공동체에 민주주의라는 선물을 안겨 주기 위해 자기희생을 마다하지 않은 선인(善人)의 모습이 발견된다. 공지영은 혁명세대를 '순결한 인간'으로 표상하고, 이들이 겪은 수난을 대중적인 멜로드라마 양식을 차용해 도덕화함으로써 1980년대에 대한 미적 추모의 욕망을 보여 준다. 이로 인해 공지영의 후일담 소설은 값싼 향수 의식이나, 신파적 감상주의가 폭발한 사례로 비판받기도 했다.[10] 공지영의 소설은 흥건한 눈물과 회한 어린 내면 등 센티멘털리즘의 흔적을 드리우고 있는 것이 사실이다. 그러나 1980년대 운동권들은 자신의 소시민성과 나약함을 고백하고 비판하는 감정의 문화를 공유함으로써 도덕적 주체를 형성했다는 점에서 센티멘털리즘을 통속의 증거로만 치부하기 어렵다. 고통은 영혼의 순결성, 즉 내면적 도덕성을 입증하는 한편, 사회적인 책임과 실천의 역량을 가진 주체를 형성하기 때문이다. 더욱이 자책과 회한의 감정은 이들이 외적으로든 내적으로든 도덕적

심판의 추궁으로부터 자유롭지 못한 채 여전히 1980년대를 살고 있음을 뜻한다. 그것은 남성 중심적인 혁명의 레짐 속에서 주변인의 자리에 설 수밖에 없었던 여성혁명가의 반감과 분노 혹은 인정 투쟁의 욕망을 역설하기조차 한다.

공지영의 소설은 혁명기의 여대생들이 어떻게 정치적 주체가 되어 갔는가에 대한 문학적 증언이다. 소설 속 여성들은 보수적인 중산층 가정을 탈출해 야학에서 활동하거나 일련의 조직 활동을 거쳐 '의식화'하고, 남의 신분을 빌려 노동 현장에 위장 취업해 공장 활동을 벌이는 식의 통과제의를 겪는다. 이 '데모하는 여대생'들은 정숙함, 이타성 등 제도적 여성성의 규범을 습득함으로써, '이상적 여성'이 되거나 과잉된 섹슈얼리티를 통해 가부장제를 위협하는 '위험한 여성'이 되었던 전(前) 세대 여성들과 달리 역사에 대한 책임을 짊어지는 '시민'이 되고자 한다. 이들은 어린아이처럼 순수하고 사랑스럽기보다, '여성성'이 지워진 무성적 인간이 되기를 바랐던 세대이다. 운동권 여대생의 입사식을 그린 『더 이상 아름다운 방황은 없다』에서 고관 집의 영애(令愛)인 '민수'는 운동의 대의에 헌신하기 위해 가출을 감행하지만 부르주아 아버지에게 붙잡혀 미국 유학을 강요당한다. 그러나 그녀는 중산층 가족주의에 갇힐 수 없어 다시금 아버지의 집을 떠나, '젊은 여자에게는 너무 위험한' 세상으로 뛰어든다. 「동트는 새벽」에서 대학 졸업을 앞둔 '정화'는 1980년대 전위 그룹에 속한 여대생으로, 구로 공단에 위장 취업하며 전위의 길에 들어선다. 그녀는 1987년 '구로 항쟁' 기간에 구치소에 감금되어 신체적 폭력과 정신적 모욕을 경험하지만 전사(戰士)로서 성장하고자 하는 의지를 꺾지 않는다.

그러나 1990년대 후일담은 혁명기의 공지영 소설에서 거의 침묵에 부쳐졌던 여성들의 좌절과 패배의 경험을 들려준다. 「무엇을 할 것인가」(1993), 「인간에 대한 예의」(1993), 「꿈」(1993) 등은 동료들을 두고 자신만 빠져나왔다는 부끄러움에 휩싸인 변절자의 자술서이다. 가령, 「무엇을 할 것인가」[11]는 중산층 가족 질서로부터 이탈하고 조직원으로 성숙의 통과제의를 시도한 운동권 여대생의 좌절담이다. "그 여자"로 지칭된 주인공은 「동트는 새벽」의 정화와 같은 이름의 대학원생이다. "그 여자"는 1983년 어느 가을날 교내 시위를 목도한 지 1년이 지난 어느 날에 노동자가 되기 위해 집을 뛰쳐나온다. 그녀는 사복경찰이 여학생을 성폭행했다는 소문이 흉흉하게 돌던 다음 날 벌어진 시위에서 여자 선배가 경찰에 쫓기다가 건물 아래로 추락하는 장면을 목도한다. 이 사건은 "감옥 밖에 있다는 사실이 더 괴롭던 시절"(101쪽)이라는 표현처럼 그녀에게 깊은 죄책감을 안긴다. "그 여자"는 자신이 누리는 중산층적 안락이 부끄러웠던 것이다. 가출한 그녀는 비합법 조직에서 노동운동가가 되기 위해 하루분의 적은 식량과 엄청난 양의 학습 분량을 견디며 학습에 매진한다. 그러나 그녀는 교육과정을 이수해 노동 현장으로 떠나는 조직원들과 달리 재교육이 필요하다는 판정을 받는다. 다시 대학원으로 돌아간 그녀는 1990년대의 어느 날, 자신의 교육을 지도했던 활동가이자 그녀가 연정을 품었던 '김정석'의 소식을 접한다. 그녀는 김정석이 사상범으로 형기를 마친 후 사촌의 골프 용구점에서 일하며, 시위 중 추락해 하반신이 마비된 연인과 결혼한다는 소식을 듣고 심한 부끄러움에 휩싸인다. 이 소설은 기본적인 자유를 포기하고 지극히 인간적인 욕망마저 억눌러야 했지만 아무런 보상도 받지 못한 혁명세대들의 쓸쓸한 현존을 통해 1980년대에 대한 추모의 의지를 보여 준다.

그러나 좀더 민감하게 이 텍스트를 읽자면, "그 여자"의 이야기는 운동권 문화 속에서 '여성' 혹은 '여성적인 것'이 어떻게 규정되는가를 암시한다. 노동운동가가 되기 위한 여성들의 교육 과정은 일상적 안락과 개인주의적인 습성으로부터 벗어나 자기를 일신하기 위한 금욕주의적 수련의 성격을 띤다. "자잘한 나날들을 건다는 건 목숨을 거는 일보다 더 힘들었어."(113쪽)라는 "그 여자"의 고백이 암시하듯, 일상의 소소한 만족에 대한 기대는 부르주아적 욕망과 동일시된다. 개인주의로부터의 탈피와 욕망에 대한 초연한 태도는 성별을 막론하고 혁명세대가 공유하는 공동체 문화의 일면이다. 그러나 공사(公私)의 이분법 속에서 육체, 감각, 욕망 등 개인성은 여성 혹은 여성적인 것과 연결되고, 운동권 문화가 경원시하던 프티부르주아의 표식으로 간주되었기 때문에 금욕주의적 기율은 여대생에게 더욱 억압적으로 작용하며 중성화를 강제했다. 권인숙에 의하면, 당시 운동권 사회는 여대생을 아무 근심도 없이 풍요를 누리며 고등교육을 받는 기회를 보장받아 신분 상승을 위한 결혼을 꿈꾸고 사회문제에는 무관심한 부르주아 집단으로 여겼기 때문에 언더서클은 여성을 조직원으로 받아들이는 것조차 꺼렸다. 따라서 여대생이 투사가 되기 위해서는 여대생에게 낙인찍혀 있는 부정적 욕구와 문화를 단절하고 극복했음을 증명하는 과정이 요구됐다.[12] 즉 여대생은 허용과 욕망의 존재로서 대대적인 교정이 필요한 문제아로 여겨진 것이다. 혁명가가 되기 위해 자기 개조에 나선 이들은 모두 여성들이며, 여성들의 교육을 지도하는 사람이 대개 김정석을 비롯한 남성활동가들이라는 것은 그저 우연의 결과만은 아니다. 여성혁명가의 성숙기는 운동권 가부장의 초자아가 사적이고 부르주아적인 세계로부터 여성지식인들을 분리시켜 민중 친화적인 '누이'로 탈젠더화·탈성화(desexualized)하는 과정인 것이다.

여성에 대한 진보 진영의 감시는 근대화 과정에서 여성이 중산층 가정의 이상 속에서 독재 권력과 공모하며 부르주아 이데올로기를 재생산했다고 비판해 온 페미니스트의 문제의식과 상통한다. 주지하다시피 박완서는 개발독재기에 강남 개발과 중산층의 통치 전략으로서 아파트 공간에 대한 비판적 상상력을 통해 자본주의와 가부장제의 질긴 유착 관계를 고발했다. 이러한 시도는 여성들의 성찰성을 증가시켜 페미니스트로서의 자기 정체성을 획득하도록 독려했다. 그러나 운동권 문화는 여성에게 무성적인 자아 기획을 유도함으로써 여성성을 부르주아 문화의 징표로 프레임화한다. 여성에 대한 이와 같은 감시 혹은 억압은 남성과 다른 몸을 가진 여성에 대한 중대한 무지에서 비롯된다. 기실 여성이 남성과 동일한 방식으로 혁명에 참여한다는 것은 불가능하다. 가령 여성에게 보편적 인권/시민권이 보장되지 않은 사회에서 여성이 가족 바깥에서 살아가는 것은 수많은 폭력 속에 무방비 상태로 놓이는 것과 다를 바 없다. 또한 일상성을 향한 욕망은 부르주아적인 습성을 벗어나지 못한 여성 개인의 이기심이나 나약함의 문제로 치부될 수 없는, 그 자체로 별도의 고찰을 요하는 정치적 주제이다. 그런 면에서 '무성적 혹은 중성화된 인간 되기'는 운동권 문화의 가부장성으로 인해 여성혁명가들이 겪는 문제를 차마 '말할(말해질) 수 없는' 경험이 되도록 강요한다. 여성이 정치 무대에 하나의 세력 집단으로 등장했다고 해도, 정치 및 사회운동을 통해 성평등을 성취하려는 페미니스트 의식이 억눌려지면 여성은 '형제애 공화국'의 주변인이 될 수밖에 없다.

공지영은 몇몇 작품에서 조직에서 사실상 파문을 당하거나, 의지적 열정을 소유했음에도 운동의 대오에서 이탈해 자책에 휩싸이는 여성들의 이야기를 그리지만, 남성과 다른 몸을 가진 여성혁명가들이 겪은 갈등을 주제화하는 데까지는 나아가지 못한다. 대신 공지영은 '여성성'을 부정과 극복의 대상이 아니라, 혁명의 에너지 혹은 에토스(ethos)로 전치시킴으로써 주변인의 지정학을 벗어나고자 한다. 그러한 시도를 보여 주는 대표적인 작품이 1990년대의 초대형 베스트셀러인 『고등어』이다. 이 작품은 "한때 넉넉한 바다를 익명으로 떠돌 적에 아직 그것은 등이 푸른 자유"(207쪽)였지만 '지금은 소금에 절여진 채 시장 좌판에 오른 고등어'라는 비유를 끌어와 '잃은 것은 혁명이고 얻은 것은 생활'인 혁명세대의 비루한 초상을 그려 낸다. 남성주인공 '김명우'는 한때 변혁 운동에 투신했지만 지금은 부르주아의 자서전을 대필하는 프리랜서로 살아간다. 그는 자기 진정성의 이념적 지평을 상실하고 가련한 안락에 사로잡힌 인물이다. 소설은 명우 앞에 오래전 동지이자 연인이었던 '노은림'이 불치의 병이 깊어진 몸으로 나타나 지난 연대(年代)의 약속을 일깨우면서 명우가 잃어버린 정체성을 회복하게 하는 구조를 취하고 있다. 그러나 이 소설은 배반하는 남자, 버림받은 여자, 그녀의 수난을 역설하는 불치병 등 멜로드라마의 양식을 차용해 우리가 쉽게 기억에서 지워 버린 여성혁명가의 존재를 되살려 내고, 너무 늦었다는 깨달음 속에서 비통한 눈물을 자아내게 한다. '멜로'의 서사 구조는 여성혁명가의 원한과 인정욕망을 보여 준다.

이 소설은 통속성 시비에 휘말렸던 바처럼 은림과 명우의 애정 갈등을 서사화한다. 은림은 명우에게 버림받은 7년 전의 어느 날처럼 낡은 가방을 들고 앙상하게 마른 몸으로 나타난다. 미혼의 명우는 자신이 아끼는 후배 '건섭'의 아내이자, 친구 '은철'의 누이인 은림과 불온한 사랑에 빠지고 그녀와 함께 떠나 창원에서 삶도 운동도 다시 시작하자고 다짐하지만, 결국 은림과의 약속을 저버린다. 명우는 미혼의 젊은 남성으로서 자신이 앞으로 겪어야 할 수난을 떠올리자 "은림을 떼밀어 버리고 싶은 충동"(24쪽)에 사로잡힌다. 그는 "여자들이란 너무나 감정적인 동물이다."(24쪽)라는 편견과 "사소한 애정 문제 따위는 인생에서 하등의 문제도 되지 않는 사내가 되었다."(25쪽)라는 자부심을 알리바이 삼아 은림을 버린다. 그 후 은림은 면책의 희망마저 버린 죄수인 양 건섭에게 돌아가고, 지역의 노동운동가로 살아간다. 따라서 죽어 가는 은림의 귀환은 명우의 무책임과 이기주의를 질타하는 징벌의 의미를 내포하고 있다. 명우는 여성에게 고통과 수난을 안겨 주는 악한의 면모를 가지고 있다. 그는 은림과 헤어진 후 여성노동자인 '연숙'과 사랑 없이 결혼하고, 결국 연숙 또한 버린다. 연숙은 명우의 이기심을 숨기기 위한 알리바이이자 혁명의 이력에 불과했던 것이다. 명우는 현재의 애인인 '문여경'에 대해서도 이렇다 할 책임의식을 보여 주지 않는다. 이토록 이기적인 남자인 명우에게 은림은 찾아와 발작적으로 기침을 토해 내고 기절함으로써 그의 쾌적한 오피스텔을 점령한다. 은림은 죽음의 징후 가득한 파리한 얼굴로 명우의 죄를 묻는 히스테릭한 육체이다.

그러나 이 소설은 명우를 처벌함으로써 여성의 공격성을 표출하고 충족하는 통속소설의 문법에 만족하지 않고, 용서와 관용을 통해 동지애적 연대를 회복함으로써 애정 갈등을 뛰어넘고자 한다. 이러한 과정에서 노은림은 러시아혁명을 떠올리게 하는 검은 눈동자의 로자, 즉 매혹적인 표상으로서의 여자가 아니라, 도덕적 이상과 불굴의 투지를 가진 고결한 역사 주체로 재의미화된다. 은림의 귀환은 혁명의 기억 속에서 여성이 누락되고 삭제되어 온 데 대한 반발처럼 보인다. 그녀는 운동판을 끝까지 지킨 사람은 결코 영민한 주류 남성 집단이 아니라, 순진하고 어리석기조차 한 주변인들이었음을 증명한다.

명우와 같은 똑똑한 이들이 시대가 변하자 일찌감치 자세를 고쳐 앉은 것과 달리, 은림은 울산의 공단에 남아 노동운동을 계속한다. 치료받을 때를 놓치고 죽어 가는 그녀는 '맨몸의 숭고'라고 할 만큼 살아남은 자의 죄책감을 자극한다. 특히 계산적 합리성이나 논리성과 거리가 먼 은림의 열정적 면모는 '여성적인 것'이 곧 '혁명적인 것'임을 역설한다. 은림은 과학적·객관적으로 사태를 판단하기보다 감성적·주관적인 면모가 짙어 조직 활동에 부적합하다는 비난을 받아 왔다. "전투적인 여자", "자신을 매혹하는 일이 있으면 영원히 잠들지 않을 수도 있다고 말하던 여자"(94쪽)라는 수사에서 보듯, 은림은 시종일관 이성의 결여, 감정의 과잉을 보여 주는 여성으로 묘사된다. 은림 역시 "내 사주는 온통 불이래, 불하고 나무뿐이래, 그래서 훨훨 타고 있대."(142쪽)라며 스스로를 감성적인 존재로 설명한다.

이렇듯 '혁명가의 자질 부족'을 증거하는 것으로 규정된 감상성, 즉 여성성은 열등생의 특징이 아니라 유토피아를 향해 무모하리만큼 열정을 보여 주었던 혁명가의 에너지로 재발견된다. 여성을 이성을 결여한 감정 과잉의 존재로 낙인찍었던 명우는 "과학적이던 명우 선배보다 합리적이고 이성적이라고 자부하던 자신보다, 비과학적이라고 그녀를 비난하던 후배들보다 은림 혼자 오래오래 남아 있었다."(131쪽)라는 것을 뒤늦게 깨닫는다. "우리를 떠나지 못하게 한 건, 그토록 매료시켰던 건, 그건…… 바로 인간에 대한 신뢰였어."(131쪽)라는 은림의 고백이 암시하듯 여성적 감수성은 비과학성의 증거가 아니라 '인간에 대한 예의'라는 도덕 감정이었던 것이다. "강한 비판력도 느낌이라든가 직관이라든가 감정의 흐름 앞에서는 무기력해요."(141~142쪽)라는 문여경의 말 역시 여성적인 것은 남성적인 것보다 단단하고 우월하다는 항변을 함축하고 있다. 공지영은 굳건한 의지,

과학적 사유 능력, 강인한 육체, 민첩한 판단력 등 '남성적인 것'으로 젠더화된 혁명을 인간을 향한 도덕감, 계산하지 않는 헌신과 열정, 순수한 직관과 창조성 같은 '여성적인 것'으로 젠더화함으로써 혁명을 남자들의 전쟁이 아니라 여성적 구원 서사로 탈취하고자 하는 것이다. 결국 은림은 마치 피에타의 성모인 양 살아남은 자들에게 숭고한 감정을 일깨우며 명우의 품에서 죽어 간다. 그렇게 은림은 스스로를 역사의 주변인이 아니라 고결한 여성혁명가로 창조한 것이다.

글쓰기의 판옵티콘과 잃어버린 여성성 — 김인숙

김인숙은 1983년 《조선일보》 신춘문예에 젊은 여성의 자유분방한 성애를 그린 「상실의 계절」로 데뷔하고, 같은 해 장편소설 『핏줄』을 발표하며 대담한 상상력을 보여 주는 여대생 작가로 주목을 끌었다. 그러나 1987년에 '서울의 봄'부터 광주 항쟁에 이르는 격동기를 담은 공동 창작 소설 『'79~'80 겨울에서 봄 사이』를 출간하며 문학적 전향을 시도한다. "데뷔 이래 늘 주간지 가십거리로 붙어 다니던 '여대생 작가'라는 불명예를 떨쳐 버리고 당당하게 민족문학사의 큰 흐름 속으로 진입해 들어온 젊은 작가"[13]라는 찬사가 보여 주듯 이는 매우 파격적인 변신이었다. "소설은 벌거벗음이나 벌거벗김인 것뿐만 아니라 바라봄이고 외침이어야 한다고 내 나름의 소박함으로 믿으면서, 나는 소설이라는 것을 한 편 두 편 써 댈 때마다 늘 나의 자격 부재에 대해 괴로웠다"[14]라는 고백은 글쓰기의 방향 전환이 작가 자신에게 절박한 과제였음을 고백한다. 김인숙은 콜트악기의 노동쟁의를 다룬 보고 문학 「성조기 앞에 다시 서다」(1989)를 발표하는 등 "나날이 치열하고 나날이 눈물이면서 나날이 희망찬 함성"[15]을 담아 내는 현장의 작가가 된다. '여성성(=통속성)'의 요소를 걷어 내고 명실상부 시대의 요구에 부응하는 민족·민중문학의 대표 작가로 자기를 정체화한 것이다.

그러나 김인숙은 다시금 시대 전환의 새로운 국면 속에서 전향의 운명을 맞이한다. 동구 사회주의권이 무너지고 변혁 운동의 전망이 사라진 이후 그녀의 주인공들은 무기력한 심리 혹은 멜랑콜리아의 면모를 보여 준다. 『유리구두』(1998), 『꽃의 기억』(1999), 『브라스밴드를 기다리며』(2001), 『그 여자의 자서전』(2005), 『안녕, 엘레나』(2009) 등에서 여성주인공들은 세월 속에서 윤기 나는 젊음을 잃고, 엠마 보바리인 양 공허와 권태를 물리쳐 줄 짜릿한 사건을 기다린다. 무료함을 참을 수 없어 남편이 심장마비로 쓰러졌다는 허위 신고를 하고, 옆집 남자와 불륜을 저지르며, 카지노에서 잭팟을 터트리자 환희의 고함을 멈추지 못한다(「술래에게」, 2000). 「강」(1988)에서 부조리한 현실에 대한 의분과 고통받는 이들에 대한 공감으로 사람들을 끌어안던 반듯한 소녀는 병리적 징후를 잔뜩 풍기는 중년의 여자가 된 것이다. 김인숙의 소설은 비명과 함성이 난무하는 현장에서 멀어져 간다. 그러나 혼돈은 방향 상실이 아니라 시대적 요구 속에서 외면해 온 자기 정체성을 향한 길 찾기이다. 두 번째 창작집 『칼날과 사랑』(1993)에 비로소 데뷔작 「상실의 계절」이 수록된 것은 "10년 전의 나와 지금의 내가 서로 화해를 할 필요가 있다."(336쪽)라는 고백처럼 자신의 언어를 찾겠다는 의지의 표현이다. 젠더/섹슈얼리티가 지워진 '중성인(中性人)'이 아니라 여성으로 돌아가겠다는 선언인 것이다.

1980년대의 김인숙과 1990년대의 김인숙 간에는 커다란 틈이 존재한다. 작가의 각 시기를 대표하는 두 작품 「함께 걷는 길」(1988)과

「당신」(1992)은 그 차이가 무엇인지 보여 준다. 두 작품의 주인공은 모두 사회운동에 투신한 남편과 불화하는 아내이지만 갈등을 풀어 가는 방식은 서로 다르다. 「함께 걷는 길」은 노동자 부인의 각성에 관한 이야기이다. 아내는 딸의 돌잔치마저 잊을 만큼 가정에 무심한 남편에게 불만을 품는다. 그러나 '민주가족실천위원회'와 함께 위장폐업에 맞선 가족 투쟁을 전개하면서 연애 시절 이후 처음으로 "멋있는 남편"(70쪽)을 발견한 기쁨을 느낀다. '가족 투쟁'은 중산층 가족의 핵심적 특징인 '가족 중심성'이 노동계급에도 출현하고 있으며, 변혁 운동의 전망 속에 여성 개인을 위한 자리가 마련되지 않았음을 암시한다. 변혁 운동은 '좋은 삶'에 필요한 모든 것을 독식한 중산계급에 맞선 남성/노동계급의 항쟁이지, 여성형제들을 위한 것은 아니었던 것이다. 변혁 운동의 전망 속에서 여성은 여전히 남성부양자에게 예속된 존재였기 때문이다. 노동쟁의는 가족 투쟁의 형식을 취하고, 노동자의 아내는 내조하듯 노동운동에 동참하기 때문에 여성은 자기만의 내면을 갖지 못한다. 반면에 「당신」의 '윤영'은 남편이 전교조 가입으로 해직교사가 된 후 극심한 내적 갈등에 휩싸인다. 그녀는 남편의 선택이 옳았다고 생각하면서도 가정경제가 어려워져 자신이 월세를 올리는 악역을 떠안게 된 상황에 분노한다. 중산층 여성은 가부장적 가족제도에서 계급 재생산의 도구적 역할을 수행하기 때문에 사실상 개인의 자율성과 진실성을 확보하기 어렵다. "나는 도대체 무엇이란 말인가. 나의 하늘은 무엇이며 나의 고통은 무엇을 위한 것일까."(108쪽)라는 윤영의 절규는 여성의 '자기 진정성 윤리' 확보의 어려움을 암시한다. 계급 문제나 변혁 운동으로 환원될 수 없는 '성(gender) 모순'에 대한 자각을 보여 준 것이다.

김인숙의 후일담 소설은 작가 자신이 소설의 주인공으로 등장하는 '예술가 소설'의 형식을 빌린 고백문학적 성격이 강하다. 「바다에서」(1995)에서 어린 나이에 등단해 베스트셀러로 화제에 오른 '나'는 상당 부분 김인숙 자신을 연상시킨다. '나'는 가두시위로 수감된 구치소에서 경찰서장으로부터 첫 장편소설에 대한 사인을 요청받고 수치심에 휩싸여 "경찰서장이 싸인해 달라고 내밀 수 없는 소설을"(235쪽) 쓰겠다고 결심한다. 그녀는 자신이 작가로서 인식된 것이 아니라, 젊은 여성으로서 타인의 호기심 어린 시선 속에 대상화되고 자신의 문학이 통속적 추문과 동일시됐다는 데 대한 불안과 공포를 느낀 것이다. 여성들의 글쓰기에 으레 통속성과 대중성의 혐의가 씌워져 온 것처럼, '나'에게 문학은 작가적 자부심이 아니라 수치심을 안겨 주는 요인으로 작용한다. 「풍경」(1996)의 여성소설가 역시 자신이 "어른이 되는 것과 동시에 이미 글을 쓰는 여자"(92쪽)였지만, 문학은 "상처였고 부끄러움"(92)이었음을 고백한다. '그녀'는 "너무나 많은 사람들이 자신의 목숨까지도 서슴없이 불길 속으로 내던진 시대"(92~93쪽)가 가하는 깊은 죄의식을 외면할 수 없어 돌을 던지는 대신 글을 써 왔다. 기실 그것은 "그들은 말했다. 그녀를 사랑한다고, 그리고 또 말했다. 글을 쓰라고…… 그녀의 글이 무기가 되리라고."(100쪽)라는 문장이 암시하듯 타인의 요구/명령에 대한 수행적 행위였다. "글 쓴다는 여자들, 다, 다들 애정결핍증이야."(92쪽)라는 남편의 비아냥처럼, 투석을 대신하는 글쓰기는 착한 여성/작가가 되기 위해 타인의 요청에 부응하는 여성적 행위였던 것이다. 변혁 운동의 무기가 된 글쓰기는 혁명세대 여성이 여성성을 지우고 '명예 남성'이 되기 위한 방편이었다.

이러한 고백은 엄밀히 말해 작중 여성소설가의 것이다. 글쓰기의 방향 전환을 통해 세대적·문학적 인정과 사랑을 얻었지만 문학이 역설적으로 작가 자신에게 수렁 혹은 함정이 된 것이다. 자전적 성격은 찾기 어렵지만 「그 여자의 자서전」(2003)에서 김인숙은 다시금 여성 소설가를 주인공으로 내세워 대타자의 권위를 벗어나기 위해 글쓰기의 기원으로 되돌아간다. '나'는 돈 때문에 부자의 자서전을 대필하는 아르바이트를 시작한다. 그러나 대필 작업은 구술자의 구술을 받아 적는 수동적 행위가 아니라, 떳떳하지 못한 과거를 지워 버리고, 눈물겹고 감동적인 성공담을 지어내는 창조적 기만을 요구한다. '나'는 자서전 대필을 의뢰한 졸부가 정계 진출을 위해 "민주주의에 대한 기여"(13쪽)와 관련된 이야기를 만들어 달라고 하자 수치심에 휩싸이며 글쓰기의 진정성에 대해 고뇌한다. 그리고 이 고민은 자기 글쓰기의 기원과 정체에 대한 탐구로 이어진다. '나'는 어린 시절부터 작가가 되기를 소망한다. "책을 읽어야 한다. 바로 이 안에 세상이 있고 진리가 있고 길이 있단 말이다."(16쪽)라는 아버지의 말씀 때문이었다. "나는 사람들이 책꽂이에서 나를 꺼내어, 내 삶의 책갈피마다 담뱃내가 풍기는 손냄새와 들척지근한 침을 적셔 주기를"(17쪽), 그래서 생이 나달나달해지기를 소망한다. 독서를 에로틱한 행위로 은유한 문장이 암시하듯 '나'의 글쓰기의 기원에는 아버지에 대한 애정결핍에 시달리는 딸의 콤플렉스/욕망이 놓여 있다. 아버지의 말씀은 늘상 존재감 없는 '나'가 아니라 집안의 기대를 한 몸에 안은 오빠를 향하기 때문이다. 성인이 된 후에도 '나'는 "내 남자에게 칭찬을 들을 수 있는 소설"(28쪽)을 쓰는 타율성을 벗어나지 못한다. '나'는 애인이 나의 소설을 통해 "내가 원하는 것, 내 삶, 내 행복과 고통의 전부"(28쪽)를 들어주기를 갈망한다. '나'에게 소설 쓰기는 사랑에 대한 갈구였던 것이다. 그러나 아버지/애인은 기실 '나'의 결여를 채워 줄 수 없는 거세된 남성들이다. 장서가인 아버지의 수많은 책들은 교사가 되지 못한 채 시골 중학교의 서무 직원으로 연명하는 아버지가 지닌 콤플렉스의 표현이었기 때문이다. 또한 애인은 '나'에게 낙태의 상처만 안겨 주고 떠나간 무책임한 남자일 뿐이다.

김인숙은 공지영처럼 자책/자해의 강도를 높여 가면서 자기 진정성을 입증하기보다 불온한 욕망의 주체가 됨으로써 강요된 엄숙주의 혹은 여성혐오의 문화로부터 벗어나고자 한다. 신화화된 아버지/남성성의 환상으로부터 도주하기 위해 가부장제의 법과 규범을 위반하고자 하는 것이다. 「유리구두」(1993)는 "절망과 분노의 시대에 젊음을 바쳤"(26쪽)지만 어느 날 "추억 밖의 세상에 던져져"(26쪽) 버린 혁명세대의 1990년 후일담이다. 대기업의 엘리트 사원인 남자주인공 '나'는 세상의 변화를 실감하지만 "그 사실을 무리 없이 수긍"(26쪽)하고, 또 다시 실패하지 않기 위해 리스크를 관리하는 자기 계발적 주체이다. 그가 사랑의 열정이 없이도 여자 대학원생 '경원'과 결혼하려는 것은, 그녀가 "평범한 남자"의 삶에 어울리는 순진하고 규범적인 처녀이기 때문이다. '나'는 "모든 것을 그에게 주어지는 당연한 삶의 절차"(23쪽)로 받아들이는 "자신의 평범함을 매우 자랑스러워하는 남자", 즉 '자기 진정성의 윤리'를 상실한 속물적 주체인 것이다. 그러나 관리 주체로서 균형 잡힌 삶을 살아온 '나'는 대학 동창생인 여자 '유선'을 만나 광기와도 같은 섹스의 쾌락에 빠지면서 흔들린다. 자칭 '섹스주의자'인 유선은 밀교도인 양 "내게 남은 마지막 가능성이야. 나한테 섹스는 그렇게 위대한 거라구."(9쪽)라고 주장한다. '나'는 유선으로 인해 자신이 함정에 빠졌다는 사실을 감지하며 무절제한 그녀를 깊이 혐오하지만 뿌리칠 수 없을 만큼 그녀에게 매혹된다.

이 소설은 남자주인공을 중심으로 쓰였기 때문에 유선에게 섹스가 왜 절망의 수렁을 빠져나갈 구원인지 명확하게 제시하지 않는다. 그러나 「바다에서」와 겹쳐 보면, 유선의 '종교화된 섹스'는 이념적 지평을 상실한 이의 위악적 제스처가 아니라, 혁명세대의 여성이 잃어버린 자아/여성성을 찾아 균형과 조화를 회복하기 위한 치유 혹은 주술의 퍼포먼스임을 알 수 있다. 광란의 열정은 진보적 여성지식인에게 가부장적 금욕주의를 강요한 운동권 문화에 대한 의식화되지 못한 분노와 원한에서 비롯되기 때문이다. 「바다에서」의 여성소설가 '나'는 여고 동창생인 'J'가 10년 만에 연락해 온 것을 계기로 우정의 시간을 반추하는 한편, 과거에 대한 회한에 사로잡힌다. 하숙집 딸로 옹색한 삶을 살아온 열일곱의 '나'는 캐나다에서 전학을 온 J에게 매혹된다. J에 대한 '나'의 감정은 선망에 가깝다. 사춘기 소녀인 '나'에게 J는 비밀스러운 개인성, 풍요로운 일상, 섹슈얼리티, 유혹적인 상품 등 매혹적인 여성 이미지의 모든 것이다. J는 가난한 하숙집 딸인 '나'의 결핍/욕망을 건드리는 쾌락/행복의 이미지이다. 그러나 J에 대한 '나'의 선망을 단순히 가난한 소녀의 콤플렉스로 환원할 수는 없다. 고급 맨션, 침대가 있는 자기 방, 숨 막힐 듯 잘생긴 애인, 필터 끝을 물에 적시면 사랑하는 사람의 이니셜이 새겨진다는 양담배 등 J가 소유한 행복 재화들은 부자의 증표일 뿐만 아니라 가부장제, 즉 '아버지의 법'을 무력화하는 비규범적이고 불온한 자아/여성성의 이미지이기 때문이다. 초남성적인 가부장들이 점령한 개발독재의 사회에서 소녀는 일탈적인 여성성에 대한 환상을 통해 여성적 성장을 시작하고 있는 것이다.

그러나 1980년대를 통과하면서 '나'는 J로 표상되는 '불온한 여성성'을 표출하고 충족하면서 가부장제의 법을 교란하는 여성적 글쓰기의 주체가 되지 못한다. '나'는 여성으로서의 욕망과 환상이 아니라 변혁 운동으로서의 글쓰기를 선택하기 때문이다. '나'의 글쓰기는 젠더 서사가 아니라 대사회적인 주제에 천착함으로써 '착한 여자/

불온한 여자'라는 가부장제가 만들어 낸 이분법을 벗어나 대안적 여성 주체성을 획득하기 위한 시도로 볼 수 있다. 그러나 "수많은 사람들이 그녀를 비난"(255쪽)하는 것만 같아 "그녀를 감춰 주고 그녀를 보호해 줄 수 있는 무리"(255쪽) 속으로 숨어 들어갔다는 고백은 '나'의 글쓰기가 '제도적 여성성'에 대한 성찰적 반성이 아니라 '정치적 당위'와 '진정성 이념'에 의해 추동되었음을 뜻한다. '나'에게 글쓰기는 자신의 욕망을 숨기는 알리바이, 즉 '착한 여자'임을 증명하는 방어적 책략인 것이다. '나'의 고백은 운동권 문화가 '가부장적 아버지'와 그 형식은 다르지만 내용적으로는 상당히 유사한 방식으로 여성성을 감시하고 있음을 암시한다. "데모를 시작한 뒤로, 그녀의 세계는 너무나 선명하게 양극화되어"(255쪽) 버렸기 때문에 '나'는 점차 J와 점차 멀어진다. 그러면서도 '나'는 "J가 얼마나 순진하고 순결한 여자인지를, 어떻게 설명할 수 있을지"(248쪽)라고 절망 어린 탄식을 내뱉는다. J로 표상되는 탈규범적인 여성성에 대한 운동권 사회의 비판을 두려워하는 것이다. 이는 여성은 시대가 요구하는 모습으로 살지 않는 한 어떤 식으로든 위험에 처할 수 있음을 암시한다. 진보주의 운동권 혹은 좁게는 운동권 문화가 우세한 대학 내 여학생들은 화장기를 지우는 등 여성성을 감추고 정치에 관심을 기울이거나 사회운동에 투신함으로써 자기 자신을 진정성 주체로 가시화해야만 했다. 중산층 계급의 징후를 띠는 여성이나 매혹적인 외모의 여성을 사회문제에 관심이 없는 개인주의자로 여기는 가부장제 사회의 편견으로부터 운동권 문화 역시 자유롭지 못하다. 이러한 이유로 김인숙의 여성 주인공들은 소비와 섹스에 대한 욕망을 드러내는 데서 그토록 지독하게 수치심을 느낀다. 따라서 유선의 포르노적 섹슈얼리티는 가부장적 판옵티콘으로부터 탈주하기 위한 혁명적 에네르기였던 것이다.

'여성후일담'과 성차화된 개인의 발견

386세대 여성후일담은 한국 현대 여성사에 대한 의미 있는 기록이다. 1980년대는 비록 정치적 억압이 극심했지만 대안적 여성주체의 등장이 본격적으로 이루어진 여성사의 빛나는 시기이다. 1980년대 여성지식인들은 '진정성'의 윤리적 지평 속에서 '데모하는 여대생'들이 되었다. 이들은 사회과학 세미나, 노동야학, 대중 집회와 가두시위 등 운동권 문화를 폭넓게 공유했으며, 이중 전위 그룹들은 비합법 조직에 속해 위장 취업으로 노동운동에 투신해 기층 민중과의 연대를 통해 사회적 모순을 극복하고자 했다. 이들은 광주 항쟁의 충격을 경험하면서 가부장제 사회의 여성 도덕이라고 할 모성성/여성성 획득을 거부하고 저항적 정치 주체로서 자기를 정체화한 혁명적 개인들이었다. 이렇듯 여성후일담은 1980년대라는 정치적 격정의 역사 속에서 여성들이 어떻게 성찰적 시민의 자리로 나아가는가를 보여 주는 대안적 여성성장담의 면모를 보여 준다. 흔히 여성은 외부가 아닌 인간 개개인이 스스로의 내면에 가하는 내적 폭력이자 자신의 욕망이나 본능을 억제하는 내부 심리의 조절 장치로서의 '양심'을 형성할 죄의식을 구성할 수 없기에 사회적 책임을 짊어질 수 없다고 여겨져 왔다. 그러나 여성후일담은 죄의식에 합당한 책임을 짊어지고자 하는 여성들의 이야기로써 여성은 사회정의에 대해 무관심하다는 성차별적 인식에 저항한다.

386세대 여성후일담은 역사 참여적 실천을 증언함으로써 여성에 대한 사회적 오명을 불식시키기 위한 정치적 회고 이상의 의미를 갖는다. 그것은 386세대 여성작가가 진보적 정치 진영과 문단의 가부장적 문화 속에서 억눌리거나 약화된 페미니스트 정체성을 획득해 가는 과도기의 양식이기 때문이다. 진보주의 문화 속에서 여성투사로 성장한 386세대 여성작가들의 문단 진출은 여성문학사의 전개에서도 중대한 의미를 갖는다. 이들은 사랑과 결혼 그리고 가정을 주제로 채택하거나 여성적 자의식을 통해 가부장적인 사적 영역에 균열을 내 온 여성문학의 관습 및 문법과 거리를 두고, 민족문학론과의 연대 속에서 변혁 운동으로서 글쓰기를 실천했다. 불온한 욕망을 드러냄으로써 가부장적 지배에 저항하는 다소 '소극적'인 방식을 넘어서고자 한 것이다. 그 결과 전후(戰後) 여성 문단의 형성 이후 여성작가에게 꼬리표처럼 따라붙는 '여류'의 타이틀을 떼어 내고, 여성작가에게 부여된 활동 반경의 내연과 외연을 넓힐 수 있었다. 그러나 이들은 긴급한 시대적 분위기에 내몰려 성을 계급·민족 등 대사회적 주제와 교차시키는 문제의식을 보여 주지 못하고, 성별과 섹슈얼리티의 주제를 주변화하는 아쉬움을 남겼다. 이러한 점을 고려할 때 386세대 여성후일담이 혁명세대에 대한 연대 의식만이 아니라 갈등을 품은 긴장 어린 텍스트라는 점은 주목을 요한다.

여성후일담은 과거를 영광의 상처로 얼룩진 격정적 내러티브가 아니라 여성의 소외나 자기상실을 호소하는 우울증적 감정극으로 그려 낸다. 그것은 세대적 연대 의식으로 동질화하기 어려운 균열을 보여 주는 여성적 글쓰기의 한 양상이다. 공지영은 '여성혁명가의 숭고서사'라는 멜로적 플롯을 통해 진보적 코뮌 내부의 남성 중심적 위계질서에 대한 반발감을 보여 준다. 여성혁명가에 대한 강렬한 증언의 의지는 1980년대가 남성 젠더로 기호화되는 것을 반대한다. 또한 김인숙은 자신이 여성혁명가, 진보 진영의 작가로 살았음에도 정작 혁명의 시절에 자기 자신을 잃어버렸다는 공허한 감정을 토로한다. 그녀는 자전적 성격의 소설에서 운동권 문화가 여성들에게 집단의 단결을 위한다는 명분으로 여성성을 부정적으로 프레임화하거나 성차 자체를 부정하도록 함으로써 가부장적 관행에 동조하게 했음을 암시한다. 이렇다 할 권력을 갖진 못한 아들들이 대중봉기에 승리해 아버지 권력을 탈취하기 위해서는 '고결한 덕성의 젊은이'로 상징되는 세대적 구별 짓기가 필요했다. 혁명세대 운동론의 핵심이 '품성론'인 데서 알 수 있듯이 여성 청년은 역사의 진보를 위해 여성성을 수치스러워하며, 성차화된 개인 주체의 흔적조차 지워야 했다. 그러한 억압에 대한 반발인 양 공지영과 김인숙은 각각 1990년대 초반에 『무소의 뿔처럼 혼자서 가라』(1993), 『칼날과 사랑』 등 여성 문제를 주제로 한 소설을 발표하며 페미니즘 소설 창작 열풍을 주도한다.

그러나 1990년대 여성후일담 소설은 1980년대 운동권 문화의 가부장성에 대한 고발과 비판을 본격적으로 시도하지 못한 채 트라우마적 '증상'의 차원에서 소극적으로 문제를 제기하는 데 머문다. 여성후일담은 세대적 동일시의 압력 혹은 유혹의 욕망으로부터 자유롭지 못하다. 한국 현대사에서 1980년대는 신성함과 진정성의 광휘 속에서 빛나는 신화적 시간이 되었으며, 진보적 운동권 문화는 "집단주의적이며 군사주의적인 동원 문화, 가부장적 남성 중심적 문화나 권위주의적이고 위계적인 조직 문화"[16]로 내부에 대한 비판적 해부나 반성을 허용하지 않는 편협성을 보여 준다. 386세대가 주축이 되거나 특정한 이념을 공유하는 진보적 문단의 폐쇄성은 더욱 심각하다. 그것은 이미 오래전부터 사회나 독자와의 긴밀한 관계를 잃고 다소 특이한 비밀결사 조직처럼 존재하며, 그 내부가 자유롭기는커녕 다른 사회조직들보다 더욱 권위주의적이고 가부장적이다. 한국 사회의 유구하고도 치열한 보수/진보의 진영 구도는 진보적 문단에 이념적 동질성을 부여함으로써 더욱더 끈끈한 결속력을 요구하기도 한다. 진보 문단은 독립적이고 자율적인 작가들의 공동체라기보다 직업적·사회적·정치적 측면 등을 포함하는 삶의 공동체로 개인 위에 군림한다. 이렇듯 개인이 조직과 일체화되기를 요구하는 문필 공화국에서 끈끈하기만 한 연대 혹은 침묵의 카르텔을 깨고 내부를 비판하려면 작가로서의 위치가 취약해지는 위험을 무릅써야 한다. 그럼에도 이미 문단의 중핵적 위치에 선 386세대 여성작가들의 소극적 대응은 실망스러운 것이 사실이다.

여성후일담은 역사 속에서 누락된 여성의 존재를 기입하고 등록하는 데 머물거나 감상적 토로에 그치지 않고, 진보적 집단이 지닌 공동체주의의 억압성을 비판하고 내파(內破)하는 도발적이고 역동적인 서술이어야 한다. 한국 사회의 심각한 모순 중의 하나는 혁명을 통해 정권을 교체했지만, 실제 삶의 현장에서는 소수자에 대한 폭력과 차별이 난무한다는 것이다. 민주주의 사회는 어떤 성역도 두려워하지 않고 이성을 공적으로 사용하는 계몽된 개인들의 등장을 허용해야 하지만, 여전히 우리의 삶을 지배하는 것은 지배와 복종의 규율 메커니즘으로, 조직에 대한 맹목적 충성심과 순응을 보여 주지 않으면 이름조차 갖지 못한 폭력들이 연쇄적으로 따라온다. 386세대가 한국의 민주주의에 기여한 바는 인정할 만하지만, 사회의 요직을 차지한 그들이 스스로를 진보나 민주주의의 대명사로 자처하며 나르시시즘에 빠지는 것은 상상만으로도 끔찍한 일이다. 1987년의 혁명이 일회적 사건이 아니라 장기적 시간의 지평 속에서 완성해 가야 할 민주주의의 기원이라고 한다면, 혁명의 시간에 대한 비판적 문제 제기는 계속되어야 한다. 이미 여러 편의 여성후일담 소설이 나왔지만 여전히 그것은 쓰이지 않은 것처럼 느껴진다. 왜 1980년대 여대생들은 데모대 속에 뛰어들어야 했는지, 그들은 어떻게 어머니나 기성 세대 여성과 다른 정체성을 획득해 갔으며, 혁명은 이들에게 무엇이었는지……. 여전히 많은 것들이 이야기되지 못하고 있다. 이렇듯 비어 있는 지점들로 인해 여성후일담 문학은 여전히 쓰이고 있으며, 또 쓰여야 하는 것인지도 모른다.

주

* 이 글은 필자의 논문 「386세대 여성 후일담과 성/속의 통과제의: 공지영과 김인숙의 소설을 대상으로」(《여성문학연구》 23, 한국여성문학학회, 2010); 「살아남은 자의 죄책과 애도의 글쓰기: 공지영의 80년대 소설을 중심으로」(《여성문학연구》 35, 한국여성문학학회, 2015); 「1980년대, 바리케이트 뒤편의 성(性) 전쟁과 여성해방문학 운동」(《상허학보》 51, 상허학회, 2017)을 재구성한 것이다.

1 '386'은 1960년대에 태어나 1980년대에 대학에 다니고 1990년대에 30대였던 세대에 대한 별칭이다. 1980년대 학번들은 학생운동과 민주화 운동에 적극적으로 참여함으로써 '6.10 항쟁'을 성공으로 이끌었다는 점에서 '혁명세대'로도 불린다. 386세대는 강력한 세대적 연대감을 보여 주는데, 학생운동의 직간접적 경험을 통해 형성된 정치적 자의식, 역사와 사회에 대한 책임감 등은 세대적 연대감을 이루는 기반이다.

2 본래 '후일담'은 1920년대 계급문학 운동이 파산한 후 1930년대에 카프계 작가들 사이에서 유행했던 것으로, 1930년대적 역전(逆轉) 앞에서 식민지의 마르크스주의 문인들을 엄습한 정신적 공황 상태를 고통스럽게 응시하고 정직하게 기록하려는 욕구에 대응하여 출현했지만 환멸의 양식으로 전락한 일련의 작품들을 가리키는 용어이다.(염무웅, 「억압적 세계와 자유의 삶」, 《창작과비평》 88, 1995, 64쪽). 1990년대 한국문학에 나타난 후일담 현상은 혁명의 시절에 대한 환멸과 청산의 서사로 간주되거나, 혁명세대가 스스로를 타 집단 혹은 세대에 맞서 도덕화·영웅화하는 나르시시즘의 언어라는 비판을 받는 등 그다지 호의적으로 평가받지 못했다. 그러나 후일담 현상의 세대적, 문화적, 정치적 의미를 새롭게 해석하려는 시도 역시 간간이 이루어져 왔다. 후일담 문학에 관해서는 다음의 글을 참고할 것. 김보경, 「기억은 헤게모니의 욕망에 어떻게 호출되는가 — 후일담 문학과 「독학자」의 권력 욕망」, 《당대비평》 28, 당대비평사, 2004, 131~140쪽; 정홍수, 「'이념의 시대'로부터 '2000년대 소설'까지」, 《문학과사회》 25, 문학과지성사, 2012, 384~400쪽; 조윤정, 「1980년대 운동권에 대한 기억과 진보의 감성 — 김영현, 박일문, 공지영의 90년대 소설을 중심으로」, 《민족문화연구》 67, 고려대학교 민족문화연구원, 2015, 277~304쪽.

3 김홍중에 의하면, 진정성(Authenticity)은 본래 '좋은 삶'과 '올바른 삶'을 규정하는

가치의 체계이자 도덕적 이상으로서, 자신의 참된 자아를 실현하는 것을 가장 큰 삶의 미덕으로 삼는 태도를 가리킨다. 진정한 자아의 실현이 대개 사회적 모순, 억압, 문제 등에 의해 좌절되기 때문에 진정성의 추구에는 언제나 사회의 공적 문제에 대한 격렬한 항의, 비판, 참여가 동반된다. 진정성 윤리는 근대적 주체 형성의 역사를 갖는 것으로, 루소와 헤르더 이후의 낭만주의에서 시작되어 키르케고르, 하이데거, 사르트르 등 실존주의적 감성 속에 구현되어 있는 도덕적 기획이다. 한국에서는 386세대의 세대 의식의 핵심을 구성하는 가치이기도 하다. 김홍중, 「진정성의 기원과 구조」, 『마음의 사회학』, 문학동네, 2009, 19쪽.

4 일반적으로 '386세대'라고 하면 남성혁명가들을 떠올리기 쉽다. 그러나 1980년대 한국 자본주의의 호황기를 맞아 딸들의 교육에 투자하는 중산층이 늘면서 여성의 대학 진학률이 높아지게 된다. 많은 여성들은 중산층 부모의 후원으로 대학생에 들어가 운동권 문화를 공유하며 '데모하는 여대생'이 되었다. 공지영, 김인숙, 정지아, 권여선, 김형경, 이남희, 공선옥, 조선희, 오수연, 전경린 등은 386세대/여성을 대표하는 작가들이다.

5 이 소설이 발표된 때가 1992년이라는 점을 고려해 보면, "거의 이십 년 전의 그 시기"(33쪽)는 유신 체제기로 추정된다. 민주화 투쟁은 1980년대에 정점을 이룬 것이 사실이지만 민주주의는 특정 시대에 한정할 수 없는 장기 프로젝트인 것이다. 최윤은 주변부의 존재를 가시화함으로써 민주화의 기억 서사를 소수의 남성, 더 나아가 이너서클이 독점하는 것에 반발한다고도 볼 수 있다. 비록 연대기적 시간은 정확히 일치하지 않지만, '1980년대'를 '혁명의 시간'에 대한 대유법으로 받아들인다면, 이 소설을 1980년대에 대한 후일담으로 분류하지 말아야 할 이유는 없어 보인다.

6 1980년대는 부정의한 사회 집단과 불화하고 변혁 운동에 대한 참여를 통해 민주적 공동체를 실현해야 한다는 '진정성' 문화가 대학에서 발화하여 사회 전체로 퍼져 나간 시기이다. 1980년 5월의 광주 항쟁은 동시대인들에게 깊은 상흔을 남기면서 사회를 거대한 장례식장으로 만들었다. 광주 사진전, 광주 다큐멘터리 상영, 5.18 추모 집회, 망월동 참배 등 문화 행사의 형식을 빈 애도 의례는 독재 권력에 대한 공분(公憤)의 감정을 형성함으로써 '자기 진정성의 윤리'를 한 시대의 전형적인 태도·가치·규범으로 만들었다. 부조리한 역사에 대한 책임을 외면하지 않아야 한다는 것은 마음과 의식을 조형하는 압력이었던 것이다.

7 '여성후일담'은 수전 구바와 산드라 길버트가 "19세기 영국 여성작가들의 글쓰기가 지배적인 남성적 가치와 미학에 순응하면서도 깊은 불안과 불온함을 숨기고 있다."라고 지적한 바처럼, 표층과 심층이 분열된 양피지적 글쓰기의 양상을 드러냄으로써 남성 중심적인 혁명에 대한 히스테리적인 상상력을 보여 준다. 양피지적 글쓰기에 대해서는 다음을 참고할 것. 이명호, 「30년 후 『다락방의 미친 여자』는 어떻게 되었을까?」, 《여성문학연구》 29, 한국여성문학학회, 2013, 448~451쪽.

8 공지영, 「꿈」, 『인간에 대한 예의』, 창작과비평사, 1994, 55쪽.

9 공지영, 『고등어』, 웅진출판, 1994, 186쪽.

10 정문순은 『고등어』에 대한 비평에서 "지난 연대에 대한 작가의 인식은 주관적 감상이 지나치다 못해 신파조로 전락한다."라고 질타한다. 정문순, 「통속과 자기연민, 미성숙한 자아 : 조숙한 여자아이 수준의 인식에 머무르는 대한민국 여성작가」, 《한겨레21》 656, 한겨레신문사, 2007.

11 공지영, 「무엇을 할 것인가」, 『인간에 대한 예의』, 창작과비평사, 1994.

12 운동권 문화에서 '여대생'에 대한 부정적 상징에 대해서는 다음의 글을 참고할 것. 권인숙, 『대한민국은 군대다 — 여성학적 시각에서 본 평화, 군사주의, 남성성』, 청년사, 2005, 129~131쪽.

13 김명인, 「김인숙의 단편 『함께 걷는 길』: 체험의 한계 뛰어넘은 의식」, 《경향신문》, 1988. 7. 29.

14 김인숙, 「함께 걷는 길」, 『함께 걷는 길』, 세계, 1989, 3쪽.

15 김인숙, 위의 책, 3쪽.

16 권인숙은 "1970년대의 주요한 가치였던 반공 이데올로기와 군부독재를 부정하며 사회혁명을 꿈꾸었던 1980년대 운동권은 집단주의적이며 군사주의적인 동원 문화, 가부장적 남성 중심적 문화나 권위주의적이고 위계적인 조직 문화에 대한 비판도 그에 따르는 대안적 문화나 질서도 생산해 내지 못했다."라고 비판한다. 권인숙, 앞의 책, 64쪽.

‘이야기꾼’의 젠더와 ‘페미니즘 리부트’

— 신자유주의 시대 이후 한국문학(장)의 기율과 뉴웨이브

오혜진

“방외인”과 “야전용사” — 경계인의 이름

2000년대 한국문학계의 가장 인상 깊은 호명 사례들 중 하나로부터 이야기를 시작해 보면 어떨까. 한국소설로는 드물게 영화화에 성공했다거나, 꽤 오랫동안 지속된 ‘한국문학 침체기’ 중 이례적으로 높은 판매 부수를 기록해 마치 ‘사건’처럼 간주되는 두 작가가 있다. 천명관과 정유정. 흥미롭게도 두 소설가를 지칭하는 지배적인 수식어는 모두 “천부적인 이야기꾼”이라는 것이었다.

천명관과 정유정이 한국문단에 처음 호출된 것은 “이단아”나 “방외인”이라는, 다분히 어떤 ‘경계’를 환기하는 이름을 통해서였다. 이 별칭들이 암시하는 것은 ‘(나는 원래 여기 있었는데), 너는, 돌연, 어디에서, 왔니.’라는 “서출” 혹은 “괴물”의 드라마다. 물론 ‘별종’으로 취급되던 두 작가가 한국문학의 가장 대중적인 ‘브랜드’가 되기까지는 그리 오래 걸리지 않았다. 그리고 그 과정에는 2000년대 한국비평계에

서 가장 진지하게 논의된 화두들 중 하나인 '장편대망론'이 강하게 작동했다는 점이 이 글이 주목하려는 바다.

천명관은 중견작가들이 기성 윤리로 회귀함으로써 보수화되는 반면, 신진 작가들은 자폐적인 형식 실험에만 골몰한다는 불만들, 이른바 '장편소설 부진론'이라는 중대한 곤경 속에서 의미 있는 문학적 모델로 발견됐다. 특히 전 세계적인 판매고에도 불구하고 전통적인 가족주의와 모성신화를 극복하지 못했다는 신경숙의 『엄마를 부탁해』(창비, 2008)에 대한 양가적 평가를 상기할 때, 천명관의 재기발랄한 문체와 전복적인 상상력은 흔치 않은 장점이었다. 『고래』(문학동네, 2004), 『고령화 가족』(문학동네, 2010), 『나의 삼촌 브루스 리』(위즈덤하우스, 2012) 등 당대의 시대정신과 미학적 기준을 무리 없이 충족·갱신하며 "소소하게 3000매"[1] 정도는 너끈히 쓰는 천명관이 그와 유사한 종류의 미덕을 가진 김연수·박민규와 함께 단번에 한국문단의 '효자'로 등극한 것은 바로 이때다.

한편, 정유정이 부각된 것은 공모제나 지원금 같은 제도적 장치의 확대로 인해 장편소설 창작 시도가 대폭 늘어났다는 반전된 분위기를 통해서였다. 그러나 이런 '장편소설 활황론'에도 불구하고 뚜렷한 두각을 나타내는 작품이 없다는 것이 비평계의 일반적인 진단이기도 했다.[2] 이런 상황에서 정유정은 『7년의 밤』(은행나무, 2011)과 『28』(은행나무, 2013)로 독자 대중의 강력한 지지를 얻으며 한국문단의 "야전용사"[3]로 우뚝 섰다.

정유정이 종종 자신의 롤 모델로 천명관을 언급한 사례에서 보듯,[4] '방외인·이단아'라는 수식어를 공유하는 두 작가가 동류로 묶이는 것은 일견 자연스러워 보인다. 두 작가는 모두 높은 판매 부수, 영화 판권 계약 소식 등을 나열하는 것[5]으로 시작해 '한국문학의 활황과 번창을 위해서는 더 많은 이야기가 필요하다'는, 일명 "닥치고 이야기"[6]라 할 만한 당대의 선언적인 문학담론에 관성적으로 배치됐다.

그러나 천명관과 정유정의 소설이 지닌 쾌감의 성격을 반드시 같은 종류의 것이라고 확언할 수 있을까? 잘 알려져 있다시피 천명관이 '그럴듯함'("이야기를 좀 더 빨리 진행하자. 어차피 그 얘기가 그 얘기니까"[7])의 세계를 묘사한다면, 정유정이 그린 것은 '바로 그것'("시체를 묘사한다면, 독자의 품에 시체를 안겨 주고 싶다."[8])이었다는 점에서 두 작가의 톤은 현격히 다르다. 그럼에도 당시 비평계에서 이들의 '차이'에 집중하지 않았던 것은 왜였을까.

이 글은 '이야기(꾼)'가 천명관과 정유정의 소설들을 해석하는 거의 유일한 코드였던 2000년대 한국비평계의 정황에서 출발한다. "국내 소설에서 찾아보기 힘들었던 이야기의 폭발력"을 두 작가의 '모든 것'으로 승인하는 것은, 이들을 마치 하나의 거대한 프로젝트처럼 추진되고 있는 '장편소설론'의 주요 사례로 수렴되도록 배치하는 비평계의 목적론적 담론 전개와 무관하지 않기 때문이다.

결론부터 말하자면, 2000년대 중반부터 거의 매년 주요 문예지들이 특집으로 기획할 만큼 "대망"의 대상이었던 당시 '장편소설론'[9]에는 두 가지 꿈이 투영돼 있었다. 대중성을 잃지 않으면서도 '인간존재의 깊이'와 '정치사회학적 함의'로 대표되는 '문학성'을 잃지 말 것이 평론가들의 요구였다면, 해외 수출이나 영화화 등을 통해 더 많은 독자와 만나려는 것은 출판사들의 꿈이었다.[10] 비평계와 출판계의 이 같은 욕망을 염두에 두며, 2000년대 중반 '장편대망론'부터 2010년대 '페미니즘 리부트'[11] 담론으로 이어지는 한국문학(장)의 기율과 성정치를 구명해 보고자 한다.

'장편대망론'과 '이야기꾼'이라는 호명

지금껏 제출된 천명관론에서 '이야기꾼', '입심', '입담', '구라' 등의 술어가 언급되지 않은 적은 단언컨대 없다. 그러나 그 표상은 자명한 것일까. 본래 '이야기꾼'은 강독사·강담사와 같은 특정 직업군, 혹은 여러 사람이 있는 자리에서 말을 잘하는 사람을 가리키는 보통명사로 통용돼 왔다. 근대에 접어들어서는 '재미있는 이야기를 잘 짓거나 전하는 사람'으로서 '소설가' 일반을 통칭하는 말로 쓰이기도 했다. 하지만 단지 소설가라는 이유만으로 배수아나 한유주를 '이야기꾼'이라고 부른다면 그건 좀 어색하지 않을까. '이야기꾼'은 소설가 일반에 적용되는 말이라기보다는 작품에서 특정 스타일을 구현하는 어떤 '남성' 소설가들을 가리키는 말에 가깝다. 사투리와 은어·비어 등을 무람없이 사용하는 구어체, 논리적 인과관계에 구속되지 않는 잡다하고 산만한 진행, 중심 서사로 수렴되지 않는 여담의 번창과 느닷없이 개입하는 편집자적 논평 등이 바로 그 '스타일'의 내용이다.

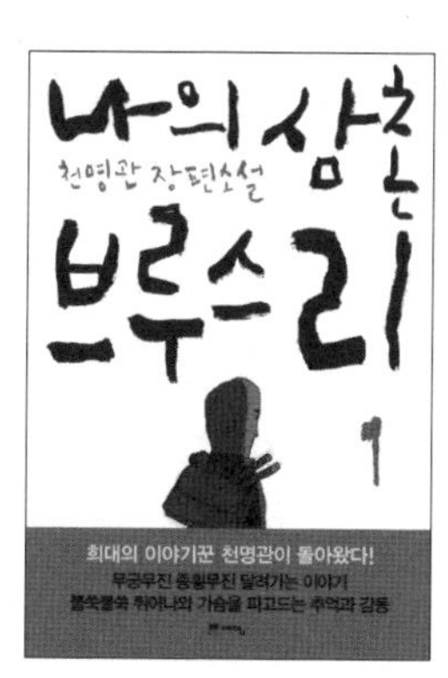

천명관 장편소설
『나의 삼촌 브루스 리』(2012)

'만담꾼' 혹은 '패관'을 연상시키는 이 요소들은 '근대소설'이 아니라 전통적인 '이야기'의 세계에 속한 것으로 규정됐고, 이는 곧 '소설'이라는 영역의 확장과 초월을 가능케 하는 '활력'과 '새로움'의 내용으로 평가됐다. '이야기꾼'이라는 수식어가 소설가에게 주는 최고의 찬사가 된 것은 바로 이 때문이다. 범인(凡人)의 것과 비교될 수 없는 엄청난 양과 질의 경험과 탁월한 통찰력, '좌중-독자'의 집중과 경탄을 자아내는 압도적인 장악력과 카리스마 등 '이야기꾼'은 거의 신화적인 존재로 상상된다. 그는 합리와 비합리, 현실과 비현실, 전통과 현대의 세계를 모두 아우르는 '전체자'이자 역사의 '산 증인'이다. 이야기를 함으로써 모든 곳, 모든 순간에 있는 그는 풍부한 경험과 화려한 언변으로 '사람들의 혼을 쏙 빼 놓으며' 독자 앞에 군림한다.

바로 이런 자질에 근거해 '이야기꾼'이라고 불리는 일군의 작가들이 있다. 언뜻 떠올려 봐도 이문구, 황석영, 성석제 등으로 소급되는 찬란한 계보가 연상된다. 이들이 한국문학사에 명징하게 새긴 기념비적 장면들을 일일이 거론할 필요는 없겠다. 그들의 신작이 발표되는 날에는 어김없이 "이야기꾼의 귀환"이라는 광고 문구가 등장했고, 시골 농부·깡패·도박꾼·백수 등의 '날인생'을 '한판 수다'로 꿰어 가는 이들의 '구라'는 언제나 독자들을 매료시켰다. 그들의 '입담'은 한국문학사를 풍성하게 꾸려 온 위대한 자산이며, '이야기꾼'은 대중성과 예술성을 담보한, 하나의 믿을 만한 '브랜드'이자 어떤 '정통성'의 다른 이름이다.

그런데 이문구, 황석영, 성석제가 등장할 때 이미 '이야기꾼'은 '한국문단에서 보기 드문' 것으로서 강조됐다는 사실을 기억할 필요가 있다. 근대화, 산업화, 신자유주의화로 치닫는 역사 진행 속에서 '이야기꾼'은 아직 훼손되지 않은 원시적 공동체를 상기시키는 아련한 표상이었던 것이다. 그 열망이 '잃어버린 전통의 복원'이라는 감각으로 드러나는 것은 의미심장한데, 이는 전통적인 남성 중심의 문학사에 대한 향수와 재림의 기원을 함축하고 있다.

예컨대, 소위 '이야기꾼'들의 작품에 '질펀하게' 구사되는 '상스러운' 말투와 유머들은 대체로 '민중에 대한 격식 없는 애착'의 표현으로 이해돼 왔지만, 여기에는 '정치적 올바름'에 대한 어떤 구애도 받지 않은 채 여성·성소수자·장애인·저학력자·가난한 자 등 사회적 약자에 대한 차별과 비하, 조롱 등을 무람없이 할 수 있었던 '민주화 이전'의 시절에 대한 노스탤지어가 개재해 있다. 적자생존 논리로 대표되는 '팍팍한' 신자유주의 시대에 자신을 '정상' 혹은 '강자'로 간주할 수 있었던 시절의 정서가 '인간적인 것', '순수한 것' 등으로 간주되며 그리움의 대상이 되는 경우는 흔하다. IMF 이후 대중 영화의 서사적 경향을 분석한 손희정에 따르면, 한국 대중 서사가 과대 재현한 '위기의 남성(성)'은 곧 지난 시대의 (사실 한 번도 가져 본 적 없는) 가부장적 권위에 대한 희구를 정당화하기 위해 동원된 사회적 담론의 산물이었다.[12] 이 서사들에서 매우 목가적인 방식으로 상상되는 '원시적인 이야기 공동체'의 '평화'란, 여성을 비롯한 사회적 약자들의 시민권을 삭제함으로써만 가능한 것이었다.

또한, 이처럼 '이야기'의 속성과 '원시적 공동체' 간의 불철저한 유비를 소환하는 이 상상력은 "억누를 수 없이 계속 앞으로 밀어붙이는" 추진 요소를 들어 이야기를 "욕망-충족을 지향하는 프로이트의 서사와 닮아 있다."[13]라고 분석한 문학사가 피터 브룩스의 견해를 떠올리게 한다. 오랜 남성 중심의 한국문학사와 등치되는 굵고, 강렬하고, 멈출 줄 모르는 서사. 이는 '이야기'라는 원형을 빌려 기왕의 남성 지식인 중심으로 구성된 한국문학사의 전통을 자연화하고자 하는

정유정 장편소설
『7년의 밤』(2011)

욕망에 다름 아니다. 그리고 이는 곧 '이야기의 세계'를 '남성의 세계'로 전유하고자 하는 욕망의 표현이기도 하다. 천명관이 아주 자연스럽게 이 '이야기꾼'의 계보에 편입할 수 있었다는 점은 주의 깊게 기록돼야 한다.

정유정의 경우는 어떨까. '작가'나 '소설가'보다 '이야기꾼'이라는 말을 더 선호한다거나, 자신의 작품을 "만담꾼의 입담과 이야기"[14]에 비유한 그녀 자신의 언급에서 보듯, 정유정에 대한 비평적 호명과 자기규정에서 역시 '이야기꾼'은 주요 형상으로 등장한다. 그러나 정유정의 소설은 저잣거리에서 즉흥적으로 유장하게 이어지는 '이야기꾼'의 그것과는 확연히 다르다. 중층적이면서도 기능적으로 설정된 플롯 및 시점과 명료한 캐릭터, 자로 잰 듯 정확한 묘사 등은 효율적인 내러티브의 전개를 위해 가장 경제적으로 치밀하게 고안된 계산의 산물이다. 그녀의 소설이 "웰메이드"[15]라고 평가받는 것도 이 때문이다.

정유정 소설의 대대적인 흥행 후, 작가에게 쏟아진 비평적 질문들의 다수는 '소설 작법'에 해당할 만한 '기술적인' 문제들에 관한 것이었다. 그녀가 수학했던 작가, 집필 소요 시간과 패턴, 심층 취재 혹은 감수의 대상과 방식, 참고 서적의 목록, 치밀한 묘사의 비결과 같은 창작의 '기술(skill)' 같은 것들. 물론 그녀 역시 소설 구상 및 설계의 과정, 탈고 횟수와 방식, 스토리와 에피소드의 구분, '삼인칭 다중 시점'과 '근거리 시점' 등의 형식 실험, 속도감 증진을 위해 접속사 없이 문장을 쓰는 법과 같은 창작의 '테크닉'을 중심으로 성실하게 답변했다. 그리고 정유정에 대한 이런 식의 비평에서 독자가 목도하게 되는 것은 '기술자(technician)', 즉 끊임없이 이야기의 기술적 요소를 실험하고 조율·배치하는 한 '소설 장인(craftsman)'의 초상이다.

정유정의 소설이 '기술'의 대상으로 간주되는 것은 '영화화'의 문제와 맞닿으면 더욱 선연해진다. 어떻게 해야 "머릿속에 그대로 화면 구성이 되"게 쓰느냐는 물음은 정유정 소설을 설명하는 데 흔히 쓰이는 '이야기'의 의미를 잘 드러낸다.[16] '스토리텔링'이라는 용어와 등치되는 이 개념은 영화나 드라마 등으로 번역됨으로써 화폐가치를 발생시킬 수 있는 '이야기'에만 제한적으로 적용되는 '친영상적인(image-friendly)' 용어로 재맥락화된다. '스토리텔링'이 단순히 소설의 한 요소가 아니라, 그 자체로 '미덕'이자 장편소설이 지켜야 할 '기율'이 되는 이유다.

그런데 정유정에게 투영된 '이야기꾼'의 상이 '기술자' 혹은 '장인'의 그것이라는 점은 특기할 만하다. 이는 천명관에게 '패관' 혹은 '만담꾼'의 상을 덧씌움으로써 한국문학사의 정통성을 상징적으로 계승케 하려 했던 욕망과 사뭇 구분되기 때문이다. 천명관을 '리얼리즘' 혹은 '민중문학'과 같은 한국문학사의 지배적 가치와 결합시키려는 시도[17]가 줄곧 이어져 왔다면, 정유정에게 '장편소설 붐'은 어디까지나 시장 현상의 일종으로 물어졌다. 영화나 드라마 등 타 매체에 대한 콘텐츠 제공자의 역할을 기대하거나, 영화에 지지 않는 '이야기-소설'의 힘을 보여 달라는 주문들은 비평계가 정유정에게 기대한 바가 무엇인지 잘 보여 준다.

또 기억해 둘 만한 것은, 두 작가에게 투영된 '이야기꾼'의 상이 이렇게 다름에도 이들에 대한 비판의 내용이 놀라우리만치 흡사하다는 점이다. 예컨대 천명관처럼 일관된 비판을 받아 온 작가가 또 있을까. "현실 환기력"이 제한적[18]이라거나(『고래』), "'지금 여기'의 현실과 접속되는 지점이 쉽게 찾아지지 않는다는 점에서 소품에 가깝다."[19]라거나(『유쾌한 하녀 마리사』), "비로소 '지금-이곳'의 현실에 도착했다."[20]라거나(『고령화 가족』), "복제이기 때문에, 순정은 있을지라도 그 감정에 밀도와 부피는 없다."[21]라는(『나의 삼촌 브루스 리』) 평가들은 그의 전작에 노이로제처럼 따라다니는 비평가들의 의심과 강박의 정체를 잘 말해 준다. '더 많이, 더 깊이'라는 양적 방식으로 재단된 '지금-여기'라는 주문(注文/呪文).

하지만 천명관의 소설이 "이 땅의 현실에 대한 절박한 애정과 절실한 천착이 없음을 반증"[22]하는 것이라고 할 때, 그렇다면 그 '애정'과 '천착'이란 본래 어떤 방식이어야 한다는 것일까. 그에 대한 설득력 있는 답이 주어지지 않는다면, 이 주문은 작가가 적확히 간파했듯 '1980년대 리얼리즘 미학'[23]에 붙들려 있다는 혐의를 피하기 어렵다. 비평가들이 말하는 '지금-여기'가 사실은 '그때-거기'의 질서와 미학에 고착된 것이라는 아이러니는, 천명관 소설이 근대소설의 문법과 규칙에서 벗어나 있음을 지시했던 '반소설의 소설'이라는 규정이 '찬사'이면서 동시에 '의심'의 징후였음을 알게 한다.

정유정에게 '사회적 함의'가 깊지 못하다거나 '상업적'이라는 고질적인 비판이 가해지는 방식 또한 마찬가지다. "너무 잘 짜려 한 탓에 이야기는 곧 뻔해진다."[24]라거나, 정유정 소설의 '장르적 컨벤션'이 한국소설로는 드물게 영화화의 욕망을 촉발하는 특장이지만, 소설의 작품성을 떨어뜨리는 주된 요인[25]이기도 하다는 지적은, 정유정 소설의 가장 큰 '미덕'을 곧 그 자신을 구속하는 '기율'로 만드는 이중 구속의 상황을 연출한다. 정유정에게 "의미를 축내지 않는 재미, 재미를 멸하지 않는 의미"[26]라는 아포리즘의 형태로 제시되는 과제는, 그녀의 소설에서 '문학성'과 '상업성'을 결코 양립할 수 없는 가치들로 규정하려는 시도로 읽힌다.

"아저씨 독자"가 떠난 시대의 문학과 노스탤지어

그렇다면 천명관과 정유정은 정말 '한국문학에서 보기 드문 이야기꾼'일까. 이에 대한 천명관의 대답은 교묘하다.

> 내게 이야기꾼이란 칭호가 붙는데, 대단한 착각이다. 어릴 때, 소설은 그냥 재밌는 이야기였다. 재밌으니까 우린 봤다. 그런데 언제부턴가 이야기 전통이 사라지고, 90년대 이후 사소설적 경향, 내면성 등으로 문학이 흘러갔다. 그래서 내가 특이한 작가처럼 말하는데, 나는 외려 지극히 평범한 전통 속에서 있다. 90년대 특이한 스타일의 문학이 나온 거다.
>
> 나는 결국 소설이 이야기의 세계로 들어갈 것으로 믿는다. 내가 남다르다고 생각하지 않는다. 나는 전통적인 이야기, 누구나 알고 있는 이야기에 늘 끌린다. 구전음악 같은 것에도. 그런 흐름 속에 내가 있는 것

이고, 나는 그런 전통을 잇는 것에 만족한다.[27]

그는 한 인터뷰에서 "내게 이야기꾼이란 칭호가 붙는데, 대단한 착각"이라며 흥미로운 대타항을 언급한다. "90년대 이후 사소설적 경향, 내면성 등으로 문학이 흘러갔다. 그래서 내가 특이한 작가처럼 말하는데, 나는 외려 지극히 평범한 전통 속에서 있다. 90년대에 특이한 스타일의 문학이 나온 거다."라는 이야기. '이야기꾼'의 서사가 타자로 삼은 대상이 '1990년대 소설'이라는 점은 여러 정황을 환기하는데, 특히 의미심장한 것은 흔히 '여성적인 것'으로 성별화되곤 하는 '내면성'과 '고백의 양식' 같은 '1990년대 문학'의 특징들을 '이례적'이고 '일시적'인 것으로 간주하는 이 감각이다.

이는 한국문학사에서 흔히 '벨 에포크'로 상상되는 1970~1980년대 남성지식인 중심 문학(장)의 재림을 소망하는 586세대의 욕망과 관련된다. 그간 박민규·김연수가 그들이 속한 세대의 역사적 파토스를 중요한 소설적 자원으로 삼았던 것에 비한다면, 천명관은 좀처럼 세대론적 코드로 읽히지 않는 편이었다. 그러나 의외로 천명관은 "시골과 도시를, 군부독재·산업화·민주화운동을 동시에 경험한" 자기 또래야말로 "한 사람 안에 다양한 경험이 있는 유일한 세대"[28]라면서 이것이 자신의 문학적 자산임을 자부한다고 밝힌 바 있다. 천명관의 페르소나들, 예컨대 가족을 착취하면서도 가장 위선에 능한 『고령화 가족』의 '오인모'나, "세상사에 대해서 그 어떤 신념도, 그 어떤 입장도 없"는 『나의 삼촌 브루스 리』의 '상구'와 같은 인물들은 모두 "운동권에 속해 있던 남자가 사회에 나와서는 개처럼 살아가"는 "586세대의 한 자화상"[29]이었던 것이다.

물론 그의 소설에는 586세대 남성지식인의 서사로 결코 수렴되지 않는 지점도 분명 있다. "그들은 이 세계를 변화시키려고 거리로 나왔는데 나는 훔친 기타를 팔기 위해 거리로 나온 것"이라는 부끄러움과 동시에 "씨발, 빨리 안 비켜!"라는 데모대의 "기세에 눌려" "뒤로 나동그라지"다가 느낀 "더러운 기분"[30]과 같은 모순된 감정은 그간 천명관론에서 좀처럼 주목되지 않았던 파토스다. "대학 나온 사람은 세상 모든 사람이 대학을 나온 줄 알지만 우리 때 80퍼센트 가까운 사람들은 대학을 가지 못했죠. 우리가 그만큼 조각조각 단절된 사회예요."[31]라는 발언은 '586세대' 서사의 자기 특권화와 이기주의 및 위선에 대한 비판적 성찰이야말로 천명관 소설의 자의식을 형성하는 독특한 지점임을 알게 한다.

> 문: 공지영과 신경숙을 포함한 60년대생 작가들 중에서 당신은 386세대 여성으로서의 자의식을 소설 속에 드러내지 않는 유일한 작가가 아닐까 싶다.
>
> 답: 사소설 영역을 좋아하지 않는다. 나의 내면이나 생각, 개인적인 철학을 어떤 독자가 궁금해할까? 그보단 모두가 궁금해하는 허구의 이야기를 만드는 게 좋다. 우리나라 소설에 오죽 서사가 없었으면 아직 채 익지도 않은 『7년의 밤』을 이렇게 좋아해 줄까 생각한 적이 있다.[32]

한편 정유정에게 역시 한국문학사의 남근주의적 욕망은 거대한 장력을 발휘한다. 예컨대 정유정 소설에 대해 흔히 제기되는 "여성작가의 문체 같지 않은 힘", "여성작가라는 사실이 믿기지 않을 정도로", "여성적 수다를 찾아보기 어렵다."와 같은 발언은 무엇을 의미할까.[33] "선 굵은 소설 쓰니 '아저씨 독자' 다시 모이더군요."[34]라거나, "국내 소설의 자존심을 지킬 하루키의 대항마"[35]라는 식의 수사를 통해 정유정 소설의 역할이 규정될 때, 그녀는 놀랍게도 같은 시기에 신작을 출간한 원로 남성소설가 조정래와 유비되고 있었다. 조정래야말로 오랫동안 한국 문단의 남성적 욕망을 상징하는 강렬한 기표로 기능해 왔음은 두말할 필요가 없겠다.

정유정 소설의 가장 큰 미덕으로서 영화화에 적합한 "뛰어난 스토리텔링"이 부각되는 맥락도 문제적이다. 정유정 소설이 "방 한 칸에 인물 두 명만 있으면 끝나는" 2000년대 "한국작가들의 자기고백"[36]과 구분되는 것, 혹은 "한국소설의 결핍"[37]을 보충하는 것이라고 이야기될 때, 이 진술은 정확하게 '여성적인 것'으로 젠더화된 '1990년대 문학'과 그 후예인 '2000년대 문학'[38]을 겨냥한다. 그것들은 '1980년대 문학'의 묵직한 사명을 감당하기에는 한없이 가벼울뿐더러, 영화화될 가능성도 낮다. 한마디로, 의미도 없고 돈도 안 된다는 얘기.

그러므로 소설에 '서사', 즉 '이야기'가 없다는 건 치명적인 '결함'이다. 그것은 어떤 소설의 문학적 특징에 대한 서술에만 국한되지 않는다. 이 말은 "체험이란 게 학교 다녔고 연애 몇 번 했고 컴퓨터게임에 빠져 본 정도의 평범한 것"[39]이라는 식의, 특정 세대에 대한 가치평가와 연동된다.

'이야기꾼'으로 호명된 정유정의 소설이 '1990년대 문학'의 사소설적 경향을 이어받은 '2000년대 문학'의 "종언"을 기정사실화[40]하는 맥락 속에서 이루어졌다는 점은 주목돼야 한다. 이는 반드시 타자를 설정함으로써만 그 자신의 노스탤지어와 정통성에의 욕망을 충족할 수 있었던 한국문학사의 정치적 무의식을 그대로 반영하는 것이기 때문이다. "영화에 대한 콤플렉스를 이겨 냈으면 좋겠다. 영화에 대항이 되었으면 좋겠다. 1970~1980년대 선배작가들의 정신을 이어받아 삶에 대한 진정성이 묻어나는 작품을 좀 써냈으면 좋겠다."[41]라는 언급에서 보듯, 정유정의 소설은 '1990년대 소설'의 타자화, 그리고 영화 매체에 대해 느끼는 매혹과 열등감 등 한국문학의 분열적인 자기 인식이 투영되는 스크린으로 기능한 것이다.

정유정이 10년 동안 영화를 한 편밖에 안 봤다거나, 영화화를 노리고 소설을 쓴 것이 결코 아니라고 거듭 강조해야 할 만큼[42] 한국문단의 컨벤션을 거스르지 않기 위한 자기변호를 계속해야 했다는 점은, 그녀의 소설이 한국문학(사)의 복잡하고도 강렬한 욕망의 투영물임을 역설적으로 반증한다. 그러나 대저 소설이란 태생부터 혼종적 산물임이 자명한데, 이런 인지 부조화의 수사학이 얼마나 오래 지속될 수 있을까.

'이야기꾼'을 '패관'으로 이해하든 '장인'으로 이해하든, 여기에 투영되어 있는 한국 남성지식인 중심 문학사의 재림에 대한 욕망과 시장 평정에 대한 욕망은 서로 통한다. '1990년대 문학'과 '2000년대 문학'을 '여성적·이례적·일시적인 것'으로 간주함으로써 한국문학사의 노스탤지어를 충족시키고자 하는 '이야기꾼'의 표상과 '장편대망론'은 신자유주의 이후 한국문학장의 성적·세대적·계급적 기획과 미학을 결정하는 유력한 '기율(norm)'이었다.

'#페미니즘'이라는 매혹 혹은 곤혹

2015년부터 급격히 확산된 '헬조선' 담론은 계층 이동의 가능성은 물론, '인권'이나 '평등' 같은 민주주의의 대원칙조차 붕괴된 한국사회에 대한 자조적 풍자로 널리 통용됐다. 특히 '일베'나 '태극기 부대' 같은 극우 세력의 확장이 가시화되면서 여성·성소수자·장애인·

전라도민·세월호 참사 유가족 등에 대한 혐오가 노골화되자, 이 시대를 '퇴행·역풍·복고'의 시대로 진단하는 비평적 흐름이 부상했다. '메갈리아'와 '강남역 살인 사건'을 계기로 페미니즘을 비롯한 변혁 이론들은 긴급히 '리부트(reboot)'를 선언하며 급진화를 도모하기도 했다.

한국문학계에서는 신경숙 표절 사건과 온라인상에서 전개된 '#문단_내_성폭력' 및 '#MeToo' 운동을 계기로 독자들로부터 '쇄신'과 '변혁'에의 요구가 거세게 일어났다. 중요한 것은, 이때 20~30대 젊은 여성들을 주축으로 '리부트'된 페미니즘 인식론이 '쇄신'의 방향이자 한국문학의 '문학성'을 결정하는 데 유력한 '인식의 기준'으로 강조됐다는 사실이다.

그도 그럴 것이, 이전까지 '요즘 젊은이들이 소설을 안 읽는다'라는 이야기가 마치 상식처럼 통용됐지만, 한국문학 서적 구매자의 성별 및 연령에 관한 최근의 통계[43]가 보여 주듯 '젊은이'들보다 한국문학을 먼저 떠난 것은 의외로 "아저씨 독자"[44]다. 여성성·내면성 등의 키워드를 통해 수행된 1990년대 문학의 젠더화, '패배 의식에 찌든 젊은이들의 자폐적 서사'라는 2000년대 문학에 대한 폭언에 가까운 진단은 종종 "아저씨 독자"들이 한국문학을 떠나게 된 알리바이처럼 운위됐다.

반면, 떠날 독자들은 이미 다 떠났다는 지금까지도 한국문학의 가장 충실한 독자로 남아 있는 것은 20~30대 여성들이다. 이들은 동시대 일본 문학과 서구 문학의 주 독자층이며, 영화·연극·뮤지컬은 물론 각종 문화 교양 강좌의 주 관객과 수강생이기도 하다.[45] 팬픽·웹툰·웹소설 같은 '비주류' 서사 양식의 가장 적극적인 소비자 역시 젊은 여성들이다. 이들은 1990년대 중반부터 '남성 동성(애) 서사'라는, 기존 (순)문학이 좀처럼 재현하려 하지 않았던 소재와 주제를 다루는 데 특화된 '팬픽'이라는 장르를 자생적으로 창작·소비함으로써 여성 독자 고유의 서사 향유 방식을 주류 대중문화에 기입한 문화적 경험까지 가지고 있다.

요컨대, 20~30대 여성은 현재 한국에서 한국문학을 동시대 외국문학은 물론, 각종 장르와 미디어를 넘나드는 다종다양한 여타 서사들과 견주며 향유할 수 있는 폭넓은 독서 경험과 취향을 가진 드문 주체다. 따라서 한국문학계 및 독서(장)의 변혁을 꾀하려 할 때, 이들의 급진적 주체화가 하나의 '관건'으로 부상하는 것은 전혀 무리가 아니다. 그리고 이는 곧 한국문학에서 '여성적인 것'의 내용이 새롭게 구성되는 장면의 기대로 이어졌다.

우선, 각 계간지가 시도한 '페미니즘' 특집의 전면화, 여성소설가의 약진, '페미니즘 소설'이라는 브랜드의 등장 등은 분명 문학사·문화사적으로 눈여겨볼 현상이다. 그 의미는 양가적이다. 그간 한국문학의 '문학성'을 몰성적으로 구성하는 데 일조했던 문예지들이 '페미니즘'을 시장성을 담보하는 화제로 다루게 된 현실은 새 세대 독자들의 힘으로 페미니즘을 한국문학장에 재기입한 사례[46]라는 점에서 고무적이다. 물론 그것은 여전히 페미니즘·페미니스트를 아이콘화하거나 '별책화'하는 방식으로 실현됐다는 점에서 최근의 '페미니즘 리부트'에 대한 책임 있는 응답이라기보다 페미니즘을 '소비'하는 것에 가깝다는 비판[47]도 제기됐다.

'페미니즘 소설' 혹은 '여성소설가의 약진'이라는 미디어의 호명과 그에 부응하는 여성작가들의 움직임에서도 유사한 양상이 발견된다. 이전까지 '여성(성)·여성소설가·페미니즘 소설' 같은 라벨링이 자신의 문학 세계에 대한 축소해석을 초래할 것이라고 염려했던 여성작가들이 이제 '페미니즘 소설'이라는 브랜드를 전략적으로 활용하게 됐다는 점은 무엇을 뜻할까. 이는 종종 '미달의 기호, 부분적이라거나 시효 만료된 이론, 극복의 대상'이라고 규정되던 페미니즘이 한국문학계에서 차지하게 된 새로운 위상을 반영하지만, 이 과정에서 페미니즘은 끊임없이 구성 중인 인식론이자 정치학으로서가 아니라, 이미 그 내포가 고정된 자명한 범주로 전제됐다.[48] '여성소설가'나 '페미니즘 소설'이 떨쳐 내야 할 두려움의 이름으로 각인됐던 과거와 거리낌 없이 선언되고 소비될 수 있는 대상으로 존재하는 현재. 무엇이 우리에게 더 깊은 곤경일까. 아니, 이것은 꼭 '곤경'일까.

'페미니즘 리부트'와 비평적 백래시 — 조남주의 『82년생 김지영』

주지하다시피 2017년은 『82년생 김지영』(조남주, 민음사, 2017)의 해였다. 2017년 11월 18일 현재 인터넷 서점 예스24가 실시한 '올해의 책' 투표에서 이 책은 모든 세대의 여성으로부터 압도적인 지지를 받아 부동의 1위 자리를 점하고 있다. 1980년대생 여성의 사회적 삶에 대한 무수한 통계와 지표들을 동원해 '김지영'이라는 여성의 생애사를 가공해 낸 이 소설은 즉각 현재 한국여성의 현실에 대한 '고발' 및 '폭로'의 효과를 획득했다.

메갈리아 이후 '리부트'된 페미니즘의 자장 안에서 집필된 이 소설은 여러 페미니즘 의제들 중에서도 2015~2016년에 가장 큰 호응을 얻었던 '성차별'의 문제를 택했고, 특히 여성이 보편적으로 경험하는 안전과 생명에 대한 위협, 기회의 불균등과 같은 문제에 집중했다. 이 책이 획득한 반향의 절반 이상은 해당 의제들에 대해 이미 형성돼 있던 여성독자들의 사회적 공분에 힘입은 것이다.

그런데 『82년생 김지영』이라는 텍스트 자체의 정치적 기획보다 더욱 숙고를 요하는 것은, 이 소설을 둘러싸고 전개되는 독자 대중의 역동적 전유, 그리고 이런 젊은 세대의 급진적 독해와 『82년생 김지영』을 비롯한 '페미니즘 소설'을 '정치적 올바름'에 사로잡힌 것으로 치부하려는 비평적 백래시다. 미국의 페미니스트 저널리스트 수전 팔루디는 1991년에 펴낸 저서 『백래시 — 누가 페미니즘을 두려워하는가』에서 1980년대 페미니즘에 대한 '백래시'를 "사회 변화나 정치 변화로 인해 자신의 중요도와 영향력, 권력이 줄어든다고 느끼는 불특정 다수가 강한 정서적 반응과 함께 변화에 반발하는 현상"이라고 규정했다.[49] 팔루디의 이 분석은 '뉴라이트의 정치 세력화와 함께 등장한 레이건 정부의 보수주의적 정책'이라는 1980년대 미국의 역사적 특수성에 대한 이해를 필수적으로 요청하지만, 이를 '지금-여기' 한국에서 전개되는 일련의 '반동적' 비평들과 견주어보는 것은 필요하고 또 가능한 일이겠다.

일례로, 최근 비평계에서 '정치적 올바름(political correctness)'이라는 개념이 소환되고 있는 맥락을 검토해 보자. 여아 낙태, 취직 및 임금 등에서 나타나는 성차별, 결혼 및 출산으로 인한 여성의 경력 단절, 성폭력과 여성혐오, 일베와 소라넷 등을 위시한 남성연대의 폭력(성) 등 소위 '여성주의적 이슈들'을 다루는 일련의 작품들(물론 그 작품을 쓴 작가의 성별은 대부분 '여성'이거나 '여성'이라고 알려져 있다.)은 단번에 '페미니즘 소설'로 분류됐다. 작가들이 스스로 그렇게 부른 사례도 있고, 작가의 의도와 무관하게 미디어나 평론가들에 의해 그렇게 분류된 사례들도 있다. 이 명명의 목적과 효과 역시 다양해서, 누군가에게 이 명명은 한국문학장 안팎의 페미니즘 세력화를 위한 수행이었고, 누군가에게는 소비할 만한 '브랜드'를 각인시키려는 마케팅의 일환이었다. 그리고 또 누군가에게 그것은 해당 작품과 관련 담론들을 '문학적인 것'의 외부로 배치하기 위한 일종의 알리바이였다.

특히 마지막 사례에 주목해 보자. 분명한 것은, 최근 비평계에 '페미니즘 소설'을 '소재주의'나 '대중 추수주의'에 편승한 산물들로 간주하려는 시도가 존재한다는 것이다. 이들에게 '페미니즘 소설'이라는 호명·분류는 그 스펙트럼 자체가 현시하는 페미니즘의 분화된 정치학 또는 개별 작품들의 고유성과는 무관하게, 이 분류에 속하는 작품들의 가치를 모조리 '후려치는' 일종의 '게토화' 전략으로서 수행된다. 이 작업을 지탱하는 (비)논리는 비교적 명료한데, 이들에게 '페미니즘/퀴어 소설'은 '정치적 올바름'에 구속된 것이며, 이는 '정체성정치'의 한계를 그대로 노정하고 있다는 것이다.[50] 이때 '정치적 올바름'은 별다른 근거 없이 '문학적인 것(미적인 것)'과 대립되는 것으로 배치되며, '정체성정치'는 이미 시효 만료된 전략으로서 타매와 극복의 대상이다.

물론, 『82년생 김지영』을 위시한 최근의 '페미니즘 소설'들이 구현하는 미학과 정치학을 '정치적 올바름에 대한 강박'으로 읽어 내는 비평은 가능하다. 하지만 '정치적 올바름에 대한 요청이 최근 페미니즘 소설에서 읽어 내야 하는 전부인가', '왜 최근의 페미니즘 소설들은 '정치적 올바름'이라는 기율을 절대화하게 됐는가(정말 그런지는 차치하고라도)', '현재 '정치적 올바름'이라는 명제가 갖는 정치적 가능성은 무엇인가' 등의 질문이 뒤따르지 않는다면, 아무런 의심도 유보도 없이 주창되는 '페미니즘 소설=정치적 올바름에 구속된 작품=정체성정치의 한계 노정'이라는 공식은 그저 페미니즘 자체를 '비문학적인 것'으로 간주하고 적대하려는 반동적 시도에 불과하다.

오히려 이런 비평적 시도에서 감지되는 것은 최근의 '페미니즘 소설'을 독해하는 데 있어, '정치적 올바름' 외에 어떤 다른 비평적 기준도 고안할 의지와 능력이 없는 비평가의 무능과 게으름이다. 심지어 혹자들은 페미니즘을 일종의 '유행'으로 간주한 후, 문학은 '유행'을 '반영'하거나 '뒤쫓는' "트위터"가 아니라고 주장한다.[51] 그들이 이렇게 주장하는 이유는 『82년생 김지영』을 '문화적 사건'으로까지 만든 대중의 역동, 2015년 이후 촉발된 여성 대중 봉기의 정치적 의미, 과거 페미니즘 운동사를 계승하면서도 단절한 효과로서 형성된 포스트페미니즘 시대 텍스트 고유의 정동을 해명하는 일을 '비문학적인 것'으로 간주하기 때문이다.

흥미로운 것은, '정치적 올바름'에 경도된 문학/비평을 비판하기 위해 동원되는 근거가, '채식주의자도 억압할 수 있다'라거나 '페미니즘은 남성 중심주의에 대한 배제와 타자화를 유도하기 때문에 승인될 수 없다'라는 식의 내러티브에 의해 지탱되고 있다는 점이다.[52] 실로 익숙한 (비)논리다. '억압하는 채식주의자', '페미니즘은 남성에 대한 역차별', '가해자도 일종의 피해자' 등등. 그러나 양자의 현저하고도 압도적인 힘의 차이를 고려하지 않은 채, 어느 한편에 경도되지 않은 '균형'을 주문하는 것이야말로 '정치적 올바름'을 물신화할 때 가능한 주장 아닌가.

결국 이 주장에서 노골적으로 읽히는 것이 '정치적 올바름의 강박에 사로잡힌 문학/비평을 구원하는 일'이 아니라, '젠더 이슈' 자체를 "문학을 억압하는 부당한 '신념'으로 취급"[53]하고 싶은 의지라는 문학평론가 조연정의 지적은 옳다. '정치적 올바름', '정체성정치'라는 개념이 '정치적인 것'과 '문학적인 것'의 구분을 자연화하며 타자의 정치학을 삭제하기 위한 이론적 도구로 복무한다면, 우리는 이 주장의 어디에서 '비평적인 것'을 기대할 수 있을까.

이에 더해 반드시 짚어 두어야 할 것은, 이 '반동적' 비평들이 '정치적 올바름'과 '정체성정치' 개념에 내재한 역사성과 정치적 함의를 자의적으로 왜곡하고 있다는 점이다. 일단 두 가지 명제에 대해 사유해야 한다. '정말 최근의 페미니즘 소설들은 정치적 올바름에 사로잡혀 있나'와 '정치적 올바름은 나쁜 것인가'라는 질문.

우선, 역사학자 후지이 다케시는 '정치적 올바름' 개념이 다양한 구성원들 간의 갈등을 회피하고 이를 효율적으로 관리하기 위해 소수자의 존재론을 규범화하려는 권력술의 일환임을 갈파하면서, '정치적 올바름'이 민주주의의 지향이 돼서는 안 된다는 점을 강력하게 주장한 바 있다.[54]

반면, 여성학자 정희진은 '정치적 올바름'이라는 개념이 1970년대 미국에서는 진보적 운동에 대한 반동의 흐름 속 등장한 "냉소와 좌절의 용어"였다면, 문민정부가 등장한 1990년대 "한국에서 'PC'는 지향해야 할 가치로 사용되었다."라고 지적한다.[55] 특히 강남역 여성혐오 살인 사건의 발생 및 만연한 디지털성폭력 등이 가시화되면서, 한국의 여성들은 당장의 안전, 즉 가장 기본적인 인권으로서 보장받아야 할 권리마저 위협당하고 있음을 온몸으로 감각해야 했다. 한국 민주주의에 대한 기대가 최저선으로 떨어진 이때, '상식'에 대한 호소이자 '글로벌 스탠더드'로서의 '정치적 올바름'이 지향할 만한 가치로 선택된 것은 이런 이유다.

하지만 그럼에도 성차별 근절을 비롯한 민주주의에의 요구가 생명정치를 매개로 한 '치안의 정치'로 환원되는 일이 결코 우리의 궁극적인 정치적 비전일 수 없다는 점은 분명하다. 그러므로 '정치적 올바름'이 다양한 주체들 간의 갈등을 그저 '관리'함으로써 국가의 직무유기를 정당화하는 통치술이라는 후지이 다케시의 지적은 다시 한번

조남주 장편소설
『82년생 김지영』(2017)

섬세하게 음미될 필요가 있다. 다만, '정치적 올바름'을 다원성을 관리하는 신자유주의적 통치술이라는 혐의 때문에 경계하는 입장에서라면, 최근 '페미니즘 소설'들이 '정치적 올바름'이라는 강박에 사로잡혀 있다고 비판하기 위해서는 그 소설들이 '여성은 약자이므로 보호받아야 한다', '여성 인권은 존중돼야 한다'와 같은 '뻔하고' '당연히 옳은' 주장만을 내세운다고 비판할 것이 아니라('옳은 말'을 했다는 것 자체가 잘못일 리는 없기에), 이 소설들이 사회를 구성하는 다원적 주체들의 힘과 관계를 재현하는 방식 자체를 문제 삼아야 한다.

그런데 어떤가. '정치적 올바름'이라는 혐의를 강하게 받고 있는 『82년생 김지영』을 비롯해 최근의 어떤 '페미니즘 소설'도 다원적 권력관계 자체를 페티시화하는 방식의 서사를 구사하지 않았다. 오히려 최근 '페미니즘 소설'의 진짜 문제는 '다원성'의 삭제, 즉 그 모든 소설들이 구현하는 페미니즘 정치학이 '이성애자-기혼-비장애-중산층-비트랜스 여성'의 시민권을 확보하려는 목적에 수렴되고 있다는 점을 꼽아야 한다. 『82년생 김지영』의 '도식성'은 '남성과 여성을 적대적 관계로 그렸다'는 데 있지 않다. '도식성'은 '합리적인 남성'을 청자로 설정하고 스스로를 '무고하고 평균적인 여성'임을 주장하는 '김지영'이 도모하는 '이상적인' 미래가 기존의 이성애 중심적 성체계를 상대화하는 일과는 무관하다는 점, 거기에는 '남자와 여자'로만 구성된 것으로 인식되는 성적 질서가 포착하지 못한 '다원적 주체'에 대한 상상이 결락돼 있다는 점에 있다. 즉 『82년생 김지영』의 문제성은 이미 교조화된 '미학성' 개념을 기준으로 재단된 '미학적 결여'나 '정치적 올바름'이 아니라, 현실의 성적 질서를 재조직하기 위한 급진화된 정치적 상상력의 결여, 곧 '정치적 뭉툭함'에서 찾아져야 한다. (물론 이 정치적 '뭉툭함'이나 '태만함'마저도 이 책을 매개해 젠더와 섹슈얼리티 문제를 사회변혁의 중대한 요소로 인식하게 된 최근 젊은 독자들의 역동에 의해 얼마든지 '급진적인 것'으로 변용·수용될 수 있다.)

만약 『82년생 김지영』이 페미니즘 정치학에서 정초된 '정치적 올바름'에 입각한 인물을 그리려 했다면, '김지영'은 서로 다른 세대의 여성들이 겪은 고통을 한 몸에 체현 가능한 것으로 동질화하면서 '실성'이나 '빙의'와 같은 비이성적인 방식으로만 자신의 욕망을 표출할 수 있는 여성이어서는 안 됐다. '김지영'은 논리적이고 현실적인 이성의 언어로 '합리적 남성'을 비롯한 실재하는 청자들을 설득하고 그들과 협상하며, 여성 인권 신장 및 여성혐오 문화 근절을 위한 정치적·사회적·경제적·문화적 인식과 제도의 갱신을 위해 싸우는 여성으로 묘사돼야 했을 것이다. 여성인물을 무고한 피해자나 희생양 등으로 전형화·젠더화한 『82년생 김지영』이 분명 페미니즘 정치학에 입각해 비평적으로 돌파해야 할 한 사례임은 틀림없지만, 그것이 '정치적 올바름', '정체성정치'라는 개념을 물신화하거나 기계적으로 적용하는 방식으로 달성될 리가 없다는 것 또한 명백하다.

무엇보다, '정치적 올바름'과 '정체성정치'를 진보 정치의 비전과 대립하는 것, '정치적이고 경제적인 것'으로부터 분리 가능한 것으로 여기는 최근의 비평들은 "정체성정치의 역사적 범위와 사회적 기반에 대한 심각한 축소"라는 점에서 심대한 비평적 왜곡을 무릅쓴다.[56] 정체성정치에서 발원하지 않은 진보와 연대의 정치란 성립할 수 없으며, 다원적 성별 및 섹슈얼리티 체계와 무관한 '정치적 올바름'이나 '미학적인 것'이라는 개념 또한 존재하지 않는다. 이것이 바로, 최근 '페미니즘 소설'을 비평하기 위해서는 '미학성'이나 '정치적 올바름'이라는 규준 외에 '젊은 독자들의 새로운 '상식'과 정치적·문화적 역동'이라는 변수를 고려해야 한다는 마땅한 제안[57]과 함께 '정치적 올바름'이라는 개념 자체에 대한 입체적 논의 또한 요청되는 이유다.

'여자들의 세계'를 재현하는 우리 세대의 소설 — 최은영의 『쇼코의 미소』

그런가 하면, 매우 전통적이고 '정통적인' 문학적 의장을 한 채 '페미니즘 소설'로 호명되고 독해되는 작품들도 있다. 이 작품들은 기존 한국문학(장)의 문법을 계승하면서도 페미니스트 독자들의 새로운 독해에 의해 '페미니즘 소설'로 분류된다는 점에서 누군가에게는 '고전적'이며 누군가에게는 '새롭다.' 그렇다면 이때 관건이 되는 것은 어떻게 이 '낯익은' 작품을 '낯설게' 읽을 것인가, 즉 해석과 비평의 문제다.

2016년에 출간돼 현재 12쇄를 찍은 최은영의 첫 소설집 『쇼코의 미소』(문학동네, 2016)는 그 어떤 남성비평가들에게도 불편하게 읽히지 않으면서, 여성독자들에게도 인상적인 '여성들의 소설'로 읽혔다. 이 소설집에 대한 제도권 문학의 지배적인 독법은 이 책에 실린 서영채의 해설[58]에 나타났듯, '조부모에 의해 곱게 길러진 손녀딸의 맑고 순정한, 착해서 독한, 독하도록 착한 이야기'라는 것이다. 이런 독법에 의거할 때 이 소설은 지극히 '안전'하다.

최은영의 소설을 '지성 대 감성'이라는 오래된 이분법적 구도에 놓은 채 일정한 결격 사유를 가졌거나 예외적인 미덕을 가졌다는 식[59]으로 재단하는 비평도 있다. 이런 독해는 현재 새롭게 등장한 30대 여성작가들의 정치적·문화적 경험에 전혀 관심을 두지 않은 채, 오직 기존의 리얼리즘 혹은 모더니즘 소설을 기준으로 결정된 '지성'과 같은 가치들을 '새로운 문학적 전략으로 새로운 문제를 다루는 새로운 세대'의 소설에 부주의하게 적용한다. 일종의 '낯익게 하기'인 셈이다.

그렇다면, 이런 독해는 어떨까. 우선 스스로 "서양 백인 남성이 아닌, 한국의 1980년대생 여성작가"임을 밝힌 최은영의 출현 자체가 지닌 문학사적 함의를 생각해 볼 필요가 있다. 그녀가 공공연하게 밝혀 왔듯, 1984년생이자 02학번인 그녀는 여성주의 교지 편집에 몰두하며 대학 시절을 보낸, 2000년대 이후 단절된 학내 여성주의 운동의 수혜를 입은 거의 마지막 세대다. 그는 '나는 페미니스트는 아니지만'의 시대에서 '#나는페미니스트다' 시대를 드라마틱하게 건너왔으며, 2000년대 이후 페미니즘이 거의 거세되다시피 한 한국문학(장)에서 '잠재적인 것'으로만 보존되던 '페미니즘 지식과 교양'을 드디어 '문학적 자원'으로 등재·활용할 수 있게 된 첫 세대다.

표제작 「쇼코의 미소」는 한국과 일본의 두 여학생 '소유'와 '쇼코'가 자신들이 나고 자란 곳에서 벗어나고 싶은 욕망을 서로 공유하고

최은영 소설집 『쇼코의 미소』(2016)

전시하며 경쟁하는 이야기다. 그녀들이 "일학년 중에서 가장 영어를 잘하는" 학생으로서 "한국 학생들과 일본 학생들의 문화 교류"의 주역이 된 것은 분명 신자유주의적 자기 계발 모델에 접근할 수 있는 특권적인 경험이었다. 그러나 그녀들이 자신들의 재능과 정신적 성숙 여부를 끊임없이 의심해야 했듯, '영어'나 '명랑한 성격' 같은 자원들이 그녀들에게 무한한 성장을 약속해 주지는 않았다.

주목해야 할 것은 "내가 널 보러 한국으로 갈 줄 알았는데." "내가 먼저 와서 실망했지."라며 그녀들이 서로의 '성장'을 경쟁할 때, 다른 한편에는 '조부의 죽음'이라는 핵심적 사건이 배치된다는 점이다. 이동의 자유와 세계 경험의 확보로 실현되는 누군가의 성장은 떠나지 못한 다른 누군가에게 반드시 빚지고 있다는 것. 이는 전근대적 차별과 억압이 사라지고 개인의 역량에 따라 무한 성장이 가능하다는 신자유주의적 믿음이 허구이자 "기만"이라는 사실에 대한 명백한 폭로다. 최은영의 소설은 '실력만 있다면 무엇이든 될 수 있다'고 믿어진

'알파 걸'의 시대에 '성장'을 일종의 '외상(trauma)'으로서 경험해야 했던 여자들의 이야기다.

최은영이 이 여자들의 삶의 동력으로 제시하는 것은 단연 '타인과의 연대'다. 『쇼코의 미소』에서 작가는 모녀·조손·선후배·이웃·친구·연인 등 온갖 여성관계들을 재현했고, 우정과 사랑, 존경과 흠모, 연민과 질투, 배려와 자애 등 그 관계에서 가능한 거의 모든 정신적이고 성애적인 감정들을 그녀들의 가장 강력한 생의 동력으로 의미화했다. 바로 이 점, 즉 최은영 소설의 오리지널리티가 이 '여자들 간의 유대'에 대한 각별한 관심에 있음을 강조하는 일은 중요하다.

'남성 투톱 영화'나 '장편 남성서사' 등이 만연한 최근 대중 서사의 지배적 경향[60]을 떠올려 보자. 그것들은 이 세계를 '남성연대에 대한 충실한 재연만으로도 묘사 가능한 것'으로 간주함으로써 여성의 서사적 시민권을 지속적이고도 노골적으로 삭제해 왔다. 물론 이는 '여자의 적은 여자', '여자들에게 진정한 우정은 없다' 같은 말에 깃든 오랜 여성혐오의 반영이자, '여자들의 사회'에 대한 지극히 빈곤한 상상력의 산물이다.

바로 이런 상황에서 최은영은 여자들의 다종다양한 관계와 친밀성의 역학을 통시적·공시적인 조명을 통해 전면적으로 재현한다. 여기서 은밀한 '반역'의 기미를 읽지 못한다면, 그것이야말로 '여성들의 관계학와 정동에 깃든 정치적·문화적 기획의 급진성'을 단 한 번도 '문학적인 것'으로 읽어 내지 못한 한국문학의 오랜 관성을 반증하는 것일 테다.

세월호 참사를 다룬 두 편의 소설로 끝맺는 『쇼코의 미소』를 완독하면, 최은영이 '알파 걸'이자 '세월호 세대'로 호명되는 동시대의 여성인물들을 택해 전달하려는 메시지가 조금 감지된다. '자기주도적 성장'이 곧 "기만"인 시대에 "가장자리"에 마주 선 여자들의 연대야말로 '재난'이 곧 '절멸'이 되는 것을 막을 유력한 힘이라는 것. 이것이 바로 "1세계 백인 남성이 아니고 미국, 영국, 네덜란드 사람도 아닌, 21세기 한국의 1980년대생 여성"[61] 작가 최은영이 발견한 이 세계의 역설이자 진실이라고 말해도 좋지 않을까. 동시에 이것이 바로 핑크빛 표지를 입은 이 소설들을 "순하고 맑은 서사"(서영채)로서만이 아니라, '우리 세대의 소설'로서 읽는 한 가지 방식이라고도.

'페미니스트 서사'의 새로운 미학을 기다리며

그렇다면 '정치적 올바름'을 물신화하지 않는 '페미니스트 서사'는 어떻게 가능할까. 우선 이런 진단에서 시작해 보자. 무모함을 무릅쓰고 말해 보자면, 그간 한국 여성인물/여성소설가들에게는 어쩌면 '성숙'에의 강박이 지속적으로 작동해 온 것 같다. 어떤 부당하고 부조리한 사건들을 만나도 여성소설가들이 쓴 한국소설의 여성인물들은 웬만하면 직접적이거나 즉각적으로 분노를 표출하지 않는다. 종국에 그녀들은 그런 '고통'의 경험을 정신적 성숙의 자원으로 삼는다. 때로 그녀들은 의미심장한 복수를 꿈꾸며 가슴속에 칼을 감추기도 하지만, 그것은 면밀하게 계산된 것이어야 한다. 즉 즉각적인 복수심에 불타오른 나머지 성급하게 상대를 해꼬지하다가 미련하게 파멸하는 '돈키호테' 같은 종류의 어리숙한 여성인물은 한국소설사에서 아주 드물다.

고통을 자원 삼아 끝내 '자신의 성장과 성숙'을 도모하는 여성인물에게만 문학적 시민권이 부여돼 왔다고 말하면 지나칠까. 물론, 끝내 어떤 고통에도 불구하고 성장하는 여성. 이것은 분명 여성성장담이 약속해야 할 소중한 가치이자 미덕이며, 때로는 그것이야말로 남성 중심적 지배 기율에 대한 복수일 때도 있다. 그러나 조금 확신을 담아 말한다면, 모든 고통을 딛고 끝내 성장하는 이 여성들의 '성숙'은, 작가의 작의와 무관하게, 한국문학(장)의 가부장제와 이성애 중심주의를 위협하지 않는 '안전한 것'으로 여겨지기에 애호되는 경향 역시 분명 있다.

다른 플랫폼에서 생성되는 여성서사들은 어떨까. 돈 없고 못생겼으며, 사회적으로 어떤 영향력도 행사할 수 없는 젊은 여자가 넘쳐나는 자신의 성적 욕구 때문에 스스로 고통받거나 또는 '조건적인' 쾌락을 도모하는 전무후무한 캐릭터인 '미지'(이자혜, 웹툰 〈미지의 세계〉, 2014). 다민족적 배경, 비규범적 성적 정체성을 가진 다원적 주체들이, 그 자신들의 기만적이고 위계화된 혼거(混居)를 가능케 하는 물적·법적 토대로서의 '자유주의 공화국 연방제'라는 미국의 다원성을 마음껏 시험하고 조롱하는 여성서사인 넷플릭스 드라마 〈오렌지 이즈 더 뉴 블랙〉(2013). 이 서사들에 등장하는 여자들과 같은 종족에 속한 여자들은 적어도 아직 한국 (제도권) 문학에는 도착하지 않은 듯하다. 이 '개전(改悛)의 정(情)' 없는 여성인물들이 무엇을 어떻게 부수면서, 어떤 미적이고 문학적인 쾌감과 교훈들을 만들어 낼지, 우린 아직 모른다.

최근 『혼자서 본 영화』(2018)라는 책에서 저자 정희진은 몇 년 전, 마조히즘을 탐닉하는 여자, 즉 여성이 '정치적으로 올바르지 않은 섹스'를 욕망할 수 있다는 것을 알려 준 독일 영화 〈피아니스트〉(미하엘 하네케, 2002)를 보고 온몸을 떨 정도로 충격을 받았다고 적었다.[62] 그러나 역시 또 불경한 상상이지만, 한국문학에 재현된 섹스의 양상을 일별해 보면 어떨까. 아마도 문화인류학자 게일 루빈이 도표화한 〈성

위계질서〉[63]의 흐름에서 벗어나는 방식으로 배치된 섹스는 찾기 어려울 것이다.

그러니 다시 묻자. '정치적 올바름'을 물신화하지 않는 문학/비평은 언제, 어떻게 가능할까. 분명한 것은, 〈피아니스트〉 같은 영화를 보고도 눈썹 한 올조차 까딱하지 않는 관객/독자가 이미 있다는 것이다. 적어도 '현실'에서는.

주

* 이 글은 「'장편의 시대'와 '이야기꾼'의 우울 — 천명관과 정유정에 대한 비평이 말해 주는 몇 가지 것들」(《자음과모음》 22, 2013년 겨울), 「혐오의 시대, 한국문학의 행방」(《릿터》 1, 민음사, 2016. 8~9), 「'성장'이라는 외상trauma을 견디는 '여자들의 사회'」(『안녕! 오늘의 한국소설 — 2017 오늘의 작가상 기념 리뷰집』(ebook), 민음사, 2017), 「비평의 백래시와 새로운 '페미니스트 서사'의 도래」(《21세기문학》 81, 2018년 여름)를 수정, 재구성한 것이다.

1 「이야기꾼 '천명관'의 질주는 계속된다!」 《채널예스》, 2012. 4. 18.

2 심진경·이광호·함돈균·허윤진, 「타자의 인준에 목마르고 상업성의 첨자가 되고 — 다시 보는 미래파·장편소설 논쟁, 루저와 백수 시대의 공상, 그리고 국경 넘기」, 《한겨레21》 826, 2010. 9. 3.

3 「폭발적인 스토리로 다시 한 방 터뜨린 한국문단 '야전용사'」, 《중앙SUNDAY》, 2013. 7. 7.

4 「정유정 돌풍이 반가운 이유」, 《조선일보》, 2013. 7. 2; 「나를 벼랑 끝에 내몰고 쓴다」, 《신동아》, 2013. 9. 25.

5 천명관과 정유정의 소설은 한국인이 영화로 보고 싶은 작품을 묻는 설문 조사에서 수위를 차지한다. (「관객이 답하길, 『7년의 밤』 영화로 보고 싶다」, 《맥스뉴스》, 2013. 6. 19) 실제로 천명관의 『고령화 가족』과 정유정의 『내 심장을 쏴라』 및 『7년의 밤』은 각각 동명의 영화 〈고령화 가족〉(송해성, 2013)과 〈내 심장을 쏴라〉(문제용, 2014), 〈7년의 밤〉(추창민, 2018)으로 제작·개봉됐다.

6 정은경, 「닥치고 '이야기' — 정유정론」, 《오늘의 문예비평》 84, 2012년 봄; 「'닥치고 이야기'……. 이번에도 100m 전력질주 — 올해 최대 기대작, 정유정 장편소설 『28』 먼저 읽어 보니」, 《조선일보》, 2013. 6. 10.

7 천명관, 「프랭크와 나」, 『유쾌한 하녀 마리사』, 문학동네, 2007, 27쪽.

8 「올 한국문학 기대작 장편 『28』의 정유정 작가」, 《중앙일보》, 2013. 6. 13.

9 2007년 《창작과비평》을 중심으로 본격화된 장편소설론은 2010~2013년에 거의 모든 문예지가 비중 있게 다룰 만큼 문단의 중심 의제로 통용됐다. 김형중, 「장편소설의 적 — 최근 장편소설에 관한 단상들」, 《문학과사회》 93, 2011년 봄; 김영찬, 「공감과 연대 — 21세기, 소설의 운명」, 《창작과비평》 154, 2011년 겨울;

《창작과비평》 156, 2012년 여름 특집 '다시 장편소설을 말한다';《문학과사회》 103 2013년 가을 특집 '문제는 '장편소설'이 아니다 — '장편대망론' 재고' 등 참조.

10 「문단보다 대중이 사랑한 젊은 작가들 주목」, 《경향신문》, 2011. 4. 17.

11 '페미니즘 리부트'는 2015년 이후 한국에서 새롭게 (재)부상한 페미니즘을 가리키는 문화평론가 손희정의 표현이다. 손희정, 「페미니즘 리부트 — 한국영화를 통해 본 포스트페미니즘과 그 이후」, 『페미니즘 리부트 — 혐오의 시대를 뚫고 나온 목소리들』, 나무연필, 2017.

12 「미치거나 죽거나, 급기야 사라진 한국영화 속 여성들」, 《노컷뉴스》, 2018. 1. 21.

13 피터 브룩스, 박혜란 옮김, 『플롯 찾아 읽기 — 내러티브의 설계와 의도』, 강, 2011, 96쪽.

14 정유정·김경연, 「소설을 쓰는 이야기꾼과 만나다」, 《오늘의 문예비평》 84, 2012년 봄, 169쪽.

15 이때 '웰메이드'는 미묘한 뉘앙스를 풍긴다. "이 작품의 매혹은 웰메이드 장르 소설, '잘 빚은 항아리'가 주는 경이와 흥미 그 이상은 아니다."(정은경, 「"나는 내 아버지의 사형집행인이었다" — 정유정의 『7년의 밤』」, 《프레시안》, 2011. 4. 8)라는 식의 화법에서 보듯, 여기에는 '정통적인' 문학 수업을 받지 않고, '단편 — 소설집 — 장편 출간'과 같은 문단의 법칙도 따르지 않은 그가 대중적 흥미를 끌면서 정교한 완성도도 갖춘 작품을 써낸 데 대한 비평계의 분열적 인식이 개재해 있다.

16 "조원희: '그림이 그려진다'는 건 그런 뜻이 아니라 스토리텔링이 탁월하다는 얘기 같다. 영화로 손쉽게 옮길 수 있는, 영상 언어로 번역할 수 있는 스토리라는 게 있는데, 『7년의 밤』이 그걸 충족시키는 거다. / 이권우: 영화로 만들기 좋은 스토리텔링이란 게 어떤 걸까? / 조원희: 쉽게 말해서 장르 소설이나 장르 소설적 특징을 갖고 있는 작품이다. 액션이 분명하고 기승전결이 눈앞에 훤히 보이고." 김용언·이권우·조원희, 「소녀 죽이고 마을 수장한 살인마, 이제 천만을 노린다! — 『7년의 밤』을 좋아하는 혹은 의심하는」, 《프레시안》, 2011. 7. 8. (강조는 인용자, 이하 동일)

17 천명관을 '한국의 마르케스'라 칭하며 그의 작품을 '마술적 리얼리즘'에 속한 것으로 분류하려는 시도, 혹은 그의 소설에 나타난 '주변부 인생'의 이야기를 전통적인 '민중 서사'의 맥을 잇는 것으로 해석하려 한 작업들을 떠올려 보자.

18 손정수, 「이야기를 분출하는 고래의 꿈은 무엇인가」, 《실천문학》 77, 2005년 봄, 387쪽.

19 고인환, 「젊은 소설의 존재 방식에 대한 몇 가지 생각 — 백가흠, 이기호, 천명관의 작품을 중심으로」, 《오늘의 문예비평》 68, 2008년 봄, 58쪽.

20 이경재, 「아이러니스트가 바라본 우리 시대 가족 — 천명관 장편소설, 『고령화 가족』(문학동네, 2010)」, 《문학과사회》 90, 2010년 여름, 482쪽.

21 정은경, 「시뮬라크르의 진실과 짝퉁 이소룡의 순정」, 《실천문학》 106, 2012년 여름, 387쪽.

22 안미영, 「신인류의 매혹적인 모반과 신시대의 윤리」, 《오늘의 문예비평》, 2006년 여름, 72쪽.

23 "『고래』를 썼을 때, 이런 얘기를 들었어요. 우리 역사와 사회, 지금 여기에 작품이 뿌리를 내려야 하는데 허공에 떠 있는 것 같다고요. 즉, 80년대 리얼리즘 미학을 말하는 것인데, 그것이 아직도 유효한지는 고민이 돼요. 현실이라든지 리얼리즘이라는 문학적 테마에 관심이 없는 것이 아니라 표현 방식이 다를 뿐이고요. 그런 관심을 어떤 미학 안에 담아 내느냐가 고민이 되는 거고요. 아직도 과정 중에 있지만, 그게 찾아진다면, 저만의 색깔을 더 보여 드릴 수 있겠죠." 「평균 나이 49세?! 이 가족이 사는 법 — 『고령화 가족』 천명관」, 《채널예스》, 2010. 5. 13.

24 박준석, 「정유정의 잘 쓴 소설」, 《GQ》, 2013. 8.

25 "조원희: 이해가 안 가는 인물을 설득되도록 그려 냈다. 규칙을 잘 정했다는 생각이 든다. / 이권우 : 그런 규칙이 바로 문학 독자들에게는 불편하다. 인간의 삶이 규칙에 제한되는 게 아니니까. 또 (작품에서) 규칙은 보여선 안 되는 거라고 생각하는데, 그걸 벗어나지 못하고 틀대로 가 버리니까 자꾸 불편하게 느껴진다. / 조원희: 상업 영화는 사실 그것과의 싸움이다. 관객들한테 규칙을 제시하고, 그걸 조금씩 깨면서 재미를 주는 거다." 김용언·이권우·조원희, 앞의 글.

26 정유정·김경연, 앞의 글, 167쪽.

27 「이야기꾼 '천명관'의 질주는 계속된다!」 《채널예스》, 2012. 4. 18.

28 「꿈 좇던 희열과 좌절이 녹아든 삼류 인생들의 휴식처……. — 천명관 소설의 변두리극장」, 《한국일보》, 2012. 3. 7.

29 정한석, 「영화, 내겐 첫사랑 양아치 같은 — 〈이웃집 남자〉 시나리오 쓴 소설가 천명관」, 《씨네21》 744, 2010. 3. 12.

30 천명관, 「이십 세」, 『유쾌한 하녀 마리사』, 문학동네, 2007, 382쪽.

31 「김두식의 고백 — '고령화 가족'의 작가 천명관을 만나다」, 《한겨레》, 2013. 4. 26.

32 「정유정이라는 신세계」, 《VOGUE》, 2013. 8, 170쪽.

33 「믿는 것을 확신하며 걸어가라 — 『7년의 밤』 정유정 작가」, 《상상마당 웹진 TALK TO》, 2011. 10. 20; 「나를 벼랑 끝에 내몰고 쓴다」, 《신동아》, 2013. 9. 25; 한기호, 「정유정은 새로운 현상이다 — 하루키 현상과 정유정 현상」, 《기획회의》 349, 2013. 8. 5.

34 「선 굵은 소설 쓰니 '아저씨 독자' 다시 모이더군요」, 《한국경제신문》, 2013. 8. 1.

35 최재봉, 「정말 소설이 돌아온 것인가」, 《기획회의》 349, 2013. 8. 5; 한기호, 앞의 글; 「정유정이라는 신세계」, 《VOGUE》, 2013. 8.

36 김용언·이권우·조원희, 앞의 글.

37 정여울, 「늪의 리얼리티, 저항의 로망스 — 정유정론」, 《자음과모음》 14, 2011년 겨울.

38 이들의 '번역 불가능한' 글쓰기에 대해 평단이 보인 피로와 혐오를 비판적으로 성찰한 예로는 권명아, 『무한히 정치적인 외로움 — 한국사회의 정동을 묻다』, 갈무리, 2012, 1장과 3장 참조.

39 「문단보다 대중이 사랑한 젊은 작가들 주목」, 《경향신문》, 2011. 4. 17.

40 "프레시안: 2000년대 들어서 한국소설의 활력이 떨어졌다고 하는 이들이 많아졌어요. 소설을 독자에게 읽혀야 하는 입장에서 어떻게 생각하나요? (……) / 서원: 1990년대에 공지영의 『고등어』(오픈하우스)와 같은 이른바 '후일담 소설'이 쏟아져 나온 이후로 한국소설은 늘 그런 얘기를 듣는 것 같아요. 그나마 요즘은 사정이 나은 편입니다. 장르 소설의 특징을 적절히 흡수한 작가들(박민규, 배명훈, 정유정, 최제훈, 구병모 등)이 계속 성장하고 있어요. (……) 물론 힘없는 사소설은 당분간 계속 양산될 거예요. 하지만 그게 문예 미학 혹은 시대정신이 아니라는 걸 출판사들이 곧 깨달을 거예요." 「경제는 먹구름, 정치는 흙탕물……. 믿을 건 너뿐이야!?인터넷서점MD가 말하는 '진짜' 소설」, 《프레시안》, 2011. 9. 30.

41 김용언·이권우·조원희, 앞의 글.

42 「『7년의 밤』 정유정, '소설 아마존'이 나타났다」, 《교보문고 북뉴스》, 2011. 5. 27; 「소설 『28』로 돌아온 작가 정유정, 방황하는 청춘 꿈이 없어서 아닌가요?」, 《한국경제매거진》, 2013. 9. 17.

43 「김DB의 최종 분석 — 주요 독자층은 20~30대 여성, 남성 독자는 30~40대」,

《교보문고 북뉴스》, 2015. 12. 14.

44 「선 굵은 소설 쓰니 '아저씨 독자' 다시 모이더군요」, 《한국경제신문》, 2013. 8. 1.

45 듀나, 「아직도 2030세대 여성관객들이 호구로 보이는가」, 《엔터미디어》, 2016. 3. 27.

46 오혜진, 「《릿터》와 《문학과사회》, 우리 세대의 잡지를 갖는 기쁨」, 《IZE》, 2016. 9 28.

47 김주희, 「속도의 페미니즘과 관성의 정치」, 《문학과사회 하이픈 — 페미니즘적/비평적》 116, 2016년 겨울; 권명아, 「여성 살해 위에 세워진 문학/비평과 문화 산업」, 《문학과사회 하이픈 — 메타 크리틱》 121, 2018년 봄; 허윤, 「페미니즘 대중서 시장과 브랜드화 — 페미니즘 번역서를 중심으로」, 《여성문학연구》 40, 한국여성문학연구학회, 2017.

48 오혜진, 「2017 페미니즘 소설 박물지」, 《한겨레》, 2017. 11. 26.

49 수전 팔루디, 황성원 옮김, 『백래시 — 누가 페미니즘을 두려워하는가』, arte, 2017.

50 이은지, 「문학은 정치적으로 올발라야 하는가」, 웹《문학3》, 2017. 3. 7; 「여자를 착취하는 여자들」, 《21세기문학》 77, 2017년 여름; 「정체성정치의 시대에 비평을 한다는 것 — 복도훈과 강동호의 논의를 중심으로」, 「요즘 비평 포럼」 발제문, 2018. 3. 29; 조강석, 「메시지의 전경화와 소설의 '실효성' — 정치적·윤리적 올바름과 문학의 관계에 대한 단상」, 《문장 웹진》, 2017. 4; 복도훈, 「'도래할 책'을 기다리는 '정신적 동물의 왕국'에 대한 비평적 소묘」, 《문학과사회 하이픈: 문학성-역사들》, 2017년 봄; 「'정치적으로 올바른' 소송의 시대, 책 읽기의 어려움」, 《畓》 5, 2017; 「유머로서의 비평 — 축제, 진혼, 상처를 무대화한 비평의 10년을 되돌아보기」, 《문학과사회 하이픈: 메타-크리틱》 121, 2018년 봄.

51 이은지·김승일·박민정·소영현, 「좌담: 2017년 한국문학의 표정」, 《21세기문학》 79, 2017년 겨울 중 이은지·김승일의 발언.

52 이은지, 앞의 글들 참조.

53 조연정, 「문학의 미래보다 현실의 우리를 — 문학의 정치적 올바름에 대하여」, 《문장 웹진》, 2017. 8. 10.

54 후지이 다케시, 「정치적 올바름, 광장을 다스리다?」, 《문학3》 2, 2017.

55 정희진, 「이것이 반격일까」, 《경향신문》, 2018. 5. 15.

56 조혜영, 「대중문화를 사건화하는 페미니즘 서적: 『페미니즘 리부트 — 혐오의 시대를 뚫고 나온 목소리들』과 『괜찮지 않습니다 — 최지은 기자의 '페미니스트로 다시 만난 세계'』」, 《아시아여성연구》 56-2, 숙명여자대학교 아시아여성연구원,

2017. 11.

57 김미정, 「흔들리는 재현, 대의의 시간 — 2017년 한국소설의 안팎」, 《문학들》 50, 2017년 겨울.

58 서영채, 「순하고 맑은 서사의 힘」, 최은영, 『쇼코의 미소』, 문학동네, 2016.

59 오길영, 「문학적 지성이란 무엇인가 — 이인휘, 백수린, 최은영 소설을 읽으며」, 《황해문화》, 2017년 봄. 문학의 주지주의적 전통을 바탕으로 성립한 '지성' 개념은 최재서를 비롯한 1930년대 식민지 조선의 엘리트들이 벌인 오랜 논쟁과 숙고에서 보듯, 비판적 접근을 필요로 하는 문제적 개념이다. 또한 '아래로부터의 지성사' 혹은 '지적 격차의 문화사'를 바탕으로 한국 제도 문학의 '외부'에 배치된 텍스트들의 성격을 검토한 최근의 연구들은 특유의 '도식성'과 '천편일률성'으로 인해 '문학적·미학적' 가치를 결여한 것으로 평가된 1980년대 노동자 소설과 수기를 재독해함으로써 '도식성'을 재단하는 당대의 지배적 규범을 상대화하거나, '도식성' 자체가 해당 텍스트들의 미적 방법론을 구성하는 한 요소일 수 있음을 밝힌 바 있다. 천정환, 「서발턴은 쓸 수 있는가 — '문학과 정치'를 보는 다른 관점과 민중문학의 복권」, 천정환·소영현·임태훈 엮음, 『문학사 이후의 문학사 — 한국 현대문학사의 해체와 재구성』, 푸른역사, 2013; 「그 많던 '외치는 돌멩이'들은 어디로 갔을까 — 1980~90년대 노동자문학회와 노동자문학」, 《역사비평》 106, 2014년 봄. 이런 최신의 연구들을 고려한다면, 최근의 '페미니즘소설'들을 비판적으로 독해하되 '문학적 지성'이나 '도식성' 같은 개념들을 자명한 비평적 기준으로 간주하는 작업의 효용과 그 정치성에 대해서는 재검토가 필요하다.

60 오혜진, 「'남성 투톱' 영화 전성시대」, 《한겨레》, 2016. 2. 15; 「누가 민주주의를 노래하는가 — 신자유주의 시대 이후 한국 장편 남성서사의 문법과 정치적 임계」, 연세대학교 젠더연구소 엮음, 『그런 남자는 없다 — 혐오사회에서 한국 남성성 질문하기』, 오월의봄, 2017.

61 「최은영 작가 "소설 아닌 다른 글 썼다면 후회했을 것"」, 《매일경제신문》, 2016. 8. 5.

62 정희진, 「마조히즘을 욕망하는 여자? — 「피아니스트」」, 『혼자서 본 영화』, 교양인, 2018.

63 "이론상 '좋은', '정상적인', '자연스러운' 섹슈얼리티는 이성애여야 하고, 결혼 제도 내부에 있어야 하고, 일대일 관계여야 하며, 출산해야 하고, 비상업적이어야 한다. 같은 세대에 속한 두 사람이 관계를 가지되 집에서 해야 한다. 포르노그래피, 페티시

대상, 그 어떤 성인용품, 남녀 역할이 아닌 다른 배역 등이 결부되어서는 안 된다. 이러한 규칙을 어기면 '나쁜', '비정상적인', '부자연스러운' 성교가 된다. 나쁜 성교란 동성애, 혼인 관계가 아닌, 문란한, 출산하지 않는, 상업적인 성교일 것이다. 자위 혹은 난교 파티에서 일어나는, 세대 경계를 넘는, '공공' 장소, 적어도 덤불숲이나 목욕탕에서 하는 성교일 것이다. 여기에는 포르노그래피, 페티시 대상, 성인용품, 특수한 배역 등이 결부되어 있을 것이다." 게일 루빈, 신혜수·임옥희·조혜영·허윤 옮김, 『일탈 — 게일 루빈 선집』, 현실문화, 2015, 303쪽.

참고문헌

평민의 딸, 길 위에 서다

1차 자료

신문《대한매일신보》,《독립신문》

김교제, 『목단화』, 광학서포, 1911.

이인직, 『혈의누』, 김상만서포, 1907.

_____, 『은세계』, 동문사, 1908.

_____, 『귀의성』 하, 중앙서관, 1908.

최찬식, 「능라도」, 『한국신소설전집』 5, 을유문화사, 1968.

_____, 『안의성』, 박문서관, 1914.

「홍계월전」, 정병헌·이유경 엮음, 『한국의 여성영웅소설』, 태학사, 2000.

2차 자료

권보드래, 『신소설, 언어와 정치』, 소명출판, 2014.

김윤식, 『한국근대소설사연구』, 을유문화사, 1986.

아놀드 하우저, 염무웅·심성완 옮김, 『문학과 예술의 사회사』 3, 창작과비평사, 1989.

양계초, 「소설과 대중사회와의 관계를 논함」, 최완식·이병한 편역, 『중국사상대계 9: 강유위·양계초』, 신화사, 1983.

이영아, 『육체의 탄생 — 몸, 그 안에 새겨진 근대의 자국』, 민음사, 2008

이재선, 「신소설에 있어서의 갑오개혁」, 『새국어생활』 4권 4호, 1994.

이화여대 백년사 편찬위원회 엮음, 『이화백년사』, 이화여대 출판부, 1994.

장시광, 「여성소설의 여주인공과 여화위남」, 『한국 고전소설과 여성인물』, 보고사, 2006.

장징, 임수빈 옮김, 『근대 중국과 연애의 발견』, 소나무, 2007.

주디스 버틀러, 김윤상 옮김, 『의미를 체현하는 육체 — '성'의 담론적 한계들에 대하여』, 인간사랑, 2003.

최원식, 『한국근대소설사론』, 창작사, 1986.

_____, 『한국계몽주의문학사론』, 소명출판, 2002.

국외 자료

C. Pateman, Sexual Contract, Standford Univ. Press, 1988.

Induk Pahk, September Monkey, New York: Harper Brothers, 1954.

여성문학의 탄생, 그 원초적 장면

1차 자료

잡지《삼천리》,《신민》

김기진,「김명순 씨에 대한 공개장」,《신여성》, 1924. 9.

김동인,「김연실전」(1939),『김동인 전집 — 김연실전 외』4, 동아일보사, 1988.

김동인,「문단 삼십년의 발자취」,『한국문단의 역사와 측면사』, 국학자료원, 1996.

안회남,「소설가 박화성론」,《여성》, 1938. 2.

이하관,「문학의 인상 — 조선문학현상론」,《중앙》, 1936. 9.

임순득,「불효기에 처한 조선여성작가론」,《여성》, 1940. 9.

최정희,「1933년도 여류문단 총평」,《신가정》, 1933. 12.

2차 자료

가라타니 고진, 김경원 옮김,「계급에 대하여 — 나츠메 소세키론1」,『마르크스 그 가능성의 중심』, 이산, 1999.

박정애,「최정희 소설에 나타난 여성적 글쓰기의 특성 연구」, 서울대 석사논문, 1998.

산드라 길버트·수전 구바, 박오복 옮김,『다락방의 미친 여자 — 19세기 여성작가의 문학적 상상력』, 이후, 2009.

신수정,「한국 근대소설의 형성과 여성 재현 양상 연구」, 서울대 박사논문, 2003.

이명은,「김명순 편」,『흘러간 여인상』, 인간사, 1963.

이혜령,『한국 근대소설과 섹슈얼리티의 서사학』, 소명출판, 2007.

임종국·박노준,「김명순 편」,『흘러간 성좌』, 국제문화사, 1966.

전영택,「내가 아는 김명순」,《현대문학》, 1963. 3.

국외 자료

William Cohen, Sex Scandal : The Private Parts of Victorian Fiction, Duke University Press(Durham and London), 1996.

'배운 여자'의 탄생과 존재 증명의 글쓰기

1차 자료

강경애, 「자서소전」(1939), 이상경 편, 『강경애 전집』, 소명출판, 1999.

박화성, 『북국의 여명』(1935), 푸른사상, 2003.

박화성, 『눈보라의 운하 — 박화성 문학전집』 14(1964), 푸른사상, 2004.

이광수, 『재생 — 이광수 전집』 2(1924), 삼중당, 1962.

주세죽, 「남자의 자기만 사람인 척하는 것」, 『별건곤』, 1927. 10.

2차 자료

로만 알루아레즈·카르멘 아프리카 비달 엮음, 윤일환 옮김, 『번역, 권력, 전복』, 동인, 2008.

박종성, 『평전 박헌영』, 인간사랑, 2017.

안재성, 『박헌영 평전』, 실천문학사, 2009.

엘렌 식수, 박혜영 옮김, 『메두사의 웃음/출구』, 동문선, 2004.

이상경, 「근대 여성문학사와 신여성」, 서울대학교 여성연구소 엮음, 『경계의 여성들 — 한국 근대여성사』, 한울아카데미, 2013.

이정 박헌영 전집 편집위원회, 『이정 박헌영 전집』 8, 역사비평사, 2004.

주디스 버틀러, 양효실 옮김, 『윤리적 폭력 비판 — 자기 자신을 설명하기』, 인간사랑, 2013.

쥬디스 키건 가디너, 「여성의 정체성과 여성의 글」, 김열규 외 공역, 『페미니즘과 문학』, 문예출판사, 1988.

프리드리히 니체, 김정현 옮김, 『도덕의 계보 — 니체 전집』 14, 책세상, 2002.

1차 자료

신문《경향신문》,《동아일보》,《매일신보》,《자유신문》

잡지《문학》,《해동공론》

김동리,『문학과 인간』, 백민문화사, 1948.

______,「습작 수준의 혼미」,『동아일보』, 1947. 1. 4.

______,「문단 1년의 개관 — 1946년도의 평론, 시, 소설에 대하여」,『해동공론』, 1947. 4.

______,「당의 문학과 인간의 문학 — 1947년 상반기 창작총평」(1947),『김동리 전집 — 문학과 인간』7, 민음사, 1997.

「여류작가의 회고와 전망 — 주로 현역 여류작가의 작품세계에 관하여」,『문화』, 1947. 7.

박영희,「6월 작평」,《조선일보》, 1936. 6. 12.

백철,「지하련 씨의「결별」을 추천함」.《문장》, 1940. 12.

이하관,「문학의 인상 — 조선문학현상론」,《중앙》, 1936. 9.

이선희,「창」(1946), 오태호 편,『이선희 소설 선집』, 2009.

장덕조,「함성」,《백민》, 1947. 6·7.

지하련,「도정」(1946), 서정자 편,『지하련 전집』, 푸른사상, 2004.

______,「어느 야속한 동포가 있어」,《학병》, 1946. 2.

______,「부인 계몽지 발행」,《자유신문》, 1946. 3. 4.

______,「좌담 해방 후의 조선문학 — 제1회 소설가간담회」,《민성》, 1946. 5.

최정희,「풍류 잡히는 마을」,《백민》, 1947. 9.

______,「여류작가 군상」,《예술조선》, 1947. 12.

2차 자료

김동석,「해방기 작품 목록(1945. 8~1950. 6)」,『한국 현대소설의 비판적 언술 양상』, 소명출판, 2008.

김양선,「해방 직후 여성문화/문학 담론의 양상」,『한국 근현대 여성문학 장의 형성 — 문학제도와 양식』, 소명출판, 2012.

류진희,「해방기 탈식민 주체의 젠더전략 — 여성서사의 창출을 중심으로」, 성균관대 박사 논문, 2014.
송명란 외 엮음, 『한국 여성작가 작품목록 — 해방 이후부터 1960년대까지』, 역락, 2013.
이상경, 『임순득, 대안적 여성주체를 향하여』, 소명출판, 2009.
이임하, 『해방공간, 일상을 바꾼 여성들의 역사 — 제도와 규정, 억압에 균열을 낸 여성들의 반란』, 철수와영희, 2015.
최경희, 「젠더 연구와 검열 연구의 교차점에서」, 『일제 식민지 시기 새로 읽기』, 혜안, 2007.
최영희, 『격동의 해방 3년』, 한림대 아시아문화연구소, 1996.

그녀와 소녀들

1차 자료

신문 《경향신문》, 《동아일보》, 《한겨레신문》
김숨, 『한 명』, 현대문학, 2016.
노라 옥자 켈러, 박은미 옮김, 『종군위안부』, 밀알, 1997.
윤정모, 『에미 이름은 조센삐였다』(1982), 당대, 1997.

영화 〈귀향〉(조정래, 2015)
영화 〈눈길〉(이나정, 2015)
영화 〈레드 마리아2〉(경순, 2015)
영화 〈침묵〉(박수남, 2016)
영화 〈22 : 용기 있는 삶〉(궈커, 2015)

2차 자료

가와다 후미코, 오근영 옮김, 『빨간 기와집 — 일본군 위안부가 된 한국 여성 이야기』, 꿈교출판사, 2014.
강정숙, 「일본군 '위안부'제의 식민성 연구 : 조선인 '위안부'를 중심으로」, 성균관대 박사 논문, 2010.
구재진, 「『종군위안부』의 역사 전유와 향수」, 《한국현대문학연구》 21, 한국현대문학회,

2007.
김미영, 「일본군 위안부 문제에 관한 역사기록과 문학적 재현의 서술방식 비교 고찰」, 《우리말글》 45, 우리말글학회, 2009.
김은하, 「소녀란 무엇인가」, 조혜영 엮음, 『소녀들 — K-pop, 스크린, 광장』, 여이연, 2017.
김정란, 「일본군. '위안부' 운동의 전개와 문제인식에 대한 연구 : 정대협의 활동을 중심으로」, 이화여대 박사 논문, 2004.
김창록·양현아·이나영·조시현, 『2015 '위안부' 합의 이대로는 안 된다』, 경인문화사, 2016.
다카시 후지타니, 박선경 옮김, 「죽일 권리, 살릴 권리 : 2차 대전 동안 미국인으로 살았던 일본인과 조선인으로 살았던 조선인들」, 《아세아연구》 51-2, 고려대 아세아연구소, 2008.
미셸 푸코, 이규현 옮김, 『성의 역사 — 지식의 의지』 I, 나남출판, 2010.
박진우, 「증언과 미디어 : 집합적 기억의 언술 형식에 대한 고찰」, 《언론과 사회》 18-1, 2010.
박혁, 「사멸성, 탄생성, 그리고 정치」, 《민주주의와 인권》 9-2, 전남대학교 5·18 연구소, 2009.
손희정, 「기억의 젠더정치와 대중성의 재구성 — 최근 대중 '위안부' 서사를 중심으로」, 《문학동네》 88, 2016.
심영희, 「증언에서 침묵으로 — '군위안부' 피해자들의 귀국 이후의 삶을 중심으로」, 《정신문화연구》 79, 한국학중앙연구원, 2000.
심혜경, 「김새론 : 뉴-걸 혹은 새론 소녀」, 조혜영 엮음, 『소녀들 — K-pop, 스크린, 광장』, 여이연, 2017.
양창아, 「쫓겨난 자들의 저항과, 함께 사는 삶의 장소의 생성 : 한나 아렌트의 행위론」, 부산대 박사 논문, 2017.
오혜진, 「소녀, 귀신, 매춘부 — 제18회 서울국제여성영화제 쟁점포럼 '일본군 위안부의 재현과 문화정치' 후기」, 《말과활》 11, 2016.
이귀우, 「『종군위안부』에 나타난 샤머니즘과 두 일인칭 서사의 구조」, 《외국문학연구》 31, 한국외대 외국문학연구소, 2008.
이세희, 「올랭프 드 구즈의 생애와 「여권 선언」, 《서양사학연구》 19, 2008.
이혜령, 「식민지 군중과 개인 — 염상섭의 『광분』을 통해서 본 시론」, 《대동문화연구》 69,

성균관대 대동문화연구원, 2010.
______,「신여성과 일본군 위안부라는 문지방들 — 목가적 자본주의의 폐허에서 식민지 섹슈얼리티 연구를 돌아보며」,《여성문학연구》33, 한국여성문학학회, 2014.
______,「식민지 근대성의 가장자리 — 일본군 위안부 영화/담론에 묻은 지문들」, 제18회 서울국제여성영화제 주최 〈일본군 위안부의 재현과 문화정치〉 포럼 자료집, 2016. 6. 7.
장수희,「윤정모 소설의 여성인물 연구」, 동아대 석사 논문, 2008.
______,「일본군 위안부의 재현 문제 — 노라 옥자 켈러의『종군위안부』를 중심으로」,《동남어문연구》27, 동남어문학회, 2009.
______,「일본군 '위안부', 촛불소녀 그리고 민주주의」, 조혜영 엮음,『소녀들 — K-pop, 스크린, 광장』, 여이연, 2017.
조성란,「침묵과 말의 변증법을 통해 본 깨어진 '일상'과 회복가능성 — 노라 옥자 켈러의『종군위안부』의 경우」, 오정화 외,『이민자 문화를 통해 본 한국문화』, 이화여대 출판부, 2006.
진순희,「강요된 침묵에 저항하는 양태 — 노라 옥자 켈러의『종군 위안부』와 윤정모의『에미 이름은 조센삐였다』를 중심으로」,《국제한인문학연구》3, 국제한인문학회, 2005.
한국정신대문제대책협의회 20년사 편찬위원회 엮음,『한국정신대문제 대책협의회 20년사』, 한울, 2014.
한국정신대문제대책협의회 2000년 일본군 성노예 전범 여성국제법정 한국위원회 증언팀,『강제로 끌려간 조선인 군위안부들4 — 기억으로 다시 쓰는 역사』, 풀빛, 2011.
한나 아렌트, 이진우·태정호 옮김,『인간의 조건』, 한길사, 1996.
한채윤,「엮어서 다시 생각하기 : 동성애, 성매매, 에이즈」, 권김현영 외,『성의 정치 성의 권리』, 자음과모음, 2010.
현시원,「'위안부' 소녀상과 '국민 프로듀스'의 조우: 이상한 이상화」, 조혜영 엮음,『소녀들 — K-pop, 스크린, 광장』, 여이연, 2017.
「기적으로 만들어진 영화 — 영화 〈귀향〉 14년의 이야기들」,《21세기대학뉴스》, 2016. 5. 1.
「나의 소원은… 고 김학순 할머니의 마지막 증언」,《뉴스타파》, 2016. 1. 26.

국외 자료

Achlle Mbembe, "Necropolitics"(tr. by Libby Meintjes), Public Culture 15-1, 2003.

Sungran Cho, "The Power of Language : Trauma, Silence, and the Performative Speech Act — Reading Nora Okja Keller's Comfort Woman(2), Speaking Subjectivity of the Mother-", Journal of American Studies 35.3, Winter 2003.

기타 자료

「일제하 일본군위안부 피해자에 대한 생활안정지원 및 기념사업 등에 관한 법률 시행령(별지 제1호 서식) (개정 2014.9.11.)」 중 「대상자 등록신청서」 http://www.hermuseum.go.kr/sub.asp?pid=35

유엔경제사회위원회 인권위원회 여성폭력문제 특별보고관 쿠마라스와미 보고서 「전쟁 중 군대 성노예제 문제에 관한 조선민주주의인민공화국, 한국 및 일본 조사 보고」(1996) http://hrlibrary.umn.edu/commission/country52/53-add1.htm

'정부등록자 현황'(여성가족부의 일본군 '위안부' 피해자 e-역사관) http://www.hermuseum.go.kr/PageLink.do

멜랑콜리아, 한국문학의 '퀴어'한 육체들

1차 자료

신문 《경향신문》, 《동아일보》

염상섭, 「해방의 아들」(1946), 『두 파산 — 염상섭 단편선』, 문학과지성사, 2006.

______, 『취우』(1952), 민음사, 1987.

______, 『대를 물려서』(1958), 민음사, 1987.

______, 「횡보문단회상기」, 『사상계』, 1962. 11.

손창섭, 「공휴일」(1952), 『손창섭 단편 전집』 1, 가람기획, 2005.

______, 「사연기」(1953), 『손창섭 단편 전집』 1, 가람기획, 2005.

______, 「혈서」(1955), 『손창섭 단편 전집』 1, 가람기획, 2005.

______, 「인간동물원 초(抄)」(1955), 『손창섭 단편 전집』 1, 가람기획, 2005.

최정희, 「피난대구문단」, 『해방문학 20년』, 정음사, 1966.

2차 자료

김기두, 「정신적인 불구자의 공포」 하, 《동아일보》, 1957. 2. 19.

바바라 크리드, 손희정 옮김, 『여성괴물, 억압과 위반 사이 — 영화, 페미니즘, 정신분석학』, 여이연, 2017.

슬라보예 지젝, 한보희 옮김, 「우울증과 행동」, 『전체주의가 어쨌다구』」, 새물결, 2008.

이임순, 「상이군인, 국민 만들기」, 《중앙사론》 33, 중앙대학교 중앙사학연구소, 2011.

이화진, 「여성국극의 오리엔탈 로맨스와 (비)역사적 상상력」, 《한국극예술연구》 43, 2014.

조르조 아감벤, 윤병언 옮김, 『행간 — 우리는 왜 비현실적인 것에 주목해야 하는가』, 자음과모음, 2015.

조영숙 구술, 김지혜, 「1950년대 여성국극의 단체활동과 쇠퇴 과정에 대한 연구」, 《한국여성학》 27-2, 2011.

조지 모스, 서강여성문학회 옮김, 『내셔널리즘과 섹슈얼리티』, 소명출판, 2004.

주디스 버틀러, 양효실 옮김, 『불확실한 삶 — 애도와 폭력의 권력들』, 경상대 출판부, 2008.

허윤, 「1950년대 전후 남성성의 탈구축과 젠더의 비수행(undoing)」, 《여성문학연구》 30, 한국여성문학학회, 2013.

____, 「1950년대 퀴어 장과 병역법 경범법을 통한 '성 통제'」, 『'성'스러운 국민』, 서해문집, 2017.

____, 『1950년대 한국소설의 남성 젠더 수행성』, 역락, 2018.

홍준기, 「라깡과 프로이트·키에르케고르 — 불안의 정신분석 I」, 홍준기·김상환 엮음, 『라깡의 재탄생』, 창비, 2002.

R. W. 코넬, 현민 외 옮김, 『남성성/들』, 이매진, 2013.

국외 자료

Eve K. Sedgwick, Between Men, Columbia UP, 1985.

감수성의 혁명과 반(反)혁명

1차 자료

김승옥, 「생명연습」(1962), 『김승옥 소설 전집 — 무진기행』 1, 문학동네, 2004.

______, 「무진기행」(1964), 『김승옥 소설 전집 1 — 무진기행』, 문학동네, 2004.

______, 「차나 한 잔」, 『세대』, 1964.

______, 『뜬 세상에 살기에』, 지식산업사, 1977.

______, 『내가 만난 하나님』, 작가, 2004.

2차 자료

곽상순, 「김승옥 단편소설의 여성인물 연구 — 「야행」과 「서울의 달빛 0장」을 대상으로」, 《한국문학이론과 비평》 49, 2010.

권보드래·천정환, 『1960년을 묻다 — 박정희시대의 문화정치와 지성』, 천년의상상, 2012.

김미란, 「김승옥 문학의 개인화 전략과 젠더」, 연세대 박사 논문, 2006.

김지혜, 「최인훈, 김승옥, 이청준 소설의 몸 인식과 서사구조 연구」, 이화여대 박사 논문, 2010.

김현, 「책머리에」(1988), 『김현 문학전집 — 분석과 해석/보이는 심연과 안 보이는 역사 전망』 7, 문학과지성사, 1992.

____, 「구원의 문학과 개인주의」(1969), 『김현 문학 전집 — 현대한국문학의 이론/사회와 윤리』 2, 문학과지성사, 1991.

김희진, 「1960년대 미적 근대 연구 — 김승옥 텍스트의 상징정치학」, 연세대 석사 논문, 2002.

백문임 외, 『르네상스인 김승옥』, 앨피, 2005.

백지연, 「도시의 거울에 갇힌 나르키쏘스」, 최원식·임규찬 엮음, 『4월혁명과 한국문학』, 창작과비평, 2002.

복도훈, 「1960년대 한국 교양소설 연구」4·19 세대 작가들의 작품을 중심으로」, 동국대 박사 논문, 2014.

송태욱, 「김승옥과 고백의 문학」, 연세대 박사 논문, 2002.

신형철, 「여성을 여행하(지 않)는 문학」, 《한국근대문학연구》 5-2, 2004.

유종호, 「감수성의 혁명 — 김승옥」(1966), 『비순수의 선언 — 유종호 전집』 1, 민음사, 1995.
장경실, 「김승옥 소설의 여성표상에 나타난 일탈과 저항의 양상」, 《순천향 인문과학논총》 34, 2015.
장세진, 「'아비 부정' 혹은 1960년대 미적 주체의 모험」, 상허학회 엮음, 『1960년대 소설의 근대성과 주체』, 깊은샘, 2004.
차미령, 「김승옥 소설의 탈식민주의 연구」, 서울대 석사논문, 2002.

불온한 '문학소녀'들과 '여학생 문학'의 좌표

1차 자료

신문 《경향신문》, 《동아일보》, 《조선일보》
잡지 《거울》, 《독후감》, 《배화》, 《신여성》, 《여학생》

2차 자료

게오르그 루카치, 김경식 옮김, 『소설의 이론』(1916), 문예출판사, 2007.
김복순, 「전후 여성교양의 재배치와 젠더정치」, 《여성문학연구》 18, 한국여성문학학회, 2007.
______, 「소녀의 탄생과 반공주의 서사의 계보 — 최정희의 『녹색의 문』을 중심으로」, 《한국근대문학연구》 18, 2008.
김훈순·김민정, 「팬픽의 생산과 소비를 통해 본 소녀들의 성 환타지와 정치적 함의」, 《한국언론학보》 48-3, 2004.
나영정, 「남성/비남성의 경계에서 — 성전환 남성의 남성성」, 『남성성과 젠더』, 자음과모음, 2011.
류진희, 「팬픽 : 동성(성)애 서사의 여성공간」, 《여성문학연구》 20, 한국여성문학학회, 2008.
박숙자, 「분홍빛 공상의 센티멘탈한 '소녀'」, 『한국문학과 개인성』, 소명출판, 2008.
박치원, 「거지와 학생의 연애」, 『여학생지대』, 삼중당, 1967.
윤금선, 「근현대 여성 독서 연구」, 《국어교육연구》 45, 2009.

이봉범, 「한국 전쟁 후 풍속과 자유민주주의의 동태」, 《한국어문학연구》 56, 2011.
조가경, 『실존철학』, 박영사, 1961.
천정환, 『근대의 책읽기 — 독자의 탄생과 한국 근대문학』, 푸른역사, 2003.
_____, 「2000년대의 한국소설 독자Ⅱ」, 《세계의 문학》 32-1, 민음사, 2007.
R. W. 코넬, 현민·안상욱 옮김, 『남성성/들』, 이매진, 2013.

'한국-루이제 린저'라는 기호와 '여성교양소설'의 불/가능성

1차 자료

신문 《경향신문》, 《동아일보》, 《매일경제신문》
잡지 《문학사상》, 《한국문학》
루이제 린저, 전혜린 옮김, 「어두운 이야기」, 《새벽》, 1960. 8
_________, 전혜린 옮김, 「생의 한가운데」, 『독일전후문제작품집』, 신구문화사, 1961.
_________, 「한국에 있는 나의 '니나'에게」, 《문학사상》, 1973. 3.
_________, 「나의 체험을 한국의 문학인에게」, 《문학사상》, 1974. 12.
_________, 김해생 옮김, 『전쟁장난감』, 한울, 1988.
_________, 강규현 옮김, 『북한 이야기』, 형성사, 1988.
루이제 린저·윤이상, 『윤이상, 상처 입은 용』, 랜덤하우스코리아, 2005.
전혜린, 「문제성을 찾아서」, 『독일전후문제작품집』, 신구문화사, 1961.
_____, 『그리고 아무 말도 하지 않았다』, 삼중당, 1966.
Luise Rinser, Wenn die Wale Kämpfen — Porträt Eines Landes Süd-Korea, R. S. Schulz, 1976.

2차 자료

게오르그 루카치, 반성완 옮김, 『소설의 이론』(1916), 심설당, 1985.
곽복록, 「옮긴이 해제」, 루이제 린저, 곽복록 옮김, 『옥중일기』, 을유문화사, 1974.
교육인적자원부, 『교육통계연보』, 교육부 한국교육개발원, 1975.
김용언, 『문학소녀 — 전혜린, 그리고 읽고 쓰는 여자들을 위한 변호』, 반비, 2017.
김윤식, 「침묵하기 위해 말해진 언어」, 《수필문학》, 1973. 12.

김창활, 「영원한 여자와 한번 태어난 여자 — 루이제 린저 〈생의 한가운데〉」, 《문학사상》, 1978. 5.

박숙자, 「여성은 번역할 수 있는가 — 1960년대 전혜린의 죽음을 둘러싼 대중적 애도를 중심으로」, 《서강인문논총》 38, 2013.

박인혜, 『여성운동 프레임과 주체의 변화』, 한울아카데미, 2011.

박환덕, 「독일문학의 최근 동향 — 산문을 중심하여」, 《대학신문》, 1975. 10. 6.

______, 「독일문학의 중견여류 루이제 린저의 인간과 문학」, 《주부생활》, 학원사, 1975. 11.

서은주, 「1960년대적인 것과 전혜린 현상」, 《플랫폼》, 인천문화재단, 2010. 3.

이중한, 「한국의 베스트셀러 50년」, 《신동아》, 1993. 3.

이행선·양아람, 「루이제 린저의 수용과 한국사회의 '생의 한가운데' — 신여성, 인생론, 세계여성의 해(1975), 북한바로알기운동(1988)」, 《민족문화연구》 73, 고려대학교 민족문화연구소, 2016.

차경아, 「루이제 린저의 세계 — 방한의 의미」, 《심상》, 1975. 10.

천정환, 「처세·교양·실존 — 1960년대의 '자기계발'과 문학문화」, 《민족문학사연구》 40, 민족문학사연구소, 2009.

최재봉, 「문학으로 만나는 역사 23. 전혜린과 뮌헨」, 《한겨레신문》, 1996. 7. 27.

프랑코 모레티, 성은애 옮김, 『세상의 이치 — 유럽문화 속의 교양소설』(1987), 문학동네, 2005.

허윤, 「1970년대 여성교양의 발현과 전화(轉化)」, 《한국문학연구》 44, 2013.

홍경호, 「이 책을 읽는 분에게」, 『잔잔한 가슴에 파문이 일 때』, 범우사, 1972.

______, 「Luise Rinser als 'die Katholische Schriftstellerin'」, 《연구논문집》, 1976.

______, 「인간구원의 문학 — 〈생의 한가운데〉의 루이제 린저」, 《한국문학》, 1977. 9.

______, 「적극적인 삶의 개척자 — 루이제 린저」, 『독일문학의 전통』, 범우사, 1987.

국외 자료

高田里恵子, 『文学部をめぐる病-教養主義·ナチス』制高校』, ちくま文庫, 2006.

伊藤成彦, 『傷ついた龍: 一作曲家の人生と作品についての対話』, 未来社, 1981.

伊藤成彦×ルイ — ゼ·リンザ —, 「ルイ — ゼ·リンザ — は話る-現代ドイツの文学と社」, 『文学的立場』, 八木書店, 1980. 7.

佐多稲子×ルイ — ゼ·リンザ —, 「女性として生きること、書くこと」, 『すばる』, 1981. 7.

돌아온 군인들

1차 자료

김영수, 「여사장」(『혈맥』, 영인서관, 1949), 서연호 엮음, 『김영수 희곡·시나리오 선집 2』, 연극과인간, 2007.
안정효, 『하얀 전쟁』, 고려원, 1989/1991.
오학영, 「닭의 의미」, 《현대문학》, 1957. 11.
______, 「심연의 다리」, 《현대문학》, 1959. 11.
이용찬, 「모자」, 《자유문학》, 1958. 8.
임희재, 「꽃잎을 먹고 사는 기관차」, 임희재 외, 『희곡오인선집』, 성문각, 1958.
장용학, 「일부 변경선 근처」, 《현대문학》, 1959. 9.
조선작, 「영자의 전성시대」, 『조선작 소설집 — 영자의 전성시대』, 민음사, 1974.
주평, 「한풍지대」, 임희재 외, 『희곡오인선집』, 성문각, 1958.
____, 「성야의 곡」, 《현대문학》, 1958. 5.
하유상, 「젊은 세대의 백서」, 『하유상 희곡집 — 미풍』, 대영출판사, 1961.
황석영, 「탑」(《조선일보》, 1970. 1. 6), 『황석영 중단편집 — 객지』, 창비, 2000.

영화 〈알 포인트〉(공수창, 2004)
영화 〈영자의 전성시대〉(김호선, 1975)
영화 〈월남에서 돌아온 김 상사〉(이성구, 1971)
영화 〈하얀 전쟁〉(정지영, 1992)

2차 자료

김소연, 『실재의 죽음 — 코리안 뉴웨이브 영화의 이행기적 성찰』, 도서출판b, 2008.
김옥란, 『한국 현대 희곡과 여성성/남성성』, 연극과인간, 2004.
김은하, 「남성성 획득의 로망스와 용병의 멜랑콜리아」, 《기억과 전망》 31, 민주화운동기념사업회 한국민주주의연구소, 2014.
김지미, 「1960~70년대 한국 영화의 여성 주체 재현 양상 연구」, 서울대 박사 논문, 2011.
김현아, 『전쟁과 여성 — 한국전쟁과 베트남전쟁 속의 여성, 기억, 재현』, 여름언덕, 2004.

노지승, 「영화 〈영자의 전성시대〉에 나타난 하층민 여성의 쾌락」, 《한국현대문학연구》 24, 한국현대문학회, 2008.
박선영, 「국가의 프레임으로 구획된 베트남전쟁」, 《사림》 53, 수선사학회, 2015.
백두산, 「전후희곡에 나타난 전쟁미망인의 '자기갱신' 문제」, 《한국극예술연구》 39, 한국극예술학회, 2013.
신현숙, 『희곡의 구조』, 문학과지성사, 1990.
알라이다 아스만, 변학수·채연숙 옮김, 『기억의 공간』, 그린비, 2011.
오카 마리, 김병구 옮김, 『기억, 서사』, 소명출판, 2004.
이임하, 『전쟁미망인, 한국현대사의 침묵을 깨다 — 구술로 풀어 쓴 한국전쟁과 전후 사회』, 책과함께, 2010.
이진경, 나병철 옮김, 『서비스 이코노미 — 한국의 군사주의, 성노동, 이주노동』, 소명출판, 2015.
이진숙, 「트라우마에 대한 소고」, 《여성연구논집》 24, 신라대학교 여성문제연구소, 2013.
전진성, 「트라우마의 귀환」, 전진성·이재원 엮음, 『기억과 전쟁』, 휴머니스트, 2009.
정종현, 「베트남전 소설 연구」, 동국대 석사 논문, 1997.
조서연, 「1950년대 희곡에 나타난 여성성 연구」, 서울대 석사 논문, 2011.
______, 「전후 희곡의 성적 '자유'와 젠더화의 균열」, 《한국극예술연구》 40, 한국극예술학회, 2013.
주디스 버틀러, 조현준 옮김, 『젠더 트러블 — 페미니즘과 정체성의 전복』, 문학동네, 2008.
최미진, 「1950년대 신문소설에 나타난 아프레 걸」, 《대중서사연구》 18, 대중서사학회, 2007.
구수정, 「아, 몸서리쳐지는 한국군」, 《한겨레21》 256, 1999. 5. 6.
태지호, 『기억 문화 연구』, 커뮤니케이션북스, 2014.
한채윤, 「이성애 제도와 여자의 남성성」, 권김현영 엮음, 『한국남성을 분석한다』, 교양인, 2017.

1차 자료

조선작, 『미스 양의 모험』 상·하, 예문관, 1975.

조세희, 『난쟁이가 쏘아올린 작은 공』, 문학과지성사, 1978.

조해일, 『겨울여자』(1975) 상·하, 솔, 1991.

최인호, 『별들의 고향』(1972) 상·하, 동화출판공사, 1985.

황석영, 『어둠의 자식들』, 현암사, 1980.

2차 자료

이란주, 『말해요 찬드라』, 삶이보이는창, 2003.

조혜정, 『한국의 여성과 남성』, 문학과지성사, 1988.

국외 자료

Achille Mbembe, "Necropolitics," Public Culture 15, no. 1, 2003.

Barry, Kathleen, The Prostitution of Sexuality: The Global Exploitation of Women, New York: New York University Press, 1995.

Giorgio Agamben, Homo Sacer: Sovereign Power and Bare Life(trans. Daniel Heller-Roazen), Stanford: Stanford University Press, 1998.

Jin-kyung Lee, Service Economies: Militarism, Sex Work and Migrant Labor in South Korea, University of Minnesota Press, 2010.

Julia O'Connell Davidson, Prostitution, Power, and Freedom, University of Michigan Press, 1998.

Mies, Maria, Patriarchy and Accumulation on a World Scale : Women in the International Division of Labor, London: Zed Books: 2nd Edition, 1999.

Peter Bailey, Popular Culture and Performance in the Victorian City, Cambridge University Press, 1998, pp. 151~174.

Shannon Bell, Reading Writing, and Rewriting the Prostitute Body, Blooming, Indiana University Press, 1994.

'살아남은 자'의 드라마

1차 자료

공지영, 『더 이상 아름다운 방황은 없다』, 풀빛, 1989.

______, 『인간에 대한 예의』, 창비, 1994.

______, 『고등어』, 웅진출판, 1994.

김인숙, 『핏줄』, 문학예술사, 1983.

______, 『'79~'80 겨울에서 봄 사이』 1~3, 세계, 1987.

______, 「함께 걷는 길」, 『함께 걷는 길』, 세계, 1989.

______, 『칼날과 사랑』, 창비, 1993.

______, 『유리구두』, 창비, 1998.

______, 『꽃의 기억』, 문학동네, 1999.

______, 『브라스밴드를 기다리며』, 문학동네, 2001.

______, 『그 여자의 자서전』, 창비, 2005.

______, 『안녕, 엘레나』, 창비, 2009.

2차 자료

권인숙, 『대한민국은 군대다 — 여성학적 시각에서 본 평화, 군사주의, 남성성』, 청년사, 2005.

김명인, 「김인숙의 단편 『함께 걷는 길』: 체험의 한계 뛰어넘은 의식」, 《경향신문》, 1988. 7. 29.

김보경, 「기억은 헤게모니의 욕망에 어떻게 호출되는가 — 후일담 문학과 「독학자」의 권력 욕망」, 《당대비평》 28, 당대비평사, 2004.

김은하, 「386세대 여성 후일담과 성/속의 통과제의: 공지영과 김인숙의 소설을 대상으로」, 《여성문학연구》 23, 한국여성문학학회, 2010.

______, 「살아남은 자의 죄책과 애도의 글쓰기: 공지영의 80년대 소설을 중심으로」, 《여성문학연구》 35, 한국여성문학학회, 2015.

______, 「1980년대, 바리케이트 뒤편의 성(性) 전쟁과 여성해방문학 운동」, 《상허학보》 51, 상허학회, 2017.

김홍중, 「진정성의 기원과 구조」, 『마음의 사회학』, 문학동네, 2009.

염무웅, 「억압적 세계와 자유의 삶」, 《창작과비평》 88, 1995.
이명호, 「30년 후 『다락방의 미친 여자』는 어떻게 되었을까」, 《여성문학연구》 29, 한국여성문학학회, 2013.
정문순, 「통속과 자기연민, 미성숙한 자아 : 조숙한 여자아이 수준의 인식에 머무르는 대한민국 여성작가」, 《한겨레21》 656, 2007.
정홍수, 「'이념의 시대'로부터 '2000년대 소설'까지」, 《문학과사회》 25, 문학과지성사, 2012.
조윤정, 「1980년대 운동권에 대한 기억과 진보의 감성 — 김영현, 박일문, 공지영의 90년대 소설을 중심으로」, 《민족문화연구》 67, 고려대학교 민족문화연구원, 2015.

'이야기꾼'의 젠더와 '페미니즘 리부트'

1차 자료

정유정, 『7년의 밤』, 은행나무, 2011.
______, 『28』, 은행나무, 2013.
조남주, 『82년생 김지영』, 민음사, 2016.
천명관, 『고래』, 문학동네, 2004.
______, 『유쾌한 하녀 마리사』, 문학동네, 2007.
______, 『고령화 가족』, 문학동네, 2010.
______, 『나의 삼촌 브루스 리』 1·2, 예담, 2012.
최은영, 『쇼코의 미소』, 문학동네, 2016.

2차 자료

강동호, 「리얼리즘이라는 이데올로기의 숭고한 대상 — 장편소설론에 대한 비판적 시론」, 《문학과사회》 103, 2013년 가을.
게일 루빈, 신혜수·임옥희·조혜영·허윤 옮김, 『일탈 — 게일 루빈 선집』, 현실문화, 2015.
고인환, 「젊은 소설의 존재방식에 대한 몇 가지 생각 — 백가흠, 이기호, 천명관의 작품을 중심으로」, 《오늘의 문예비평》 68, 2008년 봄.

권명아, 『무한히 정치적인 외로움 — 한국사회의 정동을 묻다』, 갈무리, 2012.
______, 「여성살해 위에 세워진 문학/비평과 문화산업」, 《문학과사회 하이픈 — 메타 크리틱》 121, 2018년 봄.
김미정, 「흔들리는 재현, 대의의 시간 — 2017년 한국소설의 안팎」, 《문학들》 50, 2017년 겨울.
김영찬, 「공감과 연대 — 21세기, 소설의 운명」, 《창작과비평》 154, 2011년 겨울.
김용언·이권우·조원희, "소녀 죽이고 마을 수장한 살인마, 이제 천만을 노린다! — 『7년의 밤』을 좋아하는 혹은 의심하는", 《프레시안》, 2011. 7. 8.
김주희, 「속도의 페미니즘과 관성의 정치」, 《문학과사회 하이픈 — 페미니즘적/비평적》 116, 2016년 겨울.
김태환, 「누가 말하는가 — 서술자의 역사」, 《문학과사회》 103, 2013년 가을.
김형중, 「장편소설의 적 — 최근 장편소설에 관한 단상들」, 《문학과사회》 93, 2011년 봄.
듀나, 「아직도 2030세대 여성관객들이 호구로 보이는가」, 《엔터미디어》, 2016. 3. 27.
박준석, 「정유정의 잘 쓴 소설」, 《GQ》, 2013. 8.
백지연, 「장편소설의 현재와 가족서사의 가능성」, 《창작과비평》 156, 2012년 여름.
복도훈, 「'도래할 책'을 기다리는 '정신적 동물의 왕국'에 대한 비평적 소묘」, 《문학과사회 하이픈: 문학성-역사들》 117, 2017년 봄.
______, 「'정치적으로 올바른' 소송의 시대, 책 읽기의 어려움」, 《쓺》 5, 2017.
______, 「유머로서의 비평 — 축제, 진혼, 상처를 무대화한 비평의 10년을 되돌아보기」, 《문학과사회 하이픈: 메타-크리틱》 121, 2018년 봄.
서영채, 「순하고 맑은 서사의 힘」, 최은영, 『쇼코의 미소』, 문학동네, 2016.
손정수, 「이야기를 분출하는 고래의 꿈은 무엇인가」, 《실천문학》 77, 2005년 봄.
수전 팔루디, 황성원 옮김, 『백래시 — 누가 페미니즘을 두려워하는가』, arte, 2017.
심진경·이광호·함돈균·허윤진, 「타자의 인준에 목마르고 상업성의 첩자가 되고 — 다시 보는 미래파·장편소설 논쟁, 루저와 백수시대의 공상, 그리고 국경 넘기」, 《한겨레21》 826, 2010. 9. 3.
안미영, 「신인류의 매혹적인 모반과 신시대의 윤리」, 《오늘의 문예비평》 61, 2006년 여름.
오길영, 「문학적 지성이란 무엇인가 — 이인휘, 백수린, 최은영 소설을 읽으며」, 《황해문화》 94, 2017년 봄.
오혜진, 「'장편의 시대'와 '이야기꾼'의 우울 — 천명관과 정유정에 대한 비평이 말해주는 몇 가지 것들」, 《자음과모음》 22, 2013년 겨울.
_____, 「'남성 투톱' 영화 전성시대」, 《한겨레》, 2016. 2. 15.
_____, 「혐오의 시대, 한국문학의 행방」, 《릿터》 1, 민음사, 2016. 8~9.
_____, 「〈릿터〉와 〈문학과사회〉, 우리 세대의 잡지를 갖는 기쁨」, 《IZE》, 2016. 9. 28.
_____, 「2017 페미니즘 소설 박물지」, 《한겨레》, 2017. 11. 26.
_____, 「누가 민주주의를 노래하는가 — 신자유주의시대 이후 한국 장편 남성서사의 문법과 정치적 임계」, 연세대학교 젠더연구소 엮음, 『그런 남자는 없다 — 혐오사회에서 한국 남성성 질문하기』, 오월의봄, 2017.
_____, 「'성장'이라는 외상trauma을 견디는 '여자들의 사회'」, 『안녕! 오늘의 한국소설 — 2017 오늘의 작가상 기념 리뷰집』(ebook), 민음사, 2017.
_____, 「비평의 백래시와 새로운 '페미니스트 서사'의 도래」, 《21세기문학》 81, 2018년 여름.
이경재, 「아이러니스트가 바라본 우리 시대 가족 — 천명관 장편소설, 『고령화 가족』(문학동네, 2010)」, 《문학과사회》 90, 2010년 여름.
이은지, 「문학은 정치적으로 올발라야 하는가」, 웹《문학3》, 2017. 3. 7.
_____, 「여자를 착취하는 여자들」, 《21세기문학》 77, 2017년 여름.
_____, 「정체성 정치의 시대에 비평을 한다는 것 — 복도훈과 강동호의 논의를 중심으로」, 「요즘비평포럼」 발제문, 2018. 3. 29.
이은지·김승일·박민정·소영현, 「좌담: 2017년 한국문학의 표정」, 《21세기문학》 79, 2017년 겨울.
정여울, 「늪의 리얼리티, 저항의 로망스 — 정유정론」, 《자음과모음》 14, 2011년 겨울.
정유정·김경연, 「소설을 쓰는 이야기꾼과 만나다」, 《오늘의 문예비평》 84, 2012년 봄.
정은경, 「"나는 내 아버지의 사형집행인이었다" — 정유정의 『7년의 밤』」, 《프레시안》, 2011. 4. 8.
_____, 「닥치고 '이야기' — 정유정론」, 《오늘의 문예비평》 84, 2012년 봄.
_____, 「시뮬라크르의 진실과 짝퉁 이소룡의 순정」, 《실천문학》 106, 2012년 여름.
정한석, 「영화, 내겐 첫사랑 양아치 같은 — 〈이웃집 남자〉 시나리오 쓴 소설가 천명관」, 《씨네21》 744, 2010. 3. 12.
정희진, 「마조히즘을 욕망하는 여자? — 〈피아니스트〉」, 『혼자서 본 영화』, 교양인, 2018.
정희진, 「이것이 반격일까」, 《경향신문》, 2018. 5. 15.

조강석, 「메시지의 전경화와 소설의 '실효성' — 정치적·윤리적 올바름과 문학의 관계에 대한 단상」, 《문장 웹진》, 2017. 4.
조연정, 「왜 끝까지 읽는가 — 최근 장편소설에 대한 단상들」, 《문학과사회》 103, 2013년 가을.
______, 「문학의 미래보다 현실의 우리를 — 문학의 정치적 올바름에 대하여」, 《문장 웹진》, 2017. 8. 10.
조혜영, 「대중문화를 사건화하는 페미니즘 서적: 『페미니즘 리부트 — 혐오의 시대를 뚫고 나온 목소리들』과 『괜찮지 않습니다 — 최지은 기자의 '페미니스트로 다시 만난 세계'』」, 《아시아여성연구》 56-2, 숙명여자대학교 아시아여성연구원, 2017. 11.
천정환, 「서발턴은 쓸 수 있는가 — '문학과 정치'를 보는 다른 관점과 민중문학의 복권」, 천정환·소영현·임태훈 엮음, 『문학사 이후의 문학사 — 한국 현대문학사의 해체와 재구성』, 푸른역사, 2013.
______, 「그 많던 '외치는 돌멩이'들은 어디로 갔을까 — 1980~90년대 노동자문학회와 노동자문학」, 《역사비평》 106, 2014년 봄.
최재봉, 「정말 소설이 돌아온 것인가」, 《기획회의》 349, 2013. 8. 5.
피터 브룩스, 박혜란 옮김, 『플롯 찾아 읽기 — 내러티브의 설계와 의도』, 강, 2011.
한기욱, 「기로에 선 장편소설 — 장편소설과 비평의 과제」, 《창작과비평》 156, 2012년 여름.
한기호, 「정유정은 새로운 현상이다 — 하루키 현상과 정유정 현상」, 《기획회의》 349, 2013. 8. 5.
허윤, 「페미니즘 대중서 시장과 브랜드화 — 페미니즘 번역서를 중심으로」, 《여성문학연구》 40, 한국여성문학학회, 2017.
허윤진, 「분노와 경이: 오늘의 장편소설과 새로운 경이」, 《창작과비평》 156, 2012년 여름.
후지이 다케시, 「정치적 올바름, 광장을 다스리다?」, 《문학3》 2, 2017.

기타 자료

「『7년의 밤』 정유정, '소설 아마존'이 나타났다」, 《교보문고 북뉴스》, 2011. 5. 27.
「경제는 먹구름, 정치는 흙탕물…. 믿을 건 너뿐이야!?인터넷서점MD가 말하는 '진짜' 소설」, 《프레시안》, 2011. 9. 30.
「관객이 답하길, 『7년의 밤』 영화로 보고 싶다」, 《맥스뉴스》, 2013. 6. 19.

「김두식의 고백 — '고령화 가족'의 작가 천명관을 만나다」, 《한겨레》, 2013. 4. 26.
「김DB의 최종분석」, 《교보문고》, 2015. 12. 14. '연도별 성별/연령별 판매비중' 표 참조.
「꿈 좇던 희열과 좌절이 녹아든 삼류인생들의 휴식처…. — 천명관 소설의 변두리극장」, 《한국일보》, 2012. 3. 7.
「나를 벼랑 끝에 내몰고 쓴다」, 《신동아》, 2013. 9. 25.
「'닥치고 이야기'…. 이번에도 100m 전력질주 — 올해 최대 기대작, 정유정 장편소설 『28』 먼저 읽어보니」, 《조선일보》, 2013. 6. 10.
「문단보다 대중이 사랑한 젊은 작가들 주목」, 《경향신문》, 2011. 4. 17.
「미치거나 죽거나, 급기야 사라진 한국영화 속 여성들」, 《노컷뉴스》, 2018. 1. 21.
「믿는 것을 확신하며 걸어가라 — 『7년의 밤』 정유정 작가」, 《상상마당 웹진 TALK TO》, 2011. 10. 20.
「선 굵은 소설 쓰니 '아저씨독자' 다시 모이더군요」, 《한국경제》, 2013. 8. 1.
「소설 『28』로 돌아온 작가 정유정, 방황하는 청춘 꿈이 없어서 아닌가요?」, 《한국경제매거진》, 2013. 9. 17.
「올 한국문학 기대작 장편 『28』의 정유정 작가」, 《중앙일보》, 2013. 6. 13.
「이야기꾼 '천명관'의 질주는 계속된다!」 《채널예스》, 2012. 4. 18.
「정유정 돌풍이 반가운 이유」, 《조선일보》, 2013. 7. 2.
「정유정이라는 신세계」, 《VOGUE》, 2013. 8.
「최은영 작가 "소설 아닌 다른 글 썼다면 후회했을 것"」, 《매일경제》, 2016. 8. 5.
「평균 나이 49세?! 이 가족이 사는 법 — 『고령화가족』 천명관」, 《채널예스》, 2010. 5. 13.
「폭발적인 스토리로 다시 한 방 터뜨린 한국문단 '야전용사'」, 《중앙SUNDAY》, 2013. 7. 7.

색인

작품명

인명

ㅈ

ㅊ

ㅋ

ㅌ

ㅍ

ㅎ

개념어

ㅂ

ㅅ

문학을 부수는 문학들

1판 1쇄 펴냄 2018년 8월 13일
1판 4쇄 펴냄 2020년 4월 8일

지은이 권보드래 외
기 획 오혜진
펴낸이 박근섭, 박상준
펴낸곳 (주)민음사

출판등록 1966. 5. 19. (제16-490호)
주소 서울특별시 강남구 도산대로1길 62 강남출판문화센터 5층 (06027)
대표전화 02-515-2000 팩시밀리 02-515-2007

www.minumsa.com

ISBN 978-89-374-3798-4 (03800)